诵读版

醒世恒言全鉴

〔明〕冯梦龙◎著
东篱子◎解译

国家一级出版社 中国纺织出版社 全国百佳图书出版单位

内 容 提 要

《醒世恒言》原名《古今小说》，又称《全像古今小说》，是一部明代刊行的短篇白话小说集，与《喻世明言》《警世通言》合称“三言”。该书为明末冯梦龙所编撰，收录了宋、元以来话本、拟话本40篇，故事内容丰富，情节离奇曲折，从不同角度、不同程度，反映了当时的社会生活和人民的愿望。

图书在版编目（CIP）数据

醒世恒言全鉴：典藏诵读版 /（明）冯梦龙著；东篱子解译．—北京：中国纺织出版社，2019．5

ISBN 978 - 7 - 5180 - 6055 - 9

Ⅰ．①醒…　Ⅱ．①冯…　②东…　Ⅲ．①话本小说—小说集—中国—明代　Ⅳ．①I242．3

中国版本图书馆 CIP 数据核字（2019）第 055543 号

策划编辑：张淑媛　　责任校对：王花妮　　责任印制：储志伟

中国纺织出版社出版发行
地址：北京市朝阳区百子湾东里 A407 号楼　邮政编码：100124
销售电话：010—67004422　传真：010—87155801
http：//www. c-textilep. com
E-mail：faxing@c-textilep. com
中国纺织出版社天猫旗舰店
官方微博 http：//weibo. com/2119887771
佳兴达印刷（天津）有限公司印刷　各地新华书店经销
2019 年 5 月第 1 版第 1 次印刷
开本：710 × 1000　1/16　印张：20
字数：231 千字　定价：49. 80 元

前言

《醒世恒言》是明末文学家、戏曲家冯梦龙纂辑的白话短篇小说集，初刻用名《古今小说》，又称《全像古今小说》，与冯梦龙稍早刊行的《喻世明言》《警世通言》合称“三言”，是中国短篇白话小说发展史上重要的里程碑。“三言”通常亦与凌濛初的“二拍”（《初刻拍案惊奇》《二刻拍案惊奇》）并称为“三言二拍”。

冯梦龙（1574—1646年），长洲（今苏州）人，字犹龙，又字子犹、耳犹，别号龙子犹、墨憨斋主人、顾曲散人、茂苑野史、绿天馆主人、无碍居士、可一居士等。冯梦龙出身士大夫家庭，从小受到良好的教育，才华横溢，与兄梦桂、弟梦熊并有文名，世称“吴下三冯”。他一直参加科举考试，但屡试不中，后一度游宦他乡。崇祯三年（1630年）以贡生任丹徒县训导，崇祯七年（1634年）知福建寿宁县知县，四年后任职期满回到苏州。清兵南下时，参加过反清复明运动。顺治三年（1646年）去世。

冯梦龙一生致力于收集、整理和创作民间文学，包括小说、笔记、戏曲、民歌、笑话、方志、曲谱等多方面，作品内容与数量宏富。其中，成就最高、影响最大的还是“三言”。

《醒世恒言》的纂辑时间晚于《喻世明言》与《警世通言》，却是三部中流传最广、影响最大、最为人津津乐道的一部。《醒世恒言》收录了宋、元以来话本、拟话本40篇，这些故事风格各异，有的取材于前代野史杂记，也有的出于历代笔记、小说，而最多最根本的源头，则直接来自当时社会的实际生活或民间传说故事。

《醒世恒言》全书故事内容丰富，包含多个方面。其中有反映爱情婚姻的，如《闹樊楼多情周胜仙》中的周胜仙爱上家里开酒店的范二郎，并大胆主动，表现了其对爱情的追求；《吴衙内邻舟赴约》以赞美的笔调描写吴彦与贺秀娥冲破封建礼教束缚的自由结合；《陈多寿生死夫妻》着重表现爱情的执着、坚贞；《钱秀才错占凤凰俦》《乔太守乱点鸳鸯谱》借闹剧的方式，嘲弄了扼杀青年男女爱情幸福的不合理的封建婚姻制度。在此类作品中，以《卖油郎独占花魁》成就最为杰出，文中细腻地描写了秦重对王美娘的倾心爱慕、尽心体贴，体现了当时城市普通群众既有着爱情幸福的要求，又尊重和爱护妇女的人格，所谓“堪爱豪家多子弟，风流不及卖油人”，反映了当时市民在两性关系上不同于封建统治阶级的思想和态度。

除此之外，作品中还有暴露吏治黑暗的，如《十五贯戏言成巧祸》，属于“公案”题材，通过一对青年男女的无辜惨死，揭露了封建官吏的残暴昏庸；有鼓吹封建道德、美化统治阶级的，如《两县令竞义婚孤女》；有宣扬因果报应，表现援救弱者和患难相助精神的，如《徐老仆义愤成家》；还有描写寺庙僧众的淫乱生活的，如《赫大卿遗恨鸳鸯绦》，暴露了当时宗教势力的罪恶。这些故事情节离奇曲折，人物个性鲜明，从不同的角度、不同程度地反映了当时的社会生活和人民的愿望。

因为篇幅有限，《醒世恒言全鉴》（典藏诵读版）参考权威底本，选取了其中具有代表性的经典篇目进行了解译，在每篇故事前都做了简短的精要简介，对小说中难解的词句进行了简要而概括的注释，力求文字精准、流畅、易懂，以帮助读者更好地理解故事，领悟其主旨。通过阅读，相信对读者了解古代文化、提高人文素养会有一定的帮助。

同时，本书将纸质图书和配乐诵读音频完美结合，以二维码的方式在内文和封面等相应位置呈现，读者扫一扫即可欣赏、诵读经典片段。诵读音频由中国国际广播电台、中央人民广播电台专业播音员，以及中国传媒大学等知名高校播音系教师构成的实力精英团队录制完成，朗读中融进了对传统文化的理解，声音感染力极强。

衷心希望本书能成为您全方位感受和理解《醒世恒言》这部传世佳作的良师益友。

解译者

2019 年 5 月

目录

叙

六经国史而外，凡著述皆小说也。而尚理或病于艰深，修词或伤于藻绘，则不足以触里耳而振恒心。此《醒世恒言》四十种，所以继《明言》《通言》而刻也。明者，取其可以导愚也，通者，取其可以适俗也；恒则习之而不厌，传之而可久。三刻殊名，其义一耳。夫人居恒动作言语不甚相悬，一旦弄酒，则叫号踯躅，视堑如沟，度城如槛，何则？酒浊其神也。然而斟酌有时，虽毕吏部、刘太常未有时时如滥泥者。岂非醒者恒而醉者暂乎？由此推之，惕孺为醒，下石为醉；却嘑为醒，食嗟为醉；剖玉为醒，题石为醉。又推之，忠孝为醒，而悖逆为醉；节俭为醒，而淫荡为醉，耳和目章，口顺心贞为醒；而即聋从昧，与顽用嚚为醉。人之恒心，亦可思已。从恒者吉，背恒者凶。心恒心，言恒言，行恒行。入夫妇而不惊，质天地而无怍；下之巫医可作，而上之善人君子圣人亦可见。恒之时义大矣哉！自昔浊乱之世，谓之天醉。天不自醉人醉之，则天不自醒人醒之。以醒天之权与人，而以醒人之权与言。言恒而人恒，人恒而天亦得其恒，万世太平之福，其可量乎！则兹刻者，虽与《康衢》《击壤》之歌，并传不朽可矣。崇儒之代，不废二教，亦谓导愚适俗，或有藉焉；以二教为儒之辅可也。以《明言》《通言》《恒言》为六经国史之辅，不亦可乎？若夫淫谭亵语，取快一时，贻秽百世，夫先自醉也，而又以狂药饮人，吾不知视此三言者得失何如也？

天启丁卯中秋，陇西可一居士题于白下之栖霞山房

一　两县令竞义婚孤女

【精要简介】

本篇讲述的是南唐时江州德化县知县石璧之女石月香在遭遇家庭变故后，两次被贩卖，又先后得到商人贾昌和父亲同僚陆离公相救，并最终得到好姻缘的故事。

【原文鉴赏】

风水人间不可无，也须阴骘两相扶[①]。

时人不解苍天意，枉使身心着意图。

话说近代浙江衢州府，有一人，姓王名奉，哥哥姓王，名春。弟兄各生一女，王春的女儿名唤琼英，王奉的叫做琼真。琼英许配本郡一个富家潘百万之子潘华，琼真许配本郡萧别驾之子萧雅[②]，都是自小聘定的。琼英方年十岁，母亲先丧，父亲继殁。那王春临终之时，将女儿琼英托与其弟，嘱咐道："我并无子嗣，只有此女，你把做嫡女看成。待其长成，好好嫁去潘家。你嫂嫂所遗房奁衣饰之类，尽数与之。有潘家原聘财礼置下庄田，就把与他做脂粉之费。莫负吾言！"嘱罢，气绝。殡葬事毕，王奉将侄女琼英接回家中，与女儿琼真作伴。

①阴骘（zhì）：阴德，指默默做好事，积下阴功阴德，本人或子孙现世或后世能得好报。偶尔也指恶业，做了坏事。

②别驾：汉代官名，州刺史的佐吏。与刺史同行，另坐一辆马车，故称别驾。唐以后，在州、府都设有通判，是州、府长官的副手，用故名就称别驾。

忽一年元旦，潘华和萧雅不约而同到王奉家来拜年。那潘华生得粉脸朱唇，如美女一般，人都称玉孩童。萧雅一脸麻子，眼眍齿齙③，好似飞天夜叉模样。一美一丑，相形起来，那标致的越觉美玉增辉，那丑陋的越觉泥涂无色。况且潘华衣服炫丽，有心卖富，脱一通换一通。那萧雅是老实人家，不以穿着为事。常言道："佛是金装，人是衣装。"世人眼孔浅的多，只有皮相，没有骨相。王家若男若女，若大若小，那一个不欣羡潘小官人美貌，如潘安再出；暗暗地颠唇簸嘴，批点那飞天夜叉之丑。王奉自己也看不过，心上好不快活。

③眼眍（kōu）：眼眶洼陷深入。齿齙（bā）：牙齿又大又稀，不整齐。

不一日，萧别驾卒于任所，萧雅奔丧，扶柩而回。他虽是个世家，累代清官，家无馀积，自别驾死后，日渐消索。潘百万是个暴富，家事日盛一日。王奉忽起一个不良之心，想道："萧家甚穷，女婿又丑；潘家又富，女婿又标致。何不把琼英、琼真暗地兑转，谁人知道？也不教亲生女儿在穷汉家受苦。”主意已定，到临嫁之时，将琼真充做侄女，嫁与潘家，哥哥所遗衣饰庄田之类，都把他去。却将琼英反为已女，嫁与那飞天夜叉为配，自己薄薄备些妆奁嫁送。琼英但凭叔叔做主，敢怒而不敢言。

谁知嫁后，那潘华自恃家富，不习诗书，不务生理，专一嫖赌为事。父亲累训不从，气愤而亡。潘华益无顾忌，日逐与无赖小人，酒食游戏。不上十年，把百万家资败得罄尽，寸土俱无。丈人屡次周给他，如炭中沃雪，全然不济。结末迫于冻馁，瞒着丈人，要引浑家去投靠人家为奴。王奉闻知此信，将女儿琼真接回家中养老，不许女婿上门。潘华流落他乡，不知下落。那萧雅勤苦攻书，后来一举成名，直做到尚书地位；琼英封一品夫人。有诗为证：

目前贫富非为准，久后穷通未可知。

颠倒任君瞒昧做，鬼神昭监定无私。

看官，你道为何说这王奉嫁女这一事？只为世人但顾眼前，不思日后，只要损人利己。岂知人有百算，天只有一算。你心下想得滑碌碌的一条路，天未必随你走哩，还是平日行善为高。今日说一段话本，正与王奉相反，唤做《两县令竞义婚孤女》。

这桩故事，出在梁、唐、晋、汉、周五代之季④。其时周太祖郭威在位，改元广顺。虽居正统之尊，未就混一之势。四方割据称雄者，还有几处，共是五国三镇。那五国？周郭威，南汉刘晟，北汉刘崇，南唐李昪，蜀孟知祥；那三镇？吴越钱镠，湖南周行逢，荆南高季昌。

④五代之季：唐末分裂，北宋统一以前这段时间，有五个朝代相继和十个政权并立，合称为“五代十国”，最后被北宋统一。季，末年。

单说南唐李氏有国，辖下江州地方。内中单表江州德化县一个知县，姓石名璧，原是抚州临川县人氏，流寓建康。四旬之外，丧了夫人，又无儿子，止有八岁亲女月香，和一个养娘随任⑤。那官人为官清正，单吃德化县中一口水[⑥]。又且听讼明决，雪冤理滞，果然政简刑清，民安盗息。退堂之暇，就抱月香坐于膝上，教他识字，又或叫养娘和他下棋、蹴鞠[⑦]，百般顽耍，他从旁教导。只为无娘之女，十分爱惜。一日，养娘和月香在庭中蹴那小小球儿为戏。养娘一脚踢起，去得势重了些，那球击地而起，连跳几跳的溜溜滚去，滚入一个地穴里。那地穴约有二三尺深，原是埋缸贮水的所在。养娘手短，捞他不着，正待跳下穴中去拾取球儿，石璧道："且住！"问女儿月香道："你有甚计较，使球儿自走出来么？"月香想了一想，便道："有计了！"即教养娘去提过一桶水来，倾在穴内。那球便浮在水面。再倾一桶，穴中水满，其球随水而出。石璧本是要试女孩儿的聪明，见其取水出毬，智意过人，不胜之喜。

⑤养娘：婢女，贴身丫头。

⑥单吃德化县中一口水：晋代邓攸任吴郡太守，自己载米赴任，俸禄无所受，仅饮吴水而已，这里比喻为官清廉。

⑦蹴鞠（cù jū）：踢球。古代的球是用皮子包着毛做成的。

闲话休叙。那官人在任不上二年，谁知命里官星不现，飞祸相侵。忽一夜，仓中失火，急救时，已烧损官粮千馀石。那时米贵，一石值一贯五百。乱离之际，军粮最重。南唐法度，凡官府破耗军粮至三百石者，即行处斩。只为石璧是个清官，又且火灾天数，非关本官私弊。上官都替他分解保奏。唐主怒犹未息，将本官削职，要他赔偿。估价共该一千五百馀两。把家私变卖，未尽其半。石璧被本府软监，追逼不过，郁成一病，数日而死。遗下女儿和养娘二口，少不得着落牙婆官卖，取价偿官。这等苦楚，分明是：

屋漏更遭连夜雨，船迟又遇打头风。

却说本县有个百姓，叫做贾昌，昔年被人诬陷，坐假人命事，问成死罪在狱，亏石知县到任，审出冤情，将他释放。贾昌衔保家活命之恩，无从报效。一向在外为商，近日方回。正值石知县身死，即往抚尸恸哭，备办衣裳棺木，与他殡殓。合家挂孝，买地营葬。又闻得所欠官粮尚多，欲待替他赔补几分，怕钱粮干系，不敢开端惹祸。见说小姐和养娘都着落牙婆官卖，慌忙带了银子，到李牙婆家[8]，问要多少身价。李牙婆取出朱批的官票来看：养娘十六岁，只判得三十两；月香十岁，到判了五十两。却是为何？月香虽然年小，容貌秀美可爱；养娘不过粗使之婢，故此判价不等。贾昌并无吝色，身边取出银包，兑足了八十两纹银，交付牙婆，又谢他五两银子，即时领取二人回家。李牙婆把两个身价，交纳官库。地方呈明石知县家财人口变卖都尽，上官只得在别项挪移贴补，不在话下。

⑧牙婆：旧时充当人身买卖介绍人的妇女。

却说月香自从父亲死后，没一刻不啼啼哭哭。今日又不认得贾昌是什么人，买他归去，必然落于下贱，一路痛哭不已。养娘道："小姐，你今番到人家去，不比在老爷身边，只管啼哭，必遭打骂。"月香听说，愈觉悲伤。谁知贾昌一片仁义之心，领到家中，与老婆相见，对老婆说："此乃恩人石相公的小姐，那一个就是伏侍小姐的养娘。我当初若没有恩人，此身死于缧绁[9]。今日见他小姐，如见恩人之面。你可另收拾一间香房，教他两个住下，好茶好饭供待他，不可怠慢。后来倘有亲族来访，那时送还，也尽我一点报效之心。不然之时，待他长成，就本县择个门当户对的人家，一夫一妇，嫁他出去，恩人坟墓也有个亲人看觑。那个养娘，依旧教他伏侍小姐，等他两个作伴，做些女工，不要他在外答应。"

⑨缧绁（léi xiè）：捆罪犯的绳子，引申为牢狱、刑罚。

月香生成伶俐，见贾昌如此分付老婆，慌忙上前万福道："奴家卖身在此，为奴为婢，理之当然。蒙恩人抬举，此乃再生之恩。乞受奴一拜，收为义女。"说罢，即忙下跪。贾昌那里肯要他拜？别转了头，忙教老婆扶起道："小人是老相公的子民，这蝼蚁之命，都出老相公所赐。就是这位养娘，小人也不敢怠慢，何况小姐！小人怎敢妄自尊大。暂时屈在寒家，只当宾客相待。望小姐勿责怠慢，小人夫妻有幸。”月香再三称谢。贾昌又分付家中男女，都称为石小姐。那小姐称贾昌夫妇，但呼贾公贾婆，不在话下。

原来贾昌的老婆，素性不甚贤慧。只为看上月香生得清秀乖巧，自己无男无女，有心要收他做个螟蛉女儿[10]。初时甚是欢喜，听说宾客相待，先有三分不耐烦了；却灭不得石知县的恩，没奈何，依着丈夫言语，勉强奉承。后来贾昌在外为商，每得好绸好绢，先尽上好的寄与石小姐做衣服穿。比及回家，先问石小姐安否。老婆心下渐渐不平。又过些时，把马脚露出来了。但是贾昌在家，朝饔夕餐[11]，也还成个规矩，口中假意奉承几句。但背了贾昌时，茶不茶，饭不饭，另是一样光景了；养娘常叫出外边杂差杂使，不容他一刻空闲。又每日间限定石小姐要做若干女工针指还他；倘手迟脚慢，便去捉鸡骂狗，口里好不干净哩。正是：

人无千日好，花无百日红。

⑩螟蛉（míng líng）：一种绿色小虫，蜾蠃（guǒ luǒ）常捕捉螟蛉存放在窝里，喂它的幼虫。古人误认为蜾蠃不产子，喂养螟蛉为子，所以一般用螟蛉比喻养子和养女。

⑪朝饔（yōng）夕飧（sūn）：指才疏力薄，除吃饭外别无所能。

养娘受气不过，禀知小姐，欲待等贾公回家，告诉他一番。月香断不肯，说道："当初他用钱买我，原不指望他抬举。今日贾婆虽有不到之处，却与贾公无干。你若说他，把贾公这段美情都没了。我与你命薄之人，只索忍耐为上。"

忽一日，贾公做客回家，正撞着养娘在外汲水，面庞比前甚是黑瘦了。贾公道："养娘，我只教你伏侍小姐，谁要你汲水？且放着水桶，另叫人来担罢！"养娘放了水桶，动了个感伤之念，不觉滴下几点泪来。贾公要盘问时，他把手拭泪，忙忙的奔进去了。贾公心中甚疑，见了老婆，问道："石小姐和养娘没有甚事么？"老婆回言："没有。"初归之际，事体多头，也就搁过一边。

又过了几日，贾公偶然到近处人家走动，回来不见老婆在房，自往厨下去下寻他说话。正撞见养娘从厨下来，也没有托盘，右手拿一大碗饭，左手一只空碗，碗上顶一碟腌菜叶儿。贾公有心闪在隐处看时，养娘走进石小姐房中去了。贾公不省得这饭是谁吃的，一些荤腥也没有。那时不往厨下，竟悄悄的走在石小姐房前，向门缝里张时，只见石小姐将这碟腌菜叶儿过饭。心中大怒，便与老婆闹将起来。老婆道："荤腥尽有，我又不是不舍得与他吃！那丫头自不来担，难道要老娘送进房去不成？"贾公道："我原说过来，石家的养娘，只教他在房中与小姐作伴。我家厨下走使的又不少，谁要他出房担饭！前日那养娘噙着两眼泪在外街汲水，我已疑心，是必家中把他难为了，只为匆忙，不曾细问得。原来你恁地无恩无义，连石小姐都怠慢！见放着许多荤菜⑫，却教他吃白饭，是甚道理？我在家尚然如此，我出外时，可知连饭也没得与他们吃饱。我这番回来，见他们着实黑瘦了。"老婆道："别人家丫头，那要你恁般疼他，养得白白壮壮，你可收用他做小老婆么?”贾公道：“放屁！说的是什么话！你这样不通理的人，我不与你讲嘴。自明日为始，我教当直的，每日另买一分肉菜供给他两口，不要在家火中算账，省得夺了你的口食，你又不欢喜。”老婆自家觉得有些不是，口里也含含糊糊的哼了几句，便不言语了。从此贾公分付当直的，每日肉菜分做两分。却叫厨下丫头们，各自安排送饭。这几时，好不齐整。正是：

人情若比初相识，到底终无怨恨心。

⑫见：同“现”，现成。

贾昌因牵挂石小姐，有一年多不出外经营。老婆却也做意修好，相忘于无言。月香在贾公家，一住五年，看看长成。贾昌意思，要密访个好主儿，嫁他出去了，方才放心，自家好出门做生理。这也是贾公的心事，背地里自去勾当。晓得老婆不贤，又与他商量怎的。若是凑巧时，赔些妆奁，嫁出去了，可不干净？何期姻缘不偶。内中也有缘故：但是出身低微的，贾公又怕辱莫了石知县，不肯俯就；但是略有些名目的，那个肯要百姓人家的养娘为妇，所以好事难成。贾公见姻事不就，老婆又和顺了，家中供给又立了常规，舍不得担搁生意，只得又出外为商。未行数日之前，预先叮咛老婆有十来次，只教好生看待石小姐和养娘两口。又请石小姐出来，再三抚慰，连养娘都用许多好言安放。又分付老婆道：“他骨气也比你重几百分哩，你切莫慢他。若是不依我言语，我回家时，就不与你认夫妻了。”又唤当直的和厨下丫头，都分付遍了，方才出门。

临歧费尽叮咛语，只为当初受德深。

却说贾昌的老婆，一向被老公在家作兴石小姐和养娘⑬，心下好生不乐，没奈何，只得由他，受了一肚子的腌臜昏闷之气⑭。一等老公出门，三日之后，就使起家主母的势来。寻个茶迟饭晏小小不是的题目，先将厨下丫头试法，连打几个巴掌，骂道：“贱人，你是我手内用钱讨的，如何恁地托大⑮！你恃了那个小主母的势头，却不用心伏侍我？家长在家日，纵容了你。如今他出去了，少不得要还老娘的规矩。除却老娘外，那个谤伏侍的？要饭吃时，等他自担，不要你们献勤，却耽误老娘的差使！”骂了一回，就乘着热闹中，唤过当直的，分付将贾公派下另一份肉菜钱，干折进来，不要买了。当直的不敢不依。且喜月香能甘淡薄，全不介意。

⑬作兴：纵容，娇惯。方言中现仍常用。

⑭腌臜（ā za）：不干净，这里指不痛快。

⑮托大：抬高自己，自高自大，意思是难侍候。

又过了些时，忽一日，养娘担洗脸水，迟了些，水已凉了。养娘不合哼了一句。那婆娘听得了，特地叫来发作道：“这水不是你担的。别人烧着汤，你便胡乱用些罢。当初在牙婆家，那个烧汤与你洗脸？”养娘耐嘴不住，便回了几句言语，道：“谁要他们担水烧汤！我又不是不曾担水过的，两只手也会烧火。下次我自担水自烧，不费厨下姐姐们力气便了。”那婆娘提醒了他当初曾担水过这句话，便骂道：“小贱人！你当先担得几桶水，便在外面做身做分，哭与家长知道，连累老娘受了百般呕气，今日老娘要讨个账儿。你既说会担水，会烧火，把两件事都交在你身上。每日常用的水，都要你担，不许缺乏。是火，都是你烧；若是难为了柴，老娘却要计较。且等你知心知意的家长回家时，你再啼啼哭哭告诉他便了，也不怕他赶了老娘出去！”月香在房中，听得贾婆发作自家的丫头，慌忙移步上前，万福谢罪，招称许多不是，叫贾婆莫怪。养娘道：“果是婢子不是了！只求看小姐面上，不要计较。”那老婆愈加忿怒，便道：“什么小姐，小姐！是小姐，不到我家来了。我是个百姓人家，不晓得小姐是什么品级，你动不动把来压老娘。老娘骨气虽轻，不受人压量的，今日要说个明白。就是小姐，也说不得，费了大钱讨的。少不得老娘是个主母，贾婆也不是你叫的。”月香听得话不投机，含着眼泪，自进房去了。

那婆娘分付厨中，不许叫“石小姐”，只叫他“月香”名字。又分

付养娘，只在厨下专管担水烧火，不许进月香房中。月香若要饭吃时，待他自到厨房来取。其夜，又叫丫头搬了养娘的被窝到自己房中去。月香坐个更深，不见养娘进来，只得自己闭门而睡。又过几日，那婆娘唤月香出房，却教丫头把他的房门锁了。月香没了房，只得在外面盘旋。夜间就同养娘一铺睡。睡起时，就叫他拿东拿西，役使他起来。在他矮檐下，怎敢不低头。月香无可奈何，只得伏低伏小。那婆娘见月香随顺了，心中暗喜，蓦地丌了他房门的锁，把他房中搬得　空。凡丈大一向寄来的好绸好缎，曾做不曾做得，都迁入自己箱笼，被窝也收起了不还他。月香暗暗叫苦，不敢则声[16]。

⑯则声：吱声，作声。

忽一日，贾公书信回来，又寄许多东西与石小姐。书中嘱咐老婆：“好生看待，不久我便回来。”那婆娘把东西收起，思想道：“我把石家两个丫头作贱够了，丈夫回来，必然厮闹。难道我惧怕老公，重新奉承他起来不成？那老亡八把这两个瘦马养着[17]，不知作何结束！他临行之时，说道‘若不依他言语，就不与我做夫妻了’。一定他起了什么不良之心。那月香好副嘴脸，年已长成。倘或有意留他，也不见得，那时我争风吃醋便迟了。人无远虑，必有近忧，一不做，二不休，索性把他两个卖去他方，老亡八回来也只一怪，拼得厮闹一场罢了。难道又去赎他回来不成？好计，好计！”正是：

眼孔浅时无大量，心田偏处有奸谋。

⑰瘦马：旧时扬州一带有人买小女孩养育，教给吹弹歌唱，将来卖给人家做姨太太或娼妓，这种女孩就被称为“瘦马”。此处用作骂人话，意为小妓女、小娼妇。

当下，那婆娘分付当直的：“与我唤那张牙婆到来，我有话说。”不一时，当直的将张婆引到。贾婆教月香和养娘都相见了，却发付他开去，对张婆说道：“我家六年前，讨下这两个丫头。如今大的忒大了，小的又娇娇的，做不得生活，都要卖他出去，你与我快寻个主儿。”原来当先官卖之事，是李牙婆经手。此时李婆已死，官私做媒，又推张婆出尖了。张婆道：“那年纪小的，正有个好主儿在此，只怕大娘不肯。”贾婆道：“有甚不肯？”张婆道：“就是本县大尹老爷⑱，复姓钟离，名义，寿春人氏，亲生一位小姐，许配德安县高大尹的长公子，在任上行聘的。不日就要来娶亲了。本县嫁妆都已备得十全，只是缺少一个随嫁的养娘。昨日大尹老爷唤老媳妇当官分付过了，老媳妇正没处寻。宅上这位小娘子，正中其选。只是异乡之人，怕大娘不舍得与他。”贾婆想道：“我正要寻个远方的主顾，来得正好！况且知县相公要了人去，丈夫回来，料也不敢则声。”便道：“做官府家陪嫁，胜似在我家十倍，我有什么不舍得？只是不要亏了我的原价便好。”张婆道：“原价许多？”贾婆道：“十来岁时，就是五十两讨的，如今饭钱又弄一主在身上了。”张婆道：“吃的饭是算不得账。这五十两银子在老媳妇身上。”贾婆道：“那一个老丫头，也替我觅个人家便好。他两个是一伙儿来的，去了一个，那一个也养不家了。况且年纪一二十之外，又是要老公的时候，留他什么！”张婆道：“那个要多少身价？”贾婆道：“原是三十两银子讨的。”牙婆道：“粗货儿，直不得这许多。若是减得一半，老媳妇到有个外甥在身边，三十岁了。老媳妇原许下与他娶一房妻小的，因手头不宽展，捱下去。这到是雌雄一对儿。”贾婆道：“既是你的外甥，便让你五两银子。”张婆道：“连这小娘子的媒礼在内，让我十两罢！”贾婆道：“也不为大事，你且说合起来。”张婆道：“老媳妇如今先去回复知县相公。若讲得成时，一手交钱，一手就要交货的。”贾婆道：“你今晚还来不?”张婆道：“今晚还要与外甥商量，来不及了，明日早来回话。多分两个都要成的⑲。”说罢，别去，不在话下。

⑱大尹：县令、知县的别称。

⑲多分（fèn）：多半，很可能。

却说大尹钟离义，到任有一年零三个月了。前任马公，是顶那石大尹的缺。马公升任去后，钟离义又是顶马公的缺。钟离大尹与德安高大尹，原是个同乡。高大尹下二子，长曰高登，年十八岁；次曰高升，年十六岁。这高登便是钟离公的女婿。自来钟离公未曾有子，止生此女，小字瑞枝，方年一十七岁，选定本年十月望日出嫁⑳。此时九月下旬，吉期将近。钟离公分付张婆，急切要寻个陪嫁。张婆得了贾家这头门路，就去回复大尹。大尹道：“若是人物好时，就是五十两也不多。明日库上来领价，晚上就要过门的。”张婆道：“领相公钧旨。”当晚回家，与外甥赵二商议，有这相应的亲事㉑，要与他完婚。赵二先欢喜了一夜。次早，赵二便去整理衣褶㉒，准备做新郎。张婆到家中，先凑足了二十两身价，随即到县取知县相公钧帖，到库上兑了五十两银子，来到贾家，把这两项银子交付与贾婆，分疏得明明白白㉓。贾婆都收下了。

⑳望日：夏历每月十五日为望日，月亮盈满。

㉑相应：便宜。

㉒衣褶（zhě）：泛指衣裳，上衣和裤子。

㉓分疏：分别一样一样讲清楚，形容处理得有条有理。

少顷，县中差两名皂隶[24]，两个轿夫，抬着一顶小轿，到贾家门首停下。贾家初时都不通月香晓得，临期竟打发他上轿。月香正不知教他那里去，和养娘两个，叫天叫地，放声大哭。贾婆不管三七二十一，和张婆两个，你一推，我一㧐[25]，㧐他出了大门。张婆方才说明："小娘子，不要啼哭了！你家主母将你卖与本县知县相公处，做小姐的陪嫁。此去好不富贵！官府衙门，不是耍处，事到其间，哭也无益。"月香只得收泪，上轿而去。

㉔皂隶：衙门里的差役，因穿黑色服装，故名皂隶。

㉕㧐（sǒng）：方言，同"耸"，推。

轿夫抬进后堂。月香见了钟离义，还只万福。张婆在旁道："这就是老爷了，须下个大礼！"月香只得磕头。立起身来，不觉泪珠满面。张婆教他拭干了泪眼，引入私衙，见了夫人和瑞枝小姐。问其小名，对以"月香"。夫人道："好个'月香'二字！不必更改，就发他伏侍小姐。"钟离公厚赏张婆，不在话下。

可怜宦室娇香女，权作闺中使令人。

张婆出衙，已是酉牌时分。再到贾家，只见那养娘正思想小姐，在厨下痛哭。贾婆对他说道："我今把你嫁与张妈妈的外甥，一夫一妇，比月香到胜几分，莫要悲伤了！"张婆也劝慰了一番。赵二在混堂内洗了个净浴，打扮得帽儿光光，衣衫簇簇，自家提了一碗灯笼前来接亲。张婆就教养娘拜别了贾婆。那养娘原是个大脚，张婆扶着步行到家，与外甥成亲。

话休絮烦。再说月香小姐，自那日进了钟离相公衙内，次日，夫人分付新来婢子，将中堂打扫。月香领命，携帚而去。钟离义梳洗已毕，打点早衙理事，步出中堂，只见新来婢子呆呆的把着一把扫帚，立于庭中。钟离公暗暗称怪，悄地上前看时，原来庭中有一个土穴，月香对了那穴，汪汪流泪。钟离公不解其故，走入中堂，唤月香上来，问其缘故。月香愈加哀泣，口称不敢。钟离公再三诘问，月香方才收泪而言道："贱妾幼时，父亲曾于此地教妾蹴毬为戏，误落毬于此穴。父亲问妾道：'你可有计较，使毬自出于穴，不须拾取？'贱妾答云：'有计。'即遣养娘取水灌之。水满毬浮，自出穴外。父亲谓妾聪明，不胜之喜。今虽年久，尚然记忆。睹物伤情，不觉哀泣。愿相公俯赐矜怜，勿加罪责！"钟离公大惊道："汝父姓甚名谁？你幼时如何得到此地？须细细说与我知！"月香道："妾父姓石名璧，六年前，在此作县尹。为天火烧仓，朝廷将父革职，勒令倍偿，父亲病郁而死，有司将妾和养娘卖到本县贾公家。贾公向被冤系，感我父活命之恩，故将贱妾甚相看待，抚养至今。因贾公出外为商，其妻不能相容，将妾转卖于此。只此实情，并无欺隐。"

今朝诉出衷肠事，铁石人知也泪垂。

钟离公听罢，正是兔死

狐悲，物伤其类："我与石璧一般是个县尹。他只为遭时不幸，遇了天灾，亲生女儿就沦于下贱。我若不闻不见，到也罢了。天教他到我衙里，我若不扶持他，同官体面何存！石公在九泉之下，以我为何如人！"当下请夫人上堂，就把月香的来历细细叙明。夫人道："似这等说，他也是个县令之女，岂可贱婢相看。目今女孩儿嫁期又逼，相公何以处之？"钟离公道："今后不要月香服役，可与女孩儿姊妹相称，下官自有处置。"即时修书一封，差人送到亲家高大尹处。高大尹拆书观看，原来是求宽嫁娶之期。书上写道：

婚男嫁女，虽父母之心；舍己成人，乃高明之事。近因小女出阁，预置媵婢月香[26]。见其颜色端丽，举止安详，心窃异之。细访来历，乃知即两任前石县令之女。石公廉吏，因仓火失官丧躯，女亦官卖，转展售于寒家。同官之女，犹吾女也。此女年已及笄，不惟不可屈为媵婢，且不可使吾女先此女而嫁。仆今急为此女择婿，将以小女薄奁嫁之。令郎姻期，少待改卜。特此拜恳，伏惟情谅。钟离义顿首。

㉖媵（yìng）婢：随房陪嫁的丫头。

高大尹看了道："原来如此！此长者之事，吾奈何使钟离公独擅其美！"即时回书云：

鸾凤之配，虽有佳期；狐兔之悲，岂无同志？在亲翁既以同官之女为女，在不佞宁不以亲翁之心为心？三复示言，令人悲恻。此女廉吏血胤[27]，无惭阀阅[28]。愿亲家即赐为儿妇，以践始期；令爱别选高门，庶几两便。昔蘧伯玉耻独为君子[29]，仆今者愿分亲翁之谊。高原顿首。

㉗血胤（yìn）：血统，后代，骨血。

㉘阀阅：有名望的人家门前立两根大木柱，把功勋、地位都写在上面，左边的叫阀，右边的叫阅。

㉙蘧（qú）伯玉耻独为君子：蘧伯玉，春秋时卫国贤大夫。"蘧伯玉耻独为君子"这句话见于《后汉书·王畅传》，是刘表谏王畅的话。

使者将回书呈与钟离公看了。钟离公道："高亲家愿娶孤女，虽然义举；但吾女他儿，久已聘定，岂可更改？还是从容待我嫁了石家小姐，然后另备妆奁，以完吾女之事。"当下又写书一封，差人再达高亲家。高公开书读道：

娶无依之女，虽属高情；更已定之婚，终乖正道。小女与令郎，久谐凤卜[30]，准拟鸾鸣。在令郎停妻而娶妻，已违古礼；使小女舍婿而求婿，难免人非。请君三思，必从前议。义惶恐再拜。

㉚凤卜：指求得合适的婚姻。

高公读毕，叹道："我一时思之不熟。今闻钟离公之言，惭愧无地。我如今有个两尽之道，使钟离公得行其志，而吾亦同享其名。万世而下，以为美谈。"即时复书云：

以女易女，仆之慕谊虽殷；停妻娶妻，君之引礼甚正。仆之次男高升，年方十七，尚未缔姻。令爱归我长儿，石女属我次子。佳儿佳妇，两对良姻；一死一生，千秋高谊。

妆奁不须求备，时日且喜和同。伏冀俯从，不须改卜。原惶恐再拜。

钟离公得书，大喜道："如此处分，方为双美。高公义气，真不愧古人。吾当拜其下风矣！"当下即与夫人说知，将一副妆奁，剖为两分，衣服首饰，稍稍增添。二女一般，并无厚薄。到十月望前两日，高公安排两乘花花细轿，笙箫鼓吹，迎接两位新人。钟离公先发了嫁装去后，随唤出瑞枝、月香两个女儿，教夫人分付他为妇之道。二女拜别而行。月香感念钟离公夫妇恩德，十分难舍，号哭上轿，一路趱行，自不必说。到了县中，恰好凑着吉日良时，两对小夫妻，如花如锦，拜堂合卺[31]。高公夫妇欢喜无限。正是：

百年好事从今定，一对姻缘天上来。

㉛合卺（jǐn）：旧时夫妻成婚的礼仪形式，俗称交杯酒。

再说钟离公嫁女三日之后，夜间忽得一梦，梦见一位官人，幞头象简[32]，立于面前，说道："吾乃月香之父石壁是也。生前为此县大尹，因仓粮失火，赔偿无措，郁郁而亡。上帝察其清廉，悯其无罪，敕封吾为本县城隍之神。月香吾之爱女，蒙君高谊，拔之泥中，成其美眷，此乃阴德之事，吾已奏闻上帝。君命中本无子嗣，上帝以公行善，赐公一子，昌大其门。君当致身高位，安享遐龄[33]。临县高公，与君同心，愿娶孤女，上帝嘉悦，亦赐二子高官厚禄，以酬其德。君当传与世人，广行方便，切不可凌弱暴寡，利己损人。天道昭昭，纤毫洞察。"说罢，再拜。钟离公答拜起身，忽然踏了衣服前幅，跌上一交，猛然惊醒，乃是一梦，即时说与夫人知道，夫人亦嗟呀不已。待等天明，钟离公打轿到城隍庙中，焚香作礼，捐出俸资百两，命道士重新庙宇，将此事勒碑，广谕众人。又将此梦备细写书，报与高公知道。高公把书与两个儿子看了，各各惊讶。钟离夫人年过四十，忽然得孕生子，取名天赐。后来钟离义归宋，任至龙图阁大学士[34]，寿享九旬。子天赐，为大宋状元。高登、高升俱仕宋朝，官至卿宰。此是后话。

㉜幞（fú）头：古代男子用的一种头巾。象简：用象牙做成的臣

子上朝时所拿的手板。有事就写在上面，以备遗忘。

㉝遐龄：高寿，高龄。

㉞龙图阁大学士：宋真宗赵恒在殿中建龙图阁，存放皇帝御书、各种典籍、图画、宝瑞等物。有学士、直学士、待制、直阁等官。大学士是明朝官职，有宰相的身份。

且说贾昌在客中，不久回来，不见了月香小姐和那养娘。询知其故，与婆娘大闹几场。后来知得钟离相公将月香为女，一同小姐嫁与高门。贾昌无处用情，把银二十两，要赎养娘送还石小姐。那赵二恩爱夫妻，不忍分拆，情愿做一对投靠。张婆也禁他不住。贾昌领了赵二夫妻，直到德安县，禀知大尹高公。高公问了备细，进衙又问媳妇月香，所言相同。遂将赵二夫妻收留，以金帛厚酬贾昌。贾昌不受而归。从此贾昌恼恨老婆无义，立誓不与他相处，另招一婢，生下两男。此亦作善之报也。后人有诗叹云：

人家嫁娶择高门，谁肯周全孤女婚？

试看两公阴德报，皇天不负好心人。

二　卖油郎独占花魁

【精要简介】

本篇讲述的是名妓“花魁娘子”莘瑶琴与卖油郎秦重之间的爱情故事，强调了生活中的人性和真情，表现了普通市民的爱情观。

【原文鉴赏】

年少争夸风月，场中波浪偏多。有钱无貌意难和，有貌无钱不可。

就是有钱有貌，还须着意揣摩。知情识趣俏哥哥，此道谁人赛我。

这首词名为《西江月》，是风月机关中撮要之论[①]。常言道：“妓爱俏，妈爱钞。”所以子弟行中[②]，有了潘安般貌，邓通般钱[③]，自然上和下睦，做得烟花寨内的大王，鸳鸯会上的主盟。然虽如此，还有个两字经儿，叫做“帮衬”[④]。帮者，如鞋之有帮；衬者，如衣之有衬。但凡做小娘的[⑤]，有一分所长，得人衬贴，就当十分。若有短处，曲意替他遮护，更兼低声下气，送暖偷寒，逢其所喜，避其所讳，以情度情，岂有不爱之理。这叫做帮衬。风月场中，只有会帮衬的最讨便宜，无貌而有貌，无钱而有钱。假如郑元和在卑田院做了乞儿[⑥]，此时囊箧俱空，容颜非旧，李亚仙于雪天遇之，便动了一个恻隐之心，将绣襦包里，美食供养，与他做了夫妻。这岂是爱他之钱，恋他之貌？只为郑元和识趣知情，善于帮衬，所以亚仙心中舍他不得。你只看亚仙病中想马板肠汤吃，郑元和就把五花马杀了，取肠煮汤奉之。只这一节上，亚仙如何不念其情？后来郑元和中了状元，李亚仙封为汧国夫人。莲花落打出万年策，卑田院变做了白玉楼。一床锦被遮盖，风月场中反为美谈。这是：

运退黄金失色，时来铁也生光。

①风月机关：即风月场，指妓院。风月，指男女私情。

②子弟：嫖客。

③邓通：西汉蜀郡南安人，汉文帝幸臣，汉文帝赐他蜀郡的铜矿，并准许他自行铸造通用的钱，这样“邓氏钱”遍天下，邓氏富甲天下。景帝即位后，夺其铜山，没收所有家产，最后流落、饿死。

④帮衬：帮忙，陪衬。

⑤小娘：这里指妓女。

⑥卑田院：应作悲田院。佛教称贫穷为“悲田”。卑田院原为佛寺救济贫民之所，后来泛称收容乞丐的地方。

话说大宋自太祖开基，太宗嗣位，历传真、仁、神、哲，共是七代帝王，都则偃武修文，民安国泰。到了徽宗道君皇帝，信任蔡京、高俅、杨戬、朱勔之徒⑦，大兴苑囿，专务游乐，不以朝政为事。以致万民嗟怨，金虏乘之而起，把花锦般一个世界，弄得七零八落。直至二帝蒙尘⑧，高宗泥马渡江⑨，偏安一隅，天下分为南北，方得休息。其中数十年，百姓受了多少苦楚。正是：

甲马丛中立命，刀枪队里为家。

杀戮如同戏耍，抢夺便是生涯。

⑦蔡京、高俅、杨戬（jiǎn）、朱勔（miǎn）：都是北宋末年的奸臣。

⑧二帝蒙尘：宋徽宗赵佶和宋钦宗赵桓父子，先后被金兵俘虏，这里用“蒙尘”是婉转说法。

⑨高宗泥马渡江：高宗赵构，宋徽宗赵佶的儿子，封康王。金兵攻陷开封俘获二帝后，大军南下，追赶赵构，相传他于危难中骑了一匹马过了长江，过江之后才发现所骑的是一匹泥马。

内中单表一人，乃汴梁城外安乐村居住，姓莘，名善，浑家阮氏。夫妻两口，开个六陈铺儿⑩。虽则粜米为生，一应麦豆茶酒油盐杂货，无所不备，家道颇颇得过[11]。年过四旬，止生一女，小名叫做瑶琴。自小生得清秀，更且资性聪明。七岁上，送在村学中读书，日诵千言。十岁时，便能吟诗作赋，曾有《闺情》一绝，为人传诵。诗云：

朱帘寂寂下金钩，香鸭沉沉冷画楼。

移枕怕惊鸳并宿，挑灯偏惜蕊双头。

⑩六陈铺儿：杂粮铺，粮食铺。大米、大小麦、大小豆、芝麻等六种粮食可以久藏，叫作“六陈”。

⑪颇颇：很可以。

到十二岁，琴棋书画，无所不通。若题起女工一事，飞针走线，出人意表。此乃天生伶俐，非教习之所能也。莘善因为自家无子，要寻个养女婿，来家靠老。只因女儿灵巧多能，难乎其配，所以求亲者颇多，都不曾许。不幸遇了金虏猖獗，把汴梁城围困，四方勤王之师虽多，宰相主了和议，不许厮杀。以致虏势愈甚，打破了京城，劫迁了二帝。那时城外百姓，一个个亡魂丧胆，携老扶幼，弃家逃命。

却说莘善领着浑家阮氏，和十二岁的女儿，同一般逃难的，背着包裹，结队而走。

忙忙如丧家之犬，急急如漏网之鱼。担渴担饥担劳苦，此行谁是家乡？叫天叫地叫祖宗，惟愿不逢鞑虏[12]。正是：宁为太平犬，莫作乱离人！

⑫鞑虏：与后文中的“鞑子”同义，都指金人。

正行之间，谁想鞑子到不曾遇见，却逢着一阵败残的官兵。他看见许多逃难的百姓，多背得有包裹，假意呐喊道：“鞑子来了！”沿路放起一把火来。此时天色将晚，吓得众百姓落荒乱窜，你我不相顾。他就乘机抢掠。若不肯与他，就杀害了。这是乱中生乱，苦上加苦。

却说莘氏瑶琴，被乱军冲突，跌了一交，爬起来，不见了爹娘，不敢叫唤，躲在道旁古墓之中。过了一夜。到天明，出外看时，但见满目风沙，死尸横路。昨日同时避难之人，都不知所往。瑶琴思念父母，痛哭不已。欲待寻访，又不认得路径，只得望南而行。哭一步，捱一步。约莫走了二里之程。心上又苦，腹中又饥。望见土房一所，想必其中有人，欲待求乞些汤饮。及至向前，却是破败的空屋，人口俱逃难去了。瑶琴坐于土墙之下，哀哀而哭。

自古道："无巧不成话。"恰好有一人从墙下而过。那人姓卜名乔，正是莘善的近邻，平昔是个游手游食，不守本分，惯吃白食、用白钱的主儿，人都称他是卜大郎。也是被官军冲散了同伙，今日独自而行。听得啼哭之声，慌忙来看。瑶琴自小相认，今日患难之际，举目无亲，见了近邻，分明见了亲人一般，即忙收泪，起身相见，问道："卜大叔，可曾见我爹妈么？"卜乔心中暗想："昨日被官军抢去包裹，正没盘缠。天生这碗衣饭，送来与我，正是奇货可居。"便扯个谎道："你爹和妈，寻你不见，好生痛苦，如今前面去了，分付我道：'倘或见我女儿，千万带了他来，送还了我。'许我厚谢。"瑶琴虽是聪明，正当无可奈何之际，君子可欺以其方[13]，遂全然不疑，随着卜乔便走，正是：

情知不是伴，事急且相随。

⑬君子可欺以其方：君子为人正直，不懂人家的坏心眼，坏人就可以利用这一点去欺骗他们。

卜乔将随身带的干粮，把些与他吃了，分付道："你爹妈连夜走的。若路上不能相遇，直要过江到建康府，方可相会。一路上同行，我权把你当女儿，你权叫我做爹。不然，只道我收留迷失子女，不当稳便[14]。"瑶琴依允。从此陆路同步，水路同舟，爹女相称。到了建康府，路上又闻得金兀术四太子，引兵渡江，眼见得建康不得宁息。又闻得康王即位，已在杭州驻跸，改名临安。遂趁船到润州，过了苏、常、嘉、湖，直到临安地面，暂且饭店中居住。也亏卜乔，自汴京至临安，三千馀里，带那莘瑶琴下来，身边藏下些散碎银两，都用尽了，连身上外盖衣服，脱下准了店钱[15]，止剩得莘瑶琴一件活货，欲行出脱。访得西湖上烟花王九妈家，要讨养女，遂引九妈到店中，看货还钱。九妈见瑶琴生得标致，讲了财礼五十两。卜乔兑足了银子，将瑶琴送到王家。原来卜乔有智，在王九妈前，只说："瑶琴是我亲生之女，不幸到你门户人家[16]，须是款款的教训，他自然从顺，不要性急。"在瑶琴面前，又说："九妈是我至亲，权时把你寄顿他家，待我从容访知你爹妈下落，再来领你。"以此瑶琴欣然而去。

可怜绝世聪明女，堕落烟花罗网中。

⑭不当稳便：不大稳妥、妥当。

⑮准：兑换，抵偿。

⑯门户人家：指妓院。

王九妈新讨了瑶琴，将他浑身衣服，换个新鲜，藏于曲楼深处。终日好茶好饭，去将息他，好言好语，去温暖他。瑶琴既来之，则安之。

住了几日，不见卜乔回信。思量爹妈，噙着两行珠泪，问九妈道："卜大叔怎不来看我？"九妈道："那个卜大叔？"瑶琴道："便是引我到你家的那个卜大郎。"九妈道："他说是你的亲爹。"瑶琴道："他姓卜，我姓莘。"遂把汴梁逃难，失散了爹妈，中途遇见了卜乔，引到临安，并卜乔哄他的说话，细述一遍。九妈道："原来恁地，你是个孤身女儿，无脚蟹[17]。我索性与你说明罢：那姓卜的把你卖在我家，得银五十两去了。我们是门户人家，靠着粉头过活。家中虽有三四个养女，并没个出色的。爱你生得齐整，把做个亲女儿相待。待你长成之时，包你穿好吃好，一生受用。"瑶琴听说，方知被卜乔所骗，放声大哭。九妈劝解，良久方止。

⑰无脚蟹：螃蟹没有脚就走不成，形容无依无靠的女人。

自此九妈将瑶琴改做王美，一家都称为美娘，教他吹弹歌舞，无不尽善。长成一十四岁，娇艳非常。临安城中，这些富豪公子，慕其容貌，都备着厚礼求见。也有爱清标的，闻得他写作俱高，求诗求字的，日不离门。弄出天大的名声出来，不叫他美娘，叫他做"花魁娘子"。西湖上子弟编出一支《挂枝儿》，单道那花魁娘子的好处：

小娘中，谁似得王美儿的标致，又会写，又会画，又会做诗，吹弹歌舞都馀事。常把西湖比西子，就是西子比他也还不如。那个有福的汤着他身儿[18]，也情愿一个死。

只因王美有了个盛名，十四岁上，就有人来讲梳弄[19]。一来王美不肯，二来王九妈把女儿做金子看成，见他心中不允，分明奉了一道圣旨，并不敢违拗。又过了一年，王美年方十五。原来门户中梳弄，也有个规矩：十三岁太早，谓之"试花"。皆因鸨儿爱财，不顾痛苦。那子弟也只博个虚名，不得十分畅快取乐。十四岁，谓之"开花"。此时天癸已至[20]，男施女受，也算当时了。到十五，谓之"摘花"。在平常人家还算年小，惟有门户人家以为过时。王美此时未曾梳弄，西湖上子弟，又编出一支《挂珠儿》来：

王美儿，似木瓜，空好看。十五岁，还不曾与人汤一汤。有名无实成何干！便不是石女，也是二行子的娘㉑。若还有个好好的羞羞，也如何熬得这些时痒。

⑱汤：挨着，接触。

⑲梳弄：也作“梳栊”“梳笼”，指妓女第一次接客。从前妓院里未接过客的清倌（处女）头上只梳辫子，接客以后就梳髻，叫梳弄。

⑳天癸：古医书指促使女子月经和男子精液出现的自然机制，这里指月经。

㉑二行子：也作“二行子”“二性子”，兼有男女二性的畸形人。

王九妈听得这些风声，怕坏了门面，来劝女儿接客。王美执意不肯，说道：“要我会客时，除非见了亲生爹妈。他肯做主时，方才使得。”王九妈心里又恼他，又不舍得难为他。捱了好些时。

偶然有个金二员外，大富之家，情愿出三百两银子，梳弄美娘。九妈得了这主大财，心生一计。与金二员外商议：若要他成就，除非如此如此，金二员外意会了。其日八月十五日，只说请王美湖上看潮。请至舟中，三四个帮闲，俱是会中之人，猜拳行令，做好做歉，将美娘灌得烂醉如泥。扶到王九妈家楼中，卧于床上，不省人事。此时天气和暖，又没几层衣服。妈儿亲手伏侍，剥得他赤条条，任凭金二员外行事。金二员外那话儿，又非兼人之具，轻轻的撑开两股，用些涎沫，送将进去。比及美娘梦中觉痛，醒将转来，已被金二员外耍得勾了。欲待挣扎，争奈手足俱软，由他轻薄了一回。直待绿暗红飞，方始雨收云散。正是：

雨中花蕊方开罢，镜里娥眉不似前。

五鼓时，美娘酒醒，已知鸨儿用计，破了身子，自怜红颜命薄，遭此强横。起来解手，穿了衣服，自在床边一个斑竹榻上，朝着里壁睡了，暗暗垂泪。金二员外来亲近他时，被他劈头劈脸，抓有几个血痕。金二员外好生没趣，捱得天明，对妈儿说声：“我去也。”妈儿要留他时，已自出门去了。

从来梳弄的子弟，早起时，妈儿进房贺喜，行户中都来称贺，还要吃几日喜酒。那子弟多则住一二月，最少也住半月二十日。只有金二员外侵早出门，是从来未有之事。王九妈连叫诧异。披衣起身上楼，只见美娘卧于榻上，满眼流泪。九妈要哄他上行，连声招许多不是，美娘只不开口，九妈只得下楼去了。美娘哭了一日，茶饭不沾。从此托病，不肯下楼，连客也不肯会面了。

九妈心下焦躁。欲待把他凌虐，又恐他烈性不从，反冷了他的心肠。欲待由他，本是要他赚钱，若不接客时，就养到一百岁，也没用。踌躇数日，无计可施。忽然想起，有个结义妹子，叫做刘四妈，时常往来。他能言快语，与美娘甚说得着。何不接取他来，下个说词？若得他回心转意，大大的烧个利市[22]。当下叫保儿去请刘四妈到前楼坐下，诉以衷情。刘四妈道：“老身是个女随何、雌陆贾[23]，说得罗汉思情，嫦娥想嫁。这件事，都在老身身上。”九妈道：“若得如此，做姐的情愿与你磕头。你多吃杯茶去，省得说话时口干。”刘四妈道：“老身天生这副海口，便说到明日，还不干哩。”

㉒烧个利市：指烧纸敬神，表示庆贺。

㉓女随何、雌陆贾：两人都是西汉初辩士，善当说客。

刘四妈吃了几杯茶，转到后楼，只见楼门紧闭。刘四妈轻轻的叩了一下，叫声：“侄女！”美娘听得是四妈声音，便来开门。两下相见了，四妈靠桌朝下而坐，美娘傍坐相陪。四妈看他桌上铺着一幅细绢，才画得个美人的脸儿，还未曾着色。四妈称赞道：“画得好，真是巧手！九阿姐不知怎生样造化，偏生遇着你这一个伶俐女儿，又好人物，又好技艺，就是堆上几千两黄金，满临安走遍，可寻出个对儿么？”美娘道：“休得见笑！今日甚风吹得姨娘到来？”刘四妈道：“老身时常要来看你，只为家务在身，不得空闲。闻得你恭喜梳弄了，今日偷空而来，特特与九阿姐叫喜。”美儿听得提起“梳弄”二字，满脸通红，低着头不来答应。

刘四妈知他害羞，便把椅儿掇上一步，将美娘的手儿牵着，叫声：“我儿！做小娘的，不是个软壳鸡蛋，怎的这般嫩得紧？似你恁地怕羞，如何赚得大主银子？”美娘道：“我要银子做甚？”四妈道：“我儿，你便不要银子，做娘的看得你长大成人，难道不要出本？自古道：‘靠山吃山，靠水吃水’。九阿姐家有几个粉头，那一个赶得上你的脚跟来？一园瓜，只看得你是个瓜种。九阿姐待你也不比其他。你是聪明伶俐的人，也须识些轻重。闻得你自梳弄之后，一个客也不肯相接，是甚么意儿？都像你的意时，一家人口，似蚕一般，那个把桑叶喂他？做娘的抬举你一分，你也要与他争口气儿，莫要反讨众丫头们批点。”美娘道：“由他批点，怕怎的！”刘四妈道：“阿呀！批点是个小事，你可晓得门户中的行径么？”美娘道：“行径便怎的？”刘四妈道：“我们门户人家，吃着女儿，穿着女儿，用着女儿，侥幸讨得一个像样的，分明是大户人家置了一所良田美产。年纪幼小时，巴不得风吹得大。到得梳弄过后，便是田产成熟，日日指望花利到手受用。前门迎新，后门送旧，张郎送米，李郎送柴，往来热闹，才是个出名的姊妹行家。”

美娘道：“羞答答，我不做这样事！”刘四妈掩着口，格的笑了一声，道：“不做这样事，可是由得你的？一家之中，有妈妈做主。做小娘的若不依他教训，动不动一顿皮鞭，打得你不生不死。那时不怕你不走他的路儿。九阿姐一向不难为你，只可惜你聪明标致，从小娇美的，要惜你的廉耻，存你的体面。方才告诉我许多话，说你不识好歹，放着鹅毛不知轻，顶着磨子不知重，心下好生不悦，教老身来劝你。你若执意不从，惹他性起，一时翻过脸来，骂一顿，打一顿，你待走上天去！凡事只怕个起头。若打破了头时，朝一顿，暮一顿，那时熬这些痛苦不过，只得接客，却不把千金声价弄得低微了？还要被姊妹中笑话。依我说，吊桶已自落在他井里，挣不起了。不如千欢万喜，倒在娘的怀里，落得自己快活。”

美娘道：“奴是好人家儿女，误落风尘。倘得姨娘主张从良[24]，胜造九级浮图。若要我倚门献笑，送旧迎新，宁甘一死，决不情愿。”刘四妈道：“我儿，从良是个有志气的事，怎么说道不该！只是从良也有几等不同。”美娘道：“从良有甚不同之处？”刘四妈道：“有个真从良，有个假从良，有个苦从良，有个乐从良。有个趁好的从良，有个没奈何的从良。有个了从良，有个不了的从良。我儿，耐心听我分说。

㉔从良：古代妓女隶属在乐籍，是一种贱业，脱籍赎身嫁人叫“从良”。

“如何叫做真从良？大凡才子必须佳人，佳人必须才子，方成佳配。然而好事多磨，往往求之不得。幸然两下相逢，你贪我爱，割舍不下，一个愿讨，一个愿嫁，好像捉对的蚕蛾，死也不放。这个谓之真从良。怎么叫做假从良？有等子弟爱着小娘，小娘却不爱那子弟。本心不愿嫁他，只把个嫁字儿哄他心热，撒漫使钱。比及成交，却又推故不就。又有一等痴心子弟，晓得小娘心肠不对他，偏要娶他回去。拚着一主大钱，动了妈儿的火，不怕小娘不肯。勉强进门，心中不顺，故意不守家规，小则撒泼放肆，大则公然偷汉。人家容留不得。多则一年，少则半载，依旧放他出来，为娼接客。把从良二字，只当个撰钱的题目。这个谓之假从良。

“如何叫做苦从良？一般样子弟爱小娘，小娘不爱那子弟，却被他以势凌之。妈儿惧祸，已自许了。做小娘的，身不由主，含泪而行。一入侯门，如海之深，家法又严，抬头不得。半妾半婢，忍死度日。这个谓之苦从良。如何叫做乐从良？做小娘的，正当择人之际，偶然相交个子弟。见他情性温和，家道富足，又且大娘子乐善，无男无女，指望他日过门，与他生育，就有主母之分。以此嫁他，图个日前安逸，日后出身，这个谓之乐从良。

“如何叫做趁好的从良？做小娘的，风花雪月，受用已勾，趁这盛名之下，求之者众，任我拣择个十分满意的嫁他，急流勇退，及早回头，不致受人怠慢。这个谓之趁好的从良。如何叫做没奈何的从良？做小娘的，原无从良之意，或因官司逼迫，或因强横欺瞒，又或因债负太多，将来赔偿不起，别口气，不论好歹，得嫁便嫁，买静求安，藏身之法，这谓之没奈何的从良。

“如何叫做了从良？小娘半老之际，风波历尽，刚好遇个老成的孤老[25]，两下志同道合，收绳卷索，白头到老。这个谓之了从良。如何叫做不了的从良？一般你贪我爱，火热的跟他，却是一时之兴，没有个长算。或者尊长不容，或者大娘妒忌，闹了几场，发回妈家，追取原价。又有个家道凋零，养他不活，苦守不过，依旧出来赶趁，这谓之不了的从良。”

㉕孤老：长期固定包定某妓女的嫖客称孤老。非正式夫妻关系中的妇女对所结识的男人，也称孤老。

美娘道：“如今奴家要从良，还是怎地好？”刘四妈道：“我儿，老身教你个万全之策。美娘道：“若蒙教导，死不忘恩。”刘四妈道：“从良一事，入门为净。况且你身子已被人捉弄过了，就是今夜嫁人，叫不得个黄花女儿。千错万错，不该落于此地。这就是你命中所招了。做娘的费了一片心机，若不帮他几年，趁过千把银子，怎肯放你出门？还有一件，你便要从良，也须拣个好主儿。这些臭嘴臭脸的，难道就跟他不成？你如今一个客也不接，晓得那个该从，那个不该从？假如你执意不肯接客，做娘的没奈何，寻个肯出钱的主儿，卖你去做妾，这也叫做从良。那主儿或是年老的，或是貌丑的，或是一字不识的村牛，你却不肮脏了一世！比着把你料在水里，还有扑通的一声响，讨得旁人叫一声可惜。依着老身愚见，还是俯从人愿，凭着做娘的接客。似你恁般才貌，等闲的料也不敢相扳，无非是王孙公子，贵客豪门，也不辱没了你。一来风花雪月，趁着年少受用，二来作成妈儿，起个家事，三来使自己也积攒些私房，免得日后求人。过了十年五载，遇个知心着意的，说得来，话得着，那时老身与你做媒，好模好样的嫁去，做娘的也放得你下了，可不两得其便？”美娘听说，微笑而不言。刘四妈已知美娘心中活动了，便道：“老身句句是好话，你依着老身的话时，后来还要感激我哩。”说罢起身。

王九妈伏于楼门之外，一句句都听得的。美娘送刘四妈出房门，劈面撞着了九妈，满面羞惭，缩身进去。王九妈随着刘四妈，再到前楼坐下。刘四妈道：“侄女十分执意，被老身左说右说，一块硬铁看看溶做热汁。你如今快快寻个覆帐的主儿[26]，他必然肯就。那时做妹子的再来贺喜。”王九妈连连称谢。是日备饭相待，尽醉而别。后来西湖上子弟们又有只《挂枝儿》单说那刘四妈说词一节：

刘四妈，你的嘴舌儿好不利害！便是女随何、雌陆贾，不信有这大才。说着长，道着短，全没些破败。就是醉梦中，被你说得醒；就是聪明的，被你说得呆，好个烈性的姑娘，也被你说得他心地改。

㉖覆帐：再次接客。

再说王美娘自听了刘四妈一席话儿，思之有理。以后有客求见，欣

然相接。覆帐之后，宾客如市。捱三顶五，不得空闲，声价愈重。每一晚白银十两，兀自你争我夺。王九妈趁了若干钱钞，欢喜无限。美娘也留心，要拣个心满意足的，急切难得。正是：

易求无价宝，难得有情郎。

话分两头。却说临安城清波门外，有个开油店的朱十老，三年前过继一个小厮，也是汴京逃难来的，姓秦名重，母亲早丧，父亲秦良，十三岁上将他卖了，自己在上天竺去做香火。朱十老因年老无嗣，又新死了妈妈，把秦重做亲子看成，改名朱重，在店中学做卖油生理。初时父子坐店甚好，后因十老得了腰痛的病，十眠九坐，劳碌不得，另招个伙计，叫做邢权，在店相帮。

光阴似箭，不觉四年有馀。朱重长成一十七岁，生得一表人才。虽然已冠，尚未娶妻。那朱十老家有个侍女，叫做兰花，年已二十之外，有心看上了朱小官人，几遍的倒下钩子去勾搭他。谁知朱重是个老实人，又且兰花龌龊丑陋，朱重也看不上眼，以此落花有意，流水无情。那兰花见勾搭朱小官人不上，别寻主顾，就去勾搭那伙计邢权。邢权是望四之人，没有老婆，一拍就上。两个暗地偷情，不止一次，反怪朱小官人碍眼，思量寻事赶他出门。邢权与兰花两个里应外合，使心设计。兰花便在朱十老面前，假意撇清说；“小官人几番调戏，好不老实！”朱十老平时与兰花也有一手，未免有拈酸之意。邢权又将店中卖下的银子藏过，在朱十老面前说道：“朱小官在外赌博，不长进，柜里银子几次短少，都是他偷去了。”初次朱十老还不信，接连几次，朱十老年老糊涂，没有主意，就唤朱重过来，责骂了一场。

朱重是个聪明的孩子，已知邢权与兰花的计较，欲待分辨，惹起是非不小，万一老者不听，枉做恶人。心生一计，对朱十老说道：“店中生意淡薄，不消得二人。如今让邢主管坐店，孩儿情愿挑担子出去卖油。卖得多少，每日纳还，可不是两重生意？”朱十老心下也有许可之意，又被邢权说道：“他不是要挑担出去，几年上偷银子做私房，身边积攒有馀了，又怪你不与他定亲，心下怨怅，不愿在此相帮，要讨个出场，自去娶老婆，做人家去。”朱十老叹口气道：“我把他做亲儿看成，他却如此歹意！皇天不佑！罢，罢，不是自身骨血，到底粘连不上，由去罢！”遂将三两银子把与朱重，打发出门，寒夏衣服和被窝都教他拿去。这也是朱十老好处。朱重料他不肯收留，拜了四拜，大哭而别。正是：

孝己杀身因谤语㉗，申生丧命为谗言㉘。

亲生儿子犹如此，何怪螟蛉受枉冤。

㉗孝己：殷高宗武丁的太子，很孝顺父母，因后母谗害被放逐而死。

㉘申生：春秋时晋献公的世子，被献公的小夫人骊姬所陷害，自杀。

原来秦良上天竺做香火，不曾对儿子说知。朱重出了朱十老之门，在众安桥下赁了一间小小房儿，放下被窝等件，买巨锁儿锁了门，便往长街短巷，访求父亲。连走几日，全没消息。没奈何，只得放下。在朱十老家四年，赤心忠良，并无一毫私蓄，只有临行时打发这三两银子，不勾本钱，做什么生意好？左思右量，只有油行买卖是熟闲。这些油坊多曾与他识熟，还去挑个卖油担子，是个稳足的道路。当下置办了油担家火，剩下的银两，都交付与油坊取油。那油坊里认得朱小官是个老实好人，况且小小年纪，当初坐店，今朝挑担上街，都因邢火计挑拨他出来，心中甚是不平。有心扶持他，只拣窨清的上好净油与他[29]，签子上又明让他些。朱重得了这些便宜，自己转卖与人，也放些宽，所以他的油比别人分外容易出脱。每日尽有些利息，又且俭吃俭用，积下东西来，置办些日用家业，及身上衣服之类，并无妄废。心中只有一件事未了，牵挂着父亲，思想："向来叫做朱重，谁知我是姓秦！倘或父亲来寻访之时，也没有个因由。"遂复姓为秦。说话的，假如上一等人，有前程的，要复本姓，或具札子奏过朝廷，或关白礼部、太学、国学等衙门，将册籍改正，众所共知。一个卖油的，复姓之时，谁人晓得？他有个道理，把盛油的桶儿，一面大大写个"秦"字，一面写"汴梁"二字，将油桶做个标识，使人一览而知。以此临安市上，晓得他本姓，都呼他为秦卖油。

㉙窨（yìn）清：形容油在地窖里埋藏过后的澄清的颜色。

时值二月天气，不暖不寒，秦重闻知昭庆寺僧人，要起个九昼夜功德，用油必多，遂挑了油担来寺中卖油。那些和尚们也闻知秦卖油之名，他的油比别人又好又贱，单单作成他。所以一连这九日，秦重只在昭庆寺走动。正是：

刻薄不赚钱，忠厚不折本。

这一日是第九日了。秦重在寺出脱了油，挑了空担出寺。其日天气晴明，游人如蚁。秦重绕河而行，遥望十景塘桃红柳绿，湖内画船箫鼓，往来游玩，观之不足，玩之有馀。走了一回，身子困倦，转到昭庆寺右边，望个宽处，将担子放下，坐在一块石上歇脚。近侧有个人家，面湖而住，金漆篱门，里面朱栏内，一丛细竹。未知堂室何如，先见门庭清整。只见里面三四个戴巾的从内而出㉚，一个女娘后面相送。到了门首，两下把手一拱，说声："请了。"那女娘竟进去了。秦重定睛觑之，此女容颜娇丽，体态轻盈，目所未睹，准准的呆了半晌，身子都酥麻了。

㉚戴巾的：指读书人或做官的人。旧时，一般老百姓不准戴巾。

他原是个老实小官，不知有烟花行径，心中疑惑，正不知是什么人家。方正凝思之际，只见门内又走出个中年的妈妈，同着一个垂髫的丫头，倚门闲看。那妈妈一眼瞧着油担，便道："阿呀！方才要去买油，正好有油担子在这里，何不与他买些？"那丫鬟取了油瓶出来，走到油担子边，叫声："卖油的！"秦重方才知觉，回言道：“没有油了！妈妈要用油时，明日送来。”那丫鬟也认得几个字，看见油桶上写个“秦”字，就对妈妈道：“那卖油的姓秦。”妈妈也听得人闲讲，有个秦卖油，做生意甚是忠厚，遂分付秦重道：“我家每日要油用，你肯挑来时，与你做个主顾。”秦重道：“承妈妈作成，不敢有误。”那妈妈与丫鬟进去了。秦重心中想道：“这妈妈不知是那女娘的什么人？我每日到他家卖油，莫说赚他利息，图个饱看那女娘一回，也是前生福分。”正欲挑担起身，只见两个轿夫，抬着一顶青绢幔的轿子，后边跟着两小厮，飞也似跑来，到了其家门首，歇下轿子。那小厮走进里面去了。秦重道：“却又作怪！看他接什么人？”少顷之间，只见两个丫鬟，一个捧着猩红的毡包，一个拿着湘妃竹攒花的拜匣，都交付与轿夫，放在轿座之下。那两个小厮手中，一个抱着琴囊，一个捧着几个手卷，腕上挂碧玉箫一枝，跟着起初的女娘出来。女娘上了轿，轿夫抬起望旧路而去；丫鬟小厮，俱随轿步行。秦重又得亲炙一番，心中愈加疑惑，挑了油担子，洋洋的去。

不过几步，只见临河有一个酒馆。秦重每常不吃酒，今日见了这女娘，心下又欢喜，又气闷，将担子放下，走进酒馆，拣个小座头坐下。酒保问道：“客人还是请客，还是独酌？”秦重道：“有上好的酒拿来独饮三杯。时新果子一两碟，不用荤菜。”酒保斟酒时，秦重问道：“那边金漆篱门内是什么人家？”酒保道：“这是齐衙内的花园[31]，如今王九妈住下。”秦重道：“方才看见有个小娘子上轿，是什么人？”酒保道：“这是有名的粉头，叫做王美娘，人都称为花魁娘了。他原是汴京人，流落在此。吹弹歌舞，琴棋书画，件件皆精。来往的都是大头儿，要十两放光，才宿一夜哩，可知小可的也近他不得。当初住在涌金门外，因楼房狭窄，齐舍人与他相厚，半载之前，把这花园借与他住。”秦重听得说是汴京人，触了个乡里之念，心中更有一倍光景。

㉛衙内：原指执掌禁卫的官职，唐代藩镇相沿用自己的子弟管领这种职务，宋时于是称呼贵家子弟为“衙内”。

吃了数杯，还了酒钱，挑了担子，一路走，一路的肚中打稿道："世间有这样美貌的女子，落于娼家，岂不可惜!"又自家暗笑道："若不落于娼家，我卖油的怎生得见!"又想一回，越发痴起来了，道："人生一世，草生一秋。若得这等美人搂抱了睡一夜，死也甘心。"又想一回道："呸！我终日挑这油担子，不过日进分文，怎么想这等非分之事！正是癞虾蟆在阴沟里想着天鹅肉吃，如何到口?"又想一回道："他相交的，都是公子王孙。我卖油的，纵有了银子，料他也不肯接我。"又想一回道："我闻得做老鸨的，专要钱钞。就是个乞儿，有了银子，他也就肯接了，何况我做生意的，青青白白之人，若有了银子，怕他不接？只是那里来这几两银子?"一路上胡思乱想，自言自语。你道天地间有这等痴人，一个小经纪的，本钱只有三两，却要把十两银子去嫖那名妓，可不是个春梦！自古道："有志者事竟成。"被他千思万想，想出一个计策来。他道："从明日为始，逐日将本钱扣出，馀下的积攒上去。一日积得一分，一年也有三两六钱之数，只消三年，这事便成了；若一日积得二分，只消得年半；若再多得些，一年也差不多了。"想来想去，不觉走到家里，开锁进门。只因一路上想着许多闲事，回来看了自家的床铺，惨然无欢，连夜饭也不要吃，便上了床。这一夜翻来覆去，牵挂着美人，那里睡得着。

只因月貌花容，引起心猿意马。

捱到天明，爬起来，就装了油担，煮早饭吃了，挑着担了，一径走到王妈妈家去。进了门却不敢直入，舒着头，往里面张望。王妈妈恰才起床，还蓬着头，正分付保儿买饭菜。秦重识得声音，叫声："王妈妈。"九妈往外一张，见是秦卖油，笑道："好忠厚人，果然不失信。"便叫他挑担进来，称了一瓶，约有五斤多重。公道还钱，秦重并不争论。王九妈甚是欢喜，道："这瓶油只勾我家两日用；但隔一日，你便送来，我不往别处去买了。"秦重应诺，挑担而出，只恨不曾遇见花魁娘子："且喜扳下主顾，少不得一次不见，二次见，二次不见，三次见。只是一件，特为王九妈一家挑这许多路来，不是做生意的勾当。这昭庆寺是顺路，今日寺中虽然不做功德，难道寻常不用油的？我且挑担去问他。若扳得各房头做个主顾，只消走钱塘门这一路，那一担油尽勾出脱了。”秦重挑担到寺内问时，原来各房和尚也正想着秦卖油。来得正好，多少不等，各各买他的油。秦重与各房约定，也是间一日便送油来用。这一日是个双日。自此日为始，但是单日，秦重别街道上做买卖；但是双日，就走钱塘门这一路。一出钱塘门，先到王九妈家里，以卖油为名，去看花魁娘子。有一日会见，也有一日不会见。不见时费了一场思想，便见时也只添了一层思想。正是：

天长地久有时尽，此恨此情无尽期。

再说秦重到了王九妈家多次，家中大大小小，没一个不认得是秦卖油。时光迅速，不觉一年有馀。日大日小，只拣足色细丝[32]，或积三分，或积二分，再少也积下一分，凑得几钱，又打做大块头。日积月累，有了一大包银子，零星凑集，连自己也不知多少。

㉜足色细丝：纹银，是成分最佳的银子。

其日是单日，又值大雨，秦重不出去做买卖，看了这一大包银子，心中也自喜欢：“趁今日空闲，我把他上一上天平，见个数目。”打个油伞，走到对门倾银铺里，借天平兑银。那银匠好不轻薄，想着：“卖油的多少银子，要架天平？只把个五两头等子与他[33]，还怕用不着头纽哩。”秦重把银包子解开，都是散碎银两。大凡成锭的见少，散碎的就见多。银匠是小辈，眼孔极浅，见了许多银子，别是一番面目，想道：“人不可貌相，海水不可斗量。”慌忙架起天平，搬出若大若小许多法马。秦重尽包而兑，一厘不多，一厘不少，刚刚一十六两之数，上秤便是一斤。秦重心下想道：“除去了三两本钱，馀下的做一夜花柳之费，还是有馀。”又想道：“这样散碎银子，怎好出手！拿出来也被人看低了！见成倾银店中方便，何不倾成锭儿，还觉冠冕。”当下兑足十两，倾成一个足色大锭，再把一两八钱，倾成水丝一小锭。剩下四两二钱之数，拈一小块，还了火钱，又将几钱银子，置下镶鞋净袜，新褶了一顶万字头巾。回到家中，把衣服浆洗得干干净净，买几根安息香，熏了又熏。拣个晴明好日，侵早打扮起来。

虽非富贵豪华客，也是风流好后生。

㉝等子：也作“戥（děng）子”，天平。

秦重打扮得齐齐整整，取银两藏于袖中，把房门锁了，一径望王九妈家而来。那一时好不高兴！及至到了门首，愧心复萌，想道：“时常挑了担子在他家卖油，今日忽地去做嫖客，如何开口？”正在踌躇之际，只听得呀的一声门响，王九妈走将出来，见了秦重，便道：“秦小官今日怎的不做生意，打扮得恁般济楚[34]，往那里去贵干？”事到其间，秦重只得老着脸，上前作揖。妈妈也不免还礼。秦重道："小可并无别事，专来拜望妈妈。"那鸨儿是老积年[35]，见貌辨色，见秦重恁般装束，又说拜望，"一定是看上了我家那个丫头，要嫖一夜，或是会一个房[36]。虽然不是个大势主菩萨，搭在篮里便是菜，捉在篮里便是蟹，赚他钱把银子买葱菜，也是好的。"便满脸堆下笑来，道："秦小官拜望老身，必有好处。"秦重道："小可有句不识进退的言语，只是不好启齿。"王九妈道："但说何妨，且请到里面客座里细讲。"秦重为卖油虽曾到王家整百次，这客座里交椅，还不曾与他屁股做个相识，今日是个会面之始。

㉞济楚：整洁，整齐。

㉟老积年：指阅历很深，懂得人情世故的人。

㊱会一个房：嫖一次。

王九妈到了客座，不免分宾而坐，对着内里唤茶。少顷，丫鬟托出茶来，看时，却是秦卖油，正不知什么缘故，妈妈恁般相待，格格低了头只是笑。王九妈看见，喝道："有甚好笑！对客全没些规矩！"丫鬟止住笑，收了茶杯自去。王九妈方才开言问道："秦小官，有甚话要对老身说？"秦重道："没有别话，要在妈妈宅上请一位姐姐吃一杯酒儿。"九妈道："难道吃寡酒？一定要嫖了。你是个老实人，几时动这风流之兴？"秦重道："小可的积诚，也非止一日。"九妈道："我家这几个姐姐，都是你认得的，不知你中意那一位？"秦重道："别个都不要，单单要与花魁娘子相处一宵。"九妈只道取笑他，就变了脸道："你出言无度！莫非奚落老娘么？"秦重道："小可是个老实人，岂有虚情？"九妈道："粪桶也有两个耳朵，你岂不晓得我家美儿的身价！倒了你卖油的灶，还不够半夜歇钱哩，不如将就拣一个适兴罢。"秦重把颈一缩，舌头一伸，道："恁的好卖弄！不敢动问，你家花魁娘子一夜歇钱要几千两？"九妈见他说要话，却又回嗔作喜，带笑而言道："那要许多！只要得十两敲丝[37]。其他东道杂费，不在其内。"秦重道："原来如此，不为大事。"袖中摸出这秃秃里一大锭放光细丝银子，递与鸨儿道："这一锭十两重，足色足数，请妈妈收着。"又摸出一小锭来，也递与鸨儿，又道："这一小锭，重有二两，相烦备个小东。望妈妈成就小可这件好事，生死不忘，日后再有孝顺。"九妈见了这锭大银，已自不忍释手，又恐怕他一时高兴，日后没了本钱，心中懊悔，也要尽他一句才好。便道："这十两银子，你做经纪的人，积攒不易，还要三思而行。"秦重道："小可主意已定，不要你老人家费心。"

㊲敲丝：纹银上有钢印圆丝纹，叫作敲丝。

九妈把这两锭银子收于袖中，道："是便是了，还有许多烦难哩。"秦重道："妈妈是一家之主，有甚烦难？"九妈道："我家美儿，往来的都是王孙公子，富室豪家，真个是'谈笑有鸿儒，往来无白丁'。他岂不认得你是做经纪的秦小官，如何肯接你？"秦重道："但凭妈妈怎的委曲婉转，成全其事，大恩不敢有忘！"九妈见他十分坚心，眉头一皱，计上心来，扯开笑口道："老身已替你排下计策，只看你缘法如何。做得成，不要喜；做不成，不要怪。美儿昨日在李学士家陪酒，还未曾回。今日是黄衙内约下游湖；明日是张山人一班清客，邀他做诗社；后日是韩尚书的公子，数日前送下东道在这里。你且到大后日来看。还有句话，这几日你且不要来我家卖油，预先留下个体面。又有句话，你穿着一身的布衣布裳，不像个上等嫖客，再来时，换件绸缎衣服，教这些丫头们认不出你是秦小官。老娘也好与你装谎。"秦重道："小可一一理会得。"说罢，作别出门，且歇这三日生理，不去卖油，到典铺里买了一件见成半新半旧的绸衣，穿在身上，到街坊闲走，演习斯文模样。正是：

未识花院行藏，先习孔门规矩。

丢过那三日不题。到第四日，起个清早，便到王九妈家去。去得太早，门还未开，意欲转一转再来。这番装扮希奇，不敢到昭庆寺去，恐怕和尚们批点，且到十景塘散步。良久又踅转去，王九妈家门已开了。那门前却安顿得有轿马，门内有许多仆从，在那里闲坐。秦重虽然老实，心下到也乖巧，且不进门，悄悄的招那马夫问道："这轿马是谁家的？"马夫道："韩府里来接公子的。"秦重已知韩公子夜来留宿，此时还未曾别，重复转身，到一个饭店之中，吃了些见成茶饭，又坐了一回，方才到王家探信。

只见门前轿马已自去了。进得门时，王九妈迎着，便道："老身得罪，今日又不得工夫了。恰才韩公子拉去东庄赏早梅。他是个长嫖，老身不好违拗。闻得说来日还要到灵隐寺，访个棋师赌棋哩。齐衙内又来约过两三次了。这是我家房主，又是辞不得的。他来时，或三日五日的住了去，连老身也定不得个日子。秦小官，你真个要嫖，只索耐心再等几日。不然，前日的尊赐，分毫不动，要便奉还。"秦重道："只怕妈妈不作成。若还迟，终无失，就是一万年，小可也情愿等着。"九妈道："恁地时，老身便好张主！"秦重作别，方欲起身，九妈又道："秦小官人，老身还有句话。你下次若来讨信，不要早了。约莫申牌时分[38]，有客没客，老身把个实信与你。倒是越晏些越好。这是老身的妙用，你休错怪。"秦重连声道："不敢，不敢！"这一日秦重不曾做买卖。次日，整理油担，挑往别处去生理，不走钱塘门一路。每日生意做完，傍晚时分就打扮齐整，到王九妈家探信，只是不得工夫。又空走了一月有馀。

㊳申牌时分：下午三点到五点。

那一日是十二月十五，大雪方霁，西风过后，积雪成冰，好不寒冷，却喜地下干燥。秦重做了大半日买卖，如前妆扮，又去探信。王九妈笑容可掬，迎着道："今日你造化，已是九分九厘了。"秦重道："这一厘是欠着甚么？"九妈道："这一厘么？正主儿还不在家。"秦重道："可回来么？"九妈道："今日是俞太尉家赏雪，筵席就备在湖船之内。俞太尉是七十岁的老人家，风月之事，已是没分。原说过黄昏送来。你且到新人房里，吃杯烫风酒，慢慢的等他。"秦重道："烦妈妈引路。"王九妈引着秦重，弯弯曲曲，走过许多房头，到一个所在，不是楼房，却是个平屋三间，甚是高爽。左一间是丫鬟的空房，一般有床榻桌椅之类，却是备官铺的；右一间是花魁娘子卧室，锁着在那里。两旁又有耳房。中间客座上面，挂一幅名人山水，香几上博山古铜炉，烧着龙涎香饼，两旁书桌，摆设些古玩，壁上贴许多诗稿。秦重愧非文人，不敢细看。心下想道："外房如此整齐，内室铺陈，必然华丽。今夜尽我受用，十两一夜，也不为多。"九妈让秦小官坐于客位，自己主位相陪。少顷之间，丫鬟掌灯过来，抬下一张八仙桌儿，六碗时新果子，一架攒盒。佳肴美酝，未曾到口，香气扑人。九妈执盏相劝道："今日众小女都有客，老身只得自陪，请开怀畅饮几杯。"秦重酒量本不高，况兼正事在心，只吃半杯。吃了一会，便推不饮。九妈道："秦小官想饿了，且用些饭再吃酒。"丫鬟捧着雪花白米饭，一吃一添，放于秦重面前，就着一盏杂和汤。鸨儿量高，不用饭，以酒相陪。秦重吃了一碗，就放箸。九妈道："夜长哩，再请些。"秦重又添了半碗。丫鬟提个行灯来说："浴汤热了，请客官洗浴。"秦重原是洗过澡来的，不敢推托，只得又到浴堂，肥皂香汤，洗了一遍，重复穿衣入坐。九妈命撤去肴盒，用暖锅下酒。此时黄昏已晚，昭庆寺里的钟都撞过了，美娘尚未回来。

玉人何处贪欢耍？等得情郎望眼穿！

常言道："等人心急。"秦重不见表子回家，好生气闷。却被鸨儿夹七夹八，说些风话劝酒，不觉又过了一更天气。只听外面热闹闹的，却是花魁娘子回家，丫鬟先来报了。九妈连忙起身出迎，秦重也离坐而立。只见美娘吃得大醉，侍女扶将进来，到于门首，醉眼朦胧。看见房中灯烛辉煌，杯盘狼藉，立住脚问道："谁在这里吃酒？"九娘道："我儿，便是我向日与你说的那秦小官人。他心中慕你，多时的送过礼来。因你不得工夫，担阁他一月有馀了。你今日幸而得空，做娘的留他在此伴你。"美娘道："临安郡中，并不闻说起有甚么秦小官人，我不去接他。"转身便走。九妈双手托开，即忙拦住道："他是个至诚好人，娘不误你。"美娘只得转身，才跨进房门，抬头一看那人，有些面善，一

时醉了，急切叫不出来，便道："娘，这个人我认得他的，不是有名称的子弟，接了他，被人笑话。"九妈道："我儿，这是涌金门内开段铺的秦小官人。当初我们住在涌金门时，想你也曾会过，故此面善。你莫识认错了。做娘的见他来意志诚，一时许了他，不好失信。你看做娘的面上，胡乱留他一晚。做娘的晓得不是了，明日却与你陪礼。"一头说，一头推着美娘的肩头向前。美娘拗妈妈不过，只得进房相见。正是：

千般难出虔婆口，万般难脱虔婆手。

饶君纵有万千般，不如跟着虔婆走。

这些言语，秦重一句句都听得，佯为不闻。美娘万福过了，坐于侧首，仔细看着秦重，好生疑惑，心里甚是不悦，默默无言。唤丫鬟将热酒来，斟着大钟。鸨儿只道他敬客，却自家一饮而尽。九妈道："我儿醉了，少吃些么！"美儿那里依他，答应道："我不醉！"一连吃上十来杯。这是酒后之酒，醉中之醉，自觉立脚不住。唤丫鬟开了卧房，点上银钉，也不卸头，也不解带，踘脱了绣鞋，和衣上床，倒身而卧。鸨儿见女儿如此做作，甚不过意，对秦重道："小女平日惯了，他专会使性。今日他心中不知为什么有些不自在，却不干你事，休得见怪！"秦重道："小可岂敢！"鸨儿又劝了秦重几杯酒，秦重再三告止。鸨儿送入卧房，向耳旁分付道："那人醉了，放温存些。"又叫道："我儿起来，脱了衣服，好好的睡。"美娘已在梦中，全不答应。鸨身只得去了。

丫鬟收拾了杯盘之类，抹了桌子，叫声："秦小官人，安置罢。"秦重道："有热茶要一壶。"丫鬟泡了一壶浓茶，送进房里，带转房门，自去耳房中安歇。秦重看美娘时，面对里床，睡得正熟，把锦被压于身下。秦重想酒醉之人，必然怕冷，又不敢惊醒他。忽见栏干上又放着一床大红纻丝的锦被，轻轻的取下，盖在美娘身上，把银灯挑得亮亮的，取了这壶热茶，脱鞋上床，捱在美娘身边，左手抱着茶壶在怀，右手搭在美娘身上，眼也不敢闭一闭。正是：

未曾握雨携云，也算偎香倚玉。

却说美娘睡到半夜，醒将转来，自觉酒力不胜，胸中似有满溢之状。爬起来，坐在被窝中，垂着头，只管打干哕[39]。秦重慌忙也坐起来，知他要吐，放下茶壶，用手抚摩其背。良久，美娘喉间忍不住了，说时迟，那时快，美娘放开喉咙便吐。秦重怕污了被窝，把自己的道袍袖子张开，罩在他嘴上。美娘不知所以，尽情一呕，呕毕，还闭着眼，讨茶嗽口。秦重下床，将道袍轻轻脱下，放在地平之上；摸茶壶还是暖的，斟上一瓯香喷喷的浓茶，递与美娘。美娘连吃了二碗，胸中虽然略觉豪燥，身子兀自倦怠，仍旧倒下，向里睡去了。秦重脱下道袍，将吐下一袖的腌臜，重重裹着，放于床侧，依然上床，拥抱似初。

㊴干哕（yuě）：要吐又吐不出来。

美娘那一觉直睡到天明方醒，覆身转来，见傍边睡着一人，问道："你是那个？"秦重答道："小可姓秦。"美娘想起夜来之事，恍恍惚惚，不甚记得真了，便道："我夜来好醉！"秦重道："也不甚醉。"又问："可曾吐么？"秦重道："不曾。"美娘道："这样还好。"又想一想道："我记得曾吐过的，又记得曾吃过茶来，难道做梦不成？"秦重方才说道："是曾吐来。小可见小娘子多了杯酒，也防着要吐，把茶壶暖在怀里。小娘子果然吐后讨茶，小可斟上，蒙小娘子不弃，饮了两瓯。"美娘大惊道："脏巴巴的，吐在那里？"秦重道："恐怕小娘子污了被褥，是小可把袖子盛了。"美娘道："如今在那里？"秦重道："连衣服裹着，藏过在那里。"美娘道："可惜坏了你一件衣服。"秦重道："这是小可的衣服，有幸得沾小娘子的馀沥。"美娘听说，心下想道："有这般识趣的人！"心里已有四五分欢喜了。

此时天色大明，美娘起身，下床小解，看着秦重，猛然想起是秦卖油，遂问道："你实对我说，是什么样人？为何昨夜在此？"秦重道："承花魁娘子下问，小子怎敢妄言。小可实是常来宅上卖油的秦重。"遂将初次看见送客，又看见上轿，心下想慕之极，及积攒嫖钱之事，备细述了一遍，"夜来得亲近小娘子一夜，三生有幸，心满意足。"美娘听说，愈加可怜，道："我昨夜酒醉，不曾招接得你。你干折了多少银子，莫不懊悔？"秦重道："小娘子天上神仙，小可惟恐伏侍不周，但不见责，已为万幸，况敢有非意之望！"美娘道："你做经纪的人，积下些银两，何不留下养家？此地不是你来往的。"秦重道："小可单只身，并无妻小。"美娘顿了一顿，便道："你今日去了，他日还来么？"秦重道："只这昨宵相亲一夜，已慰生平，岂敢又作痴想！"美娘想道："难得这好人，又忠厚，又老实，又且知情识趣，隐恶扬善，千百中难遇此一人。可惜是市井之辈，若是衣冠子弟，情愿委身事之。"

正在沉吟之际，丫鬟捧洗脸水进来，又是两碗姜汤。秦重洗了脸，因夜来未曾脱帻，不用梳头，呷了几口姜汤，便要告别。美娘道："少住不妨，还有话说。”秦重道：“小可仰慕花魁娘子，在旁多站一刻，也是好的。但为人岂不自揣！夜来在此，实是大胆，惟恐他人知道，有玷芳名，还是早些去了安稳。”美娘点了一点头，打发丫鬟出房，忙忙的开了减妆[40]，取出二十两银子，送与秦重道：“昨夜难为你，这银两权奉为资本，莫对人说。”秦重那里肯受。美娘道：“我的银子，来路容易。这些须酬你一宵之情，休得固逊。若本钱缺少，异日还有助你之处。那件污秽的衣服，我叫丫鬟湔洗干净了还你罢。”秦重道：“粗衣

不烦小娘子费心，小可自会湔洗。只是领赐不当。”美娘道：“说那里话！”将银子挜在秦重袖内[41]，推他转身。秦重料难推却，只得受了，深深作揖，卷了脱下这件龌龊道袍，走出房门。打从鸨儿房前经过，鸨儿看见，叫声：“妈妈！秦小官去了。”王九妈正在净桶上解手，口中叫道：“秦小官，如何去得恁早？”秦重道：“有些贱事，改日特来称谢。”

㊵减妆：旧时妇女所用的装盛化妆品的梳妆匣。

㊶挜（yà）：强给别人东西。

不说秦重去了，且说美娘与秦重虽然没点相干，见他一片诚心，去后好不过意。这一日因害酒，辞了客在家将息。千个万个孤老都不想，倒把秦重整整的想一日。有《挂枝儿》为证：

俏冤家，须不是串花家的子弟，你是个做经纪本分人儿，那匡你会温存，能软款，知心知意。料你不是个使性的，料你不是个薄情的。几

番待放下思量也，又不觉思量起。

话分两头，再说邢权在朱十老家，与兰花情熟，见朱十老病废在床，全无顾忌。十老发作了几场，两个商量出一条计策来，俟夜静更深，将店中资本席卷，双双的桃之夭夭，不知去向。次日天明，十老方知。央及邻里，出了个失单，寻访数日，并无动静，深悔当日不合为邢权所惑，逐了朱重。如今日久见人心，闻知朱重赁居众安桥下，挑担卖油，不如仍旧收拾他回来，老死有靠，只怕他记恨在心，教邻舍好生劝他回家，但记好，莫记恶。秦重一闻此言，即日收拾了家火，搬回十老家里。相见之间，痛哭了一场。十老将所存囊橐，尽数交付秦重。秦重自家又有二十馀两本钱，重整店面，坐柜卖油。因在朱家，仍称朱重，不用秦字。不上一月，十老病重，医治不痊，呜呼哀哉。朱重捶胸大恸，如亲父一般，殡殓成服，七七做了些好事。朱家祖坟在清波门外，朱重举丧安葬，事事成礼。邻里皆称其厚德。

事定之后，仍先开铺。原来这油铺是个老店，从来生意原好。却被邢权刻剥存私，将主顾弄断了多少；今见朱小官在店，谁家不来作成？所以生理比前越盛。朱重单身独自，急切要寻个老成帮手。有个惯做中人的，叫做金中，忽一日引着一个五十馀岁的人来。原来那人正是莘善，在汴梁城外安乐村居住。因那年避乱南奔，被官兵冲散了女儿瑶琴，夫妻两口，凄凄惶惶，东逃西窜，胡乱的过了几年。今日闻临安兴旺，南渡人民，大半安插在彼，诚恐女儿流落此地，特来寻访，又没消息。身边盘缠用尽，欠了饭钱，被饭店中终日赶逐，无可奈何，偶然听见金中说起朱家油铺，要寻个卖油帮手。自己曾开过六陈铺了，卖油之事，都则在行。况朱小官原是汴京人，又是乡里。故此央金中引荐到来。朱重问了备细，乡人见乡人，不觉感伤“既然没处投奔，你老夫妻两口，只住在我身边，只当个乡亲相处，慢慢的访着令爱消息，再作区处”。当下取两贯钱把与莘善，去还了饭钱，连浑家阮氏也领将来，与朱重相见了，收拾一间空房，安顿他老夫妻在内。两口儿也尽心竭力，内外相帮。朱重甚是欢喜。

光阴似箭，不觉一年有馀。多有人见朱小官年长未娶，家道又好，做人又志诚，情愿白白把女儿送他为妻。朱重因见了花魁娘子，十分容貌，等闲的不看在眼，立心要访求个出色的女子，方才肯成亲。以此日复一日，担搁下去。正是：

曾观沧海难为水，除却巫山不是云。

再说王美娘在九妈家，盛名之下，朝欢暮乐，真个口厌肥甘，身嫌锦绣。虽然如此，每遇不如意之处，或是子弟们任情使性，吃醋挑槽[42]，或自已病中醉后，半夜三更，没人疼热，就想起秦小官人的好处来，只恨无缘再会。也是他桃花运尽，合当变更，一年之后，生出一段事端来。

㊷挑槽：也作“跳槽”，指嫖客抛弃原来相好的妓女，另结新欢。

却说临安城中，有个吴八公子，父亲吴岳，见为福州太守。这吴八公子，打从父亲任上回来，广有金银，平昔间也喜赌钱吃酒，三瓦两舍走动[43]。闻得花魁娘子之名，未曾识面，屡屡遣人来约，欲要嫖他。王美娘闻他气质不好，不愿相接，托故推辞，非止一次。那吴八公子也曾和着闲汉们亲到王九妈家几番，都不曾会。

㊸三瓦两舍：宋代娱乐场所的总称，包括茶楼、酒馆、妓院、赌场等。

其时清明节届，家家扫墓，处处踏青，美娘因连日游春困倦，且是积下许多诗画之债，未曾完得，分付家中：“一应客来，都与我辞去。”闭了房门，焚起 炉好香，摆设文房四宝，方欲举笔，只听得外面沸腾，却是吴八公子，领着十馀个狠仆，来接美娘游湖。因见鸨儿每次回他，在中堂行凶，打家打火，直闹到美娘房前，只见房门锁闭。原来妓家有个回客法儿，小娘躲在房内，却把房门反锁，支吾客人，只推不在。那老实的就被他哄过了。吴公子是惯家，这些套子，怎地瞒得？分付家人扭断了锁，把房门一脚踢开。美娘躲身不迭，被公子看见，不由分说，教两个家人，左右牵手，从房内直拖出房外来，口中兀自乱嚷乱骂。王九妈欲待上前赔礼解劝，看见势头不好，只得闪过。家中大小，躲得没半个影儿。

吴家狠仆牵着美娘，出了王家大门，不管他弓鞋窄小，望街上飞跑；八公子在后，扬扬得意。直到西湖口，将美娘㧐下了湖船，方才放手。美娘十二岁到王家，锦绣中养成，珍宝般供养，何曾受恁般凌贱。下了船，对着船头，掩面大哭。吴八公子全不放下面皮，气忿忿的像关云长单刀赴会，一把交椅，朝外而坐，狠仆侍立于旁。一面分付开船，一面数一数二的发作一个不住："小贱人，小娼根，不受人抬举！再哭时，就讨打了！"美娘那里怕他，哭之不已。船至湖心亭，吴八公子分付摆盒在亭子内，自己先上去了，却分付家人："叫那小贱人来陪酒。"美娘抱住了阑杆，那里肯去？只是嚎哭。吴八公子也觉没兴，自己吃了几杯淡酒，收拾下船，自来扯美娘。美娘双脚乱跳，哭声愈高。八公子大怒，教狠仆拔去簪珥。美娘蓬着头，跑到船头上，就要投水，被家童们扶住。公子道："你撒赖便怕你不成！就是死了，也只费得我几两银子，不为大事。只是送你一条性命，也是罪过。你住了啼哭时，我就放你回去，不难为你。"美娘听说放他回去，真个住了哭。八公子分付移船到清波门外僻静之处，将美娘绣鞋脱下，去其裹脚，露出一对金莲，如两条玉笋相似。教狠仆扶他上岸，骂道："小贱人！你有本事，自走回家，我却没人相送。"说罢，一篙子撑开，再向湖中而去。正是：

焚琴煮鹤从来有，惜玉怜香几个知！

美娘赤了脚，寸步难行，思想："自己才貌两全，只为落于风尘，受此轻贱。平昔枉自结识许多王孙贵客，急切用他不着，受了这般凌辱。就是回去，如何做人？到不如一死为高。只是死得没些名目，枉自享个盛名，到此地位，看着村庄妇人，也胜我十二分。这都是刘四妈这个花嘴，哄我落坑堕堑，致有今日！自古红颜薄命，亦未必如我之甚！”越思越苦，放声大哭。

事有偶然，却好朱重那日到清波门外朱十老的坟上，祭扫过了，打发祭物下船，自己步回，从此经过。闻得哭声，上前看时，虽然蓬头垢面，那玉貌花容，从来无两，如何不认得！吃了一惊，道：“花魁娘子，如何这般模样？”美娘哀哭之际，听得声音厮熟，止啼而看，原来正是知情识趣的秦小官。美娘当此之际，如见亲人，不觉倾心吐胆，告诉他一番。朱重心中十分疼痛，亦为之流泪。袖中带得有白绫汗巾一条，约有五尺多长，取出劈半扯开，奉与美娘裹脚，亲手与他拭泪。又与他挽起青丝，再三把好言宽解。等待美娘哭定，忙去唤个暖轿，请美娘坐了，自己步送，直到王九妈家。

九妈不得女儿消息，在四处打探，慌迫之际，见秦小官送女儿回来，分明送一颗夜明珠还他，如何不喜！况且鸨儿一向不见秦重挑油上门，多曾听得人说，他承受了朱家的店业，手头活动，体面又比前不同，自然刮

目相待。又见女儿这等模样，问其缘故，已知女儿吃了大苦，全亏了秦小官。深深拜谢，设酒相待。日已向晚，秦重略饮数杯，起身作别。美娘如何肯放，道："我一向有心于你，恨不得你见面，今日定然不放你空去。"鸨儿也来扳留。秦重喜出望外。

是夜，美娘吹弹歌舞，曲尽生平之技，奉承秦重。秦重如做了一个游仙好梦，喜得魄荡魂消，手舞足蹈。夜深酒阑，二人相挽就寝。云雨之事，其美满更不必言：

一个是足力后生，一个是惯情女子。这边说三年怀想，费几多役梦劳魂；那边说一载相思，喜侥幸粘皮贴肉。一个谢前番帮衬，合今番恩上加恩；一个谢今夜总成，比前夜爱中添爱。红粉妓倾翻粉盒，罗帕留痕。卖油郎打泼油瓶，被窝沾湿。可笑村儿干折本，作成小子弄风流。

云雨已罢，美娘道："我有句心腹之言与你说，你休得推托！"秦重道："小娘子若用得着小可时，就赴汤蹈火，亦所不辞，岂有推托之理？"美娘道："我要嫁你。"秦重笑道："小娘子就嫁一万个，也还数不到小可头上，休得取笑，枉自折了小可的食料。"美娘道："这话实是真心，怎说取笑二字？我自十四岁被妈妈灌醉，梳弄过了，此时便要从良。只为未曾相处得人，不辨好歹，恐误了终身大事。以后相处的虽多，都是豪华之辈，酒色之徒，但知买笑追欢的乐意，那有怜香惜玉的真心。看来看去，只有你是个志诚君子，况闻你尚未娶亲。若不嫌我烟花贱质，情愿举案齐眉，白头奉侍。你若不允之时，我就将三尺白罗，死于君前，表白我一片诚心，也强如昨日死于村郎之手，没名没目，惹人笑话。"说罢，呜呜的哭将起来。秦重道："小娘子休得悲伤。小可承小娘子错爱，将天就地，求之不得，岂敢推托？只是小娘子千金声价，小可家贫力薄，如何摆布，也是力不从心了。"美娘道："这却不妨。不瞒你说，我只为从良一事，预先积攒些东西，寄顿在外。赎身之费，一毫不费你心力。"秦重道："就是小娘子自己赎身，平昔住惯了高堂大厦，享用了锦衣玉食，在小可家，如何过活？"美娘道："布衣蔬食，死而无怨。”秦重道：“小娘子虽然，只怕妈妈不从。”美娘道：“我自有道理。”如此如此，这般这般，两个直说到天明。

原来黄翰林的衙内，韩尚书的公子，齐太尉的舍人，这几个相知的人家，美娘都寄顿得有箱笼。美娘只推要用，陆续取到，密地约下秦重，教他收置在家。然后一乘轿子，抬到刘四妈家，诉以从良之事。刘四妈道：“此事老身前日原说过的。只是年纪还早，又不知你要从那一个？”美娘道：“姨娘，你莫管是甚人，少不得依着姨娘的言语，是个真从良，乐从良，了从良；不是那不真，不假，不了，不绝的勾当。只要姨娘肯开口时，不愁妈妈不允。做侄女的没别孝顺，只有十两金子，奉与姨娘，胡乱打些钗子；是必在妈妈前做个方便。事成之时，媒礼在外。”刘四妈看见这金子，笑得眼儿没缝，便道：“自家儿女，又是美事，如何要你的东西！这金子权时领下，只当与你收藏。此事都在老身身上。只是你的娘，把你当个摇钱树，等闲也不轻放你出去。怕不要千把银子。那主儿可是肯出手的么？也得老身见他一见，与他讲道方好。”美娘道：“姨娘莫管闲事，只当你侄女自家赎身便了。”刘四妈道：“妈妈可晓得你到我家来？”美娘道：“不晓得。”四妈道：“你且在我家便饭，待老身先到你家，与妈妈讲。讲得通时，然后来报你。”

刘四妈顾乘轿子，抬到王九妈家，九妈相迎入内。刘四妈问起吴八公子之事，九妈告诉了一遍。四妈道：“我们行户人家，到是养成个半低不高的丫头，尽可赚钱，又且安稳，不论什么客就接了，倒是日日不空的。侄女只为声名大了，好似一块鲞鱼落地[44]，马蚁儿都要钻他。虽然热闹，却也不得自在。说便许多一夜，也只是个虚名。那些王孙公子来一遍，动不动有几个帮闲，连宵达旦，好不费事。跟随的人又不少，个个要奉承得他到。一些不到之处，口里就出粗，哩嗹啰嗹的骂人，还要弄损你家火，又不好告诉他家主，受了若干闷气。况且山人墨客，诗社棋社，少不得一月之内，又有几日官身[45]。这些富贵子弟，你争我夺，依了张家，违了李家，一边喜，少不得一边怪了。就是吴八公子这一个风波，吓杀人的，万一失蹉差，却不连本送了？官宦人家，和他打官司不成？只索忍气吞声。今日还亏着你家香烟高，太平没事，一个霹雳空中过去了。倘然山高水低，悔之无及。妹子闻得吴八公子不怀好意，还要与你家索闹。侄女的性气又不好，不肯奉承人。第一这一件，乃是个惹祸之本。”九妈道：“便是这件，老身好不担忧。就是这八公子，也是有名有称的人，又不是下贱之人。这丫头抵死不肯接他，惹出这场寡气[46]。当初他年纪小时，还听人教训。如今有了个虚名，被这些富贵子弟夸他奖他，惯了他性情，骄了他气质，动不动自作自主。逢着客来，他要接便接，他若不情愿时，便是九牛也休想牵得他转。”刘四妈道：“做小娘的略有些身分，都则如此。”

㊹鲞（xiǎng）鱼：腌干了的鱼。

㊺官身：官差。在教坊乐籍登记的妓女，有支应官府呼唤歌唱劝酒的义务。

㊻寡气：没意思的闲气。

王九妈道：“我如今与你商议：倘若有个肯出钱的，不如卖了他去，到得干净，省得终身担着鬼胎过日。”刘四妈道：“此言甚妙。卖了他一个，就讨得五六个。若凑巧撞得着相应的，十来个也讨得的。这等便宜事，如何不做！”王九妈道：“老身也曾算计过来：那些有势有力的不出钱，专要讨人便宜；及至肯出几两银子的，女儿又嫌好道歉，做张做智的不肯[47]。若有好主儿，妹子做媒，作成则个。倘若这丫头不肯时节，还求你撺掇。这丫头做娘的话也不听，只你说得他信。话得他转。”刘四妈呵呵大笑道：“做妹子的此来，正为与侄女做媒。你要许多银子便肯放他出门？”九妈道：“妹子，你是明理的人。我们这行户中，只有贱买，那有贱卖？况且美儿数年盛名满临安，谁不知他是花魁娘子，难道三百四百，就容他走动？少不得要他千金。”刘四妈道：“待妹子去讲。若肯出这个数目，做妹子的便来多口。若合不着时，就不来了。”临行时，又故意问道：“侄女今日在那里？”王九妈道：“不要说起，自从那日吃了吴八公子的亏，怕他还来淘气，终日里抬个轿子，各宅去分诉。前日在齐太尉家，昨日在黄翰林家，今日又不知在那家去了。”刘四妈道：“有了你老人家做主，按定了坐盘星，也不容侄女不肯。万一不肯时，做妹子自会劝他。只是寻得主顾来，你却莫要捉班做势。”九妈道：“一言既出，并无他说。”九妈送至门首。刘四妈叫声咶噪，上轿去了。这才是：

数黑论黄雌陆贾，说长话短女随何。

若还都像虔婆口，尺水能兴万丈波。

㊼做张做智：装模作样，故作姿态。

刘四妈回到家中，与美娘说道：“我对你妈妈如此说，这般讲，你妈妈已自肯了。只要银子见面，这事立地便成。”美娘道：“银子已曾办下，明日姨娘千万到我家来，玉成其事，不要冷了场，改日又费讲。”四妈道：“既然约定，老身自然到宅。”美娘别了刘四妈，回家一字不提。

次日，午牌时分，刘四妈果然来了。王九妈问道：“所事如何？”四妈道：“十有八九，只不曾与侄女说过。”四妈来到美娘房中，两下相叫了，讲了一回说话。四妈道：“你的主儿到了不曾？那话儿在那里？”美娘指着床头道：“在这几只皮箱里。”美娘把五六只皮箱一时都开了，五十两一封，搬出十三四封来，又把些金珠宝玉算价，足勾千金之数。把个刘四妈惊得眼中出火，口内流涎，想道：“小小年纪，这等有肚肠！不知如何设处，积下许多东西？我家这几个粉头，一般接客，赶得着他那里！不要说不会生发，就是有几文钱在荷包里，闲时买瓜子嗑，买糖儿吃，两条脚布破了，还要做妈的与他买布哩。偏生九阿姐造化，讨得着，年时赚了若干钱钞，临出门还有这一主大财，又是取诸宫中[48]，不劳馀力。”这是心中暗想之语，却不曾说出来。美娘见刘四妈沉吟，只道他作难索谢，慌忙又取出四匹潞绸，两股宝钗，一对凤头玉簪，放在桌上，道：“这几件东西，奉与姨娘为伐柯之敬[49]。”刘四妈欢

天喜地，对王九妈说道：“侄女情愿自家赎身，一般身价，并不短少分毫，比着孤老赎身更好。省得闲汉们从中说合，费酒费浆，还要加一加二的谢他。”

㊽取诸宫中：引用《孟子》中的话：从自己家里取出来的意思。

㊾伐柯之敬：对媒人的谢礼。

王九妈听得说女儿皮箱内有许多东西，到有个咈然之色[50]。你道却是为何！世间只有鸨儿最狠，做小娘的设法些东西，都送到他手里，才是快活。也有做些私房在箱笼内，鸨儿晓得些风声，专等女儿出门，捵开锁钥，翻箱倒笼取个罄空。只为美娘盛名下，相交都是大头儿，替做娘的挣得钱钞，又且性格有些古怪，等闲不敢触他，故此卧房里面，鸨儿的脚也不搠进去。谁知他如此有钱。

㊿咈（fú）然之色：不高兴、不愿意的样子。

刘四妈见九妈颜色不善，便猜着了，连忙道："九阿姐，你休得三心两意。这些东西，就是侄女自家积下的，也不是你本分之钱。他若肯花费时，也花费了。或是他不长进，把来津贴了得意的孤老，你也那里知道！这还是他做家的好处。况且小娘自己手中没有钱钞，临到从良之际，难道赤身赶他出门？少不得头上脚下都要收拾得光鲜，等他好去别人家做人。如今他自家拿得出这些东西，料然一丝一线不费你的心。这一主银子，是你完完全全鳖在腰胯里的。他就赎身出去，怕不是你女儿？倘然他挣得好时，时朝月节，怕他不来孝顺你？就是嫁了人时，他又没有亲爹亲娘，你也还去做得着他的外婆，受用处正有哩。"只这一套话，说得王九妈心中爽然，当下应允。刘四妈就去搬出银子，一封封兑过，交付与九妈，又把这些金珠宝玉，逐件指物作价，对九妈说道："这都是做妹子的故意估下他些价钱。若换与人，还便宜得几十两银子。"王九妈虽同是个鸨儿，到是个老实头，凭刘四妈说话，无有不纳。

刘四妈见王九妈收了这主东西，便叫亡八写了婚书，交付与美儿。美儿道："趁姨娘在此，奴家就拜别了爹妈出门，借姨娘家住一两日，择吉从良，未知姨娘允否？"刘四妈得了美娘许多谢礼，生怕九妈翻悔，巴不得美娘出了他门，完成一事，说道："正该如此。"当下美娘收拾了房中自己的梳台拜匣，皮箱铺盖之类。但是鸨儿家中之物，一毫不动。收拾已完，随着四妈出房，拜别了假爹假妈，和那姨娘行中，都相叫了。王九妈一般哭了几声。美娘唤人挑了行李，欣然上轿，同刘四妈到刘家去。四妈出一间幽静的好房，顿下美娘行李。众小娘都来与美娘叫喜。

是晚，朱重差莘善到刘四妈家讨信，已知美娘赎身出来。择了吉日，笙箫鼓乐娶亲。刘四妈就做大媒送亲，朱重与花魁娘子花烛洞房，欢喜无限。

虽然旧事风流，不减新婚佳趣。

次日，莘善老夫妇请新人相见，各各相认，吃了一惊。问起根由，至亲三口，抱头而哭。朱重方才认得是丈人丈母，请他上坐，夫妻二人，重新拜见。亲邻闻知，无不骇然。是日，整备筵席，庆贺两重之喜，饮酒尽欢而散。三朝之后，美娘教丈夫备下几副厚礼，分送旧相知各宅，以酬其寄顿箱笼之恩，并报他从良信息。此是美娘有始有终处。王九妈、刘四妈家，各有礼物相送，无不感激。满月之后，美娘将箱笼打开，内中都有黄白之资，吴绫蜀锦，何止百计，共有三千馀金，都将匙钥交付丈夫，慢慢的买房置产，整顿家当。油铺生理，都是丈人莘善管理。不上一年，把家业挣得花锦般相似，驱奴使婢，甚有气象。

朱重感谢天地神明保佑之德，发心于各寺庙喜舍合殿油烛一套，供琉璃灯油三个月；斋戒沐浴，亲往拈香礼拜。先从昭庆寺起，其他灵隐、法相、净慈、天竺等寺，以次而行。

就中单说天竺寺，是观音大士的香火，有上天竺、中天竺、下天竺，三处香火俱盛，却是山路，不通舟楫。朱重叫从人挑了一担香烛，三担清油，自己乘轿而往。先到上天竺来。寺僧迎接上殿，老香火秦公点烛添香。此时朱重居移气，养移体[51]，仪容魁岸，非复幼时面目，秦公那里认得他是儿子。只因油桶上有个大大的“秦”字，又有“汴梁”二字，心中甚以为奇。也是天然凑巧。刚刚到上天竺，偏用着这两只油桶。朱重拈香已毕，秦公托出茶盘，主僧奉茶。秦公问道：“不敢动问施主，这油桶上为何有此三字？”朱重听得问声，带着汴梁人的土音，忙问道：“老香火，你问他怎么？莫非也是汴梁人么？”秦公道：“正是。”朱重道：“你姓甚名谁？为何在此出家？共有几年了？”秦公把自己姓名乡里，细细告诉：“某年上避兵来此，因无活计，将十三岁的儿秦重过继与朱家，如今有八年之远。一向为年老多病，不曾下山问得信息。”朱重一把抱住，放声大哭道：“孩儿便是秦重。向在朱家挑油买卖。正为要访求父亲下落，故此于油桶上，写‘汴梁秦’三字，做个标识。谁知此地相逢，真乃天与其便！”众僧见他父子别了八年，今朝重会，各各称奇。朱重这一日，就歇在上天竺，与父亲同宿，各叙情节。

㉛居移气，养移体：指一个人因为生活环境和条件改变，使得他的精神状态和身体状态也跟着改变了，不是原来的样子。

次日，取出中天竺、下天竺两个疏头换过[52]。内中朱重，仍改做秦重，复了本姓。两处烧香礼拜已毕，转到上天竺，要请父亲回家，安乐供养。秦公出家已久，吃素持斋，不愿随儿子回家。秦重道路：“父亲别了八年，孩儿缺侍奉。况孩儿新娶媳妇，也得他拜见公公方是。”秦公只得依允。秦重将轿子让与父亲乘坐，自己步行，直到家中。秦重取出一套新衣，与父亲换了，中堂设坐，同妻莘氏双双参拜。亲家莘公、亲母阮氏，齐来见礼。

㊾疏头：和尚、道士做法事时焚化的祝祷表文。

此日大排筵席。秦公不肯开荤，素酒素食。次日，邻里敛财称贺。

一则新婚，二则新娘子家眷团圆，三则父子重逢，四则秦小官归宗复姓，共是四重大喜。一连又吃了几日喜酒。秦公不愿家居，思想上天竺故处清净出家。秦重不敢违亲之志，将银二百两，于上天竺另造净室一所，送父亲到彼居住。其日用供给，按月送去。每十日亲往候问一次。每一季同莘氏往候一次。那秦公活到八十馀，端坐而化，遗命葬于本山。此是后话。

却说秦重和莘氏，夫妻偕老，生下两孩儿，俱读书成名。至今风月中市语，凡夸人善于帮衬，都叫做“秦小官”，又叫“卖油郎”。有诗为证：

春来处处百花新，蜂蝶纷纷竞采春。

堪爱豪家多子弟，风流不及卖油人。

三 灌园叟晚逢仙女

【精要简介】

本篇讲述的是恶霸张委霸占花农秋先花园，花仙帮助秋先惩恶扬善的故事，反映了官绅勾结迫害良善的黑暗现实，通过花仙的形象反映了百姓希望惩恶扬善、伸张正义的强烈愿望。

【原文鉴赏】

连宵风雨闭柴门，落尽深红只柳存。

欲扫苍苔且停帚，阶前点点是花痕。

这首诗为惜花而作。昔唐时有一处士姓崔名玄微，平昔好道，不娶妻室，隐于洛东。所居庭院宽敞，遍植花卉竹木。构一室在万花之中，独处于内。童仆都居花外，无故不得辄入。如此三十馀年，足迹不出园门。时值春日，院中花木盛开，玄微日夕倘佯其间。一夜，风清月朗，不忍舍花而睡，乘着月色，独步花丛中。忽见月影下，一青衣冉冉而来。玄微惊讶道："这时节那得有女子到此行动？"心下虽然怪异，又想道："且看他到何处去？"那青衣不往东，不往西，径至玄微面前，深深道个万福。玄微还了礼，问道："女郎是谁家宅眷？因何深夜至此？"那青衣启一点朱唇，露两行碎玉，道："儿家与处士相近。今与女伴过上东门访表姨[①]，欲借处士院中暂憩，不知可否？"玄微见来得奇异，欣然许之。青衣称谢，原从旧路转去。不一时。引一队女子，分花约柳而来，与玄微一一相见。玄微就月下仔细看时，一个个姿容媚丽，体态轻盈，或浓或淡，妆束不一，随从女郎，尽皆妖艳。正不知从那里来的。

①上东门：洛阳的城门名，亦名建春门。

相见毕，玄微邀进室中，分宾主坐下。开言道："请问诸位女娘姓氏？今访何姻戚，乃得光降敝园？"一衣绿裳者答道："妾乃杨氏。"指一穿白的道："此位李氏。"又指一衣绛服的道："此位陶氏。"遂逐一指示。最后到一绯衣小女，乃道："此位姓石，名阿措。我等虽则异姓，俱是同行姊妹。因封家十八姨数日云欲来相看，不见其至。今夕月色甚佳，故与姊妹们同往候之。二来素蒙处士爱重，妾等顺便相谢。"

玄微方待酬答，青衣报道："封家姨至②。"众皆惊喜出迎。玄微闪过半边观看。众女子相见毕，说道："正要来看十八姨，为主人留坐，不意姨至，足见同心。"各向前致礼。十八姨道，"屡欲来看卿等，俱为使命所阻。今乘间至此。"众女道："如此良夜，请姨宽坐。当以一尊为寿。"遂授旨青衣去取。十八姨问道："此地可坐否？"杨氏道："主人甚贤，地极清雅。"十八姨道："主人安在？"玄微趋出相见。举目看十八姨，体态飘逸，言词泠泠，有林下风气③，近其旁，不觉寒气侵肌，毛骨竦然。逊入堂中，侍女将桌椅已是安排停当。请十八姨居于上席，众女挨次而坐，玄微末位相陪。

②封家姨：神话中司风的女神，也称风姨或封家十八姨。

③林下风气：称颂妇女体态优美，娴雅飘逸的风采。

不一时，众青衣取到酒肴，摆设上来。佳肴异果，罗列满案。酒味醇醲，其甘如饴，俱非人世所有。此时月色倍明，室中照耀，如同白日。满座芳香，馥馥袭人。宾主酬酢，杯觥交杂。酒至半酣，一红裳女子满斟大觥，送与十八姨道："儿有一歌，请为歌之。"歌云：

绛衣披拂露盈盈，淡染胭脂一朵轻。

自恨红颜留不住，莫怨春风道薄情。

歌声清婉，闻者皆凄然。又一白衣女子送酒道："儿亦有一歌。"歌云：

皎洁玉颜胜白雪，况乃当年对芳月。

沉吟不敢怨春风，自叹容华暗消歇。

其音更觉惨切。那十八姨性颇轻佻，却又好酒。多了几杯，渐渐狂放。听了二歌，乃道：“值此芳辰美景，宾主正欢，何遽作伤心语！歌旨又深刺予，殊为慢客，须各罚以大觥，当另歌之。”遂手斟一杯递来，酒醉手软，持不甚牢，杯才举起，不想袖在箸上一兜，扑碌的连杯打翻。

这酒若翻在别个身上，却也罢了，恰恰里尽泼在阿措身上，阿措年娇貌美，性爱整齐，穿的却是一件大红簇花绯衣。那红衣最忌的是酒，才沾滴点，其色便败，怎经得这一大杯酒！况且阿措也有七八分酒意，见污了衣服，作色道：“诸姊妹有所求，吾不畏尔！”即起身往外就走。十八姨也怒道：“小女弄酒，敢与吾为抗耶？”亦拂衣而起。众女子留之不住，齐劝道：“阿措年幼，醉后无状，望勿记怀。明日当率来请罪！”相送下阶。十八姨忿忿向东而去。众女子与玄微作别，向花丛中四散而走。

玄微欲观其踪迹，随后送之。步急苔滑，一交跌倒，挣起身来看时，众女子俱不见了。心中想道：“是梦，却又未曾睡卧；若是鬼，又衣裳楚楚，言语历历；是人，如何又倏然无影？”胡猜乱想，惊疑不定。回入堂中，桌椅依然摆设，杯盘一毫已无；惟觉馀馨满室。虽异其事，料非祸祟，却也无惧。

到次晚，又往花中步玩，见诸女子已在，正劝阿措往十八姨处请罪。阿措怒道：“何必更恳此老妪？有事只求处士足矣。”众皆喜道：“妹言甚善。”齐向玄微道：“吾姊妹皆住处士苑中，每岁多被恶风所挠，居止不安，常求十八姨相庇。昨阿措误触之，此后应难取力。处士倘肯庇护，当有微报耳。”玄微道：“某有何力，得庇诸女？”阿措道：“只求处士每岁元旦，作一朱幡，上图日月五星之文，立于苑东，吾辈则安然无恙矣。今岁已过，请于此月二十一日平旦，微有东风，即立之，可免本日之难。”玄微道：“此乃易事，敢不如命。”齐声谢道：“得蒙处士慨允，必不忘德。”言讫而别，其行甚疾。玄微随之不及。忽一阵香风过处，各失所在。

玄微欲验其事，次日即制办朱幡。候至廿一日，清早起来，果然东风微拂，急将幡竖立苑东。少顷，狂风振地，飞沙走石，自洛南一路，摧林折树；惟苑中繁花不动。玄微方悟，诸女皆众花之精也。绯衣名阿措，即安石榴也。封十八姨，乃风神也。到次晚，众女各里桃李花数斗来谢道：“承处士脱某等大难，无以为报。饵此花英[4]，可延年却老。愿长如此卫护某等，亦可致长生。”玄微依其言服之，果然容颜转少，如三十许人。后得道仙去。有诗为证：

洛中处士爱栽花，岁岁朱幡绘采茶。
学得餐英堪不老，何须更觅枣如瓜。

④饵（ěr）：吃，食用。

列位莫道小子说风神与花精往来，乃是荒唐之语。那九州四海之中，目所未见，耳所未闻，不载史册，不见经传，奇奇怪怪，跷跷蹊蹊的事，不知有多多少少。就是张华的《博物志》[5]，也不过志其一二；虞世南的行书厨[6]，也包藏不得许多。此等事甚是平常，不足为异，然虽如此，又道是子不语怪⑦，且阁过一边。只那惜花致福，损花折寿，乃见在功德，须不是乱道。列位若不信时，还有一段“灌园叟晚逢仙女”的故事，待小子说与位看官们听。若平日爱花的，听了自然将花分外珍重；内中或有不惜花的，小子就将这话劝他，惜花起来。虽不能得道成仙，亦可以消闲遣闷。

⑤《博物志》：西晋张华编纂，中古第一部博物学著作，包括神话、古史、博物等内容，是一部笔记性质的书。

⑥虞世南的行书厨：据《大唐新语》载，有一次唐太宗出行，官员建议要带着书一起走。唐太宗说：不用，有虞世南在，他就是“行秘书”。虞世南（558—638年），唐初博学家。行书橱，原作“行秘书”，意即活的图书馆。

⑦子不语怪：《论语》中说：“子不语怪力乱神。”意思就是：孔子不谈论怪异之事。

你道这段话文出在那个朝代？何处地方？就在大宋仁宗年间，江南平江府东门外长乐村中。这村离城只去二里之远，村上有个老者，姓秋名先，原是庄家出身，有数亩田地，一所草房。妈妈水氏已故，别无儿女。那秋先从幼酷好栽花种果，把田业都撇弃了，专于其事。若偶觅得种异花，就是拾着珍宝，也没有这般欢喜。随你极紧要的事，出外路上逢着人家有树花儿，不管他家容不容，便陪着笑脸，捱进去求玩。若平常花木，或家里也在正开，还转身得快，倘然是一种名花，家中没有的，虽或有，已开过了，便将正事撇在半边，依依不舍，永日忘归。人都叫他是花痴。

或遇见卖花的有株好花，不论身边有钱无钱，一定要买。无钱时便脱身上衣服去解当。也有卖花的知他僻性，故高其价，也只得忍贵买回。又有那破落户晓得他是爱花的，各处寻觅好花折来，把泥假捏个根儿哄他，少不得也买。有恁般奇事！将来种下，依然肯活。日积月累，遂成了一个大园。那园周围编竹为篱，篱上交缠蔷薇、荼蘼、木香、刺梅、木槿、棣棠、金雀。篱边便下蜀葵、凤仙、鸡冠、秋葵、莺粟等种，更有那金萱、百合、剪春罗、剪秋罗、满地娇、十样锦、美人蓼、山踯躅、高良姜、白蛱蝶、夜落金钱、缠枝牡丹等类，不可枚举。遇开放之时，烂如锦屏。远篱数步，尽植名花异卉。一花未谢，一花又开。向阳设两扇柴门，门内一条竹径，两边都结柏屏遮护。转过柏屏，便是三间草堂。房虽草创，却高爽宽敞，窗槅明亮。堂中挂一幅无名小画，设一张白木卧榻。桌凳之类，色色洁净。打扫得地下无纤毫尘垢。堂后精舍数间，卧室在内。那花卉无所不有，十分繁茂。真个四时不谢，八节长春⑧。但见：

梅标清骨，兰挺幽芳。茶呈雅韵，李谢浓妆。杏娇疏雨，菊傲严霜。水仙冰肌玉骨，牡丹国色天香。玉树亭亭阶砌，金莲冉冉池塘。芍药芳姿少比，石榴丽质无双。丹桂飘香月窟，芙蓉冷艳寒江。梨花溶溶夜月，桃花灼灼朝阳。山茶花宝珠称贵，蜡梅花磬口方香⑨。海棠花西府为上⑩，瑞香花金边最良。玫瑰杜鹃，烂如云锦，绣球郁李，点缀风光。说不尽千般花卉，数不了万种芬芳。

⑧八节：立春、春分、立夏、夏至、立秋、秋分、立冬、冬至。

⑨磬口：腊梅的一种。花五瓣，盛开的时候也是半含不全张开，形状像和尚敲的磬口，故名。

⑩西府：西府海棠，树身较高大，枝叶茂盛，花色艳丽繁密如深胭脂色。

篱门外，正对着一个大湖，名为朝天湖，俗名荷花荡。这湖东连吴淞江，西通震泽，南接庞山湖。湖中景致，四时晴雨皆宜。秋先于岸旁堆土作堤，广植桃柳。每至春时，红绿间发，宛似西湖胜景。沿湖遍插芙蓉，湖中种五色莲花。盛开之日，满湖锦云烂熳，香气袭人，小舟荡桨采菱，歌声泠泠。遇斜风微起，偎船竞渡，纵横如飞。柳下渔人，舣船晒网。也有戏儿的，结网的，醉卧船头的，没水赌胜的，欢笑之音不绝。那赏莲游人，画船箫管鳞集，至黄昏回棹，灯火万点，间以星影萤光，错落难辨。深秋时，霜风初起，枫林渐染黄碧，野岸衰柳芙蓉，杂间白蘋红蓼，掩映水际；芦苇中鸿雁群集，嘹呖干云⑪，哀声动人。隆冬天气，彤云密布，六花飞舞⑫，上下一色。那四时景致，言之不尽。有诗为证：

朝天湖畔水连天，天唱渔歌即采莲。

小小茅堂花万种，主人日日对花眠。

⑪干云：形容声音响亮，到达天空。

⑫六花：雪花。

按下散言，且说秋先每日清晨起来，扫净花底落叶，汲水逐一灌溉，到晚上又浇一番。若有一花将开，不胜欢跃。或暖壶酒儿，或烹瓯茶儿，向花深深作揖，先行浇奠，口称花万岁三声，然后坐于其下，浅斟细嚼。酒酣兴到，随意歌啸。身子倦时，就以石为枕，卧在根旁。自半含至盛开，未尝暂离。如见日色烘烈，乃把棕拂蘸水沃之。遇着月夜，便连宵不寐。倘值了狂风暴雨，即披蓑顶笠，周行花间检视。遇有欹枝，以竹扶之。虽夜间，还起来巡看几次。若花到谢时，则累日叹息，常至堕泪。又不舍得那些落花，以棕拂轻轻拂来，置于盘中，时尝观玩，直至干枯，装入净瓮满瓮之日，再用茶酒浇奠，惨然若不忍释。然后亲捧其瓮，深埋长堤之下，谓之“葬花”。倘有花片，被雨打泥污的，必以清水再四涤净，然后送入湖中，谓之“浴花”。

平昔最恨的是攀枝折朵。他也有一段议论，道：“凡花一年只开得一度，四时中只占得一时，一时中又只占得数日。他熬过了三时的冷淡，才讨得这数日的风光。看他随风而舞，迎人而笑，如人正当得意之境，忽被摧残。巴此数日甚难，一朝折损甚易。花若能言，岂不嗟叹！况就此数日间，先犹含蕊，后复零残。盛开之时，更无多了。又有蝶攒蜂采，鸟啄虫钻，日炙风吹，雾迷雨打，全仗人去护惜他。却反恣意拗折，于心何忍！且说此花自芽生根，自根生本，强者为干，弱者为枝，一干一枝，不知养成了多少年月。及候至花开，供人清玩，有何不美，

定要折他？花一离枝，再不能上枝，枝一去干，再不能附干，如人死不可复生，刑不可复赎，花若能言，岂不悲泣！又想他折花的，不过择其巧干，爱其繁枝，插之瓶中，置之席上，或供宾客片时侑酒之欢[13]，或助婢妾一日梳妆之饰，不思客觞可饱玩于花下，闺妆可借巧于人工。手中折了一枝，树上就少了一枝，今年伐了此干，明年便少了此干。何如延其性命，年年岁岁，玩之无穷乎？还有未开之蕊，随花而去，此蕊竟槁灭枝头，与人之童夭何异？又有原非爱玩，趁兴攀折，既折之后，拣择好歹，逢人取讨，即便与之。或随路弃掷，略不顾惜。如人横祸枉死，无处申冤。花若能言，岂不痛恨！”

⑬侑（yòu）酒：助兴劝酒。

他有了这段议论，所以生平不折一枝，不伤一蕊。就是别人家园上，他心爱着那一种花儿，宁可终日看玩；假饶那花主人要取一枝一朵来赠他[14]，他连称罪过，决然不要。若有旁人要来折花者，只除他不看见罢了；他若见时，就把言语再三劝止。人若不从其言，他情愿低头下拜，代花乞命。人虽叫他是花痴，多有可怜他一片诚心，因而住手者，他又深深作揖称谢。又有小厮们要折花卖钱的，他便将钱与之，不教折损。或他不在时，被人折损，他来见有损处，必凄然伤感，取泥封之，谓之“医花”。为这件上，所以自己园中不轻易放人游玩。偶有亲戚邻友要看，难好回时，先将此话讲过，才放进去。又恐秽气触花，只许远观，不容亲近。倘有不达时务的，捉空摘了一花一蕊，那老儿便要面红颈赤，大发喉急[15]。下次就打骂他，也不容进去看了。后来人都晓得了他的性子，就一叶儿也不敢摘动。

⑭假饶：假定，假使。

⑮喉急：着急，生气。

大凡茂林深树，便是禽鸟的巢穴，有花果处，越发千百为群。如单食果实，到还是小事，偏偏只拣花蕊啄伤。惟有秋先却将米谷置于空处饲之，又向禽鸟祈祝。那禽鸟却也有知觉，每日食饱，在花间低飞轻舞，宛啭娇啼，并不损一朵花蕊，也不食一个果实。故此产的果品最多，却又大而甘美。每熟时先望空祭了花神，然后敢尝，又遍送左近邻家试新，馀下的方鬻，一年到有若干利息。那老者因得了花中之趣，自少至老，五十馀年，略无倦怠，筋骨愈觉强健。粗衣淡饭，悠悠自得。有得赢馀，就把来周济村中贫乏。自此合村尢不敬仰，又呼为秋公。他自称为“灌园叟”。有诗为证：

朝灌园兮暮灌园，灌成园上百花鲜。

花开每恨看不足，为爱看园不肯眠。

话分两头。却说城中有一人姓张名委，原是个宦家子弟，为人奸狡诡谲、残忍刻薄，恃了势力，专一欺邻吓舍，扎害良善。触着他的，风波立至，必要弄得那人破家荡产，方才罢手。手下用一班如狼似虎的奴仆，又有几个助恶的无赖子弟，日夜合做一块，到处闯祸生灾，受其害者无数。不想却遇了一个又狠似他的，轻轻捉去，打得个臭死。及至告到官司，又被那人弄了些手脚，反问输了。因妆了幌子，自觉无颜，带了四五个家人，同那一班恶少，暂在庄上遣闷。那庄正在长乐村中，离秋公家不远。一日早饭后，吃得半酣光景，向村中闲走，不觉来到秋公门首，只见篱上花枝鲜媚，四围树木繁翳，齐道："这所在到也幽雅，是那家的？"家人道："此是种花秋公园上，有名叫做花痴。"张委道："我常闻得说庄边有甚么秋老儿，种得异样好花，原来就住在此。我们何不进去看看？"家人道："这老儿有些古怪，不许人看的。"张委道："别人或者不肯，难道我也是这般？快去敲门！"

那时园中牡丹盛开，秋公刚刚浇灌完了，正将着一壶酒儿，两碟果品，在花下独酌，自取其乐。饮不上三杯，只听得闹闹的敲门响，放下酒杯，走出来开门一看，见站着五六个人，酒气直冲。秋公料道必是要看花的，便拦住门口，问道："列位有甚事到此？"张委道："你这老儿不认得我么？我乃城里有名的张衙内，那边张家庄便是我家的。闻得你园中好花甚多，特来游玩。"秋公道："告衙内，老汉也没种甚好花，不过是桃杏之类，都已谢了，如今并没别样花卉。"张委睁起双眼道："这老儿恁般可恶！看看花儿打甚紧，却便回我没有。难道吃了你的？"秋公道："不是老汉说谎，果然没有。"张委那里肯听，向前叉开手。当胸一掇，秋公站立不牢，踉踉跄跄，直撞过半边。众人一齐拥进。秋公见势头凶恶，只得让他进去，把篱门掩上，随着进来，向花下取过酒果，站在旁边。

众人看那四边花草甚多，惟有牡丹最盛。那花不是寻常玉楼春之类，乃五种有名异品。那五种？

黄楼子、绿蝴蝶、西瓜穰、舞青猊、大红狮头[16]。

这牡丹乃花中之王，惟洛阳为天下第一，有"姚黄""魏紫"名色[17]，一本价值五千。你道因何独盛于洛阳？只为昔日唐朝有个武则天皇后，淫乱无道，宠幸两个官儿，名唤张易之、张昌宗，于冬月之间，要游后苑，写出四句诏来，道：

来朝游上苑，火速报春知。

百花连夜发，莫待晓风吹。

⑯黄楼子、绿蝴蝶、西瓜穰（ráng）、舞青猊（ní）、大红狮头：都是不同品种的牡丹别名。

⑰“姚黄”“魏紫”：宋代两种名贵的牡丹品种。姚黄，千叶黄花，产于姚家。魏紫，千叶肉红花，出于魏氏家，因而得名。

不想武则天原是应运之主，百花不敢违旨，一夜发蕊开花。次日驾幸后苑，只见千红万紫，芳菲满目，单有牡丹花有些志气，不肯奉承女主幸臣，要一根叶儿也没有。则天大怒，遂贬于洛阳。故此洛阳牡丹冠于天下。有一支《玉楼春》词，单赞牡丹花的好处。词云：

名花绰约东风里，占断韶华都在此。芳心一片可人怜，春色三分愁雨洗。　　玉人尽日恹恹地，猛被笙歌惊破睡。起临妆镜似娇羞，近日伤春输与你。

那花正种在草堂对面，周遭以湖石拦之，四边竖个木架子，上覆布幔，遮蔽日色。花本高有丈许，最低亦有六七尺，其花大如丹盘，五色灿烂，光华夺目。众人齐赞："好花！"张委便踏上湖石去嗅那香气。秋先极怪的是这节，乃道："衙内站远些看，莫要上去！"张委恼他不容进来，心下正要寻事，又听了这话，喝道："你那老儿住在我庄边，难道不晓得张衙内名头么？有恁样好花，故意回说没有。不计较就勾了，还要多言，那见得闻一闻就坏了花？你便这般说，我偏要闻。"遂把花逐朵攀下来，一个鼻子凑在花上去嗅。那秋老在旁，气得敢怒而不敢言，也还道略看一回就去。谁知这厮故意卖弄道："有恁样好花，如何空过？须把酒来赏玩。"分付家人快去取。秋公见要取酒来赏，更加烦恼，向前道："所在蜗窄，没有坐处。衙内止看看花儿，酒还到贵庄上去吃。"张委指着地上道："这地下尽好坐。"秋公道："地上龌龊，衙内如何坐得？"张委道："不打紧，少不得有毡条遮衬。"不一时，酒肴取到，铺下毡条，众人团团围坐，猜拳行令，大呼小叫，十分得意。只有秋公骨笃了嘴⑱，坐在一边。

⑱骨笃了嘴：撅着嘴，不高兴的样子。

那张委看见花木茂盛，就起个不良之念，思想要吞占他的，斜着醉眼，向秋公道："看你这蠢老儿不出，到会种花，却也可取，赏你一杯酒。"秋公那里有好气答他，气忿忿的道："老汉天性不会饮酒，衙内自请"张委又道："你这园可卖么？"秋公见口声来得不好，老大惊讶，答道："这园是老汉的性命，如何舍得卖？"张委道："甚么性命不性命！卖与我罢了。你若没去处，一发连身归在我家，又不要做别事，单单替我种些花木，可不好么？"众人齐道："你这老儿好造化，难得衙内恁般看顾，还不快些谢恩？"秋公看见逐步欺负上来，一发气得手足麻软，也不去采他。张委道："这老儿可恶！肯不肯，如何不答应我？"秋公道："说过不卖了，怎的只管问？"张委道："放屁！你若再说句不卖，就写帖儿，送到县里去。"秋公气不过，欲要抢白几句，又想一想，他是有势力的人，却又醉了，怎与他一般样见识？且哄了去再处。

忍着气答道："衙内总要买，必须从容一日，岂是一时急骤的事。"众人道："这话也说得是。就在明日罢。"

此时都已烂醉，齐立起身，家人收拾家火先去。秋公恐怕折花，预先在花边防护。那张委真个走向前，便要踹上湖石去采。秋先扯住道："衙内，这花虽是微物，但一年间不知废多少工夫，才开得这几朵。不争折损了，深为可惜。况折去不过一二日就谢了，何苦作这样罪过！"张委喝道："胡说！有甚罪过？你明日卖了，便是我家之物，就都折尽，与你何干！"把手去推开。秋公揪住，死也不放，道："衙内便杀了老汉，这花决不与你摘的。"众人道："这老儿其实可恶！衙内采朵花儿，值什么大事，妆出许多模样！难道怕你就不摘了？"遂齐走上前乱摘。把那老儿急得叫屈连天，舍了张委，拼命去拦阻。扯了东边，顾不得西首，顷刻间摘下许多。秋老心疼肉痛，骂道："你这班贼男女，无事登门，将我欺负，要这性命何用！"赶向张委身边，撞个满怀。去得势猛，张委又多了几杯酒，把脚不住，翻觔斗跌倒。众人都道："不好了，衙内打坏也！"齐将花撇下，一赶过来，要打秋公。内中有一个老成些的，见秋公年纪已老，恐打出事来，劝住众人，扶起张委。张委因跌了这交，心中转恼，赶上前打得个只蕊不留，撒作遍地，意犹未足，又向花中践踏一回。可惜好花，正是：

老拳毒手交加下，翠叶娇花一旦休。

好似一番风雨恶，乱红零落没人收。

当下只气得个秋公怆地呼天[19]，满地乱滚。邻家听得秋公园中喧嚷，齐跑进来，看见花枝满地狼籍，众人正在行凶。邻里尽吃一惊，上前劝住，问知其故，内中到有两三个是张委的租户，齐替秋公赔个不是，虚心冷气，送出篱门。张委道："你们对那老贼说，好好把园送我，便饶了他；若说半个不字，须教他仔细着。"恨恨而去。邻里们见张委醉了，只道酒话，不在心上，覆身转来，将秋公扶起，坐在阶沿上。那老儿放声号恸。众邻里劝慰了一番，作别出去，与他带上篱门，一路行走。内中也有怪秋公平日不容看花，便道："这老官儿[20]，真个忒煞古怪[21]，所以有这样事，也得他经一遭儿，警戒下次。"内中又有直道的道："莫说这没天理的话！自古道：'种花一年，看花十日。'那看的但觉好看，赞声好花罢了，怎得知种花的烦难？只这几朵花，正不知费了许多辛苦，才培植得恁般茂盛，如何怪得他爱惜！"

⑲怆（chuàng）地呼天：一般写作"呼天抢地"或"抢地呼天"，形容着急时乱撞乱叫的样子。

⑳老官儿：老头儿。

㉑忒煞：太，特别，过甚。

不题众人，且说秋公不舍得这些残花，走向前将手去捡起来看，见践踏得凋残零落，尘垢沾污，心中凄惨，又哭道："花啊！我一生爱护，从不曾损坏一瓣一叶，那知今日遭此大难！"正哭之间，只听得背后有人叫道："秋公为何恁般痛哭？"秋公回头看时，乃是一个女子，年约二八，姿容美丽，雅淡梳妆，却不认得是谁家之女，乃收泪问道："小娘子是那家？至此何干？"那女子道："我家住在左近，因闻你园中牡丹花茂盛，特来游玩，不想都已谢了。"秋公题起牡丹二字，不觉又哭起来。女子道："你且说有甚苦情如此啼哭？"秋公将张委打花之事说出。那女子笑道："原来为此缘故。你可要这花原上枝头么？"秋公道："小娘休得取笑！那有落花返枝的理？"女子道："我祖上传得个落花返枝的法术，屡试屡验。"秋公听说，化悲为喜道："小娘子真个有这术法么？"女了道："怎的不真？"秋公倒身下拜道："若得小娘子施此妙术，老汉无以为报，但每一种花开，便来相请赏玩。"女子道："你且莫拜，去取一碗水来。"秋公慌忙跳起去取水，心下又转道："如何有这样妙法？莫不是见我哭泣，故意取笑？"又想道："这小娘子从不相认，岂有要我之理？还是真的。"急舀了碗清水出来，抬头不见了女子，只见那花都已在枝头，地下并无一瓣遗存。起初每本一色，如今却变做红中间紫，淡内添浓，一本五色俱全，比先更觉鲜妍。有诗为证：

曾闻湘子将花染[22]，又见仙姬会返枝。

信是至诚能动物，愚夫犹自笑花痴。

㉒湘子将花染：神话传说韩湘子曾在冬季令牡丹开花数朵，又能聚盆复土，顷刻开花。

当下秋公又惊又喜道："不想这小娘子果然有此妙法！"只道还在花丛中，放下水，前来作谢。园中团团寻遍，并不见影，乃道："这小娘如何就去了？"又想道："必定还在门口，须上去求他，传了这个法儿。"一径赶至门边，那门却又掩着。拽开看时，门首坐着两个老者，就是左右邻家，一个唤做虞公，一个叫做单老，在那里看渔人晒网。见秋公出来，齐立起身拱手道："闻得张衙内在此无理，我们恰往田头，没有来问得。"秋公道："不要说起，受了这班泼男女的殴气，亏着一位小娘子走来，用个妙法，救起许多花朵，不曾谢得他一声，径出来了。二位可看见往那一边去的？”二老闻言，惊讶道：“花坏了，有甚法儿救得？这女子去几时了？”秋公道：“刚方出来。”二老道：“我们坐在此好一回，并没个人走动，那见甚么女子？”秋公听说，心下恍悟道：“恁般说，莫不这位小娘子是神仙下降？”二老问道：“你且说怎的救起花儿？”秋公将女子之事叙了一遍。二老道：“有如此奇事！待我们去看看。”

秋公将门拴上，一齐走至花下看了，连声称异道：“这定然是个神仙。凡人那有此法力！”秋公即焚起一炉好香，对天叩谢。二老道：“这也是你平日爱花心诚，所以感动神仙下降。明日索性到教张衙内这几个泼男女看看，羞杀了他。”秋公道：“莫要，莫要！此等人即如恶犬，远远见了就该避之，岂可还引他来？”二老道：“这话也有理。”秋公此时非常欢喜，将先前那瓶酒热将起来，留二老在花下玩赏，至晚而别。

二老回去一传，合村人都晓得，明日俱要来看，还恐秋公不许。谁知秋公原是有意思的人，因见神仙下降，遂有出世之念，一夜不寐，坐在花下存想；想至张委这事，忽地开悟道：“此皆是我平日心胸褊窄，故外侮得至。若神仙汪洋度量，无所不容，安得有此！”至次早，将园门大开，任人来看。先有几个进来打探，见秋公对花而坐，但分付道：“凭列位观看，切莫要采便了。”众人得了这话，互相传开。那村中男子妇女，无有不至。

按下此处，且说张委至次早，对众人说：“昨日反被那老贼撞了一交，难道轻恕了不成？如今再去要他这园，不肯时，多教些人从，将花木尽打个稀烂，方出这气。”众人道：“这园在衙内庄边，不怕他不肯。只是昨日不该把花都打坏，还留几朵，后日看看便是。”张委道：“这也罢了，少不得来年又发。我们快去，莫要使他停留长智[23]。”众人一齐起身，出得庄门，就有人说：“秋公园上神仙下降，落下的花，原都上了枝头，却又变做五色。”张委不信道：“这老贼有何好处，能感神仙下降？况且不前不后，刚刚我们打坏，神仙就来？难道这神仙是养家的不成？一定是怕我们又去，故此诌这话来央人传说，见得他有神仙护卫，使我们不摆布他。”众人道：“衙内之言极是。”

㉓停留长智：时间久了，对方就会想出应对的办法来了。

顷刻，到了园门口，见两扇柴门大开，往来男女络绎不绝，都是一般说话。众人道：“原来真有这等事!”张委道：“莫管他，就是神仙见坐着，这园少不得要的。”湾湾曲曲，转到草堂前看时，果然话不虚传。这花却也奇怪，见人来看，姿态愈艳，光采倍生，如对人笑的一般。张委心中虽十分惊讶，那吞占念头，全然不改。看了一回，忽地又起一个恶念，对众人道：“我们且去。”齐出了园门。

众人问道：“衙内如何不与他要园?”张委道：“我想得个好策在此，不消与他说得，这园明日就归于我。”众人道：“衙内有何妙策?”张委道：“见今贝州王则谋反㉔，专行妖术。枢密府行下文书来，普天下军州严禁左道，捕缉妖人。本府见出三千贯赏钱，募人出首。我明日就将落花上枝为由，教张霸到府，首他以妖术惑人㉕。这个老儿熬刑不过，自然招承下狱。这园必定官卖。那时谁个敢买他的？少不得让与我。还有三千贯赏钱哩。”众人道：“衙内好计！事不宜迟，就去打点起来。”当时即进城，写下首状。次早，教张霸到平江府出首。这张霸是张委手下第一出尖的人，衙门情熟，故此用他。大尹正在缉访妖人，听说此事，合村男女都见的，不由不信，即差缉捕使臣带领几个做公的，押张霸作眼㉖，前去捕获。张委将银布置停当，让张霸与缉捕使臣先行，自己与众子弟随后也来。

㉔贝州王则谋反：宋仁宗庆历七年（1047年），贝州军士王则造反，自称东平郡王，国号安阳，年号得胜。前后六十六日，失败被擒杀。贝州，今河北邢台清河县地。王则，涿州人。

㉕首：告发，检举揭发。

㉖作眼：牵线，引线；带领人去捉拿人，作证人。

缉捕使臣一径到秋公园上，那老儿还道是看花的，不以为意。众人发一声喊，赶上前一索捆翻。秋公吃这一吓不小，问道："老汉有何罪犯？望列位说个明白。"众人口口声声，骂做妖人反贼，不由分诉，拥出门来。邻里看见，无不失惊，齐上前询问。缉捕使臣道："你们还要问么？他所犯的事也不小，只怕连村上人都有分哩。"那些愚民，被这大话一寒，心中害怕，尽皆洋洋走开，惟恐累及。只有虞公、单老，同几个平日与秋公相厚的，远远跟来观看。

且说张委俟秋公去后，便与众子弟来锁园门，恐还有人在内，又检点一过，将门锁上，随后赶上府前。缉捕使臣已将秋公解进，跪在月台上，见旁边又跪着一人，却不认得是谁。那些狱卒都得了张委银子，已备下诸般刑具伺候。大尹喝道："你是何处妖人，敢在此地方上将妖术煽惑百姓？有几多党羽？从实招来！"秋公闻言，恰如黑暗中闻个火炮，正不知从何处起的，禀道："小人家世住于长乐村中，并非别处妖人，也不晓得什么妖术。"大尹道："前日你用妖术使落花上枝，还敢抵赖！"秋公见说到花上，情知是张委的缘故，即将张委要占园打花，并仙女下降之事，细诉一遍。不想那大尹性是偏执的，那里肯信，乃笑道："多少慕仙的，修行至老，尚不能得遇神仙；岂有因你哭花，仙就肯来？既来了，必定也留个名儿，使人晓得，如何又不别而去？这样话哄那个！不消说得，定然是个妖人。快夹起来！"

狱卒们齐声答应，如狼虎一般，蜂拥上来，揪翻秋公，扯腿拽脚。刚要上刑，不想大尹忽然一个头晕，险些儿跌下公座，自觉头目森森，坐身不住。分付上了枷杻，发下狱中监禁，明日再审。狱卒押着，秋公一路哭泣出来，看见张委，道："张衙内，我与你前日无怨，往日无仇，如何下此毒手，害我性命！"张委也不答应，同了张霸和那一班恶少，转身就走。虞公、单老接着秋公，问知其细，乃道："有这等冤枉的事！不打紧，明日同合村人具张连名保结，管你无事。"秋公哭道："但愿得如此便好。"狱卒喝道："这死囚还不走！只管哭什么！"秋公含着眼泪进狱。邻里又寻些酒食，送至门上。那狱卒谁个拿与他吃，竟接来自去受用。

到夜间，将他上了囚床，就如活死人一般，手足不能少展。心中苦楚，想道："不知那位神位神仙救了这花，却又被那厮借此陷害。神仙呵！你若怜我秋先，亦来救拔性命，情愿弃家入道。"一头正想，只见前日那仙女，冉冉而至。秋公急叫道："大仙救拔弟子秋先则个！"仙女笑道："汝欲脱离苦厄么？"上前把手一指，那枷杻纷纷自落。秋先爬起来，向前叩头道："请问大仙姓氏。"仙女道："吾乃瑶池瑶王母座下司花女，怜汝惜花志诚，故令诸花返本，不意反资奸人谗口。然亦汝命中合有此灾，明日当脱。张委损花害人，花神奏闻上帝，已夺其算[27]；助恶党羽，俱降大灾。汝宜笃志修行，数年之后，吾当度汝。"秋先又叩首道："请问上仙修行之道。"仙子道："修仙径路甚多，须认本源。汝原以惜花有功，今亦当以花成道。汝但饵百花，自能身轻飞举。"遂教其服食之法。秋先稽首叩谢起来，便不见了仙子，抬头观看，却在狱墙之上，以手招道："汝亦上来，随我出去！"秋先便向前攀援了一大回，还只到得半墙，甚觉吃力；渐渐至顶，忽听得下边一棒锣声，喊道："妖人走了，快拿下！"秋公心下惊慌，手酥脚软，倒撞下来，撒然惊觉，元在囚床之上。想起梦中言语，历历分明，料必无事，心中稍宽。正是：

但存方寸无私曲，料得神明有主张。

㉗算：寿命，寿数。

且说张委见大尹已认做妖人，不胜欢喜，乃道："这老儿许多清奇古怪，今夜且请在囚床上受用一夜，让这园儿与我们乐耍。"众人都道："前日还是那老儿之物，未曾尽兴；今日是大爷的了，须要尽情欢赏。"张委道："言之有理！"遂一齐出城，教家人整备酒肴，径至秋公园上，开门进去。那邻里看见是张委，心下虽然不平，却又惧怕，谁敢多口？

且说张委同众子弟走至草堂前，只见牡丹枝头一朵不存，原如前日打下时一般，纵横满地，众人都称奇怪。张委道："看起来，这老贼果系有妖法的，不然，如何半日上倏尔又变了？难道也是神仙打的？"有一个子弟道："他晓得衙内要赏花，故意弄这法儿来吓我们。"张委道："他便弄这法儿，我们就赏落花。"当下依原铺设毡条，席地而坐，放开怀抱恣饮，也把两瓶酒赏张霸到一边去吃。

看看饮至月色矬西[28]，俱有半酣之意，忽地起一阵大风。那风好利害！

善聚庭前草，能开水上萍。

腥闻群虎啸，响合万松声。

㉘矬西：偏西，往西边落。

那阵风却把地下这花朵吹得都直竖起来，眨眼间俱变做一尺来长的女子。众人大惊，齐叫道："怪哉！"言还未毕，那些女子迎风一幌，尽已长大，一个个姿容美丽，衣服华艳，团团立做一大堆。众人因见恁般标致，通看呆了。内中一个红衣女子却又说起话来，道："吾姊妹居此数十馀年，深蒙秋公珍重护惜。何意蓦遭狂奴，俗气熏炽，毒手摧残，复又诬陷秋公，谋吞此地。今仇在目前，吾姊妹曷不戮力击之！上报知己之恩，下雪摧残之耻，不亦可乎?”众女郎齐道：“阿妹之言有理！须速下手，毋使潜遁!”说罢，一齐举袖扑来。那袖似有数尺之长，如风翻乱飘，冷气入骨。众人齐叫有鬼，撇了家火，望外乱跑，彼此各不相顾。也有被石块打脚的，也有被树枝抓面的，也有跌而复起，起而复跌的，乱了多时，方才收脚。点检人数都在，单不见了张委、张霸二人。此时风已定了，天色已昏，这班子弟各自回家，恰像检得性命一般，抱头鼠窜而去。

家人喘息定了，方唤几个生力庄客，打起火把，覆身去抓寻。直到园上，只听得大梅树下有呻吟之声，举火看时，却是张霸被梅根绊倒，跌破了头，挣扎不起。庄客着两个先扶张霸归去。众人周围走了一遍，但见静悄悄的万籁无声。牡丹棚下，繁花如故，并无零落。草堂中杯盘狼籍，残羹淋漓。众人莫不吐舌称奇。一面收拾家火，一面重复照看。这园子又不多大，三回五转，毫无踪影。难道是大风吹去了？女鬼吃去了？正不知躲在那里。延捱了一会，无可奈何，只索回去过夜，再作计较。

方欲出门，只见门外又有一伙人，提着行灯进来。不是别人，却是虞公、单老。闻知众人见鬼之事，又闻说不见了张委，在园上抓寻，不知是真是假，合着三邻四舍，进园观看。问明了众庄客，方知此事果真。二老惊诧不已，教众庄客：“且莫回去，老汉们同列位还去找寻一遍。”众人又细细照看了一下，正是兴尽而归，叹了口气，齐出园门。二老道：“列位今晚不来了么？老汉们告过，要把园门落锁，没人看守得，也是我们邻里的干系。”此时庄客们，蛇无头而不行，已不似先前声势了，答应道：“但凭，但凭。”

两边人犹未散，只见一个庄客在东边墙角下叫道：“大爷有了!”众人蜂拥而前。庄客指道：“那槐枝上挂的，不是大爷的软翅纱巾么[29]?”众人道：“既有了巾儿，人也只在左近。”沿墙照去，不多几步，只叫得声：“苦也!”原来东角转湾处，有个粪窖，窖中一人，两脚朝天，不歪不斜，刚刚倒种在内。庄客认得鞋袜衣服，正是张委，顾不得臭秽，只得上前打捞起来。虞单二老暗暗念佛，和邻舍们自回。众庄客抬了张委，在湖边洗净。先有人报去庄上。合家大小，哭哭啼啼，准备棺衣入殓，不在话下。其夜，张霸破头伤重，五更时亦死。此乃作恶的见报。正是：

两个凶人离世界，一双恶鬼赴阴司。

㉙软翅纱巾：一种头巾，较为随意，与官员所戴不同。

次日，大尹病愈升堂，正欲吊审秋公之事，只见公差禀道："原告张霸同家长张委，昨晚都死了。"如此如此，这般这般。大尹大惊，不信有此异事。臾间，又见里老乡民，共有百十人，连名具呈前事：诉说秋公平日惜花行善，并非妖人；张委设谋陷害，神道报应，前后事情，细细分剖。大尹因昨日头晕一事，亦疑其枉，到此心下豁然，还喜得不曾用刑。即于狱中吊出秋公，立时释放，又给印信告示[30]，与他园门张挂，不许闲人损坏他花木。众人叩谢出府。

㉚印信告示：指印有官印的布告。

秋公向邻里作谢，一路同回。虞、单二老开了园门，同秋公进去。秋公见牡丹茂盛如初，伤感不已。众人治酒，与秋公压惊。秋公又答席，一连吃了数日酒席。闲话休题。

自此之后，秋公日饵百花，渐渐习惯，遂谢绝了烟火之物[31]，所鬻果实、钱钞，悉皆布施。不数年间，发白更黑，颜色转如童子。一日正值八月十五，丽日当天，万里无瑕。秋公正在房中趺坐[32]，忽然祥风微拂，彩云如蒸，空中音乐嘹亮，异香扑鼻，青鸾白鹤，盘旋翔舞，渐至庭前。云中正立着司花女，两边幢幡宝盖，仙女数人，各奏乐器。秋公看见，扑翻身便拜。司花女道："秋先，汝功行圆满，吾已奏闻上帝，有旨封汝为护花使者，专管人间百花，令汝拔宅上升。但有爱花惜花的，加之以福；残花毁花的，降之以灾。"秋公向空叩首谢恩讫，随着众仙登云，草堂花木，一齐冉冉升起，向南而去。虞公、单老和那合村之人都看见的，一齐下拜。还见秋公在云中举手谢众人，良久方没。此地遂改名“升仙里”，又谓之“百花村”云。

园公一片惜花心，道感仙姬下界临。

草木同升随拔宅，淮南不用炼黄金[33]。

㉛烟火之物：指一般做熟的饭菜。

㉜趺（fū）坐：佛教徒盘腿端坐的姿势，左脚放在右腿上，右脚放在左腿上。

㉝淮南：西汉淮南王刘安，喜好道术，炼丹服食求仙，相传他白天全家升仙，都成了神仙。

四　钱秀才错占凤凰俦

【精要简介】

本篇讲述的是丑公子颜俊和高赞员外之女高秋芳之间的故事，故事中名利双收的钱青、才子佳人的美好结局，集中体现了当时文人内心的梦想。

【原文鉴赏】

渔船载酒日相随，短笛芦花深处吹。

湖面风收云影散，水天光照碧琉璃。

这首诗是宋时杨备游太湖所作[①]。这太湖在吴郡西南三十馀里之外。你道有多少大？东西二百里，南北一百二十里，周围五百里，广三万六千顷，中有山七十二峰，襟带三州。那三州？苏州、湖州、常州。东南诸水皆归。一名震泽，一名具区，一名笠泽，一名五湖。何以谓之五湖？东通长洲松江，南通乌程霅溪，西通义兴荆溪，北通晋陵滆湖，东通嘉兴韭溪，水凡五道，故谓之五湖。那五湖之水，总是震泽分流，所以谓之太湖。就太湖中亦有五湖名色，曰：菱湖、游湖、莫湖、贡湖、胥湖。五湖之外，又有三小湖：扶椒山东曰梅梁湖，杜圻之西、鱼查之东曰金鼎湖，林屋之东曰东皋里湖：吴人只称做太湖。那太湖中七十二峰，惟有洞庭两山最大：东洞庭曰西山，西洞庭曰西山，两山分峙湖中。其馀诸山，或远或近，若浮或沉，隐见出没于波涛之间。有元人许谦诗为证[②]：

周回万水入，远近数州环。

南极疑无地，西浮直际山。

三江归海表，一径界河间。

白浪秋风疾，渔舟意尚闲。

①杨备：字修之，建平（今安徽郎溪）人，北宋诗人，著有《姑苏百题》《金陵览古》等诗。

②许谦（1269—1337 年），字益之，号白云山人，东阳（今浙江金华）人，学者，终身讲学，不肯做官，著有《白云集》等书。

那东西两山在太湖中间，四面皆水，车马不通。欲游两山者，必假舟楫，往往有风波之险。昔宋时宰相范成大在湖中遇风[3]，曾作诗一首：

白雾漫空白浪深，舟如竹叶信浮沉。

科头宴起吾何敢[4]，自有山川印此心。

③范成大（1126—1193 年）：字至能，一字幼元，早年自号此山居士，晚号石湖居士，平江府吴县（今江苏苏州）人。南宋名臣、文学家、诗人，以善写田园诗著名，与杨万里、路由、尤袤合称南宋“中兴四大诗人”，有《石湖集》及其他多种著作。

④科头宴起：科头，光着头，不戴头巾或帽子。宴起，晏起，睡懒觉。形容一种懒散闲适的生活情态。

话说两山之人，善于货殖[5]，八方四路，去为商为贾，所以江湖上有个口号，叫做“钻天洞庭”。内中单表西洞庭有个富家，姓高名赞，少年惯走湖广，贩卖粮食。后来家道殷实了，开起两个解库，托着四个伙计掌管，自己只在家中受用。浑家金氏，生了男女二人，男名高标，女名秋芳。那秋芳反长似高标二岁。高赞请个积年老教授在家馆谷[6]，教着两个儿女读书。那秋芳资性聪明，自七岁读书至十二岁，书史皆通，写作俱妙。交十三岁，就不进学堂，只在房中习学女工，描鸾刺凤。看看长成十六岁，出落得好个女儿[7]，美艳非常，有《西江月》为证：

面似桃花含露，体如白雪团成。眼横秋水黛眉清，十指尖尖春笋。

袅娜休言西子，风流不让崔莺。金莲窄窄瓣儿轻，行动一天丰韵。

⑤货殖：经商，做生意。商人把货物反复买卖，利上加利，不断增殖，所以叫作“货殖”。

⑥馆谷：坐馆先生，家庭教师，由主人供给食宿。

⑦出落：也作“出挑”“出跳”，指男女青春期体态、容貌、智能变得秀丽、出众。

高赞见女儿人物整齐，且又聪明，不肯将他配个平等之人⑧，定要拣个读书君子、才貌兼全的配他，聘礼厚薄到也不论。若对头好时，就赔些妆区嫁去，也自情愿。有多少豪门富室，日来求亲的，高赞访得他子弟才不压众，貌不超群，所以不曾许允。虽则洞庭在水中央，三州通道，况高赞又是个富家，这些做媒的四处传扬，说高家女子美貌聪明，情愿赔钱出嫁，只要择个风流佳婿。但有一二分才貌的，那一个不挨风缉缝，央媒说合。说时夸奖得潘安般貌，子建般才，及至访实，都只平常。高赞被这伙做媒的哄得不耐烦了，对那些媒人说道：“今后不须言三语四。若果有人才出众的，便与他同来见我。合得我意，一言两决，可不快当！”自高赞出了这句言语，那些媒人就不敢轻易上门。正是：

眼见方为的，传言未必真。

试金今有石，惊破假银人。

⑧平等之人：平常的人，身份地位相同的普通平民。封建社会认为做官的和读书人（特别是有功名的人）被视为是上等人，农工商是下等人。

话分两头。却说苏州府吴江县平望地方，有一秀士，姓钱名青，字万选。此人饱读诗书，广知今古，更兼一表人才。也有《西江月》为证：

出落唇红齿白，生成眼秀眉清。风流不在着衣新，俊俏行中首领。

下笔千言立就，挥毫四座皆惊。青钱万选好声名，一见人人起敬。

钱生家世书香，产微业薄，不幸父母早丧，愈加零替[9]，所以年当弱冠，无力娶妻，止与老仆钱兴相依同住。钱兴逐日做些小经纪供给家主，每每不敷，一饥两饱。幸得其年游庠[10]，同县有个表兄，住在北门之外，家道颇富，就延他在家读书。那表兄姓颜名俊，字伯雅，与钱生同庚生，都则一十八岁，颜俊只长得三个月，以此钱生呼之为兄。父亲已逝，止有老母在堂，亦未曾定亲。

⑨零替：败落，败坏。

⑩游庠（xiáng）：科举时代，准备考科举的人考取了秀才叫做游庠，也叫入泮（pàn）、进学。庠、泮，古代地方学校的名称。

说话的，那钱青因家贫未娶，颜俊是富家之子，如何一十八岁，还没老婆？其中有个缘故：那颜俊有个好高之病，立誓要拣个绝美的女子，方与缔姻，所以急切不能成就，况且颜俊自己又生得十分丑陋。怎见得？亦有《西江月》为证：

面黑浑如锅底，眼圆却似铜铃。痘疤密摆泡头钉，黄发鬔松两鬓。

牙齿真金镀就，身躯顽铁敲成。楂开五指鼓锤能，枉了名呼颜俊。

那颜俊虽则丑陋，最好妆扮，穿红着绿，低声强笑，自以为美。更兼他腹中全无滴墨，纸上难成片语，偏好攀今掉古，卖弄才学。钱青虽知不是同调，却也借他馆地，为读书之资，每事左凑着他[11]，故此颜俊甚是喜欢，事事商议而行，甚说得着。

⑪左凑着：迁就，顺从。

话休絮烦。一日，正是十月初旬天气，颜俊有个门房远亲，姓尤名辰，号少梅，为人生意行中，颇颇伶俐，也领借颜俊些本钱，在家开个果子店营运过活。其日在洞庭山贩了几担橙橘回来，装做一盘，到颜家送新。他在山上闻得高家选婿之事，说话中间偶然对颜俊叙述，也是无心之谈。谁知颜俊到有意了。想道："我一向要觅一头好亲事，都不中意。不想这段姻缘却落在那里！凭着我恁般才貌，又有家私，若央媒去说，再增添几句好话，怕道不成？"那日一夜睡不着，天明起来，急急梳洗了，到尤辰家里。

尤辰刚刚开门出来，见了颜俊，便道："大官人为何今日起得恁早？"颜俊道："便是有些正事，欲待相烦。恐老兄出去了，特特早来。"尤辰道："不知大官人有何事见委？请里面坐了领教。"颜俊到坐启下[12]，作了揖，分宾而坐。尤辰又道："大官人但有所委，必当效力，只怕用小子不着。"颜俊道："此来非为别事，特求少梅作伐。"尤辰道："大官人作成小子赚花红钱，最感厚意。不知说的是那一头亲事？"颜俊道："就是老兄昨日说的洞庭西山高家这头亲事，于家下甚是相宜，求老兄作成小子则个。"尤辰格的笑的一声道："大官人莫怪小子直言！若是第二家，小子也就与你去说了；若是高家，大官人作成别人做媒罢。"颜俊道："老兄为何推托？这是你说起的，怎么又叫我去寻别人？"尤辰道："不是小子推托。只为高老有些古怪，不容易说话，所以迟疑。"颜俊道："别件事，或者有些东扯西拽，东掩西遮，东三西四，不容易说话。这做媒乃是冰人撮合，一天好事，除非他女儿不要嫁人便罢休；不然，少不得男媒女妁。随他古怪煞，须知媒人不可怠慢。你怕他怎的！还是你故意作难，不肯总成我这桩美事[13]。这也不难，我就央别人去说。说成了时，休想吃我的喜酒！”说罢，连忙起身。

⑫坐启：客房，小客厅。

⑬总成：作成，成全，成就，帮助人达到目的。

那尤辰领借了颜俊家本钱，平日奉承他的，见他有咈然不悦之意，即忙回船转舵道：“大官人莫要性急，且请坐了再细细商议。”颜俊道：“肯去说便去，不肯就罢了，有甚话商量得！”口里虽则是恁般说了，身子却又转来坐下。尤辰道：“不是我故意作难，那老儿真个古怪，别家相媳妇，他偏要相女婿。但得他当面见得中意，才将女儿许他。有这些难处，只怕劳而无功，故此不敢把这个难题目包揽在身上。”颜俊道：“依你说，也极容易。他要当面看我时，就等他看个眼饱。我又不残疾，怕他怎地！”尤辰不觉呵呵大笑道：“大官人，不是冲撞你说。大官人虽则不丑，更有比大官人胜过几倍的，他还看不上眼哩。大官人若是不把与他见面，这事纵没一分二分，还有一厘二厘；若是当面一看，便万分难成了。”颜俊道：“常言‘无谎不成媒’。你与我包谎，只说十二分人才。或者该是我的姻缘，一说一就，不要面看，也不可知。”尤辰道：“倘若要看时，却怎地？”颜俊道：“且到那时，再有商量，只求老兄速去一言。”尤辰道：“既蒙分付，小子好歹走一遭便了。”

颜俊临起身，又叮咛道：“千万，千万！说得成时，把你二十两这纸借契先奉还了，媒礼花红在外。”尤辰道：“当得，当得！”颜俊别去。不多时，就教人封上五钱银子，送与尤辰，为明日买舟之费。颜俊那一夜在床上又睡不着，想道：“倘他去时不尽其心，葫芦提回复了我[14]，可不枉走一遭！再差一个伶俐家人跟随他去，听他讲甚言语。好计，好计！”等待天明，便唤家童小乙来，跟随尤大舍往山上去说亲，小乙去了。颜俊心中牵挂，即忙梳洗，往近处一个关圣庙中求签，卜其事之成否。当下焚香再拜，把签筒摇了几摇，扑的跳出一签。拾起看时，却是第七十三签。壁上写的有签诀四句，云：

忆昔兰房分半钗，而今忽把信音乖。

痴心指望成连理，到底谁知事不谐。

⑭葫芦提：含糊笼统，糊里糊涂。

颜俊才学虽则不济，这几句签诀文义显浅，难道好歹不知？求得此签，心中大怒，连声道："不准，不准！"撒袖出庙门而去。回家中坐了一会，想道："此事有甚不谐！难道真个嫌我丑陋，不中其意？男子汉须比不得妇人，只是出得人前罢了。一定要选个陈平、潘安不成⑮？"一头想，一头取镜子自照。侧头侧脑的看了一回，良心不昧，自己也看不过了。把镜子向卓上一撇，叹了一口寡气，呆呆而坐，准准的闷了一日，不题。

⑮陈平、潘安：陈平（？—前178年），西汉人，汉高祖刘邦重要谋士，开国功臣之一。潘安（247—300年），潘岳，字安仁，巩县（今河南巩义）人，西晋著名文学家。二人皆貌美，古人把他们当作美男子的代表。

且说尤辰是日同小乙驾了一只三橹快船，趁着无风静浪，咿呀的摇到西山高家门首停舶，刚刚是未牌时分⑯。小乙将名帖递了，高公出迎。问其来意。说是："与令爱作伐。"高赞问："是何宅？"尤辰道："就是敝县一个舍亲，家业也不薄，与宅上门户相当。此子方年十八，读书饱学。"高赞道："人品生得如何？老汉有言在前，定要当面看过，方敢应承。"尤辰见小乙紧紧靠在椅子后边，只得不老实扯个大谎，便道："若论人品，更不必言。堂堂一躯，十全之相；况且一肚文才，十四岁出去考童生，县里就高高取上一名。这几年为丁了父忧⑰，不曾进院，所以未得游庠。有几个老学，看了舍亲的文字，都许他京解之才[18]。就是在下，也非惯于为媒的。因年常在贵山买果，偶闻令爱才貌双全，老翁又慎于择婿，因思舍亲正合其选，故此斗胆轻造。"

⑯未牌时分：下午一点到三点。

⑰丁了父忧：父死守丧，三年之内不参加科举考试，做官的要停职回家。

⑱京解之才：指有考中举人、进士的才能。京，指导京城参加礼部会试和殿试。解，指到省城（包括京城）参加乡试，考取了叫作"举人"，即取得被解送至京城参加进士考试的资格。

高赞闻言，心中甚喜，便道："令亲果然有才有貌，老汉敢不从命？但老汉未曾经目，终不放心。若是足下引令亲过寒家一会，更无别说。"尤辰道："小子并非谬言，老翁他日自知。只是舍亲是个不出书房的小官人，或者未必肯到宅上。就是小子撺掇来时，若成得亲事还好，万一不成，舍亲何面目回转？小子必然讨他抱怨了。"高赞道："既然人品十全，岂有不成之理？老夫生性是这般小心过度的人，所以必要着眼。若是令亲不屑下顾，待老汉到宅，足下不意之中，引令亲来一观，却不妥帖？"尤辰恐怕高赞身到吴江，访出颜俊之丑，即忙转口道："既然尊意决要会面，小子还同舍亲奉拜，不敢烦尊驾动定。”说罢告别。高公那里肯放，忙教整酒肴相款。吃到更馀，高公留宿。尤辰道：“小舟带有铺陈，明日要早行，即今奉别。等舍亲登门，却又相扰。”高公取舟金一封相送。

尤辰作谢下船。次早顺风，拽起饱帆，不勾大半日就到了吴江。颜俊正呆呆的站在门前望信，一见尤辰回家，便迎住问道：“有劳老兄往返，事体如何？”尤辰把问答之言，细述一遍：“他必要面会，大官人如何处置？”颜俊默然无言。尤辰便道：“暂别再会。”自回家去了。颜俊到里面，唤过小乙来问其备细，只恐尤辰所言不实。小乙说来果是一般。颜俊沉吟了半晌，心生一计，再走到尤辰家，与他商议。不知说的是甚么计策，正是：

为思佳偶情如火，索尽枯肠夜不眠。

自古姻缘皆分定，红丝岂是有心牵⑲。

⑲红丝：《开元天宝遗事》载：张嘉贞想选郭元振为婿，令五个女儿手中各拿一根丝线，线头露在帷幕外，使郭元振随便牵一根线，郭元振牵了一根红丝线，于是娶得他的第三个女儿，“大有姿色”。后以红丝比喻姻缘。

颜俊对尤辰道：“适才老兄所言，我有一计在此，也不打紧。”尤辰道：“有何好计？”颜俊道：“表弟钱万选，向在舍下同窗读书，他的才貌比我胜几分儿。明日我央及他同你去走一遭，把他只说是我，哄过一时。待行过了聘，不怕他赖我的姻事。”尤辰道：“若看了钱官人，万无不成之理，只怕钱官人不肯。”颜俊道：“他与我至亲，又相处得极好。只央他点一遍名儿，有甚亏他处？料他决然无辞。”说罢，作别回家。

其夜，就到书房中陪钱万选夜饭，酒肴比常分外整齐。钱万选愕然道：“日日相扰，今日何劳盛设？”颜俊道：“且吃三杯，有小事相烦贤弟则个，只是莫要推故。”钱万选道：“小弟但可效劳之处，无不从命，只不知甚么样事？”颜俊道：“不瞒贤弟说，对门开果子店的尤少梅，与我作伐，说的女家，是洞庭西山高家。一时间夸了大口，说我十分才貌。不想说得忒高兴了，那高老定要先请我去面会一会，然后行聘。昨日商议，若我自去，恐怕不应了前言。一来少梅没趣，二来这亲事就难成了。故此要劳贤弟认了我的名色，同少梅一行，瞒过那高老，玉成这头亲事。感恩不浅，愚兄自当重报。”钱万选想了一想，道：“别事犹可，这事只怕行不得。一时便哄过了，后来知道，你我都不好看相。”颜俊道：“原只要哄过这一时。若行聘过了，就晓得也何怕他？他又不认得你是什么人。就怪也只怪得媒人，与你什么相干！况且他家在洞庭西山，百里之隔，一时也未必知道。你但放心前去，到不要畏缩。”钱万选听了，沉吟不语。欲待从他，不是君子所为；欲待不从，必然取怪，这馆就处不成了，事在两难。颜俊见他沉吟不决，便道：“贤弟，常言道：‘天摊下来，自有长的撑住。’凡事有愚兄在前，贤弟休得过虑。”钱万选道：“然虽如此，只是愚弟衣衫褴褛，不称仁兄之相。”颜俊道：“此事愚兄早已办下了。”是夜无话。

次日，颜俊早起，便到书房中，唤家童取出一皮箱衣服，都是绫罗绸绢时新花样的翠颜色，时常用龙涎庆真饼熏得扑鼻之香[20]，交付钱青，行时更换，下面净袜丝鞋。只有头巾不对[21]，即时与他折了一顶新的。又封着二两银子送与钱青道：“薄意权充纸笔之用，后来还有相酬。这一套衣服，就送与贤弟穿了。日后只求贤弟休向人说，泄漏其事。今日约定了尤少梅，明日早行。”钱青道：“一依尊命。这衣服小弟暂时借穿，回时依旧纳还。这银子一发不敢领了。”颜俊道：“古人车马轻裘，与朋友共。就没有此事相劳，那几件粗衣奉与贤弟穿了，不为大事。这些须薄意，不过表情，辞时反教愚兄惭愧。”钱青道：“既承仁兄盛情，衣服便勉强领下，那银子断然不敢。”颜俊道：“若是贤弟固辞，便是推托了。”钱青方才受了。

⑳龙涎庆真饼：龙涎，抹香鲸肠内分泌出的一种香料，可以制香。龙涎庆真饼，用龙涎香料制成的香饼。

㉑头巾不对：明代规定，秀才戴垂带软巾，钱青是秀才，戴这种巾，颜俊不是秀才，所以和钱青的头巾不同。

颜俊是日约会尤少梅。尤辰本不肯担这干纪，只为不敢得罪于颜俊，勉强应承。颜俊预先备下船只及船中供应食物和铺陈之类，又拨两个安童服侍，连前番跟去的小乙，共是三人。绢衫毡包，极其华整，隔夜俱已停当。又分付小乙和安童到彼，只当自家大官人称呼，不许露出个“钱”字。过了一夜，侵早就起来催促钱青梳洗穿着。钱青贴里贴外，都换了时新华丽衣服，行动香风拂拂，比前更觉标致。

分明荀令留香去㉒，疑是潘郎掷果回㉓。

㉒荀令留香：荀令，荀彧，东汉末曾为尚书令，故称荀令。相传他的衣带有香气，他到别人家里，坐过的席子上的香气经久不散，称为令君香。

㉓潘郎掷果：西晋潘岳是美男子，在洛阳大街上被妇女们手拉手围着跳舞，把果子投给他，投了满满一车。

颜俊请尤辰到家，同钱青吃了早饭，小乙和安童跟随下船。又遇了顺风，片帆直吹到洞庭西山，天色已晚，舟中过宿。次日早饭过后，约莫高赞起身，钱青全柬写“颜俊”名字拜帖，谦逊些，加个“晚”字。小乙捧帖，到高家门首投下，说：“尤大舍引颜宅小官人特来拜见！”高家仆人认得小乙的，慌忙通报。高赞传言：“快请！”假颜俊在前，尤辰在后，步入中堂，高赞一眼看见那个小后生，人物轩昂，衣冠济楚，心下已自三分欢喜。叙礼已毕，高赞看椅上坐。钱青自谦幼辈，再三不肯，只得东西昭穆坐下。高赞肚里暗暗喜欢：“果然是个谦谦君子。”坐定，先是尤辰开口，称说前日相扰。高翁答言：“多慢。”接口就问说：“此位就是令亲颜大官人？前日不曾问得贵表。”钱青道：“年幼无表。”尤辰代言：“舍亲表伯雅。伯仲之伯，雅俗之雅。”高赞道：“尊名尊字，俱称其实。”钱青道：“不敢！”高赞又问起家世，钱青一一对答，出词吐气，十分温雅。高赞想道：“外才已是美了，不知他学问如何？且请先生和儿子出来相见，盘他一盘，便见有学无学。”献茶二道，分付家人：“书馆中请先生和小舍出来见客。”

去不多时，只见五十多岁一个儒者，引着一个垂髫学生出来。众人一齐起身作揖。高赞一一通名：“这位是小儿的业师，姓陈，见在府庠；这就是小儿高标。”钱青看那学生，生得眉清目秀，十分俊雅，心中想着：“此子如此，其姊可知。颜兄好造化哩！”又献了一道茶。高赞便对先生道：“此位尊客是吴江颜伯雅，年少高才。”那陈先生已会了主人之意，便道：“吴江是人才之地，见高识广，定然不同。请问贵邑有三高祠，还是那三个？”钱青答言：“范蠡、张翰、陆龟蒙㉔。”又问：“此三人何以见得他高处？”钱青一一分疏出来。两个遂互相盘问了一回。钱青见那先生学问平常，故意谭天说地，讲古论今，惊得先生一字俱无，连称道：“奇才，奇才！”把一个高赞就喜得手舞足蹈，忙唤家人，悄悄分付备饭：“要整齐些！”家人闻言，即时拽开桌子，排下五色果品。高赞取杯箸安席。钱青答敬谦让了一回，照前昭穆坐下。三汤十菜，添案小吃㉕，顷刻间，摆满了桌子，真个咄嗟而办。

㉔范蠡：春秋时越国大夫，他帮助越王勾践灭吴之后，就弃官泛舟五湖。张翰：字季鹰，晋代吴郡人，仕期望司马冏东曹掾，一天，想到家乡的莼菜和鲈鱼味道很美，就辞官回家。陆龟蒙（？—881年），字鲁望，唐代农学家、文学家，字鲁望，号天随子、江湖散人、甫里先生，长洲（今苏州）人，隐居不做官，编著有《甫里先生文集》《笠泽丛书》等。

㉕添案：下酒的菜肴，果品点心。

你道为何如此便当，原来高赞的妈妈金氏，最爱其女，闻得媒人引颜小官人到来，也伏在遮堂背后吊看。看见一表人才，语言响亮，自家先中意，料高老必然同心，故此预先准备筵席，一等分付，流水的就搬出来㉖。宾主共是五位。酒后饭，饭后酒，直吃到红日衔山。钱青和尤

辰起身告辞。高赞心中甚不忍别，意欲攀留几日。钱青那里肯住。高赞留了几次，只得放他起身。钱青先别了陈先生，口称："承教。"次与高公作谢道："明日早行，不得再来告别！"高赞道："仓卒怠慢，勿得见罪。"小学生也作揖过了。金氏已备下几色嗄程相送[27]，无非是酒米鱼肉之类，又有一封舟金。高赞扯尤辰到背处，说道："颜小官人才貌，更无他说。若得少梅居间成就，万分之幸。"尤辰道："小子领命。"高赞直送上船，方才分别。当夜夫妻两口，说了颜小官人一夜，正是：

不须玉杵千金聘[28]，已许红绳两足缠[29]。

㉖流水：连忙，赶快。

㉗嗄（xià）程：送行的礼物，途中酒食，包括钱财。

㉘玉杵：玉杵臼。唐人传奇故事：秀才裴航在蓝桥驿遇到云英，一见钟情，欲娶其为妻。花重价买玉杵臼，又捣药百日，作为聘礼，娶云英为妻。婚后夫妻双双成仙而去。

㉙红绳两足缠：红绳系足，比喻男女姻缘。

再说钱青和尤辰，次日开船，风水不顺，直到更深，方才抵家。颜俊兀自秉烛夜坐，专听好音。二人叩门而入，备述昨朝之事。颜俊见亲事已成，不胜之喜，忙忙的就本月中择个吉日行聘。果然把那二十两借契送还了尤辰，以为谢礼。就择了十二月初三日成亲。高赞得意了女婿，况且妆奁久已完备，并不推阻。

日往月来，不觉十一月下旬，吉期将近。原来江南地方娶亲，不行古时亲迎之礼，都是女亲家和阿舅自送上门。女亲家谓之送"娘"，阿舅谓之"抱嫁"。高赞为选中了乘龙佳婿[30]，到处夸扬，今日定要女婿上门亲迎，准备大开筵宴，遍请远近亲邻吃喜酒，先遣人对尤辰说知。尤辰吃了一惊，忙来对颜俊说了，颜俊道："这番亲迎，少不得我自去走遭。"尤辰跌足道："前日女婿上门，他举家都看个勾，行乐图也画得出在那里[31]。今番又换了一个面貌，教做媒的如何措辞？好事定然中变，连累小子必然受辱！"颜俊听说，反抱怨起媒人来道："当初我原说过来，该是我姻缘，自然成就。若第一次上门时，自家去了，那见得今日进退两难？都是你捉弄我，故意说得高老十分古怪，不要我去，教钱家表弟替了。谁知高老甚是好情，一说就成，并不作难。这是我命中注定，该做他家的女婿，岂因见了钱表弟方才肯成？况且他家已受了聘礼，他的女儿就是我的人了，敢道个不字么？你看我今番自去，他怎生发付我？难道赖我的亲事不成？"尤辰摇着头道："成不得！人也还在他家，你狠到那里去？若不肯把人送上轿，你也没奈何他！"颜俊道："多带些人从去，肯便肯，不肯时打进去，抢将回来，便告到官司，有生辰吉帖为证，只是赖婚的不是，我并没差处。"尤辰道："大官人休说满话[32]！常言道：'恶龙不斗地头蛇。'你的从人虽多，怎比得坐地的，有增无减。万一弄出事来，缠到官司，那老儿诉说，求亲的一个，娶亲的又是一个，官府免不得唤媒人诘问。刑罚之下，小子只得实说，连钱大官人前程干系，不是耍处。"

㉚乘龙佳婿：东汉时，太尉桓焉把两个女儿嫁给了两个很有名望的大官，当时人说两女俱乘龙。后来把“乘龙”当作好女婿的代称。

㉛行乐图：人们游玩消遣的画图或人像，叫作“行乐图”。

㉜满话：骄傲自满的话。

颜俊想了一想道：“既如此，索性不去了。劳你明日去回他一声，只说前日已曾会过了，敝县没有亲迎的常规，还是从俗送亲罢。”尤辰道：“一发成不得。高老因看上了佳婿，到处夸其才貌。那些亲邻专等亲迎之时，都要来厮认。这是断然要去的。”颜俊道：“如此，怎么好？”尤辰道：“依小子愚见，更无别策，只是再央令表弟钱大官人走遭，索性哄他到底。哄得新人进门，你就靠家大了，不怕他又夺了去。结婚之后，纵然有话，也不怕他了。”颜俊顿了一顿口道：“话到有理！只是我的亲事，到作成别人去风光。央及他时，还有许多作难哩。”尤辰道：“事到其间，不得不如此了。风光只在一时，怎及得大官人终身受用！”

颜俊又喜又恼，当下别了尤辰，回到书房，对钱青说道：“贤弟，又要相烦一事。”钱青道：“不知兄又有何事？”颜俊道：“出月初三，是愚兄毕姻之期，初二日就要去亲迎。原要劳贤弟一行，方才妥当。”钱青道：“前日代劳，不过泛然之事。今番亲迎，是个大礼，岂是小弟代得的？这个断然不可！”颜俊道：“贤弟所言虽当，但因初番会面，他家已认得了；如今忽换我去，必然疑心，此事恐有变卦。不但亲事不成，只恐还要成讼。那时连贤弟也有干系，却不是为小妨大，把一大好事自家弄坏了？若得贤弟迎回来，成就之后，不怕他闲言闲语。这是个权宜之术，贤弟须知。塔尖上功德[33]，休得固辞。”钱青见他说得情辞恳切，只索依允。

㉝塔尖上功德：指最后一点好事。

颜俊又唤过吹手及一应接亲人从，都分付了说话，不许漏泄风声，取得亲回，都有重赏。众人谁敢不依。到了初二日侵晨，尤辰便到颜家相帮安排亲迎礼物，及上门各项赏赐，都封得停停当当。其钱青所用，及儒巾圆领丝绦皂靴，并皆齐备。又分派各船食用，大船二只，一只坐新人，一只媒人共新郎同坐；中船四只，散载众人；小船四只，一者护送，二者以备杂差。十馀只船，筛锣掌号，一齐开出湖去。一路流星炮仗，好不兴头。正是：

门阑多喜气，女婿近乘龙。

船到西山，已是下午。约莫离高家半里停泊，尤辰先到高家报信。一面安排亲迎礼物，及新人乘坐百花彩轿，灯笼火把，共有数百。钱青打扮整齐，另有青绢暖轿，四抬四绰，笙箫鼓乐，径望高家而来。那山中远近人

家，都晓得高家新女婿才貌双全，竞来观看，挨肩并足，如看神话故事的一般的热闹。钱青端坐轿中，美如冠玉，无不喝采。有妇女曾见过秋芳的，便道："这般一对夫妻，真个郎才女貌！高家拣了许多女婿，今日果然被他拣着了。"不题众人。

且说高赞家中，大排筵席，亲朋满坐。未及天晚，堂中点得画烛通红。只听得乐声聒耳，门上人报道："娇客轿子到门了[34]。"傧相披红插花，忙到轿前作揖，念了诗赋，请出轿来。众人谦恭揖让，延至中堂。奠雁行礼已毕，然后诸亲一一相见。众人见新郎标致，一个个暗暗称羡。献茶后，吃了茶果点心，然后定席安位。此日新女婿与寻常不同，面南专席，诸亲友环坐相陪，大吹大擂的饮酒。随从人等，外厢另有款待。

㉞娇客：娇贵的客人，对女婿的敬称。

且说钱青坐于席上，只听得众人不住声的赞他才貌，贺高老选婿得人。钱青肚里暗笑道："他们好似见鬼一般！我好像做梦一般！做梦的醒了，也只扯淡[35]；那些见神见鬼的，不知如何结末哩？我今日且落得受用。"又想道："我今日做替身，担了虚名，不知实受还在几时？料想不能如此富贵。"转了这一念，反觉得没兴起来。酒也懒吃了。高赞父子，轮流敬酒，甚是殷勤。钱青怕担误了表兄的正事，急欲抽身。高赞固留，又坐了一回。用了汤饭，仆从的酒都吃完了。

㉟扯淡：胡扯，不相干。

约莫四鼓，小乙走在钱青席边，催促起身。钱青教小乙把赏封给散[36]，起身作别。高赞量度已是五鼓时分，赔嫁妆奁俱已点检下船，只待收拾新人上轿。只见船上人都走来说："外边风大，难以行船，且消停一时，等风头缓了好走。"原来半夜里便发了大风。那风刮得好利害！只见：

山间拔木扬尘，湖内腾波起浪。

㊱赏封：赏钱，红包。

只为堂中鼓乐喧阗，全不觉得。高赞叫乐人住了吹打听时，一片风声，吹得怪响。众皆愕然，急得尤辰只把脚跳。高赞心中大是不乐，只得重新入席，一面差人在外专看风色。看看天晓，那风越狂起来，刮得彤云密布，雪花飞舞。众人都起身看着天，做一块儿商议。一个道："这风还不像就住的。"一个道："半夜起的风，原要半夜里住。"又一个道："这等雪天，就是没风也怕行不得。"又一个道："只怕这雪还要大哩！"又一个道："风太急了，住了风，只怕湖胶[37]。"又一个道："这太湖不愁他胶断，还怕的是风雪。"众人是恁般闲讲，高老和尤辰好生气闷！又捱一会，吃了早饭，风愈狂，雪愈大，料想今日过湖不成。错过了吉日良时，残冬腊月，未必有好日了。况且笙箫鼓乐，乘兴而来，怎好教他空去？

㊲湖胶：湖面结了冰，冻住了。

事在千难万难之际，坐间有个老者，唤做周全，是高赞老邻，平日最善处分乡里之事。见高赞沉吟无计，便道："依老汉愚见，这事一些不难。"高赞道："足下计将安在？"周全道："既是选定日期，岂可错过！令婿既已到宅，何不就此结亲？趁这筵席，做了花烛。等风息从容回去，岂非全美！"众人齐声道："最好！"高赞正有此念，却喜得周老说话投机。当下便分付家人，准备洞房花烛之事。

却说钱青虽然身子在此，本是个局外之人，起初风大风小，也还不在他心上。忽见周全发此议论，暗暗心惊，还道高老未必听他，不想高老欣然应允，老大着忙，暗暗叫苦。欲央尤少梅代言，谁想尤辰平昔好酒，一来天气寒冷，二来心绪不佳，斟着大杯，只顾吃，吃得烂醉如泥，在一壁厢空椅了上，打鼾去了。钱青只得自家开口道："此百年大事，不可草草，不妨另择个日子，再来奉迎。"高赞那里肯依，便道："翁婿一家，何分彼此！况贤婿尊人已不在堂，可以自专。"说罢，高赞入内去了。钱青又对各位亲邻，再三央及，不愿在此结亲。众人都是奉承高老的，那一个不极口赞成。

钱青此时无可奈何，只推出恭[38]，到外面时，却叫颜小乙与他商议。小乙心上也道不该，只教钱秀才推辞，此外别无良策。钱青道：“我已辞之再四，其奈高老不从！若执意推辞，反起其疑。我只要委曲周全你家主一桩大事，并无欺心。若有苟且，天地不容。”主仆二人正在讲话，众人都攒拢来道：“此是美事，令岳意已决矣，大官人不须疑虑！”钱青默然无语。众人揖钱青请进。午饭已毕，重排喜筵。傧相披红喝礼，两位新人打扮登堂，照依堂规行礼，结了花烛。正是：

百年姻眷今宵就，一对夫妻此夜新。

得意事成失意事，有心人遇没心人。

㊳出恭：上厕所，大小便。

其夜酒阑人散，高赞老夫妇亲送新郎进房，伴娘替新娘卸了头面。几遍催新郎安置，钱青只不答应，正不知什么意故。只得服侍新娘先睡，自己出房去了。丫鬟将房门掩上，又催促官人上床。钱青心上如小鹿乱撞，勉强答应一句道：“你们先睡。”丫鬟们乱了一夜，各自倒东歪西去打瞌睡。钱青本待秉灯达旦，一时不曾讨得几枝蜡烛，到烛尽时，又不好声唤，忍着一肚子闷气，和衣在床外侧身而卧，也不知女孩儿头东头西。次早清清天亮，便起身出外，到舅子书馆中去梳洗。高赞夫妻只道他少年害羞，亦不为怪。

是日雪虽住了，风尚不息。高赞且做庆贺筵席，钱青吃得酩酊大醉，坐到更深进房。女孩儿又先睡了。钱青打熬不过，依旧和衣而睡，连小娘子的被窝儿也不敢触着。又过一晚，早起时，见风势稍缓，便要起身。高赞定要留过三朝，方才肯放。钱青拗不过，只得又吃了一日酒，坐间背地里和尤辰说起夜间和衣而卧之事。尤辰口虽答应，心下未必准信。事已如此，只索由他。

却说女孩儿秋芳自结亲之夜，偷眼看那新郎，生得果然齐整，心中暗暗欢喜。一连两夜，都则衣不解带，不解其故。“莫非怪我先睡了，不曾等待得他?”此是第三夜了，女孩儿预先分付丫鬟：“只等官人进房，先请他安息。”丫鬟奉命，只等新郎进来，便替他解衣脱帽。钱青见不是头，除了头巾，急急的跳上床去，贴着床里自睡，仍不脱衣。女孩儿满怀不乐，只得也和衣睡了，又不好告诉爹娘。到第四日，天气晴和，高赞预先备下送亲船只，自己和老婆亲送女孩儿过湖。娘女共是一船，高赞与钱青、尤辰又是一船。船头俱挂了杂彩，鼓乐震天，好生热闹。只有小乙受了家主之托，心中甚不快意，驾个小小快船，赶路先行。

话分两头。且说颜俊自从打发众人迎亲去后，悬悬而望。到初二日半夜，听得刮起大风大雪，心上好不着忙。也只道风雪中船行得迟，只怕挫了时辰，那想道过不得湖?

一应花烛筵席，准备十全。等了一夜，不见动静，心下好闷，想道：“这等大风，到是不曾下船还好；若在湖中行动，老大担忧哩。”又想道：“若是不曾下船，我岳父知道错过吉期，岂肯胡乱把女儿送来？定然要另选个日子。又不知几时吉利？可不闷杀了人！”又想道：“若是尤少梅能事时，在岳丈前撺掇，权且迎来，那时我那管时日利与不利，且落得早些受用。”如此胡思乱想，坐不安席，不住的在门前张望。

到第四日风息，料道决有佳音。等到午后，只小乙先回报道：“新娘已取来了，不过十里之遥。”颜俊问道：“吉期挫过，他家如何肯放新人下船？”小乙道：“高家只怕挫过好日，定要结亲。钱大官人已替东人权做新郎三日了。”颜俊道：“既结了亲，这三夜钱大官人难道竟在新人房里睡的？”小乙道：“睡是同床的，却不曾动弹。那钱大官人是‘看得熟鸭蛋，伴得小娘眠’的[39]。”颜俊骂道：“放屁！那有此理！我托你何事？你如何不叫他推辞，却做下这等勾当？”小乙道：“家人也说过来。钱大官人道：‘我只要周全你家之事，若有半点欺心，天神监察。’”颜俊此时怒从心上起，恶向胆边生，一把掌将小乙打在一边，气忿忿的奔出门外，专等钱青来厮闹。

㊴看得熟鸭蛋，伴得小娘眠：指为人正派，不好“食”“色”，也就是没有发生肉体关系的隐语。

恰好船已拢岸。钱青终有细腻，预先嘱咐尤辰伴住高老，自己先跳上岸。只为自反无愧，理直气壮，昂昂的步到颜家门首，望见颜俊，笑嘻嘻的正要上前作揖，告诉衷情。谁知颜俊以小人之心，度君子之腹，此际便是仇人相见，分外眼睁，不等开言，便扑的一头撞去。咬定牙根，狠狠的骂道；“天杀的！你好快活！”说声未毕，揸开五指，将钱青和巾和发，扯做一把，乱踢乱打，口里不绝声的道：“天杀的！好欺心！别人费了钱财，把与你见成受用！”钱青口中也自分辩。颜俊打骂忙了，那里听他半个字儿？家人也不敢上前相劝。钱青吃打慌了，但呼救命。船上人听得闹炒，都上岸来看。只见一个丑汉，将新郎痛打，正不知甚么意故，都走拢来解劝，那里劝得他开？高赞盘问他家人，那家人料瞒不过，只得实说了。高赞不闻犹可，一闻之时，心头火起，大骂尤辰无理，做这等欺三瞒四的媒人，说骗人家女儿。也扭着尤辰乱打起来。高家送亲的人，也自心怀不平，一齐动手要打那丑汉。颜家的家人回护家主，就与高家从人对打。先前颜俊和钱青是一对厮打，以后高赞和尤辰是两对厮打，结末两家家人，扭做一团厮打。看的人重重叠叠，越发多了，街道拥塞难行，却似：

九里山前摆阵势㊵，昆阳城下赌输赢㊶。

㊵九里山前摆阵势：楚汉相争，韩信在九里山十面埋伏，逼着项羽自刎于乌江。

㊶昆阳城下赌输赢：西汉末年，刘秀和王莽主力在昆阳城下决战，王莽溃败。

事有凑巧，其时本县大尹恰好送了上司回轿，至于北门，见街上震天喧嚷，却是厮打的，停了轿子，喝教拿下。众人见知县相公拿人，都则散了。只有颜俊兀自扭住钱青，高赞兀自扭住尤辰，纷纷告诉，一时不得其详。大尹都教带到公庭，逐一细审，不许搀口。见高赞年长，先叫他上堂诘问。高赞道："小人是洞庭山百姓，叫做高赞，为女择婿，相中了女婿才貌，将女许配。初三日，女婿上门亲迎，因被风雪所阻。小人留女婿在家，完了亲事。今日送女到此，不期遇了这个丑汉，将小人的女婿毒打。小人问其缘故，却是那丑汉买嘱媒人，要哄骗小人的女儿为婚，却将那姓钱的后生，冒名到小人家里。老爷只问媒人，便知奸弊。"大尹道："媒人叫做甚名字？可在这里么？"高赞道："叫做尤辰，见在台下。"

大尹喝退高赞，唤尤辰上来，骂道："弄假成真，以非为是，都是你弄出这个伎俩！你可实实供出，免受重刑。"尤辰初时还只含糊抵赖。大尹发怒，喝教取夹棍伺候。尤辰虽然市井，从未熬刑，只得实说：起初颜俊如何央小人去说亲，高赞如何作难，要选才貌，后来如何央钱秀才冒名去拜望，直到结亲始末，细细述了一遍。大尹点头道："此是实情了。颜俊这厮费了许多事，却被别人夺了头筹[42]，也怪不得发恼。只是起先设心哄骗的不是。"便教颜俊，审其口词。颜俊已听尤辰说了实话，又见知县相公词气温和，只得也叙了一遍，两口相同。

㊷夺了头筹：抢了先，这里比喻第一个和新娘发生关系。

大尹结末唤钱青上来，一见钱青青年美貌，且被打伤，便有几分爱他怜他之意，问道："你是个秀才，读孔子之书，达周公之礼，如何替人去拜望迎亲，同谋哄骗，有乖行止[43]？"钱青道："此事原非生员所愿，只为颜俊是生员表兄，生员家贫，又馆谷于他家，被表兄再四央求不过，勉强应承。只道一时权宜，玉成其事。"大尹道："住了！你既为亲情而往，就不该与那女儿结亲了。"钱青道："生员原只代他亲迎。只为一连三日大风，太湖之隔，不能行舟，故此高赞怕误了婚期，要生员就彼花烛。"大尹道："你自知替身，就该推辞了。"颜俊从傍磕头道："青天老爷！只看他应承花烛，便是欺心。"大尹喝道："不要多嘴，左右扯他下去。"再问钱青："你那时应承做亲，难道没有个私心？"钱青道："只问高赞便知。生员再三推辞，高赞不允。生员若再辞时，恐彼生疑，误了表兄的大事，故此权成大礼。虽则三夜同床，生员和衣而睡，并不相犯。"大尹呵呵大笑道："自古以来，只有一个柳下惠坐怀不乱[44]。那鲁男子就自知不及[45]，风雪之中，就不肯放妇人进门了。你少年子弟，血气未定，岂有三夜同床，并不相犯之理？这话哄得那一个！"钱青道："生员今日自陈心迹，父母老爷未必相信，只教高赞去问自己女儿，便知真假。"大尹想道："那女儿若有私情，如何肯说实话？"当下想出个主意来，便教左右唤到老实稳婆一名[46]，到舟中试验高氏是否处子，速来回话。

㊸有乖行止：指德行有损害，行为不当。

㊹柳下惠坐怀不乱：柳下惠，春秋时鲁国人。相传他曾用自己的身体偎暖了一个没有住处冻坏了的妇女，可是他们一夜没有发生不正当的关系，所以称为“坐怀不乱”。

㊺鲁男子：鲁国人，单身。一天夜晚大风雨，邻居寡妇的房屋坏了，想到他家避雨，他为了避嫌，不肯开门。

㊻稳婆：收生婆、替人接生的老婆子。这里指女仵作，相当于现在的女法医。

不一时，稳婆来覆知县相公，那高氏果是处子，未曾破身。颜俊在阶下听说高氏还是处子，便叫喊道：“既是小的妻子不曾破坏，小的情愿成就。”大尹又道：“不许多嘴！”再叫高赞道：“你心下愿将女儿配那一个？”高赞道：“小人初时原看中了钱秀才，后来女儿又与他做过花烛。虽然钱秀才不欺暗室[47]，与小女即无夫妇之情，已定了夫妇之义。若教女儿另嫁颜俊，不惟小人不愿，就是女儿也不愿。”大尹道：

"此言正合吾意。"钱青心下到不肯，便道："生员此行，实是为公不为私。若将此女归了生员，把生员三夜衣不解带之意全然没了。宁可令此女别嫁。生员决不敢冒此嫌疑，惹人谈论。"大尹道："此女若归他人，你过湖这两番替人恇骗，便是行止有亏，干碍前程了。今日与你成就亲事，乃是遮掩你的过失。况你的心迹已自洞然，女家两相情愿，有何嫌疑？休得过让，我自有明断。"遂举笔判云：

高赞相女配夫，乃其常理；颜俊借人饰己，实出奇闻。东床已招佳选[48]，何知以羊易牛[49]；西邻纵有责言[50]，终难指鹿为马[51]。两番渡河，不让传书柳毅[52]；三宵隔被，何惭秉烛云长[53]。风伯为媒，天公作合。佳男配了佳妇，两得其宜；求妻到底无妻，自作之孽。高氏断归钱青，不另作花烛。颜俊既不合设骗局于前，又不合奋老拳于后[54]。事已不谐，姑免罪责。所费聘仪，合助钱青，以赎一击之罪。尤辰往来煽诱，实启衅端，重惩示儆。

㊼不欺暗室：指在人家看不见的地方，也不做昧心事，即是说光明正大。

㊽东床：女婿。《世说新语·雅量》载：晋代郗鉴挑选女婿，王家的许多子弟都很矜持做作，只有一个在东床上露着肚皮躺着吃东西，很自然，郗鉴就把女儿嫁给他。这个袒腹东床就是王羲之。后以东床代指女婿。

㊾以羊易牛：指换了人。语见《孟子》。梁惠王看见人牵一头牛去宰杀，不忍看牛发抖，叫人用一只羊替换那头牛。

㊿西邻纵有责言：语出《左传》："西邻责言，不可偿也。"意为纵使有人议论，也已不可挽回。这里意为亲戚家纵然有人议论。

51指鹿为马：秦二世权臣赵高想专权用事，在秦二世面前把鹿硬说成马，其他人都惧怕他的权势，也附和说是马。后以"指鹿为马"比喻有意颠倒黑白，混淆是非。

52传书柳毅：唐代传奇中的神仙故事：洞庭龙王的女儿龙女三娘被

丈夫虐待，柳毅替她带了一封信给娘家。龙女的叔父钱塘君杀了龙女的丈夫，救了龙女，后来龙女回到了娘家，和柳毅结为夫妻。

㊾秉烛云长：相传，关羽（字云长）投降曹操的时候，曹操故意让他和刘备的妻子住在一间房子里。关羽为了君臣的礼节和避免嫌疑，就拿着蜡烛站在门外，一直到天亮。

㊿奋老拳：指出拳打人。

判讫，喝教左右将尤辰重责三十板，免其画供，竟行逐出，盖不欲使钱青冒名一事彰闻于人也。高赞和钱青拜谢。一干人出了县门，颜俊满面羞惭，敢怒而不敢言，抱头鼠窜而去，有好几月不敢出门。尤辰自回家将息棒疮不题。

却说高赞邀钱青到舟中，反殷勤致谢道："若非贤婿才行俱全，上官起敬，小女几乎错配匪人。今日到要屈贤婿同小女到舍下少住几时，不知贤婿宅上还有何人？"钱青道："小婿父母俱亡，别无亲人在家。"高赞道："既如此，一发该在舍下住了，老夫供给读书，贤婿意下如何？"钱青道："若得岳父扶持，足感盛德。"是夜开船离了吴江，随路宿歇，次日早到西山。一山之人闻知此事，皆当新闻传说。又知钱青存心忠厚，无不钦仰。后来钱青一举成名，大妻偕老。有诗为证：

丑脸如何骗美妻，作成表弟得便宜。

可怜一片吴江月，冷照鸳鸯湖上飞。

五　乔太守乱点鸳鸯谱

【精要简介】

本篇讲述的是乔太守调解刘、孙、裴、徐四家纠纷，巧点鸳鸯，四家子女各得其所，皆大欢喜的故事。现“乔太守乱点鸳鸯谱”一句常被作为俗语比喻做事糊涂，胡乱指挥等。

【原文鉴赏】

自古姻缘天定，不由人力谋求。有缘千里也相投，对面无缘不偶。

仙境桃花出水①，宫中红叶传沟②。三生簿上注风流③，何用冰人开口④。

这首《西江月》词，大抵说人的婚姻，乃前生注定，非人力可以勉强。今日听在下说一桩意外姻缘的故事，唤做《乔太守乱点鸳鸯谱》。这故事出在那个朝代？何处地方？那故事出在大宋景祐年间，杭州府有一人姓刘，名秉义，是个医家出身。妈妈谈氏，生得一对儿女。儿子唤做刘璞，年当弱冠，一表非俗，已聘下孙寡妇的女儿珠姨为妻。那刘璞自幼攻书，学业已就。到十六岁上，刘秉义欲令他弃了书本，习学医业。刘璞立志大就，不肯改业，不在话下。女儿小名慧娘，年方一十五岁，已受了邻近开生药铺裴九老家之聘。那慧娘生得姿容艳丽，意态妖娆，非常标致。怎见得？但见：

蛾眉带秀，凤眼含情，腰如弱柳迎风，面似娇花拂水。体态轻盈，汉家飞燕同称；性格风流，吴国西施并美。蕊宫仙子谪人间，月殿姮娥临下界。

①仙境桃花出水：古代神话，东汉时，刘晨、阮肇（zhào）入天

台采药，找不到回去的路，遇见桃源里两个仙女，留他们在那里住了半年。

②宫中红叶传沟：唐代传说故事：宫女题诗于红叶上，从御沟中流出，被一个士人拾得，也题了一首诗在红叶上，流送回去，后来两人成了夫妇。

③三生簿上注风流：佛家以过去、现在、未来三世转生为三生。

④冰人：指媒人。

不题慧娘貌美。且说刘公见儿子长大，同妈妈商议，要与他完姻。方待教媒人到孙家去说，恰好裴九老也教媒人来说，要娶慧娘。刘公对媒人道："多多上覆裴亲家，小女年纪尚幼，一些妆奁未备。须再过几时，待小儿完姻过了，方及小女之事。目下断然不能从命!"媒人得了言语，回覆裴家。那裴九老因是老年得子，爱惜如珍宝一般，恨不能风吹得大，早些儿与他毕了姻事，生男育女。今日见刘公推托，好生不喜。又央媒人到刘家说道："令爱今年一十五岁，也不算做小了。到我家来时，即如女儿一般看待，决不难为。就是妆奁厚薄，但凭亲家，并不计论。万望亲家曲允则个。"刘公立意先要与儿完亲，然后嫁女。媒人往返了几次，终是不允。裴九老无奈，只得忍耐。当时若是刘公允了，却不省好些事体。只因执意不从，到后生出一段新闻，传说至今。正是：

只因一着错，满盘俱是空。

却说刘公回脱了裴家，央媒人张六嫂到孙家去说儿子的姻事。元来孙寡妇母家姓胡，嫁的丈夫孙恒，原是旧家子弟⑤。自十六岁做亲，十七岁就生下一个女儿，唤名珠姨。才隔一岁，又生个儿子取名孙润，小字玉郎。两个儿女，方在襁褓中，孙恒就亡过了。亏孙寡妇有些节气，同着养娘，守这两个儿女，不肯改嫁，因此人都唤他是孙寡妇。光阴迅速，两个儿女，渐渐长成。珠姨便许了刘家，玉郎从小聘定善丹青徐雅的女儿文哥为妇。那珠姨、玉郎都生得一般美貌，就如良玉碾成，白粉

团就一般。加添资性聪明，男善读书，女工针指。还有一件，不但才貌双美，且又孝悌兼全。闲话休题。

⑤旧家子弟：指上代有功勋和社会地位的家族中的子弟。

且说张六嫂到孙家传达刘公之意，要择吉日娶小娘子过门。孙寡妇母子相依，满意欲要再停几时，因想男婚女嫁，乃是大事，只得应承，对张六嫂道："上复亲翁亲母，我家是孤儿寡妇，没甚大妆奁嫁送，不过随常粗布衣裳，凡事不要见责。"张六嫂覆了刘公。刘公备了八盒羹果礼物并吉期送到孙家。孙寡妇受了吉期，忙忙的制办出嫁东西。看看日子已近，母女不忍相离，终日啼啼哭哭。

谁想刘璞因冒风之后，出汗虚了，变为寒症，人事不省，十分危笃。吃的药就如泼在石上，一毫没用，求神问卜俱说无救。吓得刘公夫妻魂魄都丧，守在床边，吞声对泣。刘公与妈妈商量道："孩儿病势恁样沉重，料必做亲不得。不如且回了孙家，等待病痊，再择日罢。"刘妈妈道："老官儿，你许多年纪了，这样事难道还不晓得？大凡病人势凶，得喜事一冲就好了。未曾说起的还要去相求。如今现成事体，怎么反要回他！"刘公道："我看孩儿病体，凶多吉少。若娶来家冲得好时，此是万千之喜，不必讲了；倘或不好，可不害了人家子女，有个晚嫁的名头[6]？”刘妈妈道：“老官，你但顾了别人，却不顾自己。你我费了许多心机，定得一房媳妇。谁知孩儿命薄，临做亲却又患病起来。今若回了孙家，孩儿无事，不消说起。万一有些山高水低[7]，有甚把臂[8]，那原聘还了一半，也算是他们忠厚了。却不是人财两失！”刘公道：“依你便怎样？”刘妈妈道；“依着我，分付了张六嫂，不要题起孩儿有病，竟娶来家，就如养媳妇一般。若孩儿病好，另择吉结亲。倘然不起，媳妇转嫁时，我家原聘并各项使费，少不得班足了，放他出门，却不是个万全之策！”刘公耳朵原是棉花做的，就依着老婆，忙去叮嘱张六嫂不要泄漏。

⑥晚嫁：改嫁。

⑦山高水低：婉转说法，比喻发生意外，这里指人死了。

⑧把臂：把柄，根据。

自古道：“若要不知，除非莫为。”刘公便瞒着孙家，那知他紧间壁的邻家姓李，名荣，曾在人家管过解库，人都叫做“李都管”。为人极是刁钻，专一要打听人家的细事，喜谈乐道。因做主管时，得了些不义之财，手中有钱，所居与刘家基址相连，意欲强买刘公房子，刘公不肯，为此两下面和意不和，巴不能刘家有些事故，幸灾乐祸。晓得刘璞有病危急，满心欢喜，连忙去报知孙家。

孙寡妇听见女婿病凶，恐防误了女儿，即使养娘去叫张六嫂来问。张六嫂欲待不说，恐怕刘璞有变，孙寡妇后来埋怨，欲要说了，又怕刘家见怪。事在两难，欲言又止。孙寡妇见他半吞半吐，越发盘问得急了。张六嫂隐瞒不过，乃说：“偶然伤风，原不是十分大病。将息到做亲时，料必也好了。”孙寡妇道：“闻得他病势十分沉重，你怎说得这般轻易？这事不是当耍的。我受了千辛万苦。守得这两个儿女成人，如珍宝一般！你若含糊赚了我女儿时，少不得和你性命相博，那时不要见怪。”又道：“你去对刘家说，若果然病重，何不待好了，另择日子？总是儿女年纪尚小，何必恁般忙迫。问明白了，快来回报一声。”张六嫂领了言语，方欲出门，孙寡妇又叫转道："我晓得你决无实话回我的。我令养娘同你去走遭，便知端的!"张六嫂见说教养娘同去，心中着忙道："不消得，好歹不误大娘之事。"孙寡妇那里肯听，教了养娘些言语，跟张六嫂同去。

张六嫂攞脱不得，只得同到刘家。恰好刘公走出门来，张六嫂欺养娘不认得，便道："小娘子少待，等我问句话来。"急走上前，拉刘公到一边，将孙寡妇适来言语细说。又道："他因放心不下，特教养娘同来讨个实信，却怎的回答?"刘公听见养娘来看，手足无措，埋怨道："你怎不阻挡住了？却与他同来!"张六嫂道："再三拦阻，如何肯听？教我也没奈何。如今且留他进去坐了，你们再去从长计较回他，不要连累我后日受气。"说还未毕，养娘已走过来。张六嫂就道："此间便是刘老爹。"养娘深深道个万福。刘公还了礼道："小娘子请里面坐。"一齐进了大门，到客堂内。刘公道："六嫂，你陪小娘子坐着，待我教老荆出来[9]。"张六嫂道："老爹自便。"刘公急急走到里面，一五一十，学于妈妈。又说："如今养娘在外，怎地回他？倘要进来探看孩儿，却又如何掩饰？不如改了日子罢!"妈妈道："你真是个死货！他受了我家的聘，便是我家的人了。怕他怎的！不要着忙，自有道理。"便教女儿慧娘："你去将新房中收拾整齐，留孙家妇女吃点心。"慧娘答应自去。

⑨老荆：对人说起自己妻子的一种谦称，也称"拙荆"。荆，荆钗布裙，代指妻子。

刘妈妈即走向外边，与养娘相见毕，问道："小娘子下顾，不知亲母有甚话说?"养娘道："俺大娘闻得大官人有恙，放心不下，特教男女来问候[10]。二来上覆老爹大娘；若大官人病体初痊，恐未可做亲，不如再停几时，等大官人身子健旺，另拣日罢。"刘妈妈道："多承亲母过念，大官人虽是有些身子不快，也是偶然伤风，原非大病。若要另择日子，这断不能勾的。我们小人家的买卖，千难万难，方才支持得停当。如错过了，却不又费一番手脚。况且有病的人，正要得喜事来冲，他病也易好。常见人家要省事时，还借这病来见喜，何况我家吉期定已多日，亲戚都下了帖儿请吃喜筵，如今忽地换了日子，他们不道你家不肯，必认做我们讨媳妇不起。传说开去，却不被人笑耻，坏了我家名头？烦小娘子回去上覆亲母，不必担忧，我家干系大哩！”养娘道：“大娘话虽说得是。请问大官人睡在何处？待男女候问一声，好家去回报大娘，也教他放心！”刘妈妈道：“适来服了发汗的药，正熟睡在那里，我与小娘子代言罢。事体总在刚才所言了，更无别说。”张六嫂道：“我原说偶然伤风，不是大病。你们大娘不肯相信，又要你来。如今方见老身不是说谎的了。”养娘道：“既如此，告辞罢。”便要起

身。刘妈妈道："那有此理！说话忙了，茶也还没有吃，如何便去？"即邀到里边。又道："我房里腌腌臜臜，到在新房里坐罢。"引入房中，养娘举目看时，摆设得十分齐整。刘妈妈又道："你看我家诸事齐备，如何肯又改日子？就是做了亲，大官人到还要留在我房中歇宿，等身子全愈了，然后同房哩！"养娘见他整备得停当，信以为实。当下刘妈妈教丫鬟将出点心、茶来摆上，又教慧娘也来相陪。养娘心中想道："我家珠姨是极标致的了，不想这女娘也恁般出色！"吃了茶，作别出门。临行，刘妈妈又再三嘱付张六嫂："是必来覆我一声！"

⑩男女：古代奴仆的自称，谦语。

养娘同着张六嫂回到家中，将上项事说与主母。孙寡妇听了，心中到没了主意，想道："欲待允了，恐怕女婿真个病重，变出些不好来，害了女儿。将欲不允，又恐女婿果是小病已愈，误了吉期。"疑惑不定，乃对张六嫂道："六嫂，待我酌量定了，明早来取回信罢。"张六嫂道："正是，大娘从容计较计较，老身明早来也。"说罢自去。

且说孙寡妇与儿子玉郎商议："这事怎生计较？"玉郎道："想起来还是病重，故不要养娘相见。如今必要回他另择日子，他家也没奈何，只得罢休。但是空费他这番东西，见得我家没有情义。倘后来病好相见之间，觉道没趣。若依了他们时，又恐果然有变，那时进退两难，懊悔却便迟了。依着孩儿，有个两全之策在此，不知母亲可听？"孙寡妇道："你且说是甚两全之策？"玉郎道："明早教张六嫂去说，日子便依着他家，妆奁一毫不带。见喜过了，到第三朝就要接回，等待病好，连妆奁送去。是恁样，纵有变故，也不受他们笼络，这却不是两全其美。"孙寡妇道："你真是个孩子家见识！他们一时假意应承娶去，过了三朝，不肯放回，却怎么处？"玉郎道："如此怎好？"孙寡妇又想了一想道："除非明日教张六嫂依此去说，临期教姐姐闪过一边，把你假扮了送去。皮箱内原带一副道袍鞋袜，预防到三朝。容你回来，不消说起；倘若不容，且住在那里，看个下落。倘有三长两短，你取出道袍穿了，竟自走回，那个扯得你住！”玉郎道：“别事便可，这件却使不得！后来被人晓得，教孩儿怎生做人？”孙寡妇见儿子推却，心中大怒道：“纵别人晓得，不过是耍笑之事，有甚大害？”玉郎平昔孝顺，见母亲发怒，连忙道：“待孩儿去便了。只不会梳头，却怎么好？”孙寡妇道：“我教养娘伏侍你去便了！”计较已定，次早张六嫂来讨回音，孙寡妇与他说如此如此，恁般恁般，“若依得，便娶过去；依不得，便另择日罢！”张六嫂覆了刘家，一一如命。你道他为何就肯了？只因刘璞病势愈重，恐防不妥，单要哄媳妇到了家里，便是买卖了。故此将错就错，更不争长竞短。那知孙寡妇已先参透机关，将个假货送来，刘妈妈反做了：

周郎妙计高天下，赔了夫人又折兵。

话休烦絮。到了吉期，孙寡妇把玉郎妆扮起来，果然与女儿无二，连自己也认不出真假。又教习些女人礼数。诸色好了，只有两件难以遮掩，恐怕露出事来。那两件？第一件是足与女子不同。那女子的尖尖趫趫，凤头一对，露在湘裙之下，莲步轻移，如花枝招飐一般。玉郎是个男子汉，一只脚比女子的有三四只大。虽然把扫地长裙遮了，教他缓行细步，终是有些蹊跷。这也还在下边，无人来揭起裙儿观看，还隐藏得过。第二件是耳上的环儿。此乃女子平常时所戴，爱轻巧的，也少不得戴对丁香儿。那极贫小户人家，没有金的银的，就是铜锡的，也要买对儿戴着。今日玉郎扮做新人，满头珠翠，若耳上没有环儿，可成模样么？他左耳还有个环眼，乃是幼时恐防难养穿过的。那右耳却没眼儿，怎生戴得？孙寡妇左思右想，想出一个计策来。你道是甚计策？他教养娘讨个小小膏药，贴在右耳。若问时，只说环眼生着疖疮，戴不得坠子，露出左耳上眼儿掩饰。打点停当，将珠姨藏过一间房里，专候迎亲人来。

到了黄昏时候，只听得鼓乐喧天，迎亲轿子已到门首。张六嫂先入来，看见新人打扮得如天神一般，好不欢喜。眼前不见玉郎，问道：

“小官人怎地不见？”孙寡妇道：“今日忽然身子有些不健，睡在那里，起来不得！”那婆子不知就里，不来再问。孙寡妇将酒饭犒赏了来人，宾相念起诗赋，请新人上轿。玉郎兜上方巾⑪，向母亲作别。孙寡妇一路假哭，送出门来。上了轿子，教养娘跟着，随身只有一只皮箱，更无一毫妆奁。孙寡妇又叮嘱张六嫂道：“与你说过，三朝就要送回的，不要失信！”张六嫂连声答应道：“这个自然！”不题孙寡妇。

⑪兜上方巾：古人结婚，新娘头上用一块大红巾盖着，叫做“盖头”。

且说迎亲的，一路笙箫聒耳，灯烛辉煌，到了刘家门首。宾相进来说道：“新人将已出轿，没新郎迎接，难道教他独自拜堂不成？”刘公道：“这却怎好？不要拜罢！”刘妈妈道：“我有道理，教女儿陪拜便了。”即令慧娘出来相迎。宾相念了阑门诗赋⑫，请新人出了轿子，养娘和张六嫂两边扶着。慧娘相迎，进了中堂，先拜了天地，次及公姑亲戚。双双却是两个女人同拜，随从人没一个不掩口而笑。都相见过了，然后姑嫂对拜。刘妈妈道：“如今到房中去与孩儿冲喜。”乐人吹打，引新人进房，来至卧床边，刘妈妈揭起帐子，叫道：“我的儿，今日娶你媳妇来家冲喜，你须挣扎精神则个。”连叫三四次，并不则声。刘公将灯照时，只见头儿歪在半边，昏迷去了。原来刘璞病得身子虚弱，被鼓乐一震，故此昏迷。当下老夫妻手忙脚乱，掐住人中，即教取过热汤，灌了几口，出了一身冷汗，方才苏醒。刘妈妈教刘公看着儿子，自己引新人到新房中去。揭起方巾，打一看时，美丽如画。亲戚无不喝彩。只有刘妈妈心中反觉苦楚。他想：“媳妇恁般美貌，与儿正是一对儿。若得双双奉侍老夫妻的暮年，也不枉一生辛苦。谁想他没福，临做亲却染此大病，十分中到有九分不妙。倘有一差两误，媳妇少不得归于别姓，岂不目前空喜！”不题刘妈妈心中之事。

⑫念了阑门诗赋：古时结婚的一种仪式：新娘到男方家大门口的时候，男家摆上香案，傧相带着新郎行礼，嘴里念着吉利的诗句，然后再请新娘进门。

且说玉郎也举目看时，许多亲戚中，只有姑娘生得风流标致。想道："好个女子，我孙润可惜已定了妻子。若早知此女恁般出色，一定要求他为妇。"这里玉郎方在赞羡，谁知慧娘心中也想道："一向张六嫂说他标致，我还未信，不想话不虚传。只可惜哥哥没福受用，今夜教他孤眠独宿。若我丈夫像得他这样美貌，便称我的生平了，只怕不能够哩！"不题二人彼此欣羡。

刘妈妈请众亲戚赴过花烛筵席，各自分头歇息。宾相乐人，俱已打发去了。张六嫂没有睡处，也自归家。玉郎在房，养娘与他卸了首饰，秉烛而坐，不敢便寝。刘妈妈与刘公商议道："媳妇初到，如何教他独宿？可教女儿去陪伴。"刘公道："只怕不稳便，由他自睡罢。"

刘妈妈不听，对慧娘道："你今夜相伴嫂嫂在新房中去睡，省得他怕冷静。"慧娘正爱着嫂嫂，见说教他相伴，恰中其意。刘妈妈引慧娘到新房中道："娘子，只因你官人有些小恙，不能同房，特令小女来陪你同睡。"玉郎恐露出马脚，回道："奴家自来最怕生人，到不消罢。"刘妈妈道："呀！你们姑嫂年纪相仿，即如姊妹一般，正好相处，怕怎的！你着嫌不稳时，各自盖着条被儿，便不妨了。"对慧娘道："你去收拾了被窝过来。"慧娘答应而去。

玉郎此时，又惊又喜。喜的是心中正爱着姑娘标致，不想天与其便，刘妈妈令来陪卧，这事便有几分了。惊的是恐他不允，一时叫喊起来，反坏了自己之事。又想道："此番挫过，后会难逢。看这姑娘年纪已在当时，情窦料也开了。须用计缓缓撩拨热了，不怕不上我钩！"心下正想，慧娘教丫鬟拿了被儿同进房来，放在床上。刘妈妈起身，同丫鬟自去。慧娘将房门闭上，走到玉郎身边，笑容可掬，乃道："嫂嫂，适来见你一些东西不吃，莫不饿了？"玉郎道："倒还未饿。"慧娘又道："嫂嫂，今后要甚东西，可对奴家说知，自去拿来，不要害羞不说。"玉郎见他意儿殷勤，心下暗喜，答道："多谢姑娘美情。"慧娘见灯上结着一个大大花儿，笑道："嫂嫂，好个灯花儿，正对着嫂嫂，可知喜也！"玉郎也笑道："姑娘休得取笑，还是姑娘的喜信。"慧娘道："嫂嫂话儿到会耍人。"两个闲话一回。

慧娘道："嫂嫂，夜深了，请睡罢。"玉即道："姑娘先请。"慧娘道："嫂嫂是客，奴家是主，怎敢僭先！"玉郎道："这个房中还是姑娘是客。"慧娘笑道："恁样占先了。"便解衣先睡。养娘见两下取笑，觉道玉郎不怀好意，低低说道："官人，你须要斟酌，此事不是当耍的！倘大娘知了，连我也不好。"玉郎道："不消嘱付，我自晓得，你自去睡。"养娘便去旁边打个铺儿睡下。玉郎起身携着灯儿，走到床边，揭起帐子照看，只见慧娘卷着被儿，睡在里床，见玉郎将灯来照，笑嘻嘻的道："嫂嫂，睡罢了，照怎的？"玉郎也笑道："我看姑娘睡在那一头，方好来睡。”把灯放在床前一只小桌儿上，解衣入帐，对慧娘道：“姑娘，我与你一头睡了，好讲话耍子。”慧娘道：“如此最好！”玉郎钻下被里，卸了上身衣服，下体小衣却穿着，问道：“姑娘，今年青春了？”慧娘道：“一十五岁。”又问：“姑娘许的是那一家？”慧娘怕羞，不肯回言。玉郎把头捱到他枕上，附耳道：“我与你一般是女儿家，何必害羞。”慧娘方才答道：“是开生药铺的裴家。”又问道：“可见说佳期还在何日？”慧娘低低道：“近日曾教媒人再三来说，爹道奴家年纪尚小，回他们再缓几时哩。”玉郎笑道：“回了他家，你心下可不气恼么？”慧娘伸手把玉郎的头推下枕来，道：“你不是个好人！哄了我的话，便来耍人。我若气恼时，你今夜心里还不知怎地恼着哩！”玉郎依旧又捱到枕上道：“你且说我有甚恼？”慧娘道：“今夜做亲没有个对儿，怎地不恼？”玉郎道：“如今有姑娘在此，便是个对儿了，又有甚恼！”慧娘笑道：“恁样说，你是我的娘子了。”玉郎道：“我年纪长是你，丈夫还是我。”慧娘道：“我今夜替哥哥拜堂，就是哥哥一般，还该是我。”玉郎道：“大家不要争，只做个女夫妻罢！”两个说风话耍子，愈加亲热。

玉郎料想没事，乃道：“既做了夫妻，如何不合被儿睡？”口中便说，两手即掀开他的被儿，捱过身来，伸手便去摸他身上，腻滑如酥，下体却也穿着小衣。慧娘此时已被玉郎调动春心，忘其所以，任玉郎摩弄，全然不拒。玉郎摸至胸前时，一对小乳，丰隆突起，温软如绵；乳头却像鸡头肉一般，甚是可爱。慧娘也把手来将玉郎浑身一摸道：“嫂嫂好个软滑身子。”摸他乳时，刚刚只有两个小小乳头，心中想道：“嫂嫂长似我，怎么乳儿到小？”玉郎摩弄了一回，便双手搂抱过来，嘴对嘴将舌尖度向慧娘口中。慧娘只认作姑嫂戏耍，也将双手抱住，含了一回；也把舌儿吐到玉郎口里，被玉郎含住，着实咂吮。咂得慧娘遍体酥麻。便道：“嫂嫂，如今不象女夫妻，竟是真夫妻一般了。”玉郎见他情动，便道：“有心顽了，何不把小衣一发去了，亲亲热热睡一回也好。"慧娘道："羞人答答，脱了不好。"玉郎道："纵是取笑，有什么羞。"便解开他的小衣褪下，伸手去摸他不便处。慧娘双手即来遮掩道："嫂嫂休得啰唣！"玉郎捧过面来，亲个嘴道："何妨得，你也摸我的便了。"慧娘真个也去解了他的裩来摸时，只见一条玉茎铁硬的挺着，吃了一惊，缩手不迭，乃道："你是何人？却假妆着嫂嫂来此？"玉郎道："我便是你的丈夫了，又问怎的？"一头即便腾身上去，将手启他双股。慧娘双手推开半边道："你若不说真话，我便叫喊起来，教你了不得。"玉郎道了急，连忙道："娘子不消性急，待我说便了。我是你嫂嫂的兄弟玉郎。闻得你哥哥病势沉重，未知怎地。我母亲不舍得姐姐出门，又恐误了你家吉期，故把我假妆嫁来，等你哥哥病好，然后送姐姐过门。不想天付良缘，到与娘子成了夫妇。此情只许你我晓得，不可泄漏！"说罢，又翻上身来。慧娘初时只道是真女人，尚然心爱，如今却是个男子，岂不欢喜？况且已被玉郎先引得神魂飘荡，又惊又喜，半推半就道："元来你们恁样欺心！"玉郎那有心情回答，双手紧紧抱住，即便恣意风流：

一个是青年孩子，初尝滋味；一个是黄花女儿，乍得甜头。一个说今宵花烛，到成就了你我姻缘；一个说此夜衾稠，便试发了夫妻恩爱。一个说前生有分，不须月老冰人；一个道异日休忘，说尽山盟海誓。各燥自家脾胃，管甚么姐姐哥哥；且图眼下欢娱，全不想有夫有妇。双双蝴蝶花间舞，两两鸳鸯水上游。

云雨已毕，紧紧偎抱而睡。

且说养娘恐怕玉郎弄出事来，卧在旁边铺上，眼也不合。听着他们初时说话笑耍，次后只听得床棱摇戛，气喘吁吁，已知二人成了那事，暗暗叫苦。到次早起来，慧娘自向母亲房中梳洗。养娘替玉郎梳妆，低低说道："官人，你昨夜恁般说了，却又口不应心，做下那事！倘被他们晓得，却怎处？"玉郎道："又不是我去寻他，他自送上门来，教我怎生推却！"养娘道："你须拿住主意便好。"玉郎道："你想恁样花一般的美人，同床而卧，便是铁石人也打熬不住，叫我如何忍耐得过！你若不泄漏时，更有何人晓得？”妆扮已毕，来刘妈妈房里相见，刘妈妈道：“儿，环子也忘戴了？”养娘道：“不是忘了，因右耳上环眼生了疳疮，戴不得，还贴着膏药哩。”刘妈妈道：“元来如此。”玉郎依旧来至房中坐下，亲戚女眷都来相见，张六嫂也到。慧娘梳埋罢，也到房中，彼此相视而笑。是日刘公请内外亲戚吃庆喜筵席，大吹大擂，直饮到晚，各自辞别回家。慧娘依旧来伴玉郎，这一夜颠鸾倒凤，海誓山盟，比昨倍加恩爱。看看过了三朝，二人行坐不离。到是养娘捏着两把汗，催玉郎道：“如今已过三朝，可对刘大娘说，回去罢！”玉郎与慧娘正火一般热，那想回去，假意道：“我怎好启齿说要回去，须是母亲叫张六嫂来说便好。”养娘道：“也说得是。”即便回家。

却说孙寡妇虽将儿子假妆嫁去，心中却怀着鬼胎。急切不见张六嫂来回覆，眼巴巴望到第四日，养娘回家，连忙来问。养娘将女婿病凶，姑娘陪拜，夜间同睡相好之事，细细说知。孙寡妇跌足叫苦道：“这事必然做出来也！你快去寻张六嫂来。”养娘去不多时，同张六嫂来家。孙寡妇道：“六嫂前日讲定的三朝便送回来，今已过了，劳你去说，快些送我女儿回来！”张六嫂得了言语，同养娘来至刘家。恰好刘妈妈在玉郎房中闲话，张六嫂将孙家要接新人的话说知。玉郎慧娘不忍割舍，到暗暗道：“但愿不允便好。”谁想刘妈妈真个说道：“六嫂，你媒也做老了，难道恁样事还不晓得？从来可有三朝媳妇便归去的理么？前日他不肯嫁来，这也没奈何。今既到我家，便是我家的人了，还像得他意？我千难万难，娶得个媳妇，到三朝便要回去，说也不当人子。既如此不舍得，何不当初莫许人家。他也有儿子，少不得也要娶媳妇，看三朝可肯放回家去？闻得亲母是个知礼之人，亏他怎样说了出来？”一番言语，说得张六嫂哑口无言，不敢回覆孙家。那养娘恐怕有人闯进房里，冲破二人之事，到紧紧守着房门，也不敢回家。

且说刘璞自从结亲这夜，惊出那身冷汗来，渐渐痊可。晓得妻子已

娶来家，人物十分标致，心中欢喜，这病愈觉好得快了。过了数日，挣扎起来，半眠半坐，日渐健旺，即能梳裹，要到房中来看浑家。刘妈妈恐他初愈，不耐行动，叫丫鬟扶着，自己也随在后，慢腾腾的走到新房门口。养娘正坐在门槛之上，丫鬟道："让大官人进去。"养娘立起身来，高声叫道："大官人进来了！"玉郎正搂着慧娘调笑，听得有人进来，连忙走开。刘璞掀开门帘跨进房来。慧娘道："哥哥，且喜梳洗了。只怕还不宜劳动。"刘璞道："不打紧！我也暂时走走，就去睡的。"便向玉郎作揖。玉郎背转身，道了个万福。刘妈妈道："我的儿，你且慢作揖么！"又见玉郎背立，便道："娘子，这便是你官人。如今病好了，特来见你，怎么到背转身子？"走向前，扯近儿子身边，道：

“我的儿，与你恰好正是个对儿。”刘璞见妻子美貌非常，甚是快乐，真个是人逢喜事精神爽，那病平去了几分。刘妈妈道：“儿去睡了罢，不要难为身子。”原叫丫鬟扶着，慧娘也同进去。玉郎见刘璞虽然是个病容，却也人材齐整，暗想道：“姐姐得配此人，也不辱抹了。”又想道：“如今姐夫病好，倘然要来同卧，这事便要决撒⑬，快些回去罢。”到晚上对慧娘道：“你哥哥病已好了，我须住身不得。你可撺掇母亲送我回家，换姐姐过来，这事便隐过了。若再住时，事必败露！”慧娘道：“你要归家，也是易事。我的终身，却怎么处？”玉郎道；“此事我已千思万想，但你已许人，我已聘妇，没甚计策挽回，如之奈何？”慧娘道：“君若无计娶我，誓以魂魄相随，决然无颜更事他人！”说罢，呜呜咽咽哭将起来。玉郎与他拭了眼泪道：“你且勿烦恼，容我再想。”自此两相留恋，把回家之事到阁起一边。一日午饭已过，养娘向后边去了。二人将房门闭上，商议那事，长算短算，没个计策，心下苦楚，彼此相抱暗泣。

⑬决撒：识破，戳穿，败露。

且说刘妈妈自从媳妇到家之后，女儿终日行坐不离。刚到晚，便闭上房门去睡，直至日上三竿，方才起身，刘妈妈好生不乐。初时认做姑嫂相爱，不在其意，已后日日如此，心中老大疑惑。也还道是后生家贪眠懒惰，几遍要说，因想媳妇初来，尚未与儿子同床，还是个娇客，只得耐住。那日也是合当有事。偶在新房前走过，忽听得里边有哭泣之声。向壁缝中张时，只见媳妇共女儿互相搂抱，低低而哭。刘妈妈见如此做作，料道这事有些蹊跷。欲待发作，又想儿子才好，若知得，必然气恼，权且耐住。便掀门帘进来，门却闭着。叫道：“快些开门！”二人听见是妈妈声音，拭干眼泪，忙来开门。刘妈妈走将进去，便道：“为甚青天白日，把门闭上，在内搂抱啼哭？”二人被问，惊得满面通红，无言对答。刘妈妈见二人无言，一发是了，气得手足麻木，一手扯着慧娘道：“做得好事！且进来和你说话。”扯到后边一间空屋中来。

丫鬟看见，不知为甚，闪在一边。

刘妈妈扯进了屋里，将门闩上，丫鬟伏在门上张时，见妈妈寻了一根木棒，骂道："贱人！快快实说，便饶你打骂。若一句含糊，打下你这下半截来！"慧娘初时抵赖。妈妈道："贱人！我且问你，他来得几时，有甚恩爱割舍不得，闭着房门，搂抱啼哭？"慧娘对答不来。妈妈拿起棒子要打，心中却又不舍得。慧娘料是隐瞒不过，想道："事已至此，索性说个明白，求爹妈辞了裴家，配与玉郎。若不允时，拼个自尽便了！"乃道："前日孙家晓得哥哥有病，恐误女儿，要看下落，教爹妈另自择日。因爹妈执意不从，故把儿子玉郎假妆嫁来。不想母亲叫孩儿陪伴，遂成了夫妇，恩深义重，誓必图百年偕老。今见哥哥病好，玉郎恐怕事露，要回去换姐姐过来。孩儿思想，一女无嫁二夫之理，叫玉郎寻门路娶我为妻。因无良策，又不忍分离，故此啼哭。不想被母亲看见，只此便是实话。"刘妈妈听罢，怒气填胸，把棒撇在一边，双足乱跳，骂道；"元来这老乞婆恁般欺心，将男作女哄我！怪道三朝便要接回。如今害了我女儿，须与他干休不得！拼这老性命结果这小杀才罢！"开了门，便赶出来。慧娘见母亲去打玉郎，心中着忙，不顾羞耻，上前扯住。被妈妈将手一推，跌在地上，爬起时，妈妈已赶向外边去了。慧娘随后也赶将来，丫鬟亦跟在后面。

且说玉郎见刘妈妈扯去慧娘，情知事露，正在房中着急。只见养娘进来道："官人，不好了！弄出事来也！适在后边来，听得空屋中乱闹。张看时，见刘大娘拿大棒子拷打姑娘，逼问这事哩！"玉郎听说打着慧娘，心如刀割，眼中落下泪来，没了主意。养娘道："今若不走，少顷便祸到了！"玉郎即忙除下簪钗，挽起一个角儿，皮箱内开出道袍鞋袜穿起，走出房来．将门带上，离了刘家，带跌奔回家里。正是：

拆破玉笼飞彩凤，顿开金锁走蛟龙。

孙寡妇见儿子回来，恁般慌急，又惊又喜，便道："如何这般模样？"养娘将上项事说知。孙寡妇埋怨道："我教你去，不过权宜之计，如何却做出这般没天理事体！你若三朝便回，隐恶扬善，也不见得事败。可恨张六嫂这老虔婆⑭，自从那日去了，竟不来覆我。养娘，你也不回家走遭，教我日夜担愁！今日弄出事来，害这姑娘，却怎么处？要你不肖子何用！”玉郎被母亲嗔责，惊愧无地。养娘道：“小官人也自要回的，怎奈刘大娘不肯。我因恐他们做出事来，日日守着房门，不敢回家。今日暂走到后边，便被刘大娘撞破。幸喜得急奔回来，还不曾吃亏。如今且教小官人躲过两日，他家没甚话说，便是万千之喜了。”孙寡妇真个教玉郎闪过，等候他家消息。

⑭老虔婆：惯于用甜言蜜语哄骗人的贼婆，又指老鸨，老娼妇。

且说刘妈妈赶到新房门口，见门闭着，只道玉郎还在里面，在外骂道：“天杀的贼贱才！你把老娘当做什么样人，敢来弄空头，坏我的女儿！今日与你性命相博，方见老娘手段。快些走出来！若不开时，我就打进来了！”正骂时，慧娘已到，便去扯母亲进去。刘妈妈骂道；“贱人，亏你羞也不羞，还来劝我！”尽力一摔，不想用力猛了，将门靠开，母子两个都跌进去，搅做一团。刘妈妈骂道：“好天杀的贼贱才，到放老娘这一交！”即忙爬起寻时，那里见个影儿。那婆子寻不见玉郎，乃道：“天杀的好见识！走得好！你便走上天去，少不得也要拿下来！”对着慧娘道：“如今做下这等丑事，倘被裴家晓得，却怎地做人？”慧娘哭道：“是孩儿一时不是，做差这事。但求母亲怜念孩儿，劝爹爹怎生回了裴家，嫁着玉郎，犹可挽回前失。倘若不允，有死而已！”说罢，哭倒在地。刘妈妈道：“你说得好自在话儿！他家下财纳聘，定着媳妇，今日平白地要休这亲事，谁个肯么？倘然问因甚事故要休这亲，教你爹怎生对答！难道说我女儿自寻了一个汉子不成？”慧娘被母亲说得满面羞惭，将袖掩着痛哭。刘妈妈终是禽犊之爱，见女儿恁般啼哭，却又恐哭伤了身子，便道：“我的儿，这也不干你事，都是那老虔婆设这没天理的诡计，将那杀才乔妆嫁来。我一时不知，教你陪伴，落了他圈套。如今总是无人知得，把来阁过一边，全你的体面，这才是个长策。若说要休了裴家，嫁那杀才，这是断然不能！”慧娘见母亲不允，愈加啼哭。刘妈妈又怜又恼，到没了主意。

正闹间，刘公正在人家看病回来，打房门口经过，听得房中啼哭，乃是女儿声音，又听得妈妈话响，正不知为着甚的，心中疑惑。忍耐不住，揭开门帘，问道：“你们为甚恁般模样？”刘妈妈将前项事，一一细说，气得刘公半晌说不出话来。想了一想，到把妈妈埋怨道：“都是你这老乞婆害了女儿！起初儿子病重时，我原要另择日子，你便说长道短，生出许多话来，执意要那一日。次后孙家教养娘来说，我也罢了，又是你弄嘴弄舌，哄着他家。及至娶来家中，我说待他自睡罢，你又偏生推女儿伴他。如今伴得好么！”刘妈妈因玉郎走了，又不舍得女儿难为，一肚子气，正没发脱，见老公倒前倒后，数说埋怨，急得暴躁如雷，骂道：“老王八！依你说起来，我的孩儿应该与这杀才骗的！”一头撞个满怀。刘公也在气恼之时，揪过来便打。慧娘便来解劝。三人搅做一团，滚做一块，分拆不开。丫鬟着了忙，奔到房中报与刘璞道："大官人，不好了！大爷大娘在新房中相打哩！"刘璞在榻上爬起来，走至新房，向前分解。老夫妻见儿子来劝，因惜他病体初愈，恐劳碌了他，方才罢手，犹兀自老亡八老乞婆相骂。刘璞把父亲劝出外边，乃问："妹子为甚在这房中厮闹，娘子怎又不见？"慧娘被问，心下惶愧，掩面而哭，不敢则声。刘璞焦躁道："且说为着甚的？"刘婆方把那事细说，将刘璞气得面如土色。停了半晌，方道："家丑不可外扬，倘若传到外边，被人耻笑。事已至此，且再作区处！"刘妈妈方才住口，走出房来。慧娘挣住不行，刘妈妈一手扯着便走，取巨锁将门锁上。来至房里，慧娘自觉无颜，坐在一个壁角边哭泣。正是：

饶君掬尽湘江水，难洗今朝满面羞。

且说李都管听得刘家喧嚷，伏在壁上打听。虽然晓得些风声，却不知其中细底。次早，刘家丫鬟走出门前，李都管招到家中问他。那丫鬟初时不肯说，李都管取出四五十钱来与他，道："你若说了，送这钱与你买东西吃。"丫鬟见了铜钱，心中动火，接过来藏在身边，便从头至尾，尽与李都管说知。李都管暗喜道："我把这丑事报与裴家，撺掇来闹炒一场，他定无颜在此居住，这房子可不归于我了？"忙忙的走至裴家，一五一十报知，又添些言语，激恼裴九老。

那九老夫妻，因前日娶亲不允，心中正恼着刘公。今日听见媳妇做下丑事，如何不气？一径赶到刘家，唤出刘公来发话道："当初我央媒来说，要娶亲时，千推万阻，道女儿年纪尚小，不肯应承。护在家中，私养汉子。若早依了我，也不见得做出事来。我是清清白白的人家，决不要这样败坏门风的好东西。快还了我昔年聘礼，另自去对亲，不要误我孩儿的大事。"将刘公嚷得面上一回红，一回白，想道："我家昨夜之事，他如何今早便晓得了？这也怪异！又不好承认，只得赖道："亲家，这是那里说起，造恁样言语污辱我家？倘被外人听得，只道真有这事，你我体面何在？"裴九老便骂道："打脊贱刀[15]！真个是老亡八。女儿现做着恁样丑事，那个不晓得了？亏你还长着鸟嘴，在我面前遮掩。”赶近前把手向刘公脸上一揿道[16]：“老亡八！羞也不羞！待我送个鬼脸儿与你戴了见人。”刘公被他羞辱不过，骂道：“老杀才，今日为甚赶上门来欺我？”便一头撞去，把裴九老撞倒在地，两下相打起来。里边刘妈妈与刘璞听得外面喧嚷，出来看时，却是裴九老与刘公厮打，急向前拆开。裴九老指着骂道：“老亡八打得好！我与你到府里去说话。”一路骂出门去了。刘璞便问父亲：“裴九因甚清早来厮闹？”刘公把他言语学了一遍。刘璞道：“他家如何便晓得了？此甚可怪。”又道：“如今事已彰扬，却怎么处？”刘公又想起裴九老恁般耻辱，心中转恼，顿足道：“都是孙家老乞婆，害我家坏了门风，受这样恶气！若不告他，怎出得这气？”刘璞劝解不住。刘公央人写了状词，望着府前奔来，正值乔太守早堂放告。这乔太守虽则关西人，又正直，又聪明，怜才爱民，断狱如神，府中都称为“乔青天”。

⑮打脊：骂人的话，骂人该挨受杖刑的意思。

⑯揿（qìn）：方言，按、摁的意思，这里是指刮脸皮的动作，表示羞辱。

却说刘公刚到府前，劈面又遇着裴九老。九老见刘公手执状词，认做告他，便骂道：“老亡八，纵女做了丑事，到要告我，我同你去见太爷。”上前一把扭住，两下又打将起来。两张状词，都打失了。二人结做一团，直至堂上。乔太守看见，喝教各跪一边，问道：“你二人叫甚名字？为何结扭相打？”二人一齐乱嚷。乔太守道：“不许搀越！那老儿先上来说。”裴九老跪上去诉道：“小人叫做裴九，有个儿子裴政，从幼聘下刘秉义的女儿慧娘为妻，今年都十五岁了。小人因是老年爱子，要早与他完姻，几次央媒去说，要娶媳妇，那刘秉义只推女儿年纪尚小，勒掯不许[17]。谁想他纵女卖奸，恋着孙润，暗招在家，要图赖亲事。今早到他家理说，反把小人殴辱。情极了，来爷爷台下投生，他又赶来扭打。求爷爷作主，救小人则个！”乔太守听了，道：“且下去！”

唤刘秉义上去问道："你怎么说？"刘公道："小人有一子一女。儿子刘璞，聘孙寡妇女儿珠姨为妇，女儿便许裴九的儿子。向日裴九要娶时，一来女儿尚幼，未曾整备妆奁，二来正与儿子完姻，故此不允。不想儿子临婚时，忽地患起病来，不敢教与媳妇同房，令女儿陪伴嫂子。那知孙寡妇欺心，藏过女儿，却将儿子孙润假妆过来，到强奸了小人女儿。正要告官，这裴九知得了，登门打骂。小人气忿不过，与他争嚷，实不是图赖他的婚姻。"乔太守见说男扮为女，甚以为奇，乃道："男扮女妆，自然有异。难道你认他不出？"刘公道："婚嫁乃是常事，那曾有男子假扮之理，却去辨他真假？况孙润面貌，美如女子。小人夫妻见了，已是万分欢喜，有甚疑惑？"乔太守道："孙家既以女许你为媳，因甚却又把儿子假妆？其中必有缘故。"又道："孙润还在你

家么?”刘公道:“已逃回去了。”乔太守即差人去拿孙寡妇母子三人,又差人去唤刘璞、慧娘兄妹俱来听审。不多时,都已拿到。

⑰勒掯(kèn):故意为难,推脱,强迫的意思。

乔太守举目看时,玉郎姊弟,果然一般美貌,面庞无二,刘璞却也人物俊秀,慧娘艳丽非常,暗暗欣羡道:“好两对青年儿女!”心中便有成全之意。乃问孙寡妇:“因甚将男作女,哄骗刘家,害他女儿?”孙寡妇乃将女婿病重,刘秉义不肯更改吉期,恐怕误了女儿终身,故把儿子妆去冲喜,三朝便回,是一时权宜之策。不想刘秉义却教女儿陪卧,做出这事。乔太守道;“元来如此!”问刘公道:“当初你儿子既是病重,自然该另换吉期。你执意不肯,却主何意?假若此时依了孙家,那见得女儿有此丑事?这都是你自起衅端,连累女儿。”刘公道:“小人一时不合听了妻子说话,如今悔之无及!”乔太守道:“胡说!你是一家之主,却听妇人言语。”

又唤玉郎、慧娘上去说:“孙润,你以男假女,已是不该。却又奸骗处女,当得何罪?”玉郎叩头道:“小人虽然有罪,但非设意谋求,乃是刘亲母自遣其女陪伴小人。”乔太守道:“他因不知你是男子,故令他来陪伴,乃是美意,你怎不推却?”玉郎道:“小人也曾苦辞,怎奈坚执不从。”乔太守道:“论起法来,本该打一顿板子才是!姑念你年纪幼小,又系两家父母酿成,权且饶恕。”玉郎叩头泣谢。乔太守又问慧娘:“你事已做错,不必说起。如今还是要归裴氏?要归孙润?实说上来。”慧娘哭道:“贱妾无媒苟合,节行已亏,岂可更事他人?况与孙润恩义已深,誓不再嫁。若爷爷必欲判离,贱妾即当自尽,决无颜苟活,贻笑他人。”说罢,放声大哭。乔太守见他情词真恳,甚是怜惜,且喝过一边,唤裴九老分付道:“慧娘本该断归你家,但已失身孙润,节行已亏。你若娶回去,反伤门风,被人耻笑;他又蒙二夫之名,各不相安。今判与孙润为妻,全其体面。令孙润还你昔年聘礼,你儿子另自聘妇罢!”裴九老道:“媳妇已为丑事,小人自然不要。但孙润破坏我家婚姻。今原归于他，反周全了奸夫淫妇，小人怎得甘心！情愿一毫原聘不要，求老爷断媳妇另嫁别人，小人这口气也还消得一半。”乔太守道：“你既已不愿娶他，何苦又作此冤家！”刘公亦禀道：“爷爷，孙润已有妻子，小人女儿岂可与他为妾？”乔太守初时只道孙润尚无妻子，故此斡旋，见刘公说已有妻，乃道：“这却怎么处？”对孙润道：“你既有妻子，一发不该害人闺女了！如今置此女于何地？”玉郎不敢答应。

乔太守又道：“你妻子是何等人家？可曾过门么？”孙润道：“小人妻子是徐雅女儿，尚未过门。”乔太守道：“这等易处了。”叫道：“裴九，孙润原有妻未娶，如今他既得了你媳妇，我将他妻子断偿你的儿子，消你之忿！”裴九老道：“老爷明断，小人怎敢违逆？但恐徐雅不肯。”乔太守道：“我作了主，谁敢不肯！你快回家引儿子过来，我差人去唤徐雅带女儿来当堂匹配。”裴九老忙即归家，将儿子裴政领到府中。徐雅同女儿也唤到了。乔太守看时，两家男女却也相貌端正，是个对儿。乃对徐雅道：“孙润因诱了刘秉义女儿，今已判为夫妇。我今作主，将你女儿配与裴九儿子裴政。限即日三家俱便婚配回报，如有不伏者，定行重治。”徐雅见太守作主，怎敢不依，俱各甘伏。乔太守援笔判道：

弟代姊嫁，姑伴嫂眠。爱女爱子，情在理中。一雌一雄，变出意外。移干柴近烈火，无怪其燃；以美玉配明珠，适获其偶。孙氏子因姊而得妇，搂处子不用逾墙[18]；刘氏女因嫂而得夫，怀吉士初非衒玉[19]。相悦为婚，礼以义起。所厚者薄，事可权宜。

使徐雅别婿裴九之儿，许裴政改娶孙郎之配。夺人妇，人亦夺其妇，两家恩怨，总息风波；独乐乐，不若与人乐，三对夫妻，各谐鱼水。人虽兑换，十六两原只一斤；亲是交门，五百年决非错配。以爱及爱，伊父母自作冰人；非亲是亲，我官府权为月老。

已经明断，各赴良期。

⑱搂处子不用逾墙：《孟子》："逾东家墙而搂其处子。"这里是反其义而用之。

⑲怀吉士初非衒（xuàn）玉：《诗经·野有死麕（jūn）》："有女怀春，吉士诱之。"意思是说，女的想结婚，男的去和她恋爱。衒玉，卖弄，自夸的意思。

乔太守写毕，教押司当堂朗诵与众人听了。众人无不心服，各各叩头称谢。乔太守在库上支取喜红六段，教三对夫妻披挂起来，唤三起乐人，三顶花花轿儿，抬了三位新人。新郎及父母，各自随轿而出。此事闹动了杭州府，都说好个行方便的太守，人人诵德，个个称贤。自此各家完亲之后，都无说话。

李都管本欲唆孙寡妇、裴九老两家与刘秉义讲嘴，鹬蚌相持，自已渔人得利。不期太守善于处分，反作成了孙玉郎一段良姻。街坊上当做一件美事传说，不以为丑，他心中甚是不乐。未及下年，乔太守又取刘璞、孙润，都做了秀才，起送科举。李都管自知惭愧，安身不牢，反躲避乡居。后来刘璞、孙润同榜登科，俱任京职，仕途有名，扶持裴政亦得了官职。一门亲眷，富贵非常。刘濮官直至龙图阁学士，连李都管家宅反归并于刘氏。刁钻小人，亦何益哉！后人有诗，单道李都管为人不善，以为后戒。诗云：

为人忠厚为根本，何苦刁钻欲害人！
不见古人卜居者，千金只为买乡邻。

又有一诗，单夸乔太守此事断得甚好：

鸳鸯错配本前缘，全赖风流太守贤。
锦被一床遮尽丑，乔公不枉叫青天。

六 陈多寿生死夫妻

【精要简介】

本篇讲述的是陈多寿夫妻之间执着、坚贞的爱情，表现了作者对忠诚、专一爱情的赞美。

【原文鉴赏】

世事纷纷一局棋，输赢未定两争持。

须臾局罢棋收去，毕竟谁赢谁是输？

这四句诗，是把棋局比着那世局。世局千腾万变，转眼皆空。政如下棋的较胜争强[①]，眼红喉急，分明似孙庞斗智[②]，赌个你死我活；又如刘项争天下[③]，不到乌江不尽头。及至局散棋收，付之一笑。所以高人隐士，往往寄兴棋枰，消闲玩世。其间吟咏，不可胜述，只有国朝曾棨状元应制诗做得甚好。诗曰：

两君相敌立双营，坐运神机决死生。

十里封疆驰骏马，一川波浪动金兵。

虞姬歌舞悲垓下，汉将旌旗逼楚城。

兴尽计穷征战罢，松阴花影满棋枰。

①政：同“正”。

②孙庞斗智：孙，孙膑。庞，庞涓。二人都是战国时期的军事家，同在鬼谷子那里学习兵法。后来，庞涓当了魏将，嫉妒孙膑的才能，把孙膑骗去刖足黥面。后孙膑用计逃往齐国，为齐威王师，为齐国出谋击魏，在马陵击败庞涓，庞涓自杀。

③刘项争天下：秦亡后，刘邦和项羽争夺天下，经过几年的战争，

项羽失败，自刎于乌江，刘邦建立了汉帝国。

此诗虽好，又有人驳他，说虞姬、汉将一联，是个套话。第七句说兴尽计穷，意趣便萧索了。应制诗是进御的，圣天子重瞳观览④，还该要有些气象。同时洪熙皇帝御制一篇⑤，词意宏伟，远出寻常，诗曰：

二国争强各用兵，摆成队伍定输赢。

马行曲路当先道，将守深营戒远征。

乘险出车收散卒，隔河飞炮下重城。

等闲识得军情事，一着功成定太平。

④重瞳：两个瞳孔。古代相传，舜的眼睛是重瞳，是一种异相，后来泛称皇帝的眼睛为“重瞳”。

⑤洪熙皇帝：明仁宗朱高炽。洪熙是年号。

今日为何说这下棋的话？只为有两个人家，因这几着棋子，遂为莫逆之交，结下儿女姻亲，后来变出花锦般一段说话。正是：

夫妻不是今生定，五百年前结下因。

话说江西分宜县，有两个庄户人家，一个叫做陈青，一个叫做朱世远，两家东西街对面居住。论起家事，虽然不算大富长者，靠祖上遗下些田业，尽可温饱有馀。那陈青与朱世远皆在四旬之外，累代邻居，志同道合，都则本分为人，不管闲事，不惹闲非。每日吃了酒饭，出门相见，只是一盘象棋，消闲遣日。有时迭为宾主，不过清茶寡饭，不设酒肴，以此为常。那些三邻四舍，闲时节也到两家看他下棋玩耍。其中有个王三老，寿有六旬之外，少年时也自欢喜象戏，下得颇高。近年有个火症，生怕用心动火，不与人对局了。日常无事，只以看棋为乐，早晚不倦。说起来，下棋的最怕旁人观看。常言道："旁观者清，当局者迷。"倘或旁观的口嘴不紧，遇煞着处溜出半句话来，赢者反输，输者反赢，欲待发恶，不为大事；欲待不抱怨，又忍气不过。所以古人说得好：

观棋不语真君子，把酒多言是小人。

可喜王三老偏有一德，未曾分局时，绝不多口；到胜负已分，却分说那一着是先手，所以赢，那一着是后手，所以输。朱陈二人到也喜他讲论，不以为怪。

一日，朱世远在陈青家下棋，王三老亦在座。吃了午饭，重整棋枰，方欲再下，只见外面一个小学生踱将进来。那学生怎生模样？

面如傅粉，唇若涂朱，光着靛一般的青头，露着玉一样的嫩手。仪容清雅，步履端详。却疑天上仙童，不信人间小子。

那学生正是陈青的儿子，小名多寿，抱了书包，从外而入。跨进坐启，不慌不忙，将书包放下椅子之上，先向王三老叫声公公，深深的作了个揖。王三老欲待回礼，陈青就坐上一把按住道："你老人家不须多礼。却不怕折了那小厮一世之福？"王三老道："说那里话！"口中虽是恁般说，被陈青按住，只把臀儿略起了一起，腰儿略曲了一曲，也算受他半礼了。那小学生又向朱世远叫声伯伯，作揖下去。朱世远还礼时，陈青却是对坐，隔了一张棋卓，不便拖拽，只得也作揖相陪。小学生见过了二位尊客，才到父亲跟前唱喏，立起身来，禀道："告爹爹：明日是重阳节日，先生放学回去了，直过两日才来。分付孩儿回家，不许玩耍，限着书，还要读哩。"说罢，在椅子上取了书包，端端正正，走进内室去了。

王三老和朱世远见那小学生行步舒徐，语音清亮，且作揖次第，甚有礼数，口中夸奖不绝。王三老便问："令郎几岁了？"陈青答应道："是九岁。"王三老道："想着昔年汤饼会时⑥，宛如昨日。倏忽之间，已是九年，真个光阴似箭，争教我们不老！"又问朱世远道："老汉记得宅上令爱也是这年生的。"朱世远道："果然，小女多福，如今也是九岁了。"王三老道："莫怪老汉多口，你二人做了一世的棋友，何不扳做儿女亲家？古时有个朱陈村，一村中只有二姓，世为婚姻。如今你二人之姓，适然相符，应是天缘。况且好男好女，你知我见，有何不美？"朱世远已自看上了小学生，不等陈青开口，先答应道："此事最好！只怕陈兄不愿。若肯俯就，小子再无别言。"陈青道："既蒙朱兄不弃寒微，小子是男家，有何推托？就烦三老作伐。"王三老道："明日是个重阳日，阳九不利。后日大好个日子，老夫便当登门。今日一言为定，出自二位本心。老汉只图吃几杯见成喜酒，不用谢媒。"陈青道："我说个笑话你听：玉皇大帝要与人皇对亲，商量道：两亲家都是皇帝，也须是个皇帝为媒才好，乃请灶君皇帝往下界去说亲。人皇见了灶君，大惊道：'那做媒的怎的这般样黑？'灶君道：'从来媒人那有白做的！'"王三老和朱世远都笑起来。朱陈二人又下棋到晚方散。

只因一局输赢子，定了三生男女缘。

⑥汤饼会：生下孩子三天举行的宴会，吃汤饼，取长寿之意，也叫作汤饼宴。

次日，重阳节无话。到初十日，王三老换了一件新开折的色衣，到朱家说亲。朱世远已自与浑家柳氏说过，夸奖女婿许多好处。是日一诺无辞，财礼并不计较。他日嫁送，称家之有无，各不责备便了。王三老即将此言回覆陈青。陈青甚喜，择了个和合吉日⑦，下礼为定。朱家将庚帖回来，吃了一日喜酒。从此亲家相称，依先下棋来往。

⑦和合：神名，宋代称作“万回哥哥”，俗传为团圆欢喜之神，所以在婚礼时祭他。这里是说和谐好合，是结婚的好日子。

时光迅速，不觉过了六年。陈多寿年一十五岁，经书皆通。指望他应试，登科及第，光耀门楣。何期运限不佳，忽然得了个恶症，叫做癞。初时只道疥癣，不以为意。一年之后，其疾大发，形容改变，弄得不像模样了：

肉色焦枯，皮毛皴裂。浑身毒气，发成斑驳奇疮；遍体虫钻，苦杀晨昏怪痒。任他凶疥癣，只比三分；不是大麻疯，居然一样。粉孩儿变作虾蟆相，少年郎活像老龟头。搔爬十指带脓腥，龌龊一身皆恶臭。

陈青单单生得这个儿子，把做性命看成，见他这个模样，如何不慌？连象棋也没心情下了。求医问卜，烧香还愿，无所不为。整整的乱了年，费过了若干钱钞，病势不曾减得分毫。老夫妻两口愁闷，自不必说。朱世远为着半子之情，也一般着忙，朝暮问安，不离门限。延捱过三年之外，绝无个好消息。

朱世远的浑家柳氏，闻知女婿得个恁般的病症，在家里哭哭啼啼，抱怨丈夫道：“我女儿又不腌臭起来，为甚忙忙的九岁上就许了人家？如今却怎么好！索性那癞虾蟆死了，也出脱了我女儿。如今死不死，活不活，女孩儿年纪看看长成，嫁又嫁他不得，赖又赖他不得，终不然看着那癞子守活孤孀不成！这都是王三那老乌龟，一力撺掇，害了我女儿终身！”把王三老千乌龟、万乌龟的骂，哭一番，骂一番。朱世远原有怕婆之病，凭他夹七夹八，自骂自止，并不敢开言。一日，柳氏偶然收拾橱柜子，看见了象棋盘和那棋子，不觉勃然发怒，又骂起丈夫来，道：“你两个老忘八，只为这几着象棋上说得着，对了亲，赚了我女儿，还要留这祸胎怎的！”一头说，一头走到门前，把那象棋子乱撒在

街上，棋盘也掼做几片[8]。朱世远是本分之人，见浑家发性，拦他不住，洋洋的躲开去了。女儿多福又怕羞，不好来劝，任他絮聒个不耐烦，方才罢休。

⑧ 掼（guàn）：方言，相当于北方话的“摔”，指用力丢东西。

自古道：“隔墙须有耳，窗外岂无人。”柳氏镇日在家中骂媒人，骂老公，陈青已自晓得些风声，将信未信。到满街撒了棋子，是甚意故，陈青心下了了。与浑家张氏两口儿商议道：“以己之心，度人之心。我自家晦气，儿子生了这恶疾，眼见得不能痊可，却教人家把花枝般女儿伴这癞子做夫妻，真是罪过，料女儿也必然怨伤。便强他进门，终不和睦，难指望孝顺。当初定这房亲事，都是好情，原不曾费甚大财。千好万好，总只一好，有心好到底了，休得为好成歉。从长计较，不如把媳妇庚帖送还他家，任他别缔良姻。倘然皇天可怜，我孩儿有病痊之日，怕没有老婆？好歹与他定房亲事。如今害得人家夫妻反目，哭哭啼啼，絮絮聒聒，我也于心何忍。”计议已定，忙到王三老家来。

王三老正在门首，同几个老人家闲坐白话，见陈青到，慌忙起身作揖，问道：“令郎两日尊恙好些么？”陈青摇首道：“不济。正有句话，要与三老讲，屈三老到寒舍一行。”王三老连忙随着陈青到他家座启内，分宾坐下。献茶之后，三老便问：“大郎有何见教？”陈青将自己坐椅挪近三老，四膝相凑，吐露衷肠。先叙了儿子病势如何的利害，次叙着朱亲家夫妇如何的抱怨。这句话王三老却也闻知一二，口中只得包慌⑨：“只怕没有此事。”陈青道：“小子岂敢乱言？今日小子到也不怪敝亲家，只是自己心中不安，情愿将庚帖退还，任从朱宅别选良姻。此系两家稳便，并无勉强。”王三老道：“只怕使不得！老汉只管撮合，哪有拍开之理？足下异日翻悔之时，老汉却当不起。”陈青道：“此事已与拙荆再四商量过了，更无翻悔。就是当先行过些须薄礼，也不必见还。”王三老道：“既然庚帖返去，原聘也必然还璧。但吉人天相，令郎尊恙，终有好日，还要三思而行。”陈青道：“就是小儿侥幸脱体，也是水底捞针，不知何日到手，岂可担搁人家闺女？”说罢，袖中取出庚帖，递与王三老，眼中不觉流下泪来。王三老亦自惨然，道：“既是大郎主意已定，老汉只得奉命而行。然虽如此，料令亲家是达礼之人，必然不允。”陈青收泪而答道：“今回是陈某自己情愿，并非舍亲家相逼。若舍亲家踌躇之际，全仗三老撺掇一声，说陈某中心计较，不是虚情。”三老连声道：“领命，领命！”

⑨包慌：包涵，遮饰。

当下起身，到于朱家。朱世远迎接，讲礼而坐。未及开言，朱世远连声唤茶。这也有个缘故，那柳氏终日在家中千乌龟、万乌龟指名骂媒人，王三老虽然不闻，朱世远却于心有愧，只恐三老见怪，所以殷勤唤茶。谁知柳氏恨杀王三老做错了媒，任丈夫叫唤，不肯将茶出来。此乃妇人小见。坐了一会，王三老道：“有句不识进退的话，特来与大郎商量。先告过，切莫见怪。”原来朱世远也是行一，里中都称他做朱大郎。朱世远道：“有话尽说。你老人家有甚差错，岂有见怪之理？”王三老方才把陈青所言退亲之事，备细说了一遍：“此乃令亲家主意，老汉但传言而已，但凭大郎主张。”朱世远终日被浑家聒絮得不耐烦，也巴不能个一搠两开。只是自己不好启齿，得了王三老这句言语，分明是朝廷新颁下一道赦书，如何不喜？当下便道：“虽然陈亲家贤哲，诚恐后来翻悔，反添不美。”王三老道：“老汉都曾讲过。他主意已决，不必怀疑。宅上庚帖，亦交付在此，大郎请收过。”朱世远道：“聘礼未还，如何好收他的庚帖？”王三老道：“他说些须薄聘，不须提起。是老汉多口，说道：既然庚帖返去，原聘必然返璧。”朱世远道：“这是自然之理。先曾受过他十二两银子，分毫不敢短少。还有银钗二股，小女收留，容讨出一并奉还。这庚帖权收在你老人家处。”王三老道：“不妨事，就是大郎收下。老汉暂回，明日来领取聘物。却到令亲处回话。”说罢分别。有诗为证：

月老系绳今又解，冰人传语昔皆讹。

分宜好个王三老，成也萧何败也何⑩。

⑩成也萧何败也何：汉高祖刘邦任命韩信为大将，是因为萧何的推荐，后来吕后设计杀害韩信，也是萧何设谋的，所以民间有这样的说法。

朱世远随即入内，将王三老所言退亲之事，述与浑家知道。柳氏喜不自胜，自已私房银子也搜刮将出来，把与丈夫，凑足十二两之数。却与女孩儿多福讨那一对银钗。

却说那女儿虽然不读诗书，却也天生志气。多时听得母亲三言两语，絮絮聒聒，已自心慵意懒。今日与他讨取聘钗，明知是退亲之故，并不答应一字，径走进卧房，闭上门儿，在里面啼哭。朱世远终是男子之辈，见貌辨色，已知女孩儿心事，对浑家道：“多福心下不乐，想必为退亲之故。你须慢慢偎他[11]，不可造次。万一逼得他紧，做出些没下稍勾当，悔之何及！”柳氏听了丈夫言语，真个去敲那女儿的房门，低声下气的叫道：“我儿，钗子肯不肯由你，何须使性！你且开了房门，有话时，好好与做娘的讲。做娘的未必不依你。”那女儿初时不肯开门，柳氏连叫了几次，只得拔了门揎[12]，叫声：“开在这里了。”自向兀子上气忿忿的坐了。

⑪偎：接近，劝说，用软功夫磨。

⑫揎（shuān）：即“闩”字。

柳氏另掇个兀子傍着女儿坐了，说道：“我儿，爹娘为将你许错了对头，一向愁烦。喜得男家愿退，许了一万个利市，求之不得。那癞子终无好日，可不误了你终身之事。如今把聘钗还了他家，恩断义绝。似你恁般容貌，怕没有好人家来求你？我儿休要执性，快把钗儿出来还了他罢！”女儿全不做声，只是流泪。柳氏偎了半晌，看见女儿如此模样，又款款的说道：“我儿，做爹娘的都只是为好，替你计较。你愿与不愿，直直的与我说，恁般自苦自知，教爹娘如何过意。”女儿恨穷道：“为好，为好！要讨那钗子也尚早！”柳氏道：“呵呀！两股钗儿，连头连脚，也重不上二三两，甚么大事。若另许个富家，金钗玉钗都有。”女儿道：“那希罕金钗玉钗！从没见好人家女子吃两家茶。贫富苦乐，都是命中注定。生为陈家妇，死为陈家鬼，这银钗我要随身殉葬的，休想还他！”说罢，又哀哀的哭将起来。柳氏没奈何，只得对丈夫说，女儿如此如此：“这门亲多是退不成了。”朱世远与陈青肺腑之交，原不肯退亲，只为浑家絮聒不过，所以巴不得撇开，落得耳边清净。谁想女儿恁般烈性，又是一重欢喜，便道：“恁的时，休教苦坏了女孩儿。你与他说明，依旧与陈门对亲便了。”柳氏将此言对女儿说了，方才收泪。正是：

三冬不改孤松操，万苦难移烈女心。

当晚无话。次日，朱世远不等王三老到来，却自己走到王家，把女

儿执意不肯之情，说了一遍，依旧将庚帖送还。王三老只称：“难得，难得！”随即往陈青家回话，如此这般。陈青退此亲事，十分不忍，听说媳妇守志不从，愈加欢喜，连连向王三老作揖道：“劳动，劳动⑬！然虽如此，只怕小儿病症不痊，终难配合。此事异日还要烦三老开言。”王三老摇手道：“老汉今番说了这一遍，以后再不敢奉命了。”闲话休题。

⑬劳动：意即劳驾。

却说朱世远见女儿不肯悔亲，在女婿头上愈加着忙，各处访问名医国手，赔着盘缠，请他来看治。那医家初时来看，定说能医，连病人服药，也有些兴头。到后来不见功效，渐渐的懒散了。也有讨着荐书到来，说大话，夸大口，索重谢，写包票，都只有头无尾。日复一日，不觉又捱了二年有馀。医家都说是个痼疾，医不得的了。

多寿叹口气，请爹妈到

来，含泪而言道："丈人不允退亲，访求名医用药，只指望我病有痊可之期。如今服药无效，眼见得没有好日。不要赚了人家儿女。孩儿决意要退这头亲事了。"陈青道："前番说了一场，你丈人丈母都肯，只是你媳妇执意不从，所以又将庚帖送来。"多寿道："媳妇若晓得孩儿愿退，必然也放下了。"妈妈张氏道："孩儿，且只照顾自家身子，休牵挂这些闲事！"多寿道："退了这头亲，孩儿心下到放宽了一件。"陈青道："待你丈人来时，你自与他讲便了。"说犹未了，丫鬟报道："朱亲家来看女婿。"妈妈躲过。陈青邀入内书房中，多寿与丈人相见，口中称谢不尽。朱世远见女婿三分像人，七分像鬼，好生不悦。茶罢，陈青推故起身。多寿吐露衷肠，说起自家病势不痊，难以完婚，决要退亲之事，袖中取出柬帖一幅，乃是预先写下的四句诗。朱世远展开念道：

命犯孤辰恶疾缠⑭，好姻缘是恶姻缘。

今朝撒手红丝去，莫误他人美少年。

⑭孤辰：古代迷信星相方士的术语，即孤虚，又称为"空亡"。据说，命里犯了孤虚结婚就不吉利。

原来朱世远初次退亲，甚非本心，只为浑家逼迫不过。今番见女婿恁般病体，又有亲笔诗句，口气决绝，不觉也动了这个念头。口里虽道："说那里话！还是将息贵体要紧。"却把那四句诗褶好，藏于袖中，即便抽身作别。陈青在坐启下接着，便道："适才小儿所言，出于至诚，望亲家委曲劝谕令爱俯从则个。庚帖仍旧奉还。"朱世远道："既然贤乔梓谆谆分付⑮，权时收下，再容奉复。"陈青送出门前。

⑮贤乔梓：贤父子，对人家父子的敬称。

朱世远回家，将女婿所言与浑家说了。柳氏道："既然女婿不要媳妇时，女孩儿守他也是扯淡。你把诗意解说与女儿听，料他必然回心转意。"朱世远真个把那柬帖递与女儿，说："陈家小官人病体不痊，亲自向我说，决要退婚。这四句诗便是他的休书了。我儿也自想终身之事，休得执迷！”多福看了诗句，一言不发，回到房中，取出笔砚，就在那诗后也写四句：

运蹇虽然恶疾缠，姻缘到底是姻缘。

从来妇道当从一，敢惜如花美少年。

自古道：“好事不出门，恶事扬千里。”只为陈小官自家不要媳妇，亲口回绝了丈人。这句话就传扬出去，就有张家嫂，李家婆，一班靠撮合山养家的，抄了若干表号，到朱家议亲。说的都是名门富室，聘财丰盛。虽则媒人之口，不可尽信，却也说得柳氏肚里热蓬蓬的，分明似钱玉莲母亲⑯，巴不得登时撇了王家，许了孙家。谁知女儿多福心如铁石，并不转移。看见母亲好茶好酒款待媒人，情知不为别件。丈夫病症又不痊，爹妈又不容守节，左思右算，不如死了干净。夜间灯下取出陈小官诗句，放在卓上，反复看了一回，约莫哭了两个更次，乘爹妈睡熟，解下束腰的罗帕，悬梁自缢。正是：

三寸气在千般用，一日无常万事休。

⑯钱玉莲：戏剧《荆钗记》中的女主角。戏中写的是宋代王十朋与钱玉莲夫妻悲欢离合的故事。下文中的“孙家”，即戏中想强娶钱玉莲的富豪孙汝权家。

此际已是三更时分。也是多福不该命绝，朱世远在睡梦之中，恰像有人推醒，耳边只闻得女儿呜呜的哭声，吃了一惊，擦一擦眼睛，摇醒浑家，说道：“适才闻得女孩儿啼哭，莫非做出些事来？且去看他一看。”浑家道：“女孩儿好好的睡在房里，你却说鬼话。要看时，你自去看，老娘要睡觉哩。”朱世远披衣而起，黑暗里开了房门，摸到女儿卧房门首，双手推门不开。连唤几声，女孩儿全不答应。只听得喉间痰响，其声异常。当下心慌，尽生平之力，一脚把房门踢开，已见卓上残灯半明不灭，女儿悬梁高挂，就如走马一般，团团而转。朱世远吃这一惊非小，忙把灯儿剔明，高叫：“阿妈快来，女孩儿缢死了！”柳氏梦中听得此言，犹如冷雨淋身，穿衣不及，驮了被儿，就哭儿哭肉的跑到女儿房里来。

朱世远终是男子汉，有些智量，早已把女儿放下，抱在身上，将膝盖紧紧的抵住后门，缓缓的解开颈上的死结，用手轻摩。柳氏一头打寒颤，一头叫唤。约莫半个时辰，渐渐魄返魂回，微微转气。柳氏口称谢天谢地，重到房中穿了衣服，烧起热水来，灌下女儿喉中，渐渐苏醒。睁开双眼，看见爹妈在前，放声大哭。爹妈道："我儿！蝼蚁尚且贪生，怎的做此短见之事？"多福道："孩儿一死，便得完名全节，又唤转来则甚？就是今番不死，迟和早少不得是一死，到不如放孩儿早去，也省得爹妈费心。譬如当初不曾养孩儿一般。"说罢，哀哀的哭之不已。朱世远夫妻两口，再三劝解不住，无可奈何。

比及天明，朱世远教浑家窝伴女儿在床眠息⑰，自己径到城隍庙里去抽签。签语云：

时运未通亨，年来祸害侵。

云开终见日，福寿自天成。

⑰窝伴：安慰、作伴，带有监视防范的意思。

细详签意，前二句已是准了。第三句"云开终见日"，是否极泰来之意。末句"福寿自天成"，女儿名多福，女婿名多寿，难道陈小官人病势还有好日？一夫一妇，天然成配？心中好生委决不下，回到家中。浑家兀自在女儿房里坐着，看见丈夫到来，慌忙摇手道："不要则声！女儿才停了哭，睡去了。"朱世远夜来剔灯之时，看见卓上一副柬帖，无暇观看。其时取而观之，原来就是女婿所写的诗句，后面又有一诗，认得女儿之笔。读了一遍，叹口气道："真烈女也！为父母者，正当玉成其美，岂可以非理强之！"遂将城隍庙签词，说与浑家道："福寿天成，神明默定。若私心更改，皇天必不护祐。况女孩儿吟诗自誓，求死不求生。我们如何看守得他了日？倘然一个眼趖⑱，女儿死了时节，空负不义之名，反作一场笑话。据吾所见，不如把女儿嫁与陈家，一来表得我们好情，二来遂了女儿之意，也省了我们干纪。不知妈妈心下如何？"柳氏被女儿吓坏了，心头兀自突突的跳，便答应道："随你作主，

我管不得这事!”朱世远道：“此事还须央王三老讲。”

⑱ 一个眼趖（cuò）：一不留神。

事有凑巧，这里朱世远走出门来，恰好王三老在门道走过。朱世远就迎住了，请到家中坐下，将前后事情，细细述了一遍：“如今欲把女儿嫁去，专求三老一言。”王三老道：“老汉曾说过，只管撮合，不管撒开。今日大郎所言，是仗义之事，老汉自当效劳。”朱世远道：“小女儿见了小婿之诗，曾和得一首，情见乎词。若还彼处推托，可将此诗送看。”王三老接了柬帖，即便起身。只为两亲家紧对门居住，左脚跨出了朱家，右脚就跨进了陈家，甚是方便。

陈青听得王三老到来，只认是退亲的话，慌忙迎接问道：“三老今日光降，一定朱亲家处有言。”王三老道：“正是。”陈青道：“今番退亲，出于小儿情愿，亲家那边料无别说。”王三老道：“老汉今日此来，不是退亲，到是要做亲。”陈青道：“三老休要取笑。”王三老就将朱宅女儿如何寻死，他爹妈如何心慌，“留女儿在家，恐有不测，情愿送来伏侍小官人。老汉想来，此亦两便之事。令亲家处脱了干纪，获其美名。你贤夫妇又得人帮助，令郎早晚也有个着意之人照管，岂不美哉。”陈青道：“虽承亲家那边美意，还要问小儿心下允否？”王三老就将柬帖所和诗句呈于陈青，道：“令媳和得有令郎之诗。他十分性烈，令郎若不允从，必然送了他性命，岂不可惜！”陈青道：“早晚便来回复。”

当下陈青先与浑家张氏商议了一回，道：“媳妇如此性烈，必然贤孝。得他来贴身看觑，夫妇之间，比爹娘更觉周备。万一度得个种时，就是孩儿无命，也不绝了我陈门后代。我两个做了主，不怕孩儿不依。”当下双双两口，到书房中，对儿子多寿说知此事。多寿初时推却，及见了所和之诗，顿口无言。陈青已知儿子心肯，回复了王三老，择卜吉日，又送些衣饰之类。那边多福知是陈门来娶，心安意肯。至期，笙箫鼓乐，娶过门来。街坊上听说陈家癞子做亲，把做新闻传说道：“癞蛤蟆也有吃天鹅肉的日子。”又有刻薄的闲汉，编为口号四句：

伯牛命短偏多寿[19]，娇香女儿偏逐臭。

红绫被里合欢时，粉花香与脓腥斗。

⑲伯牛命短：冉耕，字伯牛，春秋时人，孔子的弟子。有德行，而患有恶疾，孔子叹息说：“斯人也，而有斯疾也。”

闲话休题。却说朱氏自过门之后，十分和顺。陈小官人全得他殷勤伏侍。怎见得：

着意殷勤，尽心伏侍。熬汤煎药，果然味必亲尝；早起夜眠，真个衣不解带。身上东疼西痒，时时抚摩；衣裳血臭脓腥，勤勤煎洗。分明傅母育娇儿，只少开胸喂乳；又似病姑逢孝妇，每思割股烹羹。雨云休想欢娱，岁月岂辞劳苦。唤娇妻有名无实，怜美妇少乐多忧。

如此两年，公姑无不欢喜。只是一件，夫妇日间孝顺无比，夜里各被各枕，分头而睡，并无同衾共枕之事。张氏欲得他两个配合雌雄，却又不好开言。忽一日进房，见媳妇不在，便道："我儿，你枕头龌龊了，我拿去与你拆洗。"又道："被儿也龌龊了。"做一包儿卷了出去，只留一床被，一个枕头在床。明明要他夫妇二人共枕同衾、生儿度种的意思。

谁知他夫妇二人，肚里各自有个主意。陈小官人肚里道："自己十死九生之人，不是个长久夫妻，如何又去污损了人家一个闺女？"朱小娘子肚里又道："丈夫恁般病体，血气全枯，怎禁得女色相侵？"所以一向只是各被各枕，分头而睡。是夜只有一床被，一个枕，却都是朱小娘子的卧具。每常朱小娘子伏侍丈夫先睡，自己灯下还做针指，直待公婆都睡了，方才就寝。当夜多寿与母亲取讨枕被，张氏推道："浆洗未干，胡乱同宿一夜罢。"朱氏将自己枕头让与丈夫安置。多寿又怕污了妻子的被窝，和衣而卧，多福亦不解衣，依旧两头各睡。次日，张氏晓得了，反怪媳妇做格[20]，不去勾搭儿子干事，把一团美意，看做不良之心，捉鸡骂狗，言三语四，影射的发作了一场。朱氏是个聪明女子，有何难解？惟恐伤了丈夫之意，只做不知，暗暗偷泪。陈小官人也理会得了几分，甚不过意。

⑳做格：做作，摆架子。

如此又捱过了一个年头。当初十五岁上得病，十六岁病凶，十九岁上退亲不允，二十一岁上做亲。自从得病到今，将近十载，不生不死，甚是闷人。闻得江南新到一个算命的瞎子，叫做"灵先生"，甚肯直言，央他推算一番，以决死期远近。原来陈多寿自得病之后，自嫌丑陋，不甚出门。今日特为算命，整整衣冠，走到灵先生铺中来。那先生排成八字，推了五星运限，便道："这贵造是宅上何人[21]？先告过了，若不见怪，方敢直言。"陈小官人道："但求据理直言，不必忌讳。"先生道："此造四岁行运，四岁至十三，童限不必说起，十四岁至二十三，此十年大忌，该犯恶疾，半死不生。可曾见过么？"陈小官人道："见过了。"先生道："前十年，虽是个水缺，还跳得过。二十四到三十三，这一运更不好。船遇危波亡桨舵，马逢峭壁断缰绳，此乃天折之命。有好八字再算一个，此命不足道也！”小官人闻言，惨然无语。忙把命金送与先生，作别而行。腹内寻思，不觉泪下。想着：“那先生算我前十年已自准了，后十年运限更不好，一定是难过。我死不打紧，可怜贤德娘子伏侍了我三年，并无一宵之好。如今又连累他受苦怎的？我今苟延性命，与死无二，便多活几年，没甚好处。不如早早死了，出脱了娘子。也得他趁少年美貌，别寻头路。”此时便萌了个自尽之念。顺路到生药铺上，赎了些砒霜，藏在身边。

㉑贵造：称人的生辰八字的敬语。

回到家中，不题起算命之事。至晚上床，却与朱氏叙话道：“我与你九岁上定亲，指望长大来夫唱妇随，生男生女，把家当户。谁知得此恶症，医治不痊。惟恐担误了娘子终身，两番情愿退亲。感承娘子美意不允，拜堂成亲。虽有三年之外，却是有名无实。并不敢污损了娘子玉体，这也是陈某一点存天理处。日后陈某死了，娘子别选良缘，也教你说得嘴响，不累你叫做二婚之妇。”朱氏道：“官人，我与你结发夫妻，苦乐同受。今日官人患病，即是奴家命中所招。同生同死，有何理说！别缔良姻这话，再也休题。”陈小官人道：“娘子烈性如此。但你我相守，终非长久之计。你伏事我多年，夫妻之情，已自过分。此恩料今生不能补报，来生定有相会之日。”朱氏道：“官人怎说这伤心话儿？夫妻之间，说甚补报？”两个你对我答，足足的说了半夜方睡。正是：

夫妻只说三分话，今日全抛一片心。

次日，陈小官人又与父母叙了许多说话，这都是办了个死字，骨肉之情，难割难舍的意思。看看至晚，陈小官人对朱氏说：“我要酒吃。”朱氏道：“你闲常怕发痒，不吃酒。今日如何要吃？”陈小官人道：“我今日心上有些不爽快，想酒，你与我热些烫一壶来。”朱氏为他夜来言语不详，心中虽然疑惑，却不想到那话儿。当下问了婆婆讨了一壶上好酽酒，烫得滚热，取了一个小小杯儿，两碟小菜，都放在卓上。陈小官

人道："不用小杯，就是茶瓯吃一两瓯，到也爽利。"朱氏取了茶瓯，守着要斟。陈小官人道："慢着，待我自斟。我不喜小菜，有果子讨些来下酒。"把这句话遣开了朱氏，揭开了壶盖，取出包内砒霜，向壶中一倾，忙斟而饮。朱氏走了几步，放心不下，回头一看，见丈夫手慌脚乱，做张做智，老大疑惑，恐怕有些跷蹊。慌忙转来，已自呷一碗，又斟上第二碗。朱氏见酒色不佳，按住了瓯子，不容丈夫上口。陈小官人道："实对你说，这酒内下了砒霜。我主意要自尽，免得累你受苦。如今已吃下一瓯，必然无救。索性得我尽醉而死，省得费了工夫。"说罢，又夺第二瓯去吃了。朱氏道："奴家有言在前，与你同生同死。既然官人服毒，奴家义不独生。"遂抢酒壶在手，骨都都吃个罄尽[22]。此时陈小官人腹中作耗[23]，也顾不得浑家之事。须臾之间，两个做一对儿跌倒。时人有诗叹此事云：

病中只道欢娱少，死后方知情义深。

相爱相怜相殉死，千金难买两同心。

㉒骨都都：象声词，形容喝酒很急的声音。

㉓作耗：有响动，作怪，这里指疼痛。

却说张氏见儿子要吃酒，装了一碟巧糖，自己送来。在房门外，便听得服毒二字，吃了一惊，三步做两步走。只见两口儿都倒在地下，情知古怪，着了个忙，叫起屈来。陈青走到，见酒壶里面还剩有砒霜。平昔晓得一个单方，凡服砒霜者，将活羊杀了，取生血灌之，可活。也是二人命中有救，恰好左邻是个卖羊的屠户，连忙唤他杀羊取血。此时朱世远夫妇都到了。陈青夫妇自灌儿子，朱世远夫妇自灌女儿。两个亏得灌下羊血，登时呕吐，方才苏醒。馀毒在腹中，兀自皮肤迸裂，流血不已。调理月馀，方才饮食如故。

有这等异事！朱小娘子自不必说，那陈小官人害了十年癞症，请了若干名医，用药全无功效。今日服了毒酒，不意中，正合了以毒攻毒这句医书，皮肤内迸出了许多恶血，毒气泄尽，连癞疮渐渐好了。比及将息平安，疮痂脱尽，依旧头光面滑，肌细肤荣。走到人前，连自己爹娘都不认得。分明是脱皮换骨，再投了一个人身。此乃是个义夫节妇一片心肠，感动天地，所以毒而不毒，死而不死，因祸得福，破泣为笑。城隍庙签诗所谓“云开终见日，福寿自天成”，果有验矣。陈多寿夫妇俱往城隍庙烧香拜谢，朱氏将所聘银钗布施作供。王三老闻知此事，率了三邻四舍，提壶挈盒，都来庆贺，吃了好几日喜酒。

陈多寿是年二十四岁，重新读书，温习经史。到三十三岁登科，三十四岁及第。灵先生说他十年必死之运，谁知一生好事，偏在这几年之中。从来命之理微，常人岂能参透？言祸言福，未可尽信也。再说陈青和朱世远从此亲情愈高，又下了几年象棋，寿并八十馀而终。陈多寿官至佥宪[24]，朱氏多福，恩爱无比，生下一双儿女，尽老百年。至今子孙繁盛。这回书唤作《生死夫妻》。诗曰：

从来美眷说朱陈，一局棋枰缔好姻。

只为二人多节义，死生不解赖神明。

㉔佥宪：古时称御史为宪台。明代地方大僚往往带有佥都御史的官衔，佥宪即左右佥都御史的泛称。

七 苏小妹三难新郎

【精要简介】

本篇讲述的是苏轼之妹苏小妹三难新郎秦观的故事，作者浓墨重彩地描写了苏小妹的才华横溢、文思敏捷。

【原文鉴赏】

聪明男子做公卿，女子聪明不出身。

若许裙钗应科举，女儿那见逊公卿。

自混沌初辟，乾道成男，坤道成女，虽则造化无私，却也阴阳分位：阳动阴静，阳施阴受，阳外阴内。所以男子主四方之事，女子主一室之事。主四方之事的，顶冠束带，谓之丈夫；出将入相，无所不为，须要博古通今，达权知变。主一室之事的，三绺梳头，两截穿衣。一日之计，止无过饔飧井臼；终身之计，止无过生男育女。所以大家闺女，虽曾读书识字，也只要他识些姓名，记些帐目。他又不应科举，不求名誉，诗文之事，全不相干。然虽如此，各人资性不同。有等愚蠢的女子，教他识两个字，如登天之难。有等聪明的女子，一般过目成诵，不教而能。吟诗与李、杜争强[①]，作赋与班、马斗胜[②]。这都是山川秀气，偶然不钟于男而钟于女。且如汉有曹大家[③]，他是个班固之妹，代兄续成汉史。又有个蔡琰[④]，制《胡笳十八拍》，流传后世。晋时有个谢道韫[⑤]，与诸兄咏雪，有柳絮随风之句，诸兄都不及他。唐时有个上官婕妤[⑥]，中宗皇帝教他品第朝臣之诗，臧否一一不爽。至于大宋妇人，出色的更多。就中单表一个叫作李易安[⑦]，一个叫作朱淑真[⑧]。他两个都是闺阁文章之伯，女流翰苑之才。论起相女配夫，也该对个聪明才子。

争奈月下老错注了婚籍，都嫁了无才无学之人，每每怨恨之情，形于笔札。有诗为证：

鸥鹭鸳鸯作一池，曾知羽翼不相宜！

东君不与花为主[9]，何似休生连理枝！

①李、杜：李白、杜甫，唐代的两个大诗人。

②班、马：班固、司马相如，汉代的两个文学家，善于作辞赋。

③曹大家（gū）：即班昭（约45—约117年），班固之妹，曹世叔的妻子。班固著《汉书》，未及完成，因受牵连，死于狱中，她代为续成。汉和帝请她到宫里做后妃们的老师，尊称为“大家”。

④蔡琰：东汉时人，蔡邕的女儿，博学多才。汉末丧乱，曾被匈奴人掳去，十二年后曹操派人把她赎回。相传，《胡笳十八拍》琴曲是她作的。

⑤谢道韫（yùn）：晋代人，谢奕的女儿，有才名。一天大雪，她的叔父谢安与谢家儿女们谈文章，雪下得大了，谢安问：“白雪纷纷何所似？”她兄弟说：“撒盐空中差可拟。”谢道韫说：“未若柳絮因风起。”一般都认为谢道韫的比拟尤胜。

⑥上官婕妤：即上官婉儿，很有文才，善于作诗。武则天称帝时，上官宫中制诰过年，有“巾帼宰相”之名。婕妤，宫中女官名。

⑦李易安：李清照（1084—1155年），号易安居士，齐州章丘（今属山东）人，赵明诚的妻子，宋代著名的女词人，著有《漱玉词》。

⑧朱淑真：宋代女词人，钱塘人，嫁与文法小吏，志趣不合，常怀忧怨，著有诗集《断肠集》。

⑨东君：司春之神。

那李易安有《伤秋》一篇，调寄《声声慢》：

寻寻觅觅，冷冷清清，凄凄惨惨戚戚。乍暖还寒时候，正难将息。三杯两杯淡酒，怎敌他晚来风力？雁过也，总伤心，却是旧时相识。

满地黄花堆积，憔悴损，如今有谁忺摘。守着窗儿，独自怎生得黑？更兼细雨，到黄昏，点点滴滴，这次第，怎一个愁字了得！

朱淑真时值秋间，丈夫出外，灯下独坐无聊，听得窗外雨声滴点，吟成一绝：

哭损双眸断尽肠，怕黄昏到又昏黄。

那堪细雨新秋夜，一点残灯伴夜长！

后来刻成诗集一卷，取名《断肠集》。

说话的，为何单表那两个嫁人不着的？只为如今说一个聪明女子，嫁着一个聪明的丈夫，一唱一和，遂变出若干的话文。正是：

说来文士添佳兴，道出闺中作美谈。

话说四川眉州，古时谓之蜀郡，又曰嘉州，又曰眉山。山有蟇颐、峨眉，水有岷江、环湖。山川之秀，钟于人物，生出个博学名儒来，姓苏，名洵，字明允，别号老泉。当时称为老苏。老苏生下两个孩儿，大苏小苏。大苏名轼，字子瞻，别号东坡；小苏名辙，字子由，别号颍滨。二子都有文经武纬之才，博古通今之学，同科及第，名重朝廷，俱拜翰林学士之职。天下称他兄弟，谓之二苏。称他父子，谓之三苏。这也不在话下。

更有一桩奇处，那山川之秀，偏萃于一门。两个儿子未为稀罕，又生个女儿，名曰小妹，其聪明绝世无双，真个闻一知二，问十答十。因他父兄都是个大才子，朝谈夕讲，无非子史经书，目见耳闻，不少诗词歌赋。自古道："近朱者赤，近墨者黑。"况且小妹资性过人十倍，何事不晓。十岁上随父兄居于京师寓中，有绣球花一树，时当春月，其花盛开。老泉赏玩了一回，取纸笔题诗，才写得四句，报说："门前客到！"老泉阁笔而起。小妹闲步到父亲书房之内，看见桌上有诗四句：

天巧玲珑玉一丘，迎眸烂熳总清幽。

白云疑向枝间出，明月应从此处留。

小妹览毕，知是咏绣球花所作，认得父亲笔迹，遂不待思索，续成后四句云：

瓣瓣折开蝴蝶翅，团团围就水晶球。

假饶借得香风送，何羡梅花在陇头。

小妹题诗依旧放在卓上，款步归房。老泉送客出门，复转书房，方欲续完前韵，只见八句已足，读之词意俱美。疑是女儿小妹之笔，呼而问之，写作果出其手。老泉叹道："可惜是个女子！若是个男儿，可不又是制科中一个有名人物！"自此愈加珍爱其女，恣其读书博学，不复以女工督之。看看长成一十六岁，立心要妙选天下才子，与之为配。急切难得。

忽一日，宰相王荆公着堂候官请老泉到府与之叙话。原来王荆公讳安石，字介甫。未得第时，大有贤名。平时常不洗面，不脱衣，身上虱子无数。老泉恶其不近人情，异日必为奸臣，曾作《辨奸论》以讥之，荆公怀恨在心。后来见他大苏、小苏连登制科，遂舍怨而修好。老泉亦因荆公拜相，恐妨二子进取之路，也不免曲意相交。正是：

古人结交在意气，今人结交为势利。

从来势利不同心，何如意气交情深。

是日，老泉赴荆公之召，无非商量些今古，议论了一番时事，遂取酒对酌，不觉忘怀酩酊。荆公偶然夸奖："小儿王雱，读书只一遍，便能背诵。"老泉带酒答道："谁家儿子读两遍!"荆公道："倒是老夫失言，不该班门弄斧。"老泉道："不惟小儿只一遍，就是小女也只一遍。"荆公大惊道："只知令郎大才，却不知有令爱。眉山秀气，尽属公家矣!"老泉自悔失言，连忙告退。荆公命童子取出一卷文字，递与老泉道："此乃小儿王雱窗课⑩，相烦点定。"老泉纳于袖中，唯唯而出。

⑩窗课：旧指私塾中学生练习作的诗文，这里单指文章。

回家睡至半夜，酒醒，想起前事："不合自夸女孩儿之才。今介甫将儿子窗课属吾点定⑪，必为求亲之事。这头亲事，非吾所愿，却又无计推辞。"沉吟到晓，梳洗已毕，取出王雱所作，次第看之，真乃篇篇锦绣，字字珠玑，又不觉动了个爱才之意："但不知女儿缘分如何？我如今将这文卷与女传观之，看他爱也不爱。"遂隐下姓名，分付丫鬟道："这卷文字，乃是个少年名士所呈，求我点定。我不得闲暇，转送与小姐，教他批阅，阅完时，速来回话。"丫鬟将文字呈上小姐，传达太老爷分付之语。小妹滴露研朱，从头批点，须臾而毕，叹道："好文字！此必聪明才了所作。但秀气泄尽，华而不实，恐非久长之器。"遂于卷面批云：

新奇藻丽，是其所长；含蓄雍容，是其所短。取巍科则有馀⑫，享大年则不足。

后来王雱十九岁中了头名状元，未几夭亡。可见小妹知人之明，这是后话。

⑪属：同"嘱"，嘱咐，嘱托。

⑫巍科：高中，高科，指科举考试名列前茅。

却说小妹写罢批语，叫丫鬟将文卷纳还父亲。老泉一见大惊："这批语如何回复得介甫！必然取怪。"一时污损了卷面，无可奈何，却好

堂候官到门："奉相公钧旨，取昨日文卷，面见太爷，还有话禀。"老泉此时，手足无措，只得将卷面割去，重新换过，加上好批语，亲手交堂候官收讫。堂候官道："相公还分付得有一言动问：贵府小姐曾许人否？倘未许人，相府愿谐秦晋。"老泉道："相府议亲，老夫岂敢不从。只是小女貌丑，恐不足当金屋之选[13]。相烦好言达上，但访问自知，并非老夫推托。"堂候官领命，回复荆公。荆公看见卷面换了，已有三分不悦。又恐怕苏小姐容貌真个不扬，不中儿子之意，密地差人打听。原来苏东坡学士，常与小妹互相嘲戏。东坡是一嘴胡子，小妹嘲云：

口角几回无觅处，忽闻毛里有声传。

小妹额颅凸起，东坡答嘲云：

未出庭前三五步，额头先到画堂前。

小妹又嘲东坡下颏之长云：

去年一点相思泪，至今流不到腮边。

东坡因小妹双眼微抠[14]，复答云：

几回拭脸深难到，留却汪汪两道泉。

⑬金屋之选：指聘定为媳妇。相传汉武帝刘彻小的时候，他姑母问他想不想要媳妇，并指着自己的女儿阿娇问他好不好，刘彻说："好！若得阿娇作妇，当作金屋贮之也。"阿娇就是汉武帝陈皇后。

⑭抠：这里同"眍"，形容眼眶凹进，深陷的样子。

访事的得了此言，回复荆公，说："苏小姐才调委实高绝，若论容貌，也只平常。"荆公遂将姻事阁起不题。

然虽如此，却因相府求亲一事，将小妹才名播满了京城。以后闻得相府亲事不谐，慕而来求者，不计其数。老泉都教呈上文字，把与女孩儿自阅。也有一笔涂倒的，也有点不上两三句的。就中只有一卷，文字做得好。看他卷面写有姓名，叫做秦观。小妹批四句云：

今日聪明秀才，他年风流学士。

可惜二苏同时，不然横行一世。

这批语明说秦观的文才在大苏小苏之间，除却二苏，没人及得。老泉看了，已知女儿选中了此人。分付门上："但是秦观秀才来时，快请相见。馀的都与我辞去。"

谁知众人呈卷的，都在讨信，只有秦观不到。却是为何？那秦观秀才字少游，他是扬州府高邮人。腹饱万言，眼空一世。生平敬服的，只有苏家兄弟，以下的都不在意。今日慕小妹之才，虽然衒玉求售，又怕损了自己的名誉，不肯随行逐队，寻消问息。老泉见秦观不到，反央人去秦家寓所致意。少游心中暗喜，又想道："小妹才名得十传闻，未曾面试，又闻得他容貌不扬，额颅凸出，眼睛凹进，不知是何等鬼脸？如何得见他一面，方才放心。"打听得三月初一日，要在岳庙烧香，趁此机会，改换衣装，觑个分晓。正是：

眼见方为的，传闻未必真。

若信传闻语，枉尽世间人。

从来大人家女眷入庙进香，不是早，定是夜。为甚么？早则人未来，夜则人已散。秦少游到三月初一日五更时分，就起来梳洗，打扮个游方道人模样：头裹青布唐巾，耳后露两个石碾的假玉环儿，身穿皂布道袍，腰系黄绦，足穿净袜草履，项上挂一串拇指大的数珠，手中托一个金漆钵盂，侵早就到东岳庙前伺候。

天色黎明，苏小姐轿子已到。少游走开一步，让他轿子入庙，歇于左廊之下。小妹出轿上殿，少游已看见了。虽不是妖娆美丽，却也清雅幽闲，全无俗韵："但不知他才调真正如何？"约莫焚香已毕，少游却循廊而上，在殿左相遇。少游打个问讯云：

小姐有福有寿，愿发慈悲。

小妹应声答云：

道人何德何能，敢求布施！

少游又问讯云：

愿小姐身如药树，百病不生。

小妹一头走，一头答应：

随道人口吐莲花，半文无舍。

少游直跟到轿前，又问讯云：

小娘子一天欢喜，如何撒手宝山⑮？

小妹随口又答云：

风道人恁地贪痴，那得随身金穴！

⑮撒手宝山：指一无所获，空手而归。

小妹一头说，一头上轿。少游转身时，口中喃出一句道："'风道人'得对'小娘子'，万千之幸！"小妹上了轿，全不在意。跟随的老院子却听得了⑯，怪这道人放肆，方欲回身寻闹，只见廊下走出一个垂髫的俊童，对着那道人叫道："相公这里来更衣。"那道人便前走，童儿后随。老院子将童儿肩上悄地捻了一把，低声问道："前面是那个相公？”童儿道：“是高邮秦少游相公。”老院子便不言语。回来时，就与老婆说知了。这句话就传入内里，小妹才晓得那化缘的道人是秦少游假妆的，付之一笑，嘱付丫鬟们休得多口。

话分两头。且说秦少游那日饱看了小妹，容貌不丑，况且应答如响，其才自不必言。择了吉日，亲往求亲，老泉应允，少不得下财纳币。此是二月初旬的事。少游急欲完婚，小妹不肯。他看定秦观文字，必然中选。试期已近，欲要象简乌纱，洞房花烛，少游只得依他。到三月初三，礼部大试之期，秦观一举成名，中了制科。到苏府来拜丈人，就禀复完婚一事。因寓中无人，欲就苏府花烛。老泉笑道：“今日挂榜，脱白挂绿⑰，便是上吉之日，何必另选日子。只今晚便在小寓成亲，岂不美哉！”东坡学士从旁赞成。是夜与小妹双双拜堂，成就了百年姻眷。正是：

聪明女得聪明婿，大登科后小登科。

⑯老院子：老仆人。

⑰脱白挂绿：脱去白色服装，换上绿色官服。白，白衣，平民所服，平民即称为白衣。宋代规定，进士和秀才穿白衣，七品以上的官员穿绿色官服。

其夜月明如昼。少游在前厅筵宴已毕，方欲进房，只见房门紧闭，庭中摆着小小一张卓儿，卓上排列纸墨笔砚，三个封儿，三个盏儿，一个是玉盏，一个是银盏，一个是瓦盏。青衣小鬟守立旁边。少游道：“相烦传语小姐，新郎已到，何不开门？”丫鬟道：“奉小姐之命，有三个题目在此，三试俱中，方准进房。这三个纸封儿便是题目在内。”少游指着三个盏道：“这又是甚的意思？”丫鬟道：“那玉盏是盛酒的，那银盏是盛茶的，那瓦盏是盛寡水的。三试俱中，玉盏内美酒三杯，请进香房。两试中了，一试不中，银盏内清茶解渴，直待来宵再试。一试中了，两试不中，瓦盏内呷口淡水，罚在外厢读书三个月。”少游微微冷笑道：“别个秀才来应举时，就要告命题容易了，下官曾应过制科，青

钱万选[18]，莫说三个题目，就是三百个，我何惧哉！”丫鬟道：“俺小姐不比寻常盲试官，之乎者也应个故事而已。他的题目好难哩！第一题，是绝句一首，要新郎也做一首，合了出题之意，方为中试。第二题四句诗，藏着四个古人，猜得一个也不差，方为中试。到第三题，就容易了，止要做个七字对儿，对得好便得饮美酒进香房了。”

⑱青钱万选：语出《新唐书·张荐传》：“员外郎员半千数为公卿称‘鷟文辞犹青铜钱，万选万中’。”讲的是唐代张鷟文章写得很好，人家称赞他的文章好像青铜钱一样，万中万选，篇篇都好。后用来形容文才出众。

少游道：“请第一题。”丫鬟取第一个纸封拆开，请新郎自看。少游看时，封着花笺一幅，写诗四句道：

铜铁投洪冶[19]，蝼蚁上粉墙[20]。

阴阳无二义[21]，天地我中央[22]。

⑲铜铁投洪冶：铜铁投入火炉就“化”了，这里暗含“化”字。

⑳蝼蚁上粉墙：蚂蚁顺着墙往上爬，暗含“缘”字。

㉑阴阳无二义：一阴一阳谓之“道”，暗含“道”字。

㉒天地我中央：人，在天之下，地之上，切合“人”字。

少游想道：“这个题目，别人做定猜不着。则我曾假扮做云游道人，在岳庙化缘，去相那苏小姐。此四句乃含着‘化缘道人’四字，明明嘲我。”遂于月下取笔写诗一首于题后云：

“化”工何意把春催？“缘”到名园花自开。

“道”是东风原有主，“人”人不敢上花台。

丫鬟见诗完，将第一幅花笺折做三叠，从窗隙中塞进，高叫道：“新郎交卷，第一场完。”小妹览诗，每句顶上一字，合之乃“化缘道人”四字，微微而笑。

少游又开第二封看之，也是花笺一幅，题诗四句：

强爷胜祖有施为[23]，凿壁偷光夜读书。

缝线路中常忆母，老翁终日倚门闾。

㉓强爷胜祖：三国吴大帝孙权的功业超过父亲和祖父，切合“孙子有权”。

少游见了，略不凝思，一一注明。第一句是孙权，第二句是孔明，第三句是子思[24]，第四句是太公望[25]。丫鬟又从窗隙递进。少游口虽不语，心下想道：“两个题目，眼见难我不倒，第三题是个对儿，我五六岁时便会对句，不足为难。”再拆开第三幅花笺，内出对云：

闭门推出窗前月。

㉔子思：指孔子的孙子孔伋。

㉕太公望：指师尚父吕望，又称姜尚、姜子牙。

初看时觉道容易，仔细思来，这对出得尽巧。若对得平常了，不见本事。左思右想，不得其对。听得谯楼三鼓将阑，构思不就，愈加慌迫。

却说东坡此时尚未曾睡，且来打听妹夫消息。望见少游在庭中团团而步，口里只管吟哦“闭门推出窗前月”七个字，右手做推窗之势。东坡想道：“此必小妹以此对难之，少游为其所困矣！我不解围，谁为撮合？”急切思之，亦未有好对。庭中有花缸一只，满满的贮着一缸清水，少游步了一回，偶然倚缸看水。东坡望见，触动了他灵机，道：“有了！”欲待教他对了，诚恐小妹知觉，连累妹夫体面，不好看相。东坡远远站着咳嗽一声，就地下取小小砖片，投向缸中。那水为砖片所激，跃起几点，扑在少游面上。水中天光月影，纷纷淆乱。少游当下晓悟，遂援笔对云：

投石冲开水底天。

丫鬟交了第三遍试卷，只听呀的一声，房门大开，房内又走出一个侍儿，手捧银壶，将美酒斟于玉盏之内，献上新郎，口称：“才子请满饮三杯，权当花红赏劳。”少游此时意气扬扬，连进三盏，丫鬟拥入香房。这一夜，佳人才子，好不称意。正是：

欢娱嫌夜短，寂寞恨更长。

自此夫妻和美，不在话下。

后少游宦游浙中，东坡学士在京，小妹思想哥哥，到京省视。东坡有个禅友，叫做佛印禅师，尝劝东坡急流勇退。一日寄长歌一篇，东坡看时，却也写得怪异，每二字一连，共一百三十对字。你道写的是甚字？

野野　鸟鸟　啼啼　时时　有有　思思　春春　气气　桃桃　花花
发发　满满　枝枝　莺莺　雀雀　相相　呼呼　唤唤　岩岩　畔畔
花花　红红　似似　锦锦　屏屏　堪堪　看看　山山　秀秀　丽丽
山山　前前　烟烟　雾雾　起起　清清　浮浮　浪浪　促促　潺潺

湲湲	水水	景景	幽幽	深深	处处	好好	追追	游游	傍傍
水水	花花	似似	雪雪	梨梨	花花	光光	皎皎	洁洁	玲玲
珑珑	似似	坠坠	银银	花花	折折	最最	好好	柔柔	茸茸
溪溪	畔畔	草草	青青	双双	蝴蝴	蝶蝶	飞飞	来来	到到
落落	花花	林林	里里	鸟鸟	啼啼	叫叫	不不	休休	为为
忆忆	春春	光光	好好	杨杨	柳柳	枝枝	头头	春春	色色
秀秀	时时	常常	共共	饮饮	春春	浓浓	酒酒	似似	醉醉
闲闲	行行	春春	色色	里里	相相	逢逢	竞竞	忆忆	游游
山山	水水	心心	息息	悠悠	归归	去去	来来	休休	役役

东坡看了两三遍，一时念将不出，只是沉吟。小妹取过，一览了然，便道："哥哥，此歌有何难解！待妹子念与你听。"即时朗诵云：

野鸟啼，野鸟啼时时有思。
有思春气桃花发，春气桃花发满枝。
满枝莺雀相呼唤，莺雀相呼唤岩畔。
岩畔花红似锦屏，花红似锦屏堪看。
堪看山，山秀丽，秀丽山前烟雾起。
山前烟雾起清浮，清浮浪促潺湲水。
浪促潺湲水景幽，景幽深处好，深处好追游。
追游傍水花，傍水花似雪。
似雪梨花光皎洁，梨花光皎洁玲珑。
玲珑似坠银花折，似坠银花折最好。
最好柔茸溪畔草，柔茸溪畔草青青。
双双蝴蝶飞来到，蝴蝶飞来到落花。
落花林里鸟啼叫，林里鸟啼叫不休。
不休为忆春光好，为忆春光好杨柳。
杨柳枝枝春色秀，春色秀时常共饮。
时常共饮春浓酒，春浓酒似醉。

似醉闲行春色里，闲行春色里相逢。

相逢竞忆游山水，竟忆游山水心息。

心息悠悠归去来，归去来，休休役役。

东坡听念，大惊道：“吾妹敏悟，吾所不及！若为男子，官位必远胜于我矣！”遂将佛印原写长歌，并小妹所定句读，都写出来，做一封儿寄与少游。因述自己再读不解，小妹一览而知之故。少游初看佛印所书，亦不能解。后读小妹之句，如梦初觉，深加愧叹。答以短歌云：

未及梵僧歌，词重而意复。

字字如联珠，行行如贯玉。

想汝惟一览，顾我劳三复。

裁诗思远寄，因以真类触。

汝其审思之，可表予心曲。

短歌后制成叠字诗一首，却又写得古怪：

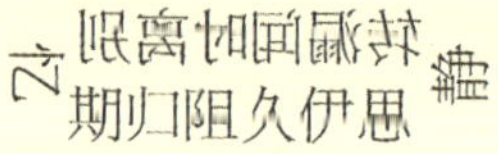

少游书信到时，正值东坡与小妹在湖上看采莲。东坡先拆书看了，递与小妹，问道：“汝能解否？”小妹道：“此诗乃仿佛印禅师之体也。”即念云：

静思伊久阻归期，久阻归期忆别离。

忆别离时闻漏转，时闻漏转静思伊。

东坡叹道：“吾妹真绝世聪明人也！今日采莲胜会，可即事各和一首，寄与少游，使知你我今日之游。”东坡诗成，小妹亦就。小妹诗云：

一 阕新歌声嗽玉 采
津杨绿在人莲

东坡诗云：

酒 暮已时醒微力 赏
飞如马云归花

照少游诗念出，小妹叠字诗，道是：

采莲人在绿杨津，在绿杨津一阕新。

一阕新歌声嗽玉，歌声嗽玉采莲人。

东坡叠字诗，道是：

赏花归去马如飞，去马如飞酒力微。

酒力微醒时已暮，醒时已暮赏花归。

二诗寄去，少游读罢，叹赏不已。其夫妇酬和之诗甚多，不能详述。

后来少游以才名被征为翰林学士，与二苏同官。一时郎舅三人，并居史职，古所希有。于是宣仁太后亦闻苏小妹之才，每每遣内官赐以绢帛或饮馔之类[26]，索他题咏。每得一篇，宫中传诵，声播京都。其后小妹先少游而卒，少游思念不置，终身不复娶云。有诗为证：

文章自古说三苏，小妹聪明胜丈夫。

三难新郎真异事，一门秀气世间无。

㉖内官：宦官，太监。

八　勘皮靴单证二郎神

【精要简介】

本篇讲述的是元和年间，殿前太尉杨戬捉拿假二郎神的故事，被后人誉为“明代最佳的侦探小说”。

【原文鉴赏】

柳色初浓，馀寒似水，纤雨如尘。一阵东风，縠纹微皱，碧波粼粼。　　仙娥花月精神，奏凤管鸾箫斗新。万岁声中，天霞杯内，长醉芳春。

这首词调寄《柳梢青》，乃故宋时一个学士所作。单表北宋太祖开基，传至第八代天子，庙号徽宗，便是神霄玉府虚净宣和羽士道君皇帝。这朝天子，乃是江南李氏后主转生[①]。父皇神宗天子，一日在内殿看完历代帝王图像，见李后主风神体态，有蝉脱秽浊、神游八极之表[②]，再三赏叹。后来便梦见李后主投身入宫，遂诞生道君皇帝。少时封为端王。从小风流俊雅，无所不能。后因哥哥哲宗天子上仙，群臣扶立端王为天子。即位之后，海内乂安，朝廷无事。

①李氏后主：指南唐后主李煜。他擅长文词、音乐，后来国亡降宋，被毒死。

②蝉脱秽浊、神游八极之表：形容李后主神情超然，如神仙一般。八极，指八方极远的地方。

道君皇帝颇留意苑囿，宣和元年，遂即京城东北隅，大兴工役，凿池筑囿，号寿山银岳，命宦官梁师成董其事[③]。又命朱勔取三吴二浙三川两广珍异花木、瑰奇竹石以进，号曰“花石纲”[④]。竭府库之积聚，萃天下之伎巧，凡数载而始成。又号为“万岁山”。奇花美木，珍禽异兽，充满其中。飞楼杰观，雄伟瑰丽，不可胜言。内有玉华殿、保和殿、瑶林殿，大宁阁、天真阁、妙有阁、层峦阁，琳霄亭、骞凤垂云亭，说不尽许多景致。时许侍臣蔡京、王黼、高俅、童贯、杨戬、梁师成纵步游赏，时号“宣和六贼”。有诗为证：

琼瑶错落密成林，竹桧交加尔有阴。

恩许尘凡时纵步，不知身在五云深。

③董：管理。

④“花石纲”：指成批运送奇花异石以满足皇帝喜好。旧时把成群结队地运输货物，规定一定的重量和件数叫作“纲”，在宋代都是官差性质，例如“盐纲”“茶纲”等。

单说保和殿西南，有一座玉真轩，乃是官家第一个宠幸安妃娘娘妆阁，极是造得华丽：金铺屈曲[⑤]，玉槛玲珑，映彻辉煌，心目俱夺。时侍臣蔡京等，赐宴至此，留题殿壁。有诗为证：

保和新殿丽秋辉，诏许尘凡到绮闱。

雅宴酒酣添逸兴，玉真轩内看安妃。

⑤金铺：大门上用金、铜作成的兽形或龙蛇形状的团，用来衔着门环。屈曲：即“屈戌”，门窗上的铰钮。

不说安妃娘娘宠冠六宫。单说内中有一位夫人，姓韩名玉翘，妙选入宫，年方及笄。玉佩敲磐，罗裙曳云，体欺皓雪之容光，脸夺芙蓉之娇艳。只因安妃娘娘三千宠爱偏在一身，韩夫人不沾雨露之恩。时值春光明媚，景色撩人，未免恨起红茵，寒生翠被。月到瑶阶，愁莫听其凤管；虫吟粉壁，怨不寐于鸳衾。既厌晓妆，渐融春思，长吁短叹，看看惹下一场病来。有词为证：

任东风老去，吹不断、泪盈盈。记春浅春深，春寒春暖，春雨春晴，都断送佳人命。

落花无定挽春心。芳草犹迷舞蝶，绿杨空语流莺。玄霜着意捣初成[⑥]，回首失云英[⑦]。但如醉如痴，如狂如舞，如梦如惊。香魂至今迷恋，问真仙消息最分明。几夜相逢何处，清风明月蓬瀛[⑧]。

渐渐香消玉减，柳嚬花困，太医院诊脉，吃下药去，如水浇石一般。

⑥玄霜：神话传说中的一种仙药。

⑦云英：神话故事中的女仙，嫁给裴航，两人用玉杵玉臼捣仙药，后俱入玉峰成仙。

⑧"香魂"四句：此四句原刻本无，今据《花草粹编》卷十一补正。

忽一日，道君皇帝在于便殿，敕唤殿前太尉杨戬前来，天语传宣道："此位内家[⑨]，原是卿所进奉。今着卿领去，到府中将息病体。待得痊安，再许进宫未迟。仍着光禄寺每日送膳[⑩]，太医院伺候用药[⑪]。略有起色，即便奏来。"当下杨戬叩头领命，即着官身私身搬运韩夫人宫中箱笼装奁[⑫]，一应动用什物器皿，用暖舆抬了韩夫人，随身带得养娘二人，侍儿二人，一行人簇拥着，都到杨太尉府中。太尉先去对自己夫人说知，出听迎接。便将一宅分为两院，收拾西园与韩夫人居住，门上用锁封着，只许太医及内家人役往来。太尉夫妻二人，日往候安一次。闲时就封闭了门。门傍留一转桶，传递饮食、消息。正是：

映阶碧草自春色，隔叶黄鹂空好音。

⑨内家：宫女。

⑩光禄寺：掌管皇帝膳食和祭祀等事务的衙门。

⑪太医院：掌管皇帝及宫内医务的衙门。

⑫官身：官府的差役。私身：私人的仆役，这里指杨府雇用夫役。

将及两月，渐觉容颜如旧，饮食稍加。太尉夫妻好生欢喜，办下酒席，一当起病，一当送行。当日酒至五巡，食供两套，太尉夫妇开言道：“且喜得夫人贵体无事，万千之喜。早晚奏过官里，选日入宫，未知夫人意下如何？”韩夫人叉手告太尉、夫人道：“氏儿不幸，惹下一天愁绪，卧病两月，才觉小可。再要在此宽住几时，伏乞太尉、夫人方便，且未要奏知官里。只是在此打搅，深为不便。氏儿别有重报，不敢有忘。”太尉、夫人只得应允。

过了两月，却是韩夫人设酒还席，叫下一名说评话的先生，说了几回书。节次说及唐朝宣宗宫内，也是一个韩夫人，为因不沾雨露之恩，思量无计奈何，偶向红叶上题诗一首，流出御沟。诗曰：

流水何太急？深宫尽日闲。

殷勤谢红叶，好去到人间。

却得外面一个应试官

人，名唤于祐，拾了红叶，就和诗一首，也从御沟中流将进去。后来那官人一举成名，天子体知此事，却把韩夫人嫁与于祐，夫妻百年偕老而终。这里韩夫人听到此处，蓦上心来，忽地叹一口气，口中不语，心下寻思："若得奴家如此侥幸，也不枉了为人一世！"当下席散，收拾回房。睡至半夜，便觉头痛眼热，四肢无力，遍身不疼不痒，无明业火熬煎[13]，依然病倒。这一场病，比前更加沉重。正是：

屋漏更遭连夜雨，船迟更遇打头风。

⑬无明业火：这里指克制不住的欲念。无明，佛教名词，愚痴，痴念。业火，佛家语，指恶业害身如火。

太尉夫人早来候安，对韩夫人说道："早是不曾奏过官里宣取入宫[14]。夫人既到此地，且是放开怀抱，安心调理。且未要把入宫一节，记挂在心。"韩夫人谢道："感承夫人好意，只是氏儿病入膏肓，眼见得上天远，入地便近，不能报答夫人厚恩，来生当效犬马之报。"说罢，一丝两气，好伤感人。太尉夫人甚不过意，便道："夫人休如此说。自古吉人天相，眼下凶星退度，自然贵体无事。但说起来，吃药既不见效，枉淘坏了身子[15]。不知夫人平日在宫，可有甚愿心未经答谢？或者神明见责，也不可知。"韩夫人说道："氏儿入宫以来，每日愁绪萦丝，有甚心情许下愿心？但今日病势如此，既然吃药无功，不知此处有何神圣，祈祷极灵，氏儿便对天许下愿心，若得平安无事，自当拜还。"太尉夫人说道："告夫人得知：此间北极佑圣真君，与那清源妙道二郎神，极是灵应。夫人何不设了香案，亲口许下保安愿心。待得平安，奴家情愿陪夫人去赛神答礼。未知夫人意下何如？"韩夫人点头应允，侍儿们即取香案过来。只是不能起身，就在枕上，以手加额，祷告道："氏儿韩氏，早年入宫，未蒙圣眷，惹下业缘病症，寄居杨府。若得神灵庇护，保佑氏儿身体康健，情愿绣下长幡二首，外加礼物，亲诣庙廷顶礼酬谢。"当下太尉夫人也拈香在手，替韩夫人祷告一回作别，不提。

⑭早是：幸亏。

⑮淘坏：损伤，消耗。

可霎作怪，自从许下愿心，韩夫人渐渐平安无事。将息至一月之后，端然好了。太尉夫人不胜之喜，又设酒起病。太尉夫人对韩夫人说道："果然是神道有灵，胜如服药万倍。却是不可昧心，负了所许之物。"韩夫人道："氏儿怎敢负心！目下绣了长幡，还要屈夫人同去了还心愿。未知夫人意下何如？"太尉夫人答道："当得奉陪。"当日席散，韩夫人取出若干物事，制办赛神礼物，绣下四首长幡。自古道得好：

火到猪头烂，钱到公事办。

凭你世间稀奇作怪的东西，有了钱，那一件做不出来。不消几日，绣就长幡，用根竹竿叉起，果然是光彩夺目。选了吉日良时，打点信香礼物，官身私身簇拥着两个夫人，先到北极佑圣真君庙中。

庙官知是杨府钧眷[16]，慌忙迎接至殿上，宣读疏文，挂起长幡。韩夫人叩齿礼拜[17]。拜毕，左右两廊游遍。庙官献茶。夫人分付当道的赏了些银两，上了轿簇拥回来。一宿晚景不提。明早又起身，到二郎神庙中。却惹出一段蹊跷作怪的事来。正是：

情知语是钩和线，从前钓出是非来。

⑯庙官：指管理道观事务的道官。

⑰叩齿：向神祷告之前，把上下牙齿不住地对击，表示虔诚祈祷。

话休烦絮。当下一行人到得庙中。庙官接见，宣疏拈香礼毕。却好太尉夫人走过一壁厢，韩夫人向前轻轻将指头挑起销金黄罗帐幔来，定睛一看。不看时万事全休，看了时，吃那一惊不小！但见：

头裹金花幞头，身穿赭衣绣袍，腰系蓝田玉带，足蹬飞凤乌靴。虽然土木形骸，却也丰神俊雅，明眸皓齿。但少一口气儿，说出话来。

当下韩夫人一见，目眩心摇，不觉口里悠悠扬扬，漏出一句俏语低

声的话来：“若是氏儿前程远大，只愿将来嫁得一个丈夫，恰似尊神模样一般，也足称生平之愿。”说犹未了，恰好太尉夫人走过来，说道：“夫人，你却在此祷告什么？”韩夫人慌忙转口道：“氏儿并不曾说什么。”太尉夫人再也不来盘问。游玩至晚归家，各自安歇，不题。正是：

要知心腹事，但听口中言。

却说韩夫人到了房中，卸去冠服，挽就乌云，穿上便服，手托香腮，默默无言，心心念念，只是想着二郎神模样。蓦然计上心来，分付侍儿们端正香案，到花园中人静处，对天祷告：“若是氏儿前程远大，将来嫁得一个丈夫，好像二郎尊神模样，煞强似入宫之时，受千般凄苦，万种愁思。”说罢，不觉纷纷珠泪滚下腮边。拜了又祝，祝了又拜，分明是痴想妄想。不道有这般巧事！韩夫人再三祷告已毕，正待收拾回房，只听得万花深处，一声响亮，见一尊神道，立在夫人面前。但见：

龙眉凤目，皓齿鲜唇，飘飘有出尘之姿，冉冉有惊人之貌。若非阆苑瀛洲客，便是餐霞吸露人。

仔细看时，正比庙中所塑二郎神模样，不差分毫来去。手执一张弹弓，又像张仙送子一般[18]。韩夫人吃惊且喜。惊的是天神降临，未知是祸是福；喜的是神道欢容笑口，又见他说出话来。便向前端端正正道个万福，启朱唇，露玉齿，告道：“既蒙尊神下降，请到房中，容氏儿展敬。”

⑱张仙送子：明人传说，五代蜀主妃子花蕊夫人入宋宫，挟有蜀主孟昶的《张弓挟弹图》，托名张仙，假说祭祀祈祷可令人得子。民间遂以为神。

当时二郎神笑吟吟同夫人入房，安然坐下。夫人起居已毕[19]，侍立在前。二郎神道："早蒙夫人厚礼。今者小神偶然闲步碧落之间[20]，听得夫人祷告至诚。小神知得夫人仙风道骨，原是瑶池一会中人。只因夫人凡心未静，玉帝暂谪下尘寰，又向皇宫内苑，享尽人间富贵荣华。谪限满时，还归紫府[21]，证果非凡。"韩夫人见说，欢喜无任，又拜祷道："尊神在上：氏儿不愿入宫。若是氏儿前程远大，将来嫁得一个良人，一似尊神模样，偕老百年，也不辜负了春花秋月，说甚么富贵荣华！"二郎神微微笑道："此亦何难。只恐夫人立志不坚。姻缘分定，自然千里相逢。"说毕起身，跨上槛窗，一声响喨，神道去了。

⑲起居：问候，请安。

⑳碧落：天上，仙界。

㉑紫府：天府，神仙的洞府。

韩夫人不见便罢，既然见了这般模样，真是如醉如痴，和衣上床睡了。正是：

欢娱嫌夜短，寂寞恨更长。

番来覆去，一片春心，按纳不住。自言自语，想一回，定一回："适间尊神降临，四目相视，好不情长！怎地又瞥然而去。想是聪明正直为神，不比尘凡心性，是我错用心机了！"又想一回道："见适间尊神丰姿态度，语笑雍容，宛然是生人一般。难道见了氏儿这般容貌，全不动情？还是我一时见不到处，放了他去？算来还该着意温存，便是铁石人儿，也告得转。今番错过，未知何日重逢！"好生摆脱不下。眼巴巴盼到天明，再做理会。及至天明，又睡着去了。直到傍午，方才起来。

当日无情无绪，巴不到晚，又去设了香案，到花园中祷告如前："若得再见尊神一面，便是三生有幸。"说话之间，忽然一声响亮，夜来二郎神又立在面前。韩夫人喜不自胜，将一天愁闷，已冰消瓦解了。即便向前施礼，对景忘怀："烦请尊神入房，氏儿别有衷情告诉。"二郎神喜孜孜堆下笑来，便携夫人手，共入兰房。夫人起居已毕。二郎神正中坐下，夫人侍立在前。二郎神道："夫人分有仙骨，便坐不妨。"夫人便斜身对二郎神坐下。即命侍儿安排酒果，在房中一杯两盏，看看说出衷肠话来。道不得个：

春为茶博士，酒是色媒人。

当下韩夫人解佩出湘妃之玉[22]，开唇露汉署之香[23]："若是尊神不嫌秽亵，暂息天上征轮，少叙人间恩爱。"二郎神欣然应允，携手上床，云雨绸缪[24]。夫人倾身陪奉，忘其所以。盘桓至五更。二郎神起身，嘱付夫人保重，再来相看。起身穿了衣服，执了弹弓，跨上槛窗，一声响亮，便无踪影。韩夫人死心塌地，道是神仙下临，心中甚喜。只恐太尉夫人催他入宫，只有五分病，装做七分病，闲常不甚十分欢笑。每到晚来，精神炫耀，喜气生春。神道来时，三杯已过，上床云雨，至晓便去，非止一日。

㉒解佩出湘妃之玉：刘向《列女传》载：江妃二女在江边游玩，遇到去往楚国的郑交甫，解下佩珠送给郑交甫。后世用"汉皋解佩"表示男女相爱。

㉓汉署之香：鸡舌香。汉代郎官向皇帝报告事务，口里要含着鸡舌香，使气味芬芳。

㉔云雨绸缪：恩爱缠绵。云雨，代指男女交欢的隐语。

忽一日，天气稍凉，道君皇帝分散合宫秋衣，偶思韩夫人，就差内侍捧了旨意，敕赐罗衣一袭，玉带一围，到于杨太尉府中。韩夫人排了香案，谢恩礼毕。内侍便道："且喜娘娘贵体无事。圣上思忆娘娘，故遣赐罗衣玉带，就问娘娘病势已痊，须早早进宫。"韩夫人管待使臣，便道："相烦内侍则个。氏儿病体只去得五分，全赖内侍转奏，宽限进宫，实为恩便。"内侍应道："这个有何妨碍？圣上那里也不少娘娘一个人。入宫时，只说娘娘尚未全好，还须耐心保重便了。"韩夫人谢了，内侍作别不题。

到得晚间，二郎神到来，对韩夫人说道："且喜圣上宠眷未衰，所赐罗衣玉带，便可借观。"夫人道："尊神何以知之?"二郎神道："小神坐观天下，立见四方，谅此区区小事，岂有不知之理?"夫人听说，便一发将出来看。二郎神道："大凡世间宝物，不可独享。小神缺少围腰玉带。若是夫人肯舍施时，便完成善果。"夫人便道："氏儿一身已属尊神，缘分非浅。若要玉带，但凭尊神将去。"二郎神谢了，上床欢会。未至五更起身，手执弹弓，拿了玉带，跨上槛窗，一声响喨去了。却不道是：

若要人不知，除非己莫为。

韩夫人与太尉居止，虽是一宅分为两院，却因是内家内人，早晚愈加堤防。府堂深稳，料然无闲杂人辄敢擅入。但近日来常见西园彻夜有火，唧唧哝哝，似有人声息。又见韩夫人精神旺相，喜容可掬。太尉再三踌躕，便对自己夫人说道："你见韩夫人有些破绽出来么?"太尉夫人说道："我也有些疑影。只是府中门禁甚严，决无此事，所以坦然不疑。今者太尉既如此说，有何难哉。且到晚间，着精细家人，从屋上扒去，打探消息，便有分晓，也不要错怪了人。"太尉便道："言之有理。"当下便唤两个精细家人，分付他如此如此，教他："不要从门内进去，只把摘花梯子，倚在墙外，待人静时，直扒去韩夫人卧房，看他动静，即来报知。此事非同小可的勾当，须要小心在意。"二人领命去了。太尉立等他回报。

不消两个时辰，二人打看得韩夫人房内这般这般，便教太尉屏去左右，方才将所见韩夫人房内坐着一人说话饮酒，"夫人房内声声称是尊神，小人也仔细想来，府中墙垣又高，防闲又密，就有歹人，插翅也飞不进。或者真个是神道也未见得。"太尉听说，吃那一惊不小，叫道："怪哉！果然有这等事！你二人休得说谎。此事非同小可。"二人答道："小人并无半句虚谬。"太尉便道："此事只许你知我知，不可泄漏了消息。"二人领命去了。太尉转身对夫人一一说知："虽然如此，只是我

眼见为真。我明晚须亲自去打探一番，便看神道怎生模样。”

捱至次日晚间，太尉复唤过昨夜打探二人来，分付道：“你两人着一个同我过去，着一人在此伺候，休教一人知道。”分付已毕，太尉便同一人过去，捏脚捏手，轻轻走到韩夫人窗前，向窗眼内把眼一张，果然是房中坐着一尊神道，与二人说不差。便待声张起来，又恐难得脱身，只得忍气吞声，依旧过来，分付二人休要与人胡说。转入房中，对夫人说知就里：“此必是韩夫人少年情性，把不住心猿意马，便遇着邪神魍魉[25]，在此污淫天眷，决不是凡人的勾当。便须请法官调治。你须先去对韩夫人说出缘由，待我自去请法官便了。”

㉕魍魉（wǎng liǎng）：古代传说中的山川精怪、鬼怪。

夫人领命，明早起身，到西园来，韩夫人接见。坐定，茶汤已过，太尉夫人屏去左右，对面论心，便道："有一句话要对夫人说知。夫人每夜房中，却是与何人说话，唧唧哝哝，有些风声，吹到我耳朵里。只是此事非同小可，夫人须一一说知，只不要隐瞒则个。"韩夫人听说，满面通红，便道："氏儿夜间房中并没有人说话。只氏儿与养娘们闲话消遣，却有甚人到来这里！"太尉夫人听说，便把太尉夜来所见模样，一一说过。韩夫人吓得目睁口呆，罔知所措。太尉夫人再三安慰道："夫人休要吃惊！太尉已去请法官到来作用，便见他是人是鬼。只是夫人到晚间，务要陪个小心，休要害怕。"说罢，太尉夫人自去。韩夫人到捏着两把汗。

看看至晚，二郎神却早来了。但是他来时，那弹弓紧紧不离左右。却说这里太尉请下灵济宫林真人手下的徒弟，有名的王法官，已在前厅作法。比至黄昏，有人来报："神道来了。"法官披衣仗剑，昂然而入，直至韩夫人房前，大踏步进去，大喝一声："你是何妖邪，却敢淫污天眷！不要走，吃吾一剑！"二郎神不慌不忙，便道："不得无礼！"但见：

左手如托泰山，右手如抱婴孩，弓开如满月，弹发似流星。

当下一弹，正中王法官额角上，流出鲜血来，霍地望后便倒，宝剑丢在一边。众人慌忙向前扶起，往前厅去了。那神道也跨上槛窗，一声响喨，早已不见。当时却是怎地结果？正是：

说开天地怕，道破鬼神惊。

却说韩夫人见二郎神打退了法官，一发道是真仙下降，愈加放心，再也不慌。且说太尉已知法官不济，只得到赔些将息钱，送他出门。又去请得五岳观潘道士来。那潘道士专一行持五雷天心正法[26]，再不苟且，又且足智多谋，一闻太尉呼唤，便来相见。太尉免不得将前事一一说知。潘道士便道："先着人引领小道到西园看他出没去处，但知是人是鬼。"太尉道："说得有理。"当时，潘道士别了太尉，先到西园韩夫人卧房，上上下下，看了一会。又请出韩夫人来拜见了，看了他的气色，转身对太尉说："太尉在上，小道看来，韩夫人面上，部位气色，并无鬼祟相侵，只是一个会妖法的人做作。小道自有处置，也不用书符咒水、打鼓摇铃，待他来时，小道瓮中捉鳖，手到拿来。只怕他识破局面，再也不来，却是无可奈何。"太尉道："若得他再也不来，便是干净了。我师且留在此，闲话片时则个。"

㉖五雷天心正法：道教所说的迷信的一种法术，据说能呼风唤雨，驱邪捉鬼。

说话的，若是这厮识局知趣，见机而作，恰是断线鹞子一般，再也不来，落得先前受用了一番，且又完名全节，再去别处利市，有何不美，却不道是："得意之事，不可再作，得便宜处，不可再往。"

却说那二郎神毕竟不知是人是鬼。却只是他尝了甜头，不达时务，到那日晚间，依然又来。韩夫人说道："夜来氏儿一些不知，冒犯尊神。且喜尊神无事，切休见责。"二郎神道："我是上界真仙，只为与夫人仙缘有分，早晚要度夫人脱胎换骨，白日飞升。叵耐这蠢物！便有千军万马，怎地近得我！"韩夫人愈加钦敬，欢好倍常。

却说早有人报知太尉。太尉便对潘道士说知。潘道士禀知太尉，低低分付一个养娘，教他只以服事为名，先去偷了弹弓，教他无计可施。养娘去了。潘道士结束得身上紧簇，也不披法衣，也不仗宝剑，讨了一根齐眉短棍，只教两个从人，远远把火照着，分付道："若是你们怕他弹子来时，预先躲过，让我自去，看他弹子近得我么?"二人都暗笑道："看他说嘴！少不得也中他一弹。"却说养娘先去，以服事为名，挨挨擦擦，渐近神道身边。正与韩夫人交杯换盏，不堤防他偷了弹弓，藏过一壁厢。这里从人引领潘道士到得门前，便道："此间便是。"丢下法官，三步做两步躲开去了。

却说潘道士掀开帘子，纵目一观，见那神道安坐在上。大喝一声，舞起棍来，匹头匹脑，一径打去。二郎神急急取那弹弓时，再也不见，只叫得一声"中计"！连忙退去，跨上槛窗。说时迟，那时快，潘道士一棍打着二郎神后腿，却打落一件物事来。那二郎神一声响亮，依然向万花深处去了。潘道士便拾起这件物事来，向灯光下一看，却是一只四缝乌皮皂靴，且将去禀覆太尉道："小道看来，定然是个妖人做作，不干二郎神之事。却是怎地拿他便好?"太尉道："有劳吾师，且自请回。我这里别有措置，自行体访。"当下酬谢了潘道士去了。结过一边。

太尉自打轿到蔡太师府中，直至书院里，告诉道如此如此，这般这般："终不成恁地便罢了！也须吃那厮耻笑，不成模样!"太师道："有何难哉！即今着落开封府滕大尹领这靴去作眼，差眼明手快的公人，务要体访下落，正法施行。"太尉道："谢太师指教。"太师道："你且坐下。"即命府中张干办火速去请开封府滕大尹到来。起居拜毕，屏去人从，太师与太尉齐声说道："帝辇之下，怎容得这等人在此做作！大尹须小心在意，不可怠慢。此是非同小可的勾当。且休要打草惊蛇，吃他走了。"大尹听说，吓得面色如土，连忙答道："这事都在下官身上。"领了皮靴，作别回衙，即便升厅，叫那当日缉捕使臣王观察过来，喝退左右，将上项事细说了一遍，"与你三日限，要捉这个杨府中做不是的人来见我。休要大惊小怪，仔细体察，重重有赏；不然，罪责不小。"说罢，退厅。王观察领了这靴，将至使臣房里，唤集许多做公人，叹了一口气，只见：

眉头搭上双镄锁，腹内新添万斛愁。

却有一个三都捉事使臣姓冉名贵，唤做冉大，极有机变。不知替王观察捉了几多疑难公事。王观察极是爱他。当日冉贵见观察眉头不展，面带忧容，再也不来打扰，只管南天北地，七十三八十四说开了去。王观察见他们全不在意，便向怀中取出那皮靴向卓上一丢，便道："我们苦杀是做公人！世上有这等糊涂官府。这皮靴又不会说话，却限我三日之内，要捉这个穿皮靴在杨府中做不是的人来。你们众人道是好笑么?"众人轮流将皮靴看了一会。到冉贵面前，冉贵也不采，只说："难，难，难！官府真个糊涂。观察，怪不得你烦恼。"

那王观察不听便罢，听了之时，说道："冉大，你也只管说道难，这桩事便恁地干休罢了？却不难为了区区小子，如何回得大尹的说话？你们众人都在这房里攒过钱来使的，却说是难，难，难！"众人也都道："贼情公事还有些捉摸，既然晓得他是妖人，怎地近得他！若是近得他，前日潘道士也捉勾多时了。他也无计奈何，只打得他一只靴下来。不想我们晦气，撞着这没头脑的官司，却是真个没捉处。"

当下王观察先前只有五分烦恼，听得这篇言语，句句说得有道理，更添上十分烦恼。只见那冉贵不慌不忙，对观察道："观察且休要输了锐气。料他也只是一个人，没有三头六臂，只要寻他些破绽出来，便有分晓。"即将这皮靴番来覆去，不落手看了一回。众人都笑起来，说道："冉大，又来了，这只靴又不是一件稀奇作怪、眼中少见的东西，止无过皮儿染皂的，线儿扣缝的，蓝布吊里的，加上楦头，喷口水儿，弄得紧棚棚好看的。"冉贵却也不来揽揽[27]，向灯下细细看那靴时，却是四条缝，缝得甚是紧密。看至靴尖，那一条缝略有些走线。冉贵偶然将小指头拨一拨，拨断了两股线，那皮就有些撬起来。向灯下照里面时，却是蓝布托里。仔细一看，只见蓝布上有一条白纸条儿，便伸两个指头进去一扯，扯出纸条。仔细看时，不看时万事全休，看了时，却如半夜里拾金宝的一般。那王观察一见也便喜从天降，笑逐颜开。众人争上前看时，那纸条上面却写着："宣和三年三月五日铺户任一郎造。"

观察对冉大道："今岁是宣和四年。眼见得做这靴时，不上二年光景。只捉了任一郎，这事便有七分。"冉贵道："如今且不要惊了他。待到天明，着两个人去，只说大尹叫他做生活，将来一索捆番，不怕他不招。"观察道："道你终是有些见识！"

㉗挽揽：即兜揽，招揽。这里是理睬、理会的意思。

当下众人吃了一夜酒，一个也不敢散。看看天晓，飞也似差两个人捉任一郎。不消两个时辰，将任一郎赚到使臣房里，番转了面皮，一索捆番。"这厮大胆，做得好事！"把那任一郎吓了一跳，告道："有事便好好说。却是我得何罪，便来捆我？"王观察道："还有甚说！这靴儿可不是你店中出来的？"任一郎接着靴，仔细看了一看，告观察："这靴儿委是男女做的。却有一个缘故：我家开下铺时，或是官员府中定制的，或是使客往来带出去的，家里都有一本坐簿[28]，上面明写着某年某月某府中差某干办来定制做造。就是皮靴里面，也有一条纸条儿，字号与坐簿上一般的。观察不信，只消割开这靴，取出纸条儿来看，便知端的。"

㉘坐簿：底账。

王观察见他说着海底眼[29]，便道："这厮老实，放了他好好与他讲。"当下放了任一郎，便道："一郎休怪，这是上司差遣，不得不如此。"就将纸条儿与他看。任一郎看了道："观察，不打紧。休说是一两年间做的，就是四五年前做的，坐薄还在家中，却着人同去取来对看，便有分晓。"当时又差两个人，跟了任一郎，脚不点地，到家中取了簿了，到得使臣房里。王观察亲自从头检看，看至三年三月五日，与纸条儿上字号对照相同。看时，吃了一惊，做声不得。却是蔡太师府中张干办来定制的。王观察便带了任一郎，取了皂靴，执了坐簿，火速到府厅回话。此是大尹立等的勾当，即便出至公堂。王观察将上项事说了一遍，又将簿子呈上，将这纸条儿亲自与大尹对照相同。大尹吃了一惊。"原来如此。"当下半疑不信，沉吟了一会，开口道："恁地时，不干任一郎事，且放他去。"任一郎磕头谢了自去。大尹又唤转来分付道："放便放你，却不许说向外人知道。有人问你时，只把闲话支吾开去，你可小心记着！"任一郎答应道："小人理会得。"欢天喜地的去了。

㉙海底眼：底细，根源。

大尹带了王观察、冉贵二人，藏了靴儿簿子，一径打轿到杨太尉府中来。正直太尉朝罢回来，门吏报覆，出厅相见。大尹便道："此间不是说话处。"太尉便引至西偏小书院里，屏去人从，止留王观察、冉贵二人，到书房中伺候。大尹便将从前事历历说了一遍，如此如此，"却是如何处置？下官未敢擅便。"太尉看了，呆了半晌，想道："太师国家大臣，富贵极矣，必无此事。但这只靴是他府中出来的，一定是太师亲近之人，做下此等不良之事。"商量一会，欲待将这靴到太师府中面质一番，诚恐干碍体面，取怪不便；欲待阁起不题，奈事非同小可，曾经过两次法官，又着落缉捕使臣，拿下任一郎问过，事已张扬。一时糊涂过去，他日事发，难推不知。倘圣上发怒，罪责非小，左思右想，只得分付王观察、冉贵自去。也叫人看轿，着人将靴儿簿子，藏在身边，同大尹径奔一处来。正是：

踏破铁鞋无觅处，得来全不费工夫。

当下太尉、大尹径往蔡太师府中。门首伺候报覆多时，太师叫唤入来书院中相见。起居茶汤已毕，太师口："这公事有些下落么？"太尉道："这贼已有主名了，却是干碍太师面皮，不敢擅去捉他。"太师道："此事非同小可，我却如何护短得？"太尉道："太师便不护短，未免吃个小小惊恐。"太师道："你且说是谁？直恁地疑难！"太尉道："乞屏去从人，方敢胡言。"

太师即时将从人赶开。太尉便开了文匣，将坐簿呈上与太师检看过了，便道："此事须太师爷自家主裁，却不干外人之事。"太师连声道：

"怪哉，怪哉!"太尉道："此系紧要公务，休得见怪下官。"太师道："不是怪你，却是怪这只靴来历不明。"太尉道："簿上明写着府中张干办定做，并非谎言。"太师道："此靴虽是张干定造，交纳过了，与他无涉。说起来，我府中冠服衣靴履袜等件，各自派一个养娘分掌。或是府中自制造的，或是往来馈送，一出一入的，一一开载明白，逐月缴清报数，并不紊乱。待我吊查底簿，便见明白。"即便着人去查那一个管靴的养娘，唤他出来。

当下将养娘唤至，手中执着一本簿子。太师问道："这是我府中的靴儿，如何得到他人手中？即便查来。"当下养娘逐一查检，看得这靴是去年三月中自着人制造的，到府不多几时，却有一个门生，叫做杨时，便是龟山先生，与太师极相厚的，升了近京一个知县，前来拜别。因他是道学先生，衣敝履穿，不甚开整。太师命取圆领一袭，银带一围，京靴一双，川扇四柄，送他作嗄程。这靴正是太师送与杨知县的，果然前件开写明白。太师即便与太尉大尹看了。二人谢罪道："恁地又不干太师府中之事！适间言语冲撞，只因公事相逼，万望太师海涵!"太师笑道："这是你们分内的事，职守当然，也怪你不得。只是杨龟山如何肯恁地做作？其中还有缘故。如今他任所去此不远。我潜地唤他来问个分晓。你二人且去，休说与人知道。"二人领命，作别回府不题。

太师即差干办火速去取杨知县来。往返两日，便到京中，到太师跟前。茶汤已毕，太师道："知县为民父母，却恁地这般做作；这是迷天之罪。"将上项事一一说过。杨知县欠身禀道："师相在上。某去年承师相厚恩，未及出京，在邸中忽患眼痛。左右传说，此间有个清源庙道二郎神，极是肸蚃有灵[30]，便许下愿心，待眼痛痊安，即往拈香答礼。后来好了，到庙中烧香，却见二郎神冠服件件齐整，只脚下乌靴绽了，不甚相称。下官即将这靴舍与二郎神供养去讫。只此是真实语。知县生平不欺暗室，既读孔、孟之书，怎敢行盗跖之事[31]。望太师详察。"太师从来晓得杨龟山是个大儒，怎肯胡做。听了这篇言语，便道："我也

晓得你的名声。只是要你来时问个根由，他们才肯心服。”管待酒食，作别了知县自去，分付：“休对外人泄漏。”知县作别自去。正是：

日前不做亏心事，半夜敲门不吃惊。

㉚肸蚃（xì xiǎng）：散布，传播，比喻神灵感应。

㉛盗跖（zhí）：春秋末期鲁国人，相传是有名的大盗。

太师便请过杨太尉、滕大尹过来，说开就里，便道：“恁地又不干杨知县事，还着开封府用心搜捉便了。”当下大尹做声不得，仍旧领了靴儿，作别回府，唤过王观察来分付道：“始初有些影响，如今都成画饼。你还领这靴去，宽限五日，务要捉得贼人回话。”当下王观察领这差使，好生愁闷，便到使臣房里，对冉贵道：“你看我晦气！千好万好，全仗你跟究出任一郎来。既是太师府中事体，我只道官官相护，就了其事。却如何从新又要这个人来，却不道是生菜铺中没买他处！我想起来，既是杨知县舍与二郎神，只怕真个是神道一时风流兴发也不见得。怎生地讨个证据回复大尹？”冉贵道：“观察不说，我也晓得不干任一郎事，也不干蔡太师、杨知县事。若说二郎神所为，难道神道做这等亏心行当不成[32]？一定是庙中左近妖人所为。还到庙前庙后，打探些风声出来。捉得着，观察休欢喜；捉不着，观察也休烦恼。”观察道：“说得是。”即便将靴儿与冉贵收了。

㉜行当：本指某种职业，这里指事情、行为。

冉贵却装了一条杂货担儿，手执着一个玲珑珰琅的东西，叫做个惊闺[33]，一路摇着，径奔二郎神庙中来。歇了担儿，拈了香，低低祝告道：“神明鉴察，早早保佑冉贵捉了杨府做不是的，也替神道洗清了是非。”拜罢，连讨了三个筶，都是上上大吉。冉贵谢了出门，挑上担儿，庙前庙后，转了一遭，两只眼东观西望，再也不闭。看看走至一处，独扇门儿，门旁却是半窗，门上挂一顶半新半旧斑竹帘儿，半开半掩，只听得叫声：“货卖过来！”冉贵听得叫，回头看时，却是一个后生妇人，便道：“告小娘子，叫个人有甚事？”妇人道：“你是收买杂货的，却有一件东西在此，胡乱卖几文与小厮买嘴吃。你用得也用不得？”冉贵道：“告小娘子，小人这个担儿，有名的叫做百纳仓，无有不收的。你且把出来看。”妇人便叫小厮拖出来与公公看。当下小厮拖出什么东西来？正是：

鹿迷秦相应难辨，蝶梦庄周未可知。

㉝惊闺：贩卖针线脂粉的人所拿的拨浪鼓一类，摇动作响，吸引人家出外买物，称为“惊闺”。

当下拖出来的，却正是一只四缝皮靴，与那前日潘道士打下来的一般无二。冉贵暗暗喜不自胜，便告小娘子：“此是不成对的东西，不值甚钱。小娘子实要许多？只是不要把话来说远了。”妇人道：“胡乱卖几文与小厮们买嘴吃，只凭你说罢了。只是要公道些。”冉贵便去便袋里摸一贯半钱来，便交与妇人道："只恁地肯卖便收去了。不肯时，勉强不得。正是一物不成，两物见在。"妇人说："甚么大事，再添些罢。"冉贵道："添不得。"挑了担儿就走。小厮就哭起来，妇人只得又叫回冉贵来便道："多少添些，不打甚紧。"冉贵又去摸出二十文钱来道："罢，罢，贵了，贵了！"取了靴儿，往担内一丢，挑了便走，心中暗喜："这事已有五分了！且莫要声张，还要细访这妇人来历，方才有下手处。"是晚，将担子寄与天津桥一个相识人家，转到使臣房里。王观察来问时，只说还没有消息。

到次日，吃了早饭，再到天津桥相识人家，取了担子，依先挑到那妇人门首。只见他门儿锁着，那妇人不在家里了。冉贵眉头一皱，计上心来。歇了担子，捱门儿看去。只见一个老汉坐着个矮凳儿，在门首将稻草打绳。冉贵陪个小心，问道："伯伯，借问一声。那左手住的小娘子，今日往那里去了？"老汉住了手，抬头看了冉贵一看，便道："你问他怎么！"冉贵道："小子是卖杂货的。昨日将钱换那小娘子旧靴一只，一时间看不仔细，换得亏本了，特地寻他退还讨钱。"老汉道："劝你吃亏些罢！那雌儿不是好惹的。他是二郎庙里庙官孙神通的亲表子。那孙神通一身妖法，好不利害！这旧靴一定是神道替下来，孙神通把与表子换些钱买果儿吃的。今日那雌儿往外婆家去了。他与庙官结识，非止一日。不知什么缘故，有两三个月忽然生疏，近日又渐渐来往了。你若与他倒钱，定是不肯，惹毒了他，对孤老说了，就把妖术禁你，你却奈何他不得！"冉贵道："原来恁地，多谢伯伯指教。"

冉贵别了老汉，复身挑了担子，嘻嘻的喜容可掬，走回使臣房里来。王观察迎着问道："今番想得了利市了？"冉贵道："果然，你且取出前日那只靴来我看。"王观察将靴取出。冉贵将自己换来这只靴比照一下，毫厘不差。王观察忙问道："你这靴那里来的？"冉贵不慌不忙，数一数二，细细分剖出来："我说不干神道之事，眼见得是孙神通做下的不是！更不须疑！"王观察欢喜的没入脚处，连忙烧了利市，执杯谢了冉贵："如今怎地去捉？只怕漏了风声，那厮走了，不是要处？"冉贵道："有何难哉！明日备了三牲礼物，只说去赛神还愿。到了庙中，庙主自然出来迎接。那时掷盏为号，即便捉了，不费一些气力。"观察道："言之有理。也还该禀知大尹，方去捉人。"当下王观察禀过大尹，大尹也喜道："这是你们的勾当。只要小心在意，休教有失。我闻得妖人善能隐形遁法，可带些法物去，却是猪血、狗血、大蒜、臭屎，把他一灌，再也出豁不得㉞。"

㉞出豁：出脱，逃脱的意思。

王观察领命，便去备了法物。过了一夜，明晨早到庙中，暗地着人带了四般法物，远远伺候，捉了人时，便前来接应。分付已了，王观察却和冉贵换了衣服，众人簇拥将来，到殿上拈香。庙官孙神通出来接见。宣读疏文未至四五句，冉贵在傍斟酒，把酒盏望下一掷，众人一齐动手，捉了庙官。正是：

浑似皂雕追紫燕，真如猛虎啖羊羔。

再把四般法物劈头一淋。庙官知道如此作用，随你泼天的神通，再也动弹不得。一步一棍，打到开封府中来。

府尹听得捉了妖人，即便升厅，大怒喝道："叵耐这厮！帝辇之下，辄敢大胆，兴妖作怪，淫污天眷，奸骗宝物，有何理说！"当下孙神通初时抵赖，后来加起刑法来，料道脱身不得，只得从前一一招了，招称："自小在江湖上学得妖法，后在二郎庙出家，用钱夤缘作了庙官㉟。为因当日在庙中听见韩夫人祷告，要嫁得个丈夫，一似二郎神模样。不合辄起奸心，假扮二郎神模样，淫污天眷，骗得玉带一条。只此是实。"

㉟夤（yín）缘：利用关系攀附，即现在的"走后门"。

大尹叫取大枷枷了，推向狱中，教禁子好生在意收管，须要请旨定夺。当下叠成文案，先去禀明了杨太尉。太尉即同到蔡太师府中商量，

奏知道君皇帝，倒了圣旨下来："这厮不合淫污天眷，奸骗宝物，准律凌迟处死，妻子没入官。追出原骗玉带，尚未出笏，仍归内府。韩夫人不合辄起邪心，永不许入内，就着杨太尉做主，另行改嫁良民为婚。"当下韩氏好一场惶恐，却也了却相思债，得遂平生之愿。后来嫁得一个在京开官店的远方客人，说过不带回去的。那客人两头往来，尽老百年而终。这是后话。开封府就取出庙官孙神通来，当堂读了明断，贴起一片芦席，明写犯由，判了一个"剐"字，推出市心，加刑示众。正是：

从前作过事，没兴一齐来。

当日看的真是挨肩叠背。监斩官读了犯由，刽子叫起："恶煞都来[36]！"一齐动手，剐了孙神通，好场热闹。原系京师老郎传流，至今编入野史。正是：

但存夫子三分礼，不犯萧何六尺条。

自古奸淫应横死，神通纵有不相饶。

㊱恶煞都来：古代在行刑、斩人时，刽子手照例喊叫"恶煞都来"，用来壮声势。

九　闹樊楼多情周胜仙

【精要简介】

本篇讲述的是宋徽宗年间，曹门里周大郎的女儿周胜仙和在樊楼卖酒的范二郎之间的故事，描述了女主人公周胜仙的悲惨命运，体现了封建社会女子的悲惨地位。

【原文鉴赏】

太平时节日偏长，处处笙歌入醉乡。

闻说鸾舆且临幸，大家拭目待君王。

这四句诗乃咏御驾临幸之事。从来天子建都之处，人杰地灵，自然名山胜水，凑着赏心乐事。如唐朝，便有个曲江池；宋朝，便有个金明池：都有四时美景，倾城士女王孙、佳人才子，往来游玩。天子也不时驾临，与民同乐。

如今且说那大宋徽宗朝年，东京金明池边，有座酒楼，唤作樊楼。这酒楼有个开酒肆的范大郎，兄弟范二郎，未曾有妻室。时值春末夏初，金明池游人赏玩作乐。那范二郎因去游赏，见佳人才子如蚁。行到了茶坊里来，看见一个女孩儿，方年二九，生得花容月貌。这范二郎立地多时，细看那女子，生得：

色色易迷难拆。隐深闺，藏柳陌。足步金莲，腰肢一捻，嫩脸映桃红，香肌晕玉白。

娇姿恨惹狂童，情态愁牵艳客。芙蓉帐里作鸾凰，云雨此时何处觅？

原来情色都不由你。那女子在茶坊里，四目相视，俱各有情。这女孩儿心里暗暗地喜欢，自思量道："若还我嫁得一个似这般子弟，可知好哩。今日当面挫过，再来那里去讨？"正思量道："如何着个道理和他说话？问他曾娶妻也不曾？"那跟来女子和奶子①，都不知许多事。

你道好巧！只听得外面水盏响，女孩儿眉头一纵，计上心来，便叫："卖水的，倾一盏甜蜜蜜的糖水来。"那人倾一盏糖水在铜盂儿里，递与那女子。那女子接得在手，才上口一呷，便把那个铜盂儿望空一丢，便叫："好好！你却来暗算我！你道我是兀谁？"那范二听得道："我且听那女子说。"那女孩儿道："我是曹门里周大郎的女儿，我的小名叫作胜仙小娘子，年一十八岁，不曾吃人暗算。你今却来算我！我是不曾嫁的女孩儿。"这范二自思量道："这言语蹊蹊，分明是说与我听。"这卖水的道："告小娘子，小人怎敢暗算！"女孩儿道："如何不是暗算我？盏子里有条草。"卖水的道："也不为利害。"女孩儿道："你待算我喉咙，却恨我爹爹不在家里。我爹若在家，与你打官司。"奶子在旁边道："却也叵耐这厮！"茶博士见里面闹炒②，走入来道："卖水的，你去把那水好好挑出来。"

①奶子：奶妈。

②茶博士：指卖茶水的人。下文的酒博士，指卖酒的人。

对面范二郎道："他既过来与我，如何我不过去？"随即也叫："卖水的，倾一盏甜蜜蜜糖水来。"卖水的便倾一盏糖水在手，递与范二郎。二郎接着盏子，吃一口水，也把盏子望空一丢，大叫起来道："好好！你这个人真个要暗算人！你道我是兀谁？我哥哥是樊楼开酒店的，唤作范大郎，我便唤作范二郎，年登一十九岁，未曾吃人暗算。我射得好弩，打得好弹，兼我不曾娶浑家。"卖水的道："你不是风！是甚意思，说与我知道？指望我与你做媒？你便告到官司，我是卖水，怎敢暗算人！"范二郎道："你如何不暗算？我的盂儿里，也有一根草叶。"女孩儿听得，心里好喜欢。茶博士入来，推那卖水的出去。女孩儿起身来道："俺们回去休。"看着那卖水的道："你敢随我去？"这子弟思量道：

“这话分明是教我随他去。”只因这一去，惹出一场没头脑官司。正是：

言可省时休便说，步宜留处莫胡行。

女孩儿约莫去得远了，范二郎也出茶坊，远远地望着女孩儿去。只见那女子转步，那范二郎好喜欢，直到女子住处。女孩儿入门去，又推起帘子出来望。范二郎心中越喜欢。女孩儿自入去了。范二郎在门前一似失心风的人，盘旋走来走去，直到晚方才归家。

且说女孩儿自那日归家，点心也不吃，饭也不吃，觉得身体不快。做娘的慌问迎儿道：“小娘子不曾吃甚生冷？”迎儿道：“告妈妈，不曾吃甚。”娘见女儿几日只在床上不起，走到床边问道：“我儿害甚的病？”女孩儿道：“我觉有些浑身痛，头疼，有一两声咳嗽。”周妈妈欲请医人来看女儿；争奈员外出去未归，又无男子汉在家，不敢去请。迎儿道：“隔一家有个王婆，何不请来看小娘子？他唤作‘王百会’，与人收生③，做针线，做媒人，又会与人看脉，知人病轻重。邻里家有些些事，都浼他④。”周妈妈便令迎儿去请得王婆来。见了妈妈，妈妈说女儿从金明池走了一遍，回来就病倒的因由。王婆道：“妈妈不须说得，待老媳妇与小娘子看脉自知。”周妈妈道：“好好！”

③收生：接生，助产。

④浼（měi）：托人，求。

迎儿引将王婆进女儿房里。小娘子正睡哩，开眼叫声“少礼”。王婆道：“稳便！老媳妇与小娘子看脉则个。”小娘子伸出手臂来，教王婆看了脉，道：“娘子害的是头疼浑身痛，觉得恹恹地恶心。”小娘子道：“是也。”王婆道：“是否？”小娘子道：“又有两声咳嗽。”王婆不听得万事皆休，听了道：“这病跷蹊！如何出去走了一遭，回来却便害这般病！”王婆看着迎儿、奶子道：“你们且出去，我自问小娘子则个。”迎儿和奶子自出去。

王婆对着女孩儿道：“老媳妇却理会得这病。”女孩儿道：“婆婆，你如何理会得？”王婆道：“你的病唤作心病。”女孩儿道：“如何是心

病?”王婆道：“小娘子，莫不见了什么人，欢喜了，却害出这病来？是也不是?”女孩儿低着头儿叫：“没。”王婆道：“小娘子，实对我说。我与你做个道理，救了你性命。”那女孩儿听得说话投机，便说出上件事来，“那子弟唤作范二郎。”王婆听了道：“莫不是樊楼开酒店的范二郎?”

那女孩儿道：“便是。”王婆道：“小娘子休要烦恼，别人时老身便不认得，若说范二郎，老身认得他的哥哥嫂嫂，不可得的好人。范二郎好个伶俐子弟，他哥哥见教我与他说亲。小娘子，我教你嫁范二郎，你要也不要?”女孩儿笑道：“可知好哩！只怕我妈妈不肯。”王婆道：“小娘子放心，老身自有个道理，不须烦恼。”女孩儿道：“若得恁地时，重谢婆婆。”

王婆出房来，叫妈妈

道："老媳妇知得小娘子病了。"妈妈道："我儿害什么病？"王婆道："要老身说，且告三杯酒吃了却说。"妈妈道："迎儿，安排酒来请王婆。"妈妈一头请他吃酒，一头问："婆婆，我女儿害什么病？"王婆把小娘子说的话一一说了一遍。妈妈道："如今却是如何？"王婆道："只得把小娘子嫁与范二郎。若还不肯嫁与他，这小娘子病难医。"

妈妈道："我大郎不在家，须使不得。"王婆道："告妈妈，不若与小娘子下了定，等大郎归后，却做亲，且眼下救小娘子性命。"妈妈允了道："好好，怎地做个道理？"王婆道："老媳妇就去说，回来便有消息。"

王婆离了周妈妈家，取路径到樊楼来，见范大郎正在柜身里坐。王婆叫声"万福"。大郎还了礼道："王婆婆，你来得正好。我却待使人来请你。"王婆道："不知大郎唤老媳妇作什么？"大郎道："二郎前日出去归来，晚饭也不吃，道：'身体不快。'我问他那里去来？他道：'我去看金明池。'直至今日不起，害在床上，饮食不进。我特来请你看脉。"范大娘子出来与王婆相见了，大娘子道："请婆婆看叔叔则个。"王婆道："大郎，大娘子，不要入来，老身自问二郎，这病是甚的样起？"范大郎道："好好！婆婆自去看，我不陪你了。"

王婆走到二郎房里，见二郎睡在床上，叫声："二郎，老媳妇在这里。"范二郎闪开眼道："王婆婆，多时不见，我性命休也。"王婆道："害甚病便休？"二郎道："觉头疼恶心，有一两声咳嗽。"王婆笑将起来。二郎道："我有病，你却笑我！"王婆道："我不笑别的，我得知你的病了。不害别病，你害曹门里周大郎女儿。是也不是？"二郎被王婆道着了，跳起来道："你如何得知？"王婆道："他家教我来说亲事。"范二郎不听得说万事皆休，听得说好喜欢。正是：

人逢喜信精神爽，话合心机意趣投。

当下同王婆厮赶着出来，见哥哥嫂嫂。哥哥见兄弟出来，道："你害病却便出来？"二郎道："告哥哥，无事了也。"哥嫂好快活。王婆对范大郎道："曹门里周大郎家，特使我来说二郎亲事。"大郎欢喜。话休絮烦。两下说成了，下了定礼，都无别事。范二郎闲时不着家，从下了定，便不出门，与哥哥照管店里。且说那女孩儿闲时不作针线，从下了定，也肯作活。两个心安意乐，只等周大郎归来做亲。

三月间下定，直等到十一月间，等得周大郎归。少不得邻里亲戚洗尘，不在话下。到次日，周妈妈与周大郎说知上件事。周大郎道："定了未？"妈妈道："定了也。"周大郎听说，双眼圆睁，看着妈妈骂道："打脊老贱人！得谁言语，擅便说亲！他高杀也只是个开酒店的⑤。我女儿怕没大户人家对亲，却许着他！你倒了志气，干出这等事，也不怕人笑话。"正恁的骂妈妈，只见迎儿叫："妈妈，且进来救小娘子。"妈妈道："做甚？"迎儿道："小娘子在屏风后，不知怎地气倒在地。"慌得妈妈一步一跌，走向前来，看那女孩儿倒在地下：未知性命如何，先见四肢不举。

⑤高杀：高到头，高到顶点。

从来四肢百病，惟气最重。元来女孩儿在屏风后听得做爷的骂娘，不肯教他嫁范二郎，一口气塞上来，气倒在地。妈妈慌忙来救。被周大郎牵住，不得他救，骂道："打脊贱娘！辱门败户的小贱人，死便教他死，救他则甚？"迎儿见妈妈被大郎牵住，自去向前，却被大郎一个漏风掌打在一壁厢⑥，即时气倒妈妈。迎儿向前救得妈妈苏醒，妈妈大哭起来。邻舍听得周妈妈哭，都走来看。张嫂、鲍嫂、毛嫂、刁嫂，挤上一屋子。原来周大郎平昔为人不近道理，这妈妈甚是和气，邻舍都喜他。周大郎看见多人，便道："家间私事，不必相劝！"邻舍见如此说，都归去了。

⑥漏风掌：伸出五指的大巴掌。

妈妈看女儿时，四肢冰冷。妈妈抱着女儿哭。本是不死，因没人救，却死了。周妈妈骂周大郎："你直恁地毒害！想必你不舍得三五千贯房奁，故意把我女儿坏了性命！”周大郎听得，大怒道：“你道我不舍得三五千贯房奁，这等奚落我！”周大郎走将出去。周妈妈如何不烦恼：一个观音也似女儿，又伶俐，又好针线，诸般都好，如何教他不烦恼！离不得周大郎买具棺木，八个人抬来。周妈妈见棺材进门，哭得好苦！周大郎看着妈妈道：“你道我割舍不得三五千贯房奁，你那女儿房里，但有的细软，都搬在棺材里！”只就当时，教仵作人等入了殓[⑦]，即时使人分付管坟园张一郎、兄弟二郎：“你两个便与我砌坑子。”分付了毕，话休絮烦，功德水陆也不做，停留也不停留，只就来日便出丧，周妈妈教留几日，那里拗得过来。早出了丧，埋葬已了，各人自归。

可怜三尺无情土，盖却多情年少人。

⑦仵作：官府中验伤检尸的差役。

话分两头。且说当日一个后生的，年三十馀岁，姓朱名真，是个暗行人[⑧]，日常惯与仵作的做帮手，也会与人打坑子。那女孩儿入殓及砌坑，都用着他。这日葬了女儿回来，对着娘道：“一天好事投奔我，我来日就富贵了。”娘道：“我儿有甚好事？”那后生道：“好笑，今日曹门里周大郎女儿死了，夫妻两个争竞道：‘女孩儿是爷气死了。’斗别气，约莫有三五千贯房奁，都安在棺材里。有恁地富贵，如何不去取之？”那做娘的道：“这个事却不是要的事。又不是八棒十三的罪过[⑨]，又兼你爷有样子。二十年前时，你爷去掘一家坟园，揭开棺材盖，尸首觑着你爷笑起来。你爷吃了那一惊，归来过得四五日，你爷便死了。孩儿，切不可去，不是要的事！”朱真道：“娘，你不得劝我。”去床底下拖出一件物事来把与娘看。娘道：“休把出去罢！原先你爷曾把出去，使得一番便休了。”朱真道：“各人命运不同。我今年算了几次命，都说我该发财，你不要阻当我。”

⑧暗行：指做盗窃等不正当的行业。

⑨八棒十三的罪过：指最轻的刑罚。宋代杖刑最轻的打十三下，笞

刑最轻的打八下。意思是盗墓时犯了极重大的罪行，不是打几下就完了的罪。

你道拖出的是甚物事？原来是一个皮袋，里面盛着些挑刀斧头，一个皮灯盏，和那盛油的罐儿，又有一领蓑衣。娘都看了，道："这蓑衣要他做甚？"朱真道："半夜使得着。"当日是十一月中旬，却恨雪下得大。那厮将蓑衣穿起，却又带一片，是十来条竹皮编成的，一行带在蓑衣后面。原来雪里有脚迹，走一步，后面竹片扒得平，不见脚迹。当晚约莫也是二更左侧，分付娘道："我回来时，敲门响，你便开门。"虽则京城闹热，城外空阔去处，依然冷静。况且二更时分，雪又下得大，兀谁出来。

朱真离了家，回身看后面时，没有脚迹。迤逦到周大郎坟边，到萧墙矮处[10]，把脚跨过去。你道好巧，原来管坟的养只狗子。那狗子见个生人跳过墙来，从草窠里爬出来便叫。朱真日间备下一团油糕，里面藏了些药在内。见狗子来叫，便将油糕丢将去。那狗子见丢甚物过来，闻一闻，见香便吃了。只叫得一声，狗子倒了。朱真却走近坟边。那看坟的张二郎叫道："哥哥，狗子叫得一声，便不叫了，却不作怪！莫不有甚做不是的在这里？起去看一看。"哥哥道："那做不是的来偷我什么？"兄弟道："却才狗子大叫一声便不叫了，莫不有贼？你不起去，我自起去看一看。"

⑩萧墙：本指屏风，这里指坟园垣墙。

那兄弟爬起来，披了衣服，执着枪在手里，出门来看。朱真听得有人声，悄悄地把蓑衣解下，捉脚步走到一株杨柳树边。那树好大，遮得正好。却把斗笠掩着身子和腰，蹭在地下，蓑衣也放在一边。望见里面开门，张二走出门外，好冷，叫声道："畜生，做什么叫？"那张二是睡梦里起来，被雪雹风吹，吃一惊，连忙把门闭了，走入房去，叫："哥哥，真个没人。"连忙脱了衣服，把被匹头兜了道："哥哥，好冷！"哥哥道："我说没人！"约莫也是三更前后，两个说了半晌，不听得则声了。

朱真道："不将辛苦意，难近世间财。"抬起身来，再把斗笠戴了，着了蓑衣，捉脚步到坟边，把刀拨开雪地。俱是日间安排下脚手，下刀挑开石板下去，到侧边端正了，除下头上斗笠，脱了蓑衣在一壁厢，去皮袋里取两个长针，了在砖缝里，放上一个皮灯盏，竹筒里取出火种吹着了，油罐儿取油，点起那灯，把刀挑开命钉⑪，把那盖天板丢在一壁，叫："小娘子莫怪，暂借你些个富贵，却与你做功德。"道罢，去女孩儿头上便除头面。有许多金珠首饰，尽皆取下了。只有女孩儿身上衣服，却难脱。那厮好会，去腰间解下手巾，去那女孩儿脖项上阁起，一头系在自肢项上，将那女孩儿衣服脱得赤条条地，小衣也不着。那厮可霎叵耐处，见那女孩儿白净身体，那厮淫心顿起，按捺不住，奸了女孩儿。你道好怪！只见女孩儿睁开眼，双手把朱真抱住。怎地出豁？正是：

曾观《前定录》，万事不由人。

⑪命钉：把棺材盖和棺材匣钉在一起的钉子。

原来那女儿一心牵挂着范二郎，见爷的骂娘，斗别气死了。死不多日，今番得了阳和之气，一灵儿又醒将转来。朱真吃了一惊。见那女孩儿叫声："哥哥，你是兀谁？"朱真那厮好急智，便道："姐姐，我特来救你。"女孩儿抬起身来，便理会得了：一来见身上衣服脱在一壁，二来见斧头刀杖在身边，如何不理会得？朱真欲待要杀了，却又舍不得。那女孩儿道："哥哥，你救我去见樊楼酒店范二郎，重重相谢你。"朱真心中自思，别人兀自坏钱取浑家⑫，不能得恁地一个好女儿。救将归去，却是兀谁得知。朱真道："且不要慌，我带你家去，教你见范二郎则个。"女孩儿道："若见得范二郎，我便随你去。"

⑫坏钱：费钱，花钱。

当下朱真把些衣服与女孩儿着了，收拾了金银珠翠物事衣服包了，把灯吹灭，倾那油入那油罐儿里，收了行头，揭起斗笠，送那女子上来。朱真也爬上来，把石头来盖得没缝，又捧些雪铺上。却教女孩儿上脊背来，把蓑衣着了，一手挽着皮袋，一手绾着金珠物事，把斗笠戴了，迤逦取路，到自家门前，把手去门上敲了两三下。那娘的知是儿子回来，放开了门。朱真进家中，娘的吃一惊道："我儿，如何尸首都驮回来？"朱真道："娘不要高声。"放下物件行头，将女孩儿入到自己卧房里面。朱真提起一把明晃晃的刀来，觑着女孩儿道："我有一件事和你商量。你若依得我时，我便将你去见范二郎。你若依不得我时，你见我这刀么？砍你做两段。"女孩儿慌道："告哥哥，不知教我依甚的事？"朱真道："第一教你在房里不要则声，第二不要出房门。依得我时，两三日内，说与范二郎。若不依我，杀了你！"女孩儿道："依得，依得。"朱真分付罢，出房去与娘说了一遍。

话休絮烦。夜间离不得伴那厮睡。一日两日，不得女孩儿出房门。

那女孩儿问道："你曾见范二郎么？"朱真道："见来。范二郎为你害在家里，等病好了，却来取你。"自十一月二十日头至次年正月十五日，当日晚朱真对着娘道："我每年只听得鳌山好看，不曾去看，今日去看则个，到五更前后便归。"朱真分付了，自入城去看灯。

你道好巧！约莫也是更尽前后，朱真的老娘在家，只听得叫"有火"！急开门看时，是隔四五家酒店里火起，慌杀娘的，急走入来收拾。女孩儿听得，自思道："这里不走，更待何时！"走出门首，叫婆婆来收拾。娘的不知是计，入房收拾。

女孩儿从热闹里便走，却不认得路，见走过的人，问道："曹门里在那里？"人指道："前面便是。"迤逦入了门，又问人："樊楼酒店在那里？"人说道："只在前面。"女孩儿好慌。若还前面遇见朱真，也没许多话。女孩儿迤逦走到樊楼酒店，见酒博士在门前招呼。女孩儿深深地道个万福。酒博士还了喏道："小娘子没甚事？"女孩儿道："这里莫是樊楼？"酒博士道："这里便是。"女孩儿道："借问则个，范二郎在那里么？"酒博士思量道："你看二郎！直引得光景上门。"酒博士道："在酒店里的便是。"女孩儿移身直到柜边，叫道："二郎万福！"范二郎不听得都休，听得叫，慌忙走下柜来，近前看时，吃了一惊，连声叫："灭，灭！"女孩儿道："二哥，我是人，你道是鬼？"范二郎如何肯信？一头叫："灭，灭！"一只手扶着凳子。却恨凳子上有许多汤桶儿，慌忙用手提起一只汤桶儿来，觑着女子脸上丢将过去。你道好巧！丢那女孩儿太阳上打着。大叫一声，匹然倒地。慌杀酒保，连忙走来看时，只见女孩儿倒在地下。性命如何？正是：

小园昨夜东风恶，吹折江梅就地横。

酒博士看那女孩儿时，血浸着死了。范二郎口里兀自叫："灭，灭！"范大郎见外头闹炒，急走出来看了，只听得兄弟叫："灭，灭！"大郎问兄弟："如何做此事？"良久定醒。问："做甚打死他？"二郎道："哥哥，他是鬼！曹门里贩海周大郎的女儿。"大郎道："他若是鬼，须没血出，

如何计结?”去酒店门前哄动有二三十人看，即时地方便入来捉范二郎。范大郎对众人道：“他是曹门里周大郎的女儿，十一月已自死了。我兄弟只道他是鬼，不想是人，打杀了他。我如今也不知他是人是鬼。你们要捉我兄弟去，容我请他爷来看尸则个。”众人道：“既是恁地，你快去请他来。”

范大郎急急奔到曹门里周大郎门前，见个奶子问道：“你是兀谁?”范大郎道：“樊楼酒店范大郎在这里，有些急事，说声则个。”奶子即时入去请。不多时，周大郎出来，相见罢。范大郎说了上件事，道：“敢烦认尸则个，生死不忘。”周大郎也不肯信。范大郎闲时不是说谎的人。周大郎同范大郎到酒店前看见也呆了，道：“我女儿已死了，如何得再活？有这等事！”那地方不容范大郎分说，当夜将一行人拘锁，到次早解入南衙开封府。包大尹看了解状，也理会不下，权将范二郎送狱司监候。一面相尸，一面下文书行使臣房审实。做公的一面差人去坟上掘起看时，只有空棺材。问管坟的张一、张二，说道：“十一月间，雪下时，夜间听得狗子叫。次早开门看，只见狗子死在雪里，更不知别项因依[13]。”把文书呈大尹。大尹焦躁，限三日要捉上件贼人。展个两三限，并无下落。好似：

金瓶落井全无信，铁枪磨针尚少功。

⑬因依：因由，原故。

且说范二郎在狱司闲想：“此事好怪！若说是人，他已死过了，见有入殓的仵作及坟墓在彼可证；若说是鬼，打时有血，死后有尸，棺材又是空的。”展转寻思，委决不下，又想道：“可惜好个花枝般的女儿！若是鬼，倒也罢了；若不是鬼，可不枉害了他性命！”夜里翻来覆去，想一会，疑一会，转睡不着。直想到茶坊里初会时光景，便道：“我那日好不着迷哩！四目相视，急切不能上手。不论是鬼不是鬼，我且慢慢里商量，直恁性急，坏了他性命，好不罪过！如今陷于缧绁，这事又不得明白，如何是了！悔之无及！”转悔转想，转想转悔。捱了两个更次，不觉睡去。梦见女子胜仙，浓妆而至。范二郎大惊道：“小娘子原来不死。”小娘子道：“打得偏些，虽然闷倒，不曾伤命。奴两遍死去，都只为官人。今日知道官人在此，特特相寻，与官人了其心愿，休得见拒，亦是冥数当然。”范二郎忘其所以，就和他云雨起来。枕席之间，欢情无限。事毕，珍重而别。醒来方知是梦，越添了许多想悔。次夜亦复如此。到第三夜又来，比前愈加眷恋，临去告诉道：“奴阳寿未绝。今被五道将军收用⑭。奴一心只忆着官人，泣诉其情，蒙五道将军可怜，给假三日。如今限期满了，若再迟延，必遭呵斥。奴从此与官人永别。官人之事，奴已拜求五道将军，但耐心，一月之后，必然无事。”范二郎自觉伤感，啼哭起来。醒了，记起梦中之言，似信不信。刚刚一月三十个日头，只见狱卒奉大尹钧旨，取出范二郎赴狱司勘问。

⑭五道将军：道教传说中的东岳大帝手下掌管人生死的神。

原来开封府有一个常卖董贵⑮，当日绾着一个篮儿，出城门外去，只见一个婆子在门前叫常卖，把着一件物事递与董贵。是甚的？是一朵珠子结成的栀子花。那一夜朱真归家，失下这朵珠花。婆婆私下捡得在手，不理会得直几钱，要卖一两贯钱作私房。董贵道：“要几钱?”婆子道：“胡乱。”董贵道：“还你两贯。”婆子道：“好。”董贵还了钱，径将来使臣房里，见了观察，说道恁地。即时观察把这朵栀子花径来曹门里，教周大郎、周妈妈看，认得是女儿临死带去的。即时差人捉婆子。婆子说：“儿子朱真不在。”当时搜捉朱真不见，却在桑家瓦里看耍，被做公的捉了，解上开封府。包大尹送狱司勘问上件事情，朱真抵赖不得，一一招伏。当案薛孔目初拟朱真劫坟当斩，范二郎免死，刺配牢城营，未曾呈案。其夜梦见一神如五道将军之状，怒责薛孔目曰：“范二郎有何罪过，拟他刺配！快与他出脱了。”薛孔目醒来，大惊，改拟范二郎打鬼，与人命不同，事属怪异，宜径行释放。包大尹看了，都依拟。范二郎欢天喜地回家。后来娶妻，不忘周胜仙之情，岁时到五道将军庙中烧纸祭奠。有诗为证：

情郎情女等情痴，只为情奇事亦奇。

若把无情有情比，无情翻似得便宜。

⑮常卖：宋代称呼带着东西到处叫卖的小贩为“常卖”。

十　赫大卿遗恨鸳鸯绦

【精要简介】

本篇讲述的是监生赫大卿进入尼庵，被一群尼姑拖住不放，日夜宣淫，轮番大战，最后虚脱而死的故事，描绘了尼姑、道姑偷汉的"淫行"。

【原文鉴赏】

皮包血肉骨包身，强作娇妍诳惑人。

千古英雄皆坐此[①]，百年同共一坑尘。

这首诗乃昔日性如子所作，单戒那淫色自戕的。论来好色与好淫不同。假如古诗云："一笑倾人城，再笑倾人国。岂不顾倾城与倾国，佳人难再得！"此谓之好色[②]。若是不择美恶，以多为胜，如俗语所云："石灰布袋，到处留迹。"其色何在？但可谓之好淫而已。然虽如此，在色中又有多般：假如张敞画眉，相如病渴，虽为儒者所讥，然夫妇之情，人伦之本，此谓之正色。又如娇妾美婢，倚翠偎红，金钗十二行[③]，锦障五十里[④]，樱桃杨柳，歌舞擅场，碧月紫云，风流姱艳，虽非一马一鞍，毕竟有花有叶，此谓之旁色。又如锦营献笑，花阵图欢，露水分司[⑤]，身到偶然，留影风云随例，颜开那惜缠头[⑥]，旅馆长途，堪消寂寞，花前月下，亦助襟怀，虽市门之游[⑦]，豪客不废，然女闾之遗[⑧]，正人耻言，不得不谓之邪色。至如上蒸下报[⑨]，同人道于兽禽，钻穴逾墙，役心机于鬼蜮，偷暂时之欢乐，为万世之罪人，明有人诛，幽蒙鬼责，这谓之乱色。

①坐：因为。

②好色：正当的爱情。

③金钗十二行：形容姬妾众多。

④锦障五十里：晋代石崇和王恺斗富，王恺做紫丝布障四十里，石崇作锦步障五十里。步障，指道路两旁的帷幔。

⑤露水分司：指嫖妓。俗称不正当的男女关系为“露水夫妻”。

⑥缠头：古代给歌儿舞女的赏赐，后引申为送给妓女的金钱。

⑦市门之游：指逛妓院。

⑧女闾：春秋时齐桓公所创设的妓院。

⑨上蒸下报：亲族中晚辈男子和长辈女子通奸叫“蒸”，相反的情况叫“报”。

又有一种不是正色，不是旁色，虽然比不得乱色，却又比不得邪色。填塞了虚空圈套，污秽却清净门风，惨同神面刮金，恶胜佛头浇粪，远则地府填单，近则阳间业报。奉劝世人，切须谨慎！正是：

不看僧面看佛面，休把淫心杂道心。

说这本朝宣德年间，江西临江府新淦县，有个监生，姓赫名应祥，字大卿，为人风流俊美，落拓不羁，专好的是声色二事。遇着花街柳巷，舞榭歌台，便流留不舍，就当做家里一般，把老大一个家业，也弄去了十之三四。浑家陆氏，见他恁般花费，苦口谏劝。赫大卿倒道老婆不贤，时常反目。因这上，陆氏立誓不管，领着三岁一个孩子喜儿，自在一间净室里持斋念佛，由他放荡。

一日，正值清明佳节，赫大卿穿着一身华丽衣服，独自一个到郊外踏青游玩。有宋张咏诗为证：

春游千万家，美人颜如花。

三三两两映花立，飘飘似欲乘烟霞。

赫大卿只拣妇女丛聚之处，或前或后，往来摇摆，卖弄风流，希图要逢着个有缘分的佳人。不想一无所遇，好不败兴。自觉无聊，走向一个酒馆中，沽饮三杯。上了酒楼，拣沿街一副座头坐下。酒保送上酒肴，自斟自饮，倚窗观看游人。不觉三杯两盏，吃勾半酣，起身下楼，算还酒钱，离了酒馆，一步步任意走去。

此时已是未牌时分。行不多时，渐渐酒涌上来，口干舌燥，思量得盏茶来解渴便好。正无处求觅，忽抬头见前面林子中，幡影摇曳，磬韵悠扬，料道是个僧寮道院，心中欢喜，即忙趋向前去。抹过林子，显出一个大庵院来。赫大卿打一看时，周遭都是粉墙包裹，门前十来株倒垂杨柳，中间向阳两扇八字墙门，上面高悬金字扁额，写着"非空庵"三字。赫大卿点头道："常闻得人说，城外非空庵中有标致尼姑，只恨没有工夫，未曾见得。不想今日趁了这便。"即整顿衣冠，走进庵里。转东一条鹅卵石街，两边榆柳成行，甚是幽雅。行不多步，又进一重墙门，便是小小三间房子，供着韦驮尊者。庭中松柏参天，树上鸟声嘈杂。从佛背后转进，又是一条横街。

大卿径望东首行去，见一座雕花门楼，双扉紧闭。上前轻轻扣了三四下，就有个垂髫女童，呀的开门。那女童身穿缁衣，腰系丝绦，打扮得十分齐整，见了赫大卿，连忙问讯。大卿还了礼，跨步进去看时，一带三间佛堂，虽不甚大，到也高敞。中间三尊大佛，相貌庄严，金光灿烂。大卿向佛作了揖，对女童道：“烦报令师，说有客相访。”女童道：“相公请坐，待我进去传说。”

须臾间，一个少年尼姑出来，向大卿稽首⑩。大卿急忙还礼，用那双开不开，合不合，惯输情，专卖俏，软眯睽的俊眼⑪，仔细一觑。这尼姑年纪不上二十，面庞白皙如玉，天然艳冶，韵格非凡。大卿看见恁般标致，喜得神魂飘荡，一个揖作了下去，却像初出锅的糍粑，软做一塌，头也伸不起来。礼罢，分宾主坐下，想道：“今日撞了一日，并不曾遇得个可意人儿，不想这所在到藏着如此妙人。须用些水磨工夫撩拨他⑫，不怕不上我的钩儿。”

⑩稽（qǐ）首：僧道举一手于面前行礼。

⑪软眯睽：形容眼睛要睁不睁，要闭不闭的样子。

⑫水磨工夫：周密、细致、耐心的功夫、手段。

大卿正在腹中打点草稿，谁知那尼姑亦有此心。从来尼姑庵也有个规矩，但凡客官到来，都是老尼迎接答话。那少年的如闺女一般，深居简出，非细相熟的主顾，或是亲戚，方才得见。若是老尼出外，或是病卧，竟自辞客。就有非常势要的，立心要来认那小徒，也少不得三请四唤，等得你个不耐烦，方才出来。这个尼姑为何挺身而出？有个缘故。他原是个真念佛，假修行，爱风月，嫌冷静，怨恨出家的主儿。偶然先在门隙里，张见了大卿这一表人材，到有几分看上了，所以挺身而出。当下两只眼光，就如针儿遇着磁石，紧紧的摄在大卿身上，笑嘻嘻的问道：“相公尊姓贵表？府上何处？至小庵有甚见谕？”大卿道：“小生姓赫名大卿，就在城中居住。今日到郊外踏青，偶步至此。久慕仙姑清德，顺便拜访。”尼姑谢道：“小尼僻居荒野，无德无能，谬承枉顾，蓬荜生辉。此处来往人杂，请里面轩中待茶。”大卿见说请到里面吃茶，料有几分光景，好不欢喜。即起身随入。

行过几处房屋，又转过一条回廊，方是三间净室，收拾得好不精雅。外面一带，都是扶栏，庭中植梧桐二树，修竹数竿，百般花卉，纷纭辉映，但觉香气袭人。正中间供白描大士像一轴⑬，古铜炉中，香烟馥馥，下设蒲团一坐，左一间放着朱红厨柜四个，都有封锁，想是收藏经典在内。右一间用围屏围着，进入看时，横设一张桐柏长书桌，左设花藤小椅，右边靠壁一张斑竹榻儿，壁上悬一张断纹古琴，书桌上笔砚精良，纤尘不染。侧边有经卷数帙，随手拈一卷翻看，金书小楷，字体摹仿赵松雪⑭，后注年月，下书“弟子空照薰沐写”。

⑬白描大士像：线画的观音菩萨像。白描，画画的一种方法，用淡墨勾勒轮廓，不用彩色，也不用背景，叫作白描。

⑭赵松雪：赵孟頫（1254—1322 年），字子昂，号宋雪，元代著名的书画家。

大卿问：“空照是何人？”答道：“就是小尼贱名。”大卿反复玩赏，夸之不已。两个隔着卓子对面而坐。女童点茶到来。空照双手捧过一盏，递与大卿，自取一盏相陪。那手十指尖纤，洁白可爱。大卿接过，啜在口中，真个好茶！有吕洞宾茶诗为证：

玉蕊旗枪称绝品，僧家造法极工夫。

兔毛瓯浅香云白，虾眼汤翻细浪休。

断送睡魔离几席，增添清气入肌肤。

幽丛自落溪岩外，不肯移根入上都。

大卿问道：“仙庵共有几位？”空照道：“师徒四众。家师年老，近日病废在床，当家就是小尼。”指着女童道：“这便是小徒，他还有师弟在房里诵经。”赫大卿道：“仙姑出家几年了？”空照道：“自七岁丧父，送入空门，今已十二年矣。”赫大卿道：“青春十九，正在妙龄，怎生受此寂静？”空照道：“相公休得取笑！出家胜俗家数倍哩。”赫大卿道：“那见得出家的胜似俗家？”空照道：“我们出家人，并无闲事缠扰，又无儿女牵绊，终日诵经念佛，受用一炉香，一壶茶，倦来眠纸

帐，闲暇理丝桐[15]，好不安闲自在。”大卿道：“闲暇理丝桐，弹琴时也得个知音的人儿在旁喝采方好。这还罢了，则这倦来眠纸帐，万一梦魇起来，没人推醒，好不怕哩!”空照已知大卿下钩，含笑而应道：“梦魇杀了人也不要相公偿命。”大卿也笑道：“别的魇杀了一万个，全不在小生心上，像仙姑恁般高品，岂不可惜!”两下你一句，我一声，渐渐说到分际。大卿道：“有好茶再求另泼一壶来吃。”空照已会意了，便教女童去廊下烹茶。

⑮丝桐：琴的别称。

大卿道：“仙姑卧房何处？是什么纸帐？也得小生认一认。”空照此时欲心已炽，按捺不住，口里虽说道：“认他怎么?”却早已立起身来。大卿上前拥抱，先做了个“吕”字。空照往后就走，大卿接脚跟上。空照轻轻的推开后壁，后面又有一层房屋，正是空照卧处。摆设更自济楚。大卿也无心观看，两个相抱而入，遂成云雨之欢。有《小尼姑》曲儿为证：

小尼姑，在庵中，手拍着卓儿怨命。平空里吊下个俊俏官人，坐谈有几句话，声口儿相应。你贪我不舍，一拍上就圆成。虽然不是结发的夫妻，也难得他一个字儿叫做肯。

二人正在酣美之处，不堤防女童推门进来，连忙起身。女童放下茶儿，掩口微笑而去。

看看天晚，点起灯烛，空照自去收拾酒果蔬菜，摆做一卓，与赫大卿对面坐下，又恐两个女童泄漏机关，也教来坐在旁边相陪。空照道："庵中都是吃斋，不知贵客到来，未曾备办荤味，甚是有慢。"赫大卿道："承贤师徒错爱，已是过分。若如此说，反令小生不安矣。"当下四人杯来盏去，吃到半酣，大卿起身捱至空照身边，把手勾着颈儿，将酒饮过半杯，递到空照口边。空照将口来承，一饮而尽。两个女童见他肉麻，起身回避。空照一把扯道："既同在此，料不容你脱白。"二人挣脱不开，将袖儿掩在面上。大卿上前抱住，扯开袖子，就做了个嘴儿。二女童年在当时，情窦已开，见师父容情，落得快活。四人搂做一团，缠做一块，吃得个大醉，一床而卧，相偎相抱，如漆如胶。赫大卿放出平生本事，竭力奉承。尼姑俱是初得甜头，恨不得把身子并做一个。

到次早，空照叫过香公，赏他三钱银子，买嘱他莫要泄漏。又将钱钞教去买办鱼肉酒果之类。那香公平昔间，捱着这几碗黄虀淡饭，没甚肥水到口，眼也是盲的，耳也是聋的，身子是软的，脚儿是慢的。此时得了这三钱银子，又见要买酒肉，便觉眼明手快，身子如虎一般健，走跳如飞。那消一个时辰，都已买完。安排起来，款待大卿，不在话下。

却说非空庵原有两个房头，东院乃是空照，西院的是静真，也是个风流女师，手下止有一个女童，一个香公。那香公因见东院连日买办酒肉，报与静真。静真猜算空照定有些不三不四的勾当，教女童看守房户，起身来到东院门口。恰好遇见香公，左手提着一个大酒壶，右手拿个篮儿，开门出来。两下打个照面，即问道："院主往那里去？"静真道："特来与师弟闲话。"香公道："既如此，待我先去通报。"静真一手扯住道："我都晓得了，不消你去打照会。"香公被道着心事，一个脸儿登时涨红，不敢答应，只得随在后边，将院门闭上，跟至净室门口，高叫道："西房院主在此拜访。"空照闻言，慌了手脚，没做理会，教大卿闪在屏后，起身迎住静真。静真上前一把扯着空照衣袖，说道："好阿，出家人干得好事，败坏山门，我与你到里正处去讲。"扯着便走。吓得个空照脸儿就如七八样的颜色染的，一搭儿红，一搭儿青，心头恰像千百个铁槌打的，一回儿上，一回儿下，半句也对不出，半步也行不动。静真见他这个模样，呵呵笑道："师弟不消着急！我是耍你。但既有佳宾，如何瞒着我独自受用？还不快请来相见？"空照听了这话，方才放心，遂令大卿与静真相见。

大卿看静真姿容秀美，丰采动人，年纪有二十五六上下，虽然长于空照，风情比他更胜，乃问道："师兄上院何处？"静真道："小尼即此庵西院，咫尺便是。"大卿道："小生不知，失于奉谒。"两下闲叙半晌。静真见大卿举止风流，谈吐开爽，凝眸留盼，恋恋不舍，叹道："天下有此美士，师弟何幸，独擅其美！"空照道："师兄不须眼热！倘不见外，自当同乐。"静真道："若得如此，佩德不浅。今晚奉候小坐，万祈勿外。"说罢，即起身作别，回至西院，准备酒肴伺候。

不多时，空照同赫大卿携手而来。女童在门口迎候。赫大卿进院看时，房廊花径，亦甚委曲。三间净室，比东院更觉精雅。但见：

潇洒亭轩，清虚户牖。画展江南烟景，香焚真腊沉檀。庭前修竹，风摇一派珮环声；帘外奇花，日照千层锦绣色。松阴入槛琴书润，山色侵轩枕簟凉。

静真见大卿已至，心中欢喜。不复叙礼，即便就坐。茶罢，摆上果酒肴馔。空照推静真坐在赫大卿身边，自己对面相陪，又扯女童打横而坐。四人三杯两盏，饮勾多时。赫大卿把静真抱置膝上，又教空照坐至身边。一手勾着头颈项儿，百般旖旎。旁边女童面红耳热，也觉动情。直饮到黄昏时分，空照起身道："好做新郎，明日早来贺喜。"讨个灯儿，送出门口自去。女童叫香公关门闭户，进来收拾家火，将汤净过手脚。赫大卿抱着静真上床，解脱衣裳，钻入被中。酥胸紧贴，玉体相偎。赫大卿乘着酒兴，尽生平才学，恣意搬演，把静真弄得魄丧魂消，骨酥体软，四肢不收，委然席上。睡至巳牌时分，方才起来。自此之后，两院都买嘱了香公，轮流取乐。

赫大卿淫欲无度，乐极忘归。将近两月，大卿自觉身子困倦，支持不来，思想回家。怎奈尼姑正是少年得趣之时，那肯放舍。赫大卿再三哀告道："多承雅爱，实不忍别。但我到此两月有馀，家中不知下落，定然着忙。待我回去，安慰妻孥，再来陪奉。不过四五日之事，卿等何必见疑？"空照道："既如此，今晚备一酌为饯，明早任君回去。但不可失信，作无行之人。"赫大卿设誓道："若忘卿等恩德，犹如此日！"空照即到西院，报与静真。静真想了一回道："他设誓虽是真心，但去了必不能再至。"空照道："却是为何？"静真道："是这样一个风流美貌男子，谁人不爱！况他生平花柳多情，乐地不少，逢着便留恋几时。虽欲要来，势不可得。"空照道："依你说还是怎样？"静真道："依我却有个绝妙策儿在此，教他无绳自缚，死心塌地守着我们。"空照连忙问计。静真伸出手叠着两个指头，说将出来. 有分教，赫大卿：

生于锦绣丛中，死在牡丹花下。

当下静真道："今夜若说饯行，多劝几杯，把来灌醉了，将他头发剃净，自然难回家去。况且面庞又像女人，也照我们妆束，就是达摩祖师亲来，也相不出他是个男子。落得永远快活，且又不担干系，岂非一举两便！"空照道："师兄高见，非我可及。"到了晚上，静真教女童看守房户，自己到东院见了赫大卿道："正好欢娱，因甚顿生别念？何薄

情至此！”大卿道：“非是寡情，止因离家已久，妻孥未免悬望，故此暂别数日，即来陪侍。岂敢久抛，忘卿恩爱！”静真道：“师弟已允，我怎好勉强？但君不失所期，方为信人。”大卿道：“这个不须多嘱。”少顷，摆上酒肴，四尼一男，团团而坐。静真道：“今夜此酒，乃离别之筵，须大家痛醉。”空照道：“这个自然！”当下更番劝酬，直饮至三鼓，把赫大卿灌得烂醉如泥，不省人事。静真起身，将他巾帻脱下，空照取出剃刀，把头发剃得一茎不存，然后扶至房中去睡，各自分别就寝。

赫大卿一觉直至天明，方才苏醒，旁边伴的却是空照。翻转身来，觉道精头皮在枕上抹过。连忙把手摸时，却是一个精光葫芦。吃了一惊，急忙坐起，连叫道：“这怎么说？”空照惊醒转来，见他大惊小怪，也坐起来道：“郎君不要着恼！因见你执意要回，我师徒不忍分离，又无策可留，因此行这苦计，把你也要扮做尼姑，图个久远快活。”一头说，一头即倒在怀中，撒娇撒痴，淫声浪语，迷得个赫大卿毫无张主，乃道：“虽承你们好意，只是下手太狠！如今教我怎生见人？”空照道：“待养长了头发，见也未迟。”赫大卿无可奈何，只得依他做尼姑打扮，住在庵中，昼夜淫乐。空照、静真已自不肯放空，又加添两个女童：

或时做联床会，或时做乱点军。那壁厢贪淫的肯行谦让？这壁厢买好的敢惜精神？

两柄快斧不勾劈一块枯柴，一个疲兵怎能当四员健将。灯将灭而复明，纵是强阳之火；漏已尽而犹滴，那有润泽之时。任教铁汉也消熔，这个残生难过活。

大卿病已在身，没人体恤。起初时还三好两歉，尼姑还认是躲避差役。次后见他久眠床褥，方才着急。意欲送回家去，却又头上没了头发，怕他家盘问出来，告到官司，败坏庵院，住身不牢；若留在此，又恐一差两误，这尸首无处出脱，被地方晓得，弄出事来，性命不保。又不敢请觅医人看治，止教香公去说病讨药。犹如浇在石上，那有一些用处？空照、静真两个，煎汤送药，日夜服侍，指望他还有痊好的日子。谁知病势转加，淹淹待毙。空照对静真商议道：“赫郎病体，万无生理，此事却怎么处？”静真想了一想道：“不打紧！如今先教香公去买下几担石灰。等他走了路，也不要寻外人收拾，我们自己与他穿着衣服，依般尼姑打扮。棺材也不必去买，且将老师父寿材来盛了。我与你同着香公女童相帮抬到后园空处，掘个深穴，将石灰倾入，埋藏在内，神不知，鬼不觉，那个晓得！”不题二人商议。

且说赫大卿这日睡在空照房里，忽地想起家中，眼前并无一个亲人，泪如雨下。空照与他拭泪，安慰道：“郎君不须烦恼！少不得有好的日子。”赫大卿道：“我与二卿邂逅相逢，指望永远相好。谁想缘分浅薄，中道而别，深为可恨。但起手原是与卿相处，今有一句要紧话儿，托卿与我周旋，万乞不要违我。”空照道：“郎君如有所嘱，必不敢违。”赫大卿将手在枕边取出一条鸳鸯绦来[16]。如何唤做鸳鸯绦？原来这绦半条是鹦哥绿，半条是鹅儿黄，两样颜色合成，所以谓之鸳鸯绦。当下大卿将绦付与空照，含泪而言道："我自到此，家中分毫不知。今将永别，可将此绦为信，报知吾妻，教他快来见我一面，死亦瞑目。"

⑯绦（tāo）：用丝线编织成的带子。

空照接绦在手，忙使女童请静真到厢房内，将绦与他看了，商议报信一节。静真道："你我出家之人，私藏男子，已犯明条，况又弄得淹淹欲死。他浑家到此，怎肯干休？必然声张起来。你我如何收拾？"空照到底是个嫩货，心中犹预不忍。静真劈手夺取绦来，望着天花板上一丢，眼见得这绦有好几时不得出世哩。空照道："你撇了这绦儿，教我如何去回复赫郎？"静真道："你只说已差香公将绦送去了，他娘子自不肯来，难道问我个违限不成？"空照依言回复了大卿。大卿连日一连问了几次，只认浑家怀恨，不来看他，心中愈加凄惨，呜呜而泣。又捱了几日，大限已到，呜呼哀哉。

地下忽添贪色鬼，人间不见假尼姑。

二尼见他气绝，不敢高声啼哭，饮泣而已。一面烧起香汤，将他身子揩抹干净，取出一套新衣，穿着停当。教起两个香公，将酒饭与他吃饱，点起灯烛，到后园一株大柏树旁边，用铁锹掘了个大穴，倾入石灰，然后抬出老尼姑的寿材，放在穴内。铺设好了，也不管时日利也不利，到房中把尸首翻在一扇板门之上。众尼相帮香公扛至后园，盛殓在内。掩上材盖，将就钉了。又倾上好些石灰，把泥堆上，匀摊与平地一般，并无一毫形迹。可怜赫大卿自清明日缠上了这尼姑，到此三月有馀，断送了性命，妻孥不能一见，撇下许多家业，埋于荒园之中，深为可惜！有小词为证：

贪花的，这一番你走错了路。千不合，万不合，不该缠那小尼姑。小尼姑是真色鬼，怕你缠他不过。头皮儿都擂光了，连性命也呜呼！埋在寂寞的荒园也，这也是贪花的结果。

话分两头，且说赫大卿浑家陆氏，自从清明那日赫大卿游春去了，四五日不见回家，只道又在那个娼家留恋，不在心上。已后十来日不回，叫家人各家去挨问，都道清明之后，从不曾见，陆氏心上着忙。看看一月有馀，不见踪迹，陆氏在家日夜啼哭，写下招子[17]，各处粘贴，并无下落。合家好不着急！

⑰招子：招贴，寻人启事。

那年秋间久雨，赫家房子倒坏甚多。因不见了家主，无心葺理。直至十一月间，方唤几个匠人修造。一日，陆氏自走出来，计点工程，一眼觑着个匠人，腰间系一条鸳鸯绦儿，依稀认得是丈夫束腰之物，吃了一惊。连忙唤丫环教那匠人解下来看。这匠人教做蒯三，泥水木作，件件精熟，有名的三料匠。赫家是个顶门主顾，故此家中大小无不认得。当不见掌家娘子要看，连忙解下，交与丫环。丫环又递与陆氏。陆氏接在手中，反覆仔细一认，分毫不差。只因这条绦儿，有分教：

贪淫浪子名重播，稔色尼姑祸忽临[18]。

⑱稔（rěn）色：好色。

原来当初买这绦儿，一样两条，夫妻各系其一。今日见了那绦，物是人非，不觉扑簌簌流下泪来，即叫蒯三问道："这绦你从何处得来的？"蒯三道："在城外一个尼姑庵里拾的。"陆氏道："那庵叫什么庵？尼姑唤甚名字？"蒯三道："这庵有名的非空庵。有东西两院，东房叫做空照，西房叫做静真，还有几个不曾剃发的女童。"陆氏又问："那尼姑有多少年纪了？"蒯三道："都只好二十来岁，到也有十分颜色。"

陆氏听了，心中揣度："丈夫一定恋着那两个尼姑，隐在庵中了。我如今多着几个人，将了这绦，叫蒯三同去做个证见，满庵一搜，自然出来的。"方才转步，忽又想道："焉知不是我丈夫掉下来的？莫要枉杀了出家人，再问他个备细。"陆氏又叫住蒯三问道："你这绦几时拾的？"蒯三道："不上半月。"

陆氏又想道："原来半月之前，丈夫还在庵中。事有可疑！"又问道："你在何处拾的？"蒯三道："在东院厢房内，天花板上拾的。也是大雨中淋漏了屋，教我去翻瓦，故此拾得。不敢动问大娘子，为何见了此绦，只管盘问？"陆氏道："这绦是我大官人的。自从春间出去，一向并无踪迹。今日见了这绦，少不得绦在那里，人在那里。如今就要同你去与尼姑讨人。寻着大官人回来，照依招子上重重谢你。"蒯三听罢，吃了一惊："那里说起！却在我身上要人！"便道："绦便是我拾得，实不知你们大官人事体。"陆氏道："你在庵中共做几日工作？"蒯三道："西院共有十来日，至今工钱尚还我不清哩。"陆氏道："可曾见我大官人在他庵里么？"蒯三道："这个不敢说谎，生活便做了这几日，任我们穿房入户，却从不曾见大官人的影儿。"

陆氏想道："若人不在庵中，就有此绦，也难凭据。"左思右算，想了一回，乃道："这绦在庵中，必定有因。或者藏于别处，也未可知。适才蒯三说庵中还少工钱，我如今赏他一两银子，教他以讨银为名，不时去打探，少不得露出些圭角来。那时着在尼姑身上，自然有个下落。”即唤过蒯三，分付如此如此，恁般恁般。“先赏你一两银子。若得了实信，另有重谢。”那匠人先说有一两银子，后边还有重谢，满口应承，任凭差遣。陆氏回到房中，将白银一两付与，蒯三作谢回家。

到了次日，蒯三捱到饭后，慢慢的走到非空庵门口，只见西院的香公坐在门槛上，向着日色脱开衣服捉虱子。蒯三上前叫声“香公”。那老儿抬起头来，认得是蒯匠，便道：“连日不见，怎么有工夫闲走？院主正要寻你做些小生活，来得凑巧。”蒯匠见说，正合其意，便道：“不知院主要做什么？”香公道：“说便恁般说，连我也不知。同进去问，便晓得。”把衣服束好，一同进来。湾湾曲曲，直到里边净室中。静真坐在那里写经。香公道：“院主，蒯待诏在此⑲。”静真把笔放下道：“刚要着香公来叫你做生活，恰来得正好。”蒯三道：“不知院主要做甚样生活？”静真道：“佛前那张供卓，原是祖传下来的，年深月久，漆都落了。一向要换，没有个施主。前日蒙钱奶奶发心舍下几根木子，今要照依东院一般做张佛柜，选着明日是个吉期，便要动手。必得你亲手制造；那样没用副手，一个也成不得的。工钱索性一并罢。”蒯三道，“恁样，明日准来。”口中便说，两只眼四下瞧看。静室内空空的，料没个所在隐藏。即便转身，一路出来，东张西望，想道：“这绦在东院拾的，还该到那边去打探。”

⑲待诏：这里是对店铺伙计和一般工匠的尊称。

走出院门，别了香公，径到东院。见院门半开半掩，把眼张看，并不见个人儿。轻轻的捱将进去，蹑手蹑脚逐步步走入。见锁着的空房，便从门缝中张望，并无声息。却走到厨房门首，只听得里边笑声，便立定了脚，把眼向窗中一觑，见两个女童搅做一团顽耍。须臾间，小的跌倒在地，大的便扛起双足，跨上身去，学男人行事，捧着亲嘴。小的便喊。大的道：“孔儿也被人弄大了，还要叫喊！”蒯三正看得得意，忽地一个喷嚏，惊得那两个女童连忙跳起，问道：“那个？”蒯三走近前去，道："是我。院主可在家么?"口中便说，心内却想着两个举动，忍笑不住，格的笑了一声。女童觉道被他看见，脸都红了，道："蒯待诏，有甚说话?"蒯三道："没有甚话，要问院主借工钱用用。"女童道："师父不在家里，改日来罢。"

蒯三见回了，不好进去，只得覆身出院。两个女童把门关上，口内骂道："这蛮子好像做贼的，声息不见，已到厨下了，恁样可恶!"蒯三明明听得，未见实迹，不好发作，一路思想："'孔儿被人弄大'，这句话虽不甚明白，却也有些蹊蹊。且到明日再来探听。"

至次日早上，带着家火，径到西院，将木子量划尺寸，运动斧锯裁截。手中虽做家火，一心察听赫大卿消息。约莫未牌时分，静真走出观看。两下说了一回闲话。忽然抬头见香灯中火灭，便教女童去取火。女童去不多时，将出一个灯盏火儿，放在桌上，便去解绳，放那灯香。不想绳子放得忒松了，那盏灯望下直溜。事有凑巧，物有偶然，香灯刚落下来，恰好静真立在其下，不歪不斜，正打在他的头上。扑的一声，那盏灯碎做两片，这油从头直浇到底。静真心中大怒，也不顾身上油污，赶上前一把揪住女童头发，乱打乱踢，口中骂着："骚精淫妇娼根，被人入昏了，全不照管，污我一身衣服!"

蒯三撇下手中斧凿，忙来解劝开了。静真怒气未息，一头走，一头骂，往里边更换衣服去了。那女童打的头发散做一背，哀哀而哭，见他进去，口中喃喃的道："打翻了油，便恁般打骂!你活活弄死了人，该问甚么罪哩?"蒯三听得这话，即忙来问。正是：

情知语似钩和线，从头钓出是非来。

原来这女童年纪也在当时，初起见赫大卿与静真百般戏弄，心中也欲得尝尝滋味。怎奈静真情性利害，比空照大不相同，极要拈酸吃醋。只为空照是首事之人，姑容了他。汉子到了自己房头，囫囵吃在肚子，还嫌不勾，怎肯放些须空隙与人!女童含忍了多时，衔恨在心，今日气怒间，一时把真话说出，不想正凑了蒯三之趣。当下蒯三问道："他怎么弄死了人？”女童道：“与东房这些淫妇，日夜轮流快活，将一个赫监生断送了。”蒯三道：“如今在那里？”女童道：“东房后园大柏树下埋的不是？”蒯三还要问时，香公走将出来，便大家住口。女童自哭向里边去了。

蒯三思量这话，与昨日东院女童的正是暗合，眼见得这事有九分了。不到晚，只推有事，收拾家火，一口气跑至赫家，请出陆氏娘子，将上项事一一说知。陆氏见说丈夫死了，放声大哭。连夜请亲族中商议停当，就留蒯三在家宿歇。到次早，唤集童仆，共有二十来人，带了锄头铁锹斧头之类，陆氏把孩子教养娘看管，乘坐轿子，蜂涌而来。

那庵离城不过三里之地，顷刻就到了。陆氏下了轿子，留一半人在门口把住，其馀的担着锄头铁锹，随陆氏进去。蒯三在前引路，径来到东院扣门。那时庵门虽开，尼姑们方才起身。香公听得扣门，出来开看，见有女客，只道是烧香的，进去报与空照知道。那蒯三认得后园路径，引着众人，一直望里边径闯，劈面遇着空照。空照见蒯三引着女客，便道：“原来是蒯待诏的宅眷。”上前相迎。蒯三、陆氏也不答应，将他挤在半边，众人一溜烟向园中去了。空照见势头勇猛，不知有甚缘故，随脚也赶到园中。见众人不到别处，径至大柏树下，运起锄头铁锹，往下乱撬。空照知事已发觉，惊得面如土色，连忙覆身进来，对着女童道：“不好了！赫郎事发了！快些随我来逃命！”两个女童都也吓得目睁口呆，跟着空照罄身而走。方到佛堂前，香公来报说：“庵门口不知为甚，许多人守住，不容我出去。”空照连声叫：“苦也！且往西院去再处。”四人飞走到西院，敲开院门，分付香公闭上：“倘有人来扣，且勿要开。”赶到里边。

那时静真还未起身，门尚闭着。空照一片声乱打。静真听得空照声音，急忙起来，穿着衣服，走出问道：“师弟为甚这般忙乱？”空照道：“赫郎事体，不知那个漏了消息。蒯木匠这天杀的，同了许多人径赶进后园，如今在那里发掘了。我欲要逃走，香公说门前已有人把守，出去

不得，特来与你商议。”静真见说，吃这一惊，却也不小，说道：“蒯匠昨日也在这里做生活，如何今日便引人来？却又知得恁般详细。必定是我庵中有人走漏消息，这奴狗方才去报新闻。不然何由晓得我们的隐事？”那女童在旁闻得，懊悔昨日失言，好生惊惶。东院女童道：“蒯匠有心，想非一日了。前日便悄悄直到我家厨下来打听消耗，被我们发作出门。但不知那个泄漏的？”空照道：“这事且慢理论。只是如今却怎么处？”静真道：“更无别法，只有一个走字。”空照道：“门前有人把守。”静真道：“且看后门。”先教香公打探，回说并无一人。空照大喜，一面教香公把外边门户一路关锁，自己到房中取了些银两，其馀尽皆弃下。连香公共是七人，一齐出了后门，也把锁儿锁了。空照道：“如今走在那里去躲好？”静真道：“大路上走，必然被人遇见，须从僻路而去，往极乐庵暂避。此处人烟稀少，无人知觉。了缘与你我情分又好，料不推辞。待事平定，再作区处。”空照连声道是，不管地上高低，望着小径，落荒而走，投极乐庵躲避，不在话下。

且说陆氏同蒯三众人，在柏树下一齐着力，锄开面上土泥，露出石灰，都道是了。那石灰经了水，并做一块，急切不能得碎。弄了大一回，方才看见材盖。陆氏便放声啼哭。众人用铁锹垦去两边石灰，那材盖却不能开。外边把门的等得心焦，都奔进来观看，正见弄得不了不当，一齐上前相帮，掘将下去，把棺木弄浮，提起斧头，砍开棺盖。打开看时，不是男子，却是一个尼姑。众人见了，都慌做一堆，也不去细认，俱面面相觑，急把材盖掩好。

说话的，我且问你：赫大卿死未周年，虽然没有头发，夫妻之间，难道就认不出了？看官有所不知。那赫大卿初出门时，红红白白，是个俊俏子弟，在庵中得了怯症，久卧床褥，死时只剩得一把枯骨。就是引镜自照，也认不出当初本身了。况且骤然见了个光头，怎的不认做尼姑？

当下陆氏到埋怨蒯三起来，道：“特地教你探听，怎么不问个的确，却来虚报？如今弄这把戏，如何是好？”蒯三道：“昨日小尼明明说的，如何是虚报？”众人道：“见今是个尼姑了，还强辩到那里去！”蒯三道：“莫不掘错了？再在那边垦下去看。”内中有个老年亲戚道：“不可，不可！律上说，开棺见尸者斩。况发掘坟墓，也该是个斩罪。目今我们已先犯着了，倘再掘起一个尼姑，到去顶两个斩罪不成？不如快去告官，拘昨日说的小尼来问，方才扯个两平。若被尼姑先告，到是老大利害。”众人齐声道是。急忙引着陆氏就走，连锄头家火到弃下了。从里边直至庵门口，并无一个尼姑。那老者又道：“不好了！这些尼姑，不是去叫地方，一定先去告状了，快走，快走！”吓得众人一个个心下慌张，把不能脱离了此处。教陆氏上了轿子，飞也似乱跑，望新淦县前来禀官。进得城时，亲戚们就躲去了一半。

正是话分两头，却是陆氏带来人众内，有个雇工人，叫做毛泼皮，只道棺中还有甚东西，闪在一边，让众人去后，揭开材盖，掀起衣服，上下一翻，更无别物。也是数合当然，不知怎地一扯，那裤子直褪下来，露出那件话儿。毛泼皮看了笑道：“原来不是尼姑，却是和尚。”依旧将材盖好，走出来四处张望。见没有人，就趋到一个房里，正是空照的净室。只拣细软取了几件，揣在怀里，离了非空庵。急急追到县前，正值知县相公在外拜客，陆氏和众人在那里伺候。毛泼皮上前道："不要着忙。我放不下，又转去相看。虽不是大官人，却也不是尼姑，到是个和尚。"众人都欢喜道："如此还好！只不知这和尚，是甚寺里，却被那尼姑谋死？"

你道天下有恁般巧事！正说间，旁边走出一个老和尚来，问道："有甚和尚，谋死在那个尼姑庵里？怎么一个模样？"众人道："是城外非空庵东院，一个长长的黄瘦小和尚，像死不多时哩。"老和尚见说，便道："如此说来，一定是我的徒弟了。"众人问道："你徒弟如何却死在那里？"老和尚道："老僧是万法寺住持觉圆，有个徒弟叫做去非，今年二十六岁，专一不学长俊，老僧管他不下。自今八月间出去，至今不见回来。他的父母又极护短。不说儿子不学好，反告小僧谋死，今日在此候审。若得死的果然是他，也出脱了老僧。"毛泼皮道："老师父，你若肯请我，引你去看如何？"老和尚道："若得如此，可知好么！"

正待走动，只见一个老儿，同着一个婆子，赶上来，把老和尚接连两个巴掌，骂道："你这贼秃！把我儿子谋死在那里？"老和尚道："不要嚷，你儿子如今有着落了。"那老儿道："如今在那里？"老和尚道："你儿子与非空庵尼姑串好，不知怎样死了，埋在他后园。"指着毛泼皮道："这位便是证见。"扯着他便走。那老儿同婆子一齐跟来，直到非空庵。那时庵傍人家尽皆晓得，若老若幼，俱来观看。毛泼皮引着老和尚，直至里边。只见一间房里，有人叫响。毛泼皮推门进去看时，却是一个将死的老尼姑，睡在床上叫喊："肚里饿了，如何不将饭来我吃？"毛泼皮也不管他，依旧把门拽上了，同老和尚到后园柏树下，扯开材盖。那婆子同老儿擦磨老眼仔细认看，依稀有些相像，便放声大哭。看的人都拥做一堆。问起根由，毛泼皮指手划脚，剖说那事。老和尚见他认了，只要出脱自己，不管真假，一把扯道："去，去，去，你儿子有了，快去禀官，拿尼姑去审问明白，再哭未迟。"那老儿只得住了，把材盖好，离了非空庵，飞奔进城。到县前时，恰好知县相公方回。

那拘老和尚的差人，不见了原被告，四处寻觅，奔了个满头汗。赫家众人见毛泼皮老和尚到了，都来问道："可真是你徒弟么?"老和尚道："千真万真!"众人道："既如此，并做一事，进去禀罢。"差人带一干人齐到里边跪下。到先是赫家人上去禀说家主不见缘由，并见蒯匠丝绦，及庵中小尼所说，开棺却是和尚尸首，前后事一一细禀。然后老和尚上前禀说，是他徒弟，三月前蓦然出去，不想死在尼姑庵里，被伊父母讦告："今日已见明白，与小僧无干，望乞超豁。"知县相公问那老儿道："果是你的儿子么？不要错了。"老儿禀道："正是小人的儿子，怎么得错!"知县相公即差四个公差到庭中拿尼姑赴审。

差人领了言语，飞也似赶到庵里，只见看的人便拥进拥出，那见尼姑的影儿？直寻到一间房里，单单一个老尼在床，将快死了。内中有一个道："或者躲在西院。"急到西院门口，见门闭着，敲了一回，无人答应。公差心中焦躁，俱从后园墙上爬将过去。见前后门户，尽皆落锁。一路打开搜看，并不见个人迹。差人各溜过几件细软东西，到拿地方同去回官。

知县相公在堂等候，差人禀道："非空庵尼姑都逃躲不知去向，拿地方在此回话。"知县问地方道："你可晓得尼姑躲在何处?"地方道："这个小人们那里晓得!"知县喝道："尼姑在地方上偷养和尚，谋死人命。这等不法勾当，都隐匿不报。如今事露，却又纵容躲过，假推不知。既如此，要地方何用?"喝教拿下去打。地方再三苦告，方才饶得。限在三日内，准要一干人犯。召保在外，听候获到审问。又发两张封皮，将庵门封锁不题。

且说空照、静真同着女童香公来到极乐庵中。那庵门紧紧闭着，敲了一大回，方才香公开门出来。众人不管三七二十一，一齐拥入，流水叫香公把门闭上。庵主了缘早已在门旁相迎，见他们一窝子都来，且是慌慌张张，料想有甚事故。请在佛堂中坐下，一面教香公去点茶，遂开言问其来意。静真扯在半边，将上项事细说一遍，要借庵中躲避。了缘听罢，老大吃惊，沉吟了一回，方道："二位师兄有难来投，本当相留。但此事非同小可！往远处逃遁，或可避祸。我这里墙卑室浅，耳目又近。倘被人知觉，莫说师兄走不脱，只怕连我也涉在浑水内，如何躲得！"

你道了缘因何不肯起来？他也是个广开方便门的善知识[20]，正勾搭万法寺小和尚去非做了光头夫妻，藏在寺中三个多月。虽然也扮作尼姑，常恐露出事来，故此门户十分紧急。今日静真也为那桩事败露来躲避，恐怕被人缉着，岂不连他的事也出丑，因这上不肯相留。空照师徒见了缘推托，都面面相觑，没做理会。到底静真有些贼智，晓得了缘平昔贪财，便去袖中摸出银子，拣上二三两，递与了缘道："师兄之言，虽是有理。但事起仓卒，不曾算得个去路，急切投奔何处？望师兄念向日情分，暂容躲避两三日。待势头稍缓，然后再往别处。这些少银两，送与师兄为盘缠之用。"果然了缘见着银子，就忘了利害，乃道："若只住两三日，便不妨碍，如何要师兄银子！"静真道："在此搅扰，已是不当，岂可又费师兄。"了缘假意谦让一回，把银收过。引入里边去藏躲。

⑳善知识：佛教名词，即善友，好伴侣的意思。

且说小和尚去非，闻得香公说是非空庵师徒五众，且又生得标致，忙走出来观看。两下却好打个照面，各打了问讯。静真仔细一看，却不认得，问了缘道："此间师兄，上院何处？怎么不曾相会？"了缘扯个谎道："这是近日新出家的师弟，故此师兄还认不得。"那小和尚见静真师徒姿色胜似了缘，心下好不欢喜，想道："我好造化，那里说起！天赐这几个妙人到此，少不得都刮上他，轮流儿取乐快活！"当下了缘备办些素斋款待。静真、空照心中有事，耳热眼跳，坐立不宁，那里吃得下饮食？到了申牌时分，向了缘道："不知庵中事体若何？欲要央你们香公去打听个消息，方好计较长策。"了缘即教香公前去。

那香公是个老实头，不知利害，一径奔到非空庵前，东张西望。那时地方人等正领着知县钧旨，封锁庵门，也不管老尼死活，反锁在内，两条封皮，交叉封好。方待转身，见那老头探头探脑，幌来幌去，情知是个细作，齐上前喝道："官府正要拿你，来得恰好！"一个拿起索子，向颈上便套。吓得香公身酥脚软，连声道："他们借我庵中躲避，央来打听的，其实不干我事。"众人道："原晓得你是打听的。快说是那个庵里？"香公道："是极乐庵里。"

众人得了实信，又叫几个帮手，押着香公齐到极乐庵，将前后门把好，然后叩门。里边晓得香公回了，了缘急急出来开门。众人一拥而入，迎头就把了缘拿住，押进里面搜捉，不曾走了一个。那小和尚着了忙，躲在床底下，也被搜出。了缘向众人道："他们不过借我庵中暂避，其实做的事体，与我分毫无干，情愿送些酒钱与列位，怎地做个方便，饶了我庵里罢。"众人道："这使不得！知县相公好不利害哩！倘然问在何处拿的，教我们怎生回答？有干无干，我们总是不知，你自到县里去分辨。”了缘道：“这也容易。但我的徒弟乃新出家的，这个可以免得，望列位做个人情。”众人贪着银子，却也肯了，内中又有个道：“成不得！既是与他没相干，何消这等着忙，直躲入床底下去？一定也有些跷蹊。我们休担这样干纪。”众人齐声道是。都把索子扣了，连男带女，共是十人，好像端午的粽子，做一串儿牵出庵门，将门封锁好了，解入新淦县来。一路上了缘埋怨静真连累，静真半字不敢回答。正是：

老龟蒸不烂，移祸于空桑[21]。

㉑ 老龟蒸不烂，移祸于空桑：意即受牵连。相传，三国时，有人在山中捉到一只大龟，献给孙权，怎么煮也煮不烂。诸葛恪说：“燃以老桑，乃熟。”孙权命人砍伐老桑树来，很快就煮烂了。

此时天色傍晚，知县已是退衙，地方人又带回家去宿歇。了缘悄悄与小和尚说道：“明日到堂上，你只认做新出家的徒弟，切莫要多讲。待我去分说，料然无事。”到次日，知县早衙，地方解进去禀道：“非空庵尼姑俱躲在极乐庵中，今已缉获，连极乐庵尼姑通拿在此。”知县教跪在月台东首。即差人唤集老和尚、赫大卿家人、蒯三并小和尚父母来审。那消片刻，俱已唤到。令跪在月台西首。小和尚偷眼看见，惊异道：“怎么我师父也涉在他们讼中？连爹妈都在此，一发好怪！”心下虽然暗想，却不敢叫唤，又恐师父认出，到把头儿别转，伏在地上。那老儿同婆子，也不管官府在上，指着尼姑，带哭带骂道：“没廉耻的狗淫妇！如何把我儿子谋死？好好还我活的便罢！”小和尚听得老儿与静真讨人，愈加怪异，想道：“我好端端活在此，那里说起？却与他们索命？”静真、空照还认是赫大卿的父母，那敢则声。

知县见那老儿喧嚷，呵喝住了，唤空照、静真上前问道：“你既已出家，如何不守戒律，偷养和尚，却又将他谋死？从实招来，免受刑罚。”静真、空照自己罪犯已重，心慌胆怯，那五脏六腑犹如一团乱麻，没有个头绪。这时见知县不问赫大卿的事情，去问什么和尚之事，一发摸不着个头路。静真那张嘴头子，平时极是能言快语，到这回恰如生膝护牢，鱼胶粘住，挣不出一个字儿。知县连问四五次，刚刚挣出一句道："小尼并不曾谋死那个和尚。"知县喝道："见今谋死了万法寺和尚去非，埋在后园，还敢抵赖！快夹起来！"两边皂隶答应如雷，向前动手。了缘见知县把尸首认做去非，追究下落，打着他心头之事，老大惊骇，身子不摇自动，想道："这是那里说起！他们乃赫监生的尸首，却到不问，反牵扯我身上的事来，真也奇怪！"心中没想一头处，将眼偷看小和尚。小和尚已知父母错认了，也看着了缘，面面相觑。

且说静真、空照俱是娇滴滴的身子，嫩生生的皮肉，如何经得这般刑罚，夹棍刚刚套上，便晕迷了去，叫道："爷爷不消用刑，容小尼从实招认。"知县止住左右，听他供招。二尼异口齐声说道："爷爷，后园埋的不是和尚，乃是赫监生的尸首。"赫家人闻说原是家主尸首，同蒯三俱跪上去，听其情款。知县道："既是赫监生，如何却是光头？"二尼乃将赫大卿到寺游玩，勾搭成奸，及设计剃发，扮作尼姑，病死埋葬，前后之事，细细招出。知县见所言与赫家昨日说话相合，已知是个真情，又问道："赫监生事已实了，那和尚还藏在何处？一发招来！"二尼哭道："这个其实不知。就打死也不敢虚认。"

知县又唤女童、香公逐一细问，其说相同，知得小和尚这事与他无干。又唤了缘、小和尚上去问道："你藏匿静真同空照等在庵，一定与他是同谋的了，也夹起来！"了缘此时见静真等供招明白，小和尚之事，已不缠牵在内，肠了已宽了，从从容容的禀道："爷爷不必加刑，容小尼细说。静真等昨到小尼庵中，假说被人扎诈，权住一两日，故此误留。其他奸情之事，委实分毫不知。"又指着小和尚道："这徒弟乃新出家的，与静真等一发从不相认。况此等无耻勾当，败坏佛门体面，即使未曾发觉，小尼若稍知声息，亦当出首，岂肯事露之后，还敢藏匿？望爷爷详情超豁。"

知县见他说得有理，笑道："话到讲得好。只莫要心不应口。"遂

令跪过一边，喝叫皂隶、将空照、静真各责五十，东房女童各责三十，两个香公各打二十，都打的皮开肉绽，鲜血淋漓。打罢，知县举笔定罪。

静真、空照设计恣淫，伤人性命，依律拟斩。东房二女童，减等，杖八十，官卖。

两个香公，知情不举，俱问杖罪。非空庵藏奸之薮，拆毁入官。了缘师徒虽不知情，但隐匿奸党，杖罪纳赎[22]。西房女童，判令归俗。赫大卿自作之孽，已死勿论。尸棺着令家属领归埋葬。

判毕，各个画供。

㉒纳赎：交钱赎罪，这里指交钱赎免杖罚的意思。

那老儿见尸首已不是他儿子，想起昨日这场啼哭，好生没趣，愈加忿恨，跪上去禀知县，依旧与老和尚要人。老和尚又说徒弟偷盗寺中东西，藏匿在家，反来图赖。两下争执，连知县也委决不下。意为老和尚谋死，却不见形迹，难以入罪；将为果躲在家，这老儿怎敢又与他讨人？想了一回，乃道：“你儿子生死没个实据，怎好问得！且押出去，细访个的确证见来回话。”当下空照、静真、两个女童都下狱中。了缘、小和尚并两个香公，押出召保。老和尚与那老儿夫妻，原差押着，访问去非下落。其馀人犯，俱释放宁家。

大凡衙门，有个东进西出的规矩。这时一干人俱从西边丹墀下走出去。那了缘因哄过了知县，不曾出丑，与小和尚两下暗地欢喜。小和尚还恐有人认得，把头直低向胸前，落在众人背后。也是合当败露。刚出西脚门，那老儿又揪住老和尚骂道：“老贼秃！谋死了我儿子，却又把别人的尸首来哄我么？”夹嘴连腮，只管乱打。老和尚正打得连声叫屈，没处躲避，不想有十数个徒弟徒孙们，在那里看出官，见师父被打，齐赶向前推翻了那老儿，挥拳便打。小和尚见父亲吃亏，心中着急，正忘了自己是个假尼姑，竟上前劝道：“列位师兄不要动手。”众和尚举眼观看，却便是去非，忙即放了那老儿，一把扯住小和尚叫道：“师父，好了！去非在此！”押解差人还不知就里，乃道：“这是极乐庵里尼姑，押出去召保的，你们休错认了。”众和尚道：“哦！原来他假扮尼姑在极乐庵里快活，却害师父受累！”众人方才明白是个和尚，一齐都笑起来。旁边只急得了缘叫苦连声，面皮青染。老和尚分开众人，揪过来，一连四五个耳聒子[23]，骂道：“天杀的奴狗材！你便快活，害得我好苦！且去见老爷来！”拖着便走。

㉓聒子：耳光，打嘴巴。

那老儿见了儿子已在，又做了假尼姑，料道到官必然责罚，向着老和尚连连叩头道：“老师父，是我无理得罪了！情愿下情陪礼。乞念师徒分上，饶了我孩儿，莫见官罢！”老和尚因受了他许多荼毒，那里肯听？扭着小和尚直至堂上。差人押着了缘，也随进来。知县看见问道：“那老和尚为何又结扭尼姑进来？”老和尚道：“爷爷，这不是真尼姑，就是小院徒弟去非假扮的。”知县闻言，也忍笑不住道：“如何有此异事？”喝教小和尚从实供来。去非自知隐瞒不过，只得一一招承。知县录了口词，将僧尼各责四十，去非依律问徒，了缘官卖为奴，极乐庵亦行拆毁。老和尚并那老儿，无罪释放。又讨连具枷枷了，各搽半边黑脸，满城迎游示众。那老儿、婆子，因儿子做了这不法勾当，哑口无言，惟有满面鼻涕眼泪，扶着枷稍，跟出衙门。那时哄动了满城男女，扶老挈幼俱来观看。有好事的，作个歌儿道：

可怜老和尚，不见了小和尚；原来女和尚，私藏了男和尚。分明雄和尚，错认了雌和尚。为个假和尚，带累了真和尚。断过死和尚，又明白了活和尚。满堂只叫打和尚，满街争看迎和尚。只为贪那裤裆中硬崛崛一个莽和尚，弄坏了庵院里娇滴滴许多骚和尚。

且说赫家人同蒯三急奔到家，报知主母。陆氏闻言，险些哭死，连夜备办衣衾棺椁，禀明知县，开了庵门，亲自到庵，重新入殓，迎到祖茔，择日安葬。那时庵中老尼，已是饿死在床。地方报官盛殓，自不必说。这陆氏因丈夫生前不肯学好，好色身亡，把孩子严加教诲。后来明经出仕㉔，官为别驾之职。有诗为证：

野草闲花恣意贪，化为蜂蝶死犹甘。

名庵并入游仙梦，是色非空作笑谈。

㉔明经：明代对贡生的尊称。贡生，是在秀才中挑选出来贡献给国子监的生员，有岁贡、选贡、恩贡、纳贡之分。有了贡生的资格，也可以做小官。

十一 吴衙内邻舟赴约

【精要简介】

本篇以才子佳人为主要内容，讲述了都出身于官宦之家的吴衙内吴彦和贺小姐贺秀娥相遇相爱的故事。

【原文鉴赏】

贪花费尽采花心，身损精神德损阴。

劝汝遇花休浪采，佛门第一戒邪淫。

话说南宋时，江州有一秀才，姓潘名遇，父亲潘朗，曾做长沙太守，高致在家①。潘遇已中过省元②，别了父亲，买舟往临安会试。前一夜，父亲梦见鼓乐旗彩，送一状元扁额进门，扁上正注潘遇姓名。早起唤儿子说知。潘遇大喜，以为春闱首捷无疑。一路去高歌畅饮，情怀开发。不一日，到了临安，寻觅下处，到一个小小人家。主翁相迎，问："相公可姓潘么?"潘遇道："然也，足下何以知之?"主翁道："夜来梦见土地公公说道：'今科状元姓潘，明日午刻到此，你可小心迎接。'相公正应其兆。若不嫌寒舍简慢，就在此下榻何如?"潘遇道："若果有此事，房价自当倍奉。"即令家人搬运行李到其家停宿。

①高致：告老回家，不做官的意思。

②省元：即乡魁，解元，乡试第一名举人。

主人有女年方二八，颇有姿色。听得父亲说其梦兆，道潘郎有状元之分，在窗下偷觑，又见他仪容俊雅，心怀契慕，无由通款③。一日，潘生因取砚水，偶然童子不在，自往厨房，恰与主人之女相见。其女一

笑而避之。潘生魂不附体，遂将金戒指二枚、玉簪一支，嘱付童儿，觑空致意此女，恳求幽会。此女欣然领受，解腰间绣囊相答。约以父亲出外，亲赴书斋。一连数日，潘生望眼将穿，未得其便。直至场事已毕，主翁治杯节劳。饮至更深，主翁大醉。潘生方欲就寝，忽闻轻轻叩门之声，启而视之，乃此女也。不及交言，捧进书斋，成其云雨，十分欢爱。约以成名之后，当娶为侧室。

③通款：表达心意。

是夜，潘朗在家，复梦向时鼓乐旗彩，迎状元匾额过其门而去。潘朗梦中唤云："此乃我家旗扁。"送匾者答云："非是。"潘朗追而看之，果然又 姓名矣。送扁者云："今科状元合是汝子潘遇，因做了欺心之事，天帝命削去前程，另换一人也。"潘朗惊醒，将信将疑。未几揭晓，潘朗阅登科记[④]，状元果是梦中所迎扁上姓名，其子落第。待其归而叩之，潘遇抵赖不过，只得实说。父子叹嗟不已。潘遇过了岁馀，心念此女，遣人持金帛往聘之，则此女已适他人矣，心中甚是懊悔。后来连走数科不第，郁郁而终。

因贪片刻欢娱景，误却终身富贵缘。

④登科记：考中了进士的人的名册。

说话的，依你说，古来才子佳人，往往私谐欢好，后来夫荣妻贵，反成美谈，天公大算盘，如何又差错了？看官有所不知。大凡行奸卖俏，坏人终身名节，其过非小。若是五百年前合为夫妇，月下老赤绳系足，不论幽期明配，总是前缘判定，不亏行止。

听在下再说一件故事，也出在宋朝，却是神宗皇帝年间。有一位官人，姓吴名度，汴京人氏，进士出身，除授长沙府通判。夫人林氏，生得一位衙内，单讳个彦字，年方一十六岁，一表人才，风流潇洒。自幼读书，广通经史，吟诗作赋，件件皆能。更有一件异处，你道是甚异处？这等一个清标人物，却吃得东西，每日要吃三升米饭，二斤多肉，十馀斤酒，其外饮馔不算。这还是吴府尹恐他伤食，酌中定下的规矩[5]。若论起吴衙内，只算做半饥半饱，未能趁心像意。

⑤酌中：折中，斟酌。

是年三月间，吴通判任满，升选扬州府尹。彼处吏书差役带领马船[6]，直至长沙迎接。吴度即日收拾行装，辞别僚友起程。下了马船，一路顺风顺水。非止一日，将近江州。昔日白乐天赠商妇《琵琶行》云："江州司马青衫湿。"便是这个地方。吴府尹船上正扬着满帆，中流稳度。倏忽之间，狂风陡作，怒涛汹涌，险些儿掀翻。莫说吴府尹和夫人们慌张，便是篙师舵工无不失色，急忙收帆拢岸。只有四五里江面，也挣了两个时辰。回顾江中往来船只，那一只上不手忙脚乱，求神许愿，挣得到岸，便谢天不尽了。

⑥马船：官船。

这里吴府尹马船至了岸旁，抛锚系缆。那边已先有一只官船停泊。两下相隔约有十数丈远。这官船舱门上帘儿半卷，下边站着一个中年妇人，一个美貌女子。背后又侍立三四个丫鬟。吴衙内在舱中帘内，早已瞧见。那女子果然生得娇艳。怎见得？有诗为证：

秋水为神玉为骨，芙蓉如面柳如眉。

分明月殿瑶池女，不信人间有异姿。

吴衙内看了，不觉魂飘神荡，恨不得就飞到他身边，搂在怀中，只是隔着许多路，看得不十分较切。心生一计，向吴府尹道："爹爹，何不教水手移去，帮在这只船上？到也安稳。"吴府尹依着衙内，分付水手移船。水手不敢怠慢，起锚解缆，撑近那只船旁。吴衙内指望帮过了船边，细细饱看。谁知才傍过去，便掩上舱门，把吴衙内一团高兴，直冷淡到脚指尖上。

你道那船中是甚官员？姓甚名谁？那官人姓贺名章，祖贯建康人氏，也曾中过进士。前任钱塘县尉，新任荆州司户，带领家眷前去赴任，亦为阻风，暂驻江州。三府是他同年，顺便进城拜望去了，故此家眷开着舱门闲玩。中年的便是夫人金氏，美貌女子乃女儿秀娥。元来贺司户没有儿子，止得这秀娥小姐，年才十五，真有沉鱼落雁之容，闭月羞花之貌。女工针指，百伶百俐，不教自能。兼之幼时贺司户曾延师教过，读书识字，写作俱高。贺司户夫妇因是独养女儿，钟爱胜如珍宝，要赘个快婿，难乎其配，尚未许人。当下母子正在舱门口观看这些船只慌乱，却见吴府尹马船帮上来，夫人即教丫鬟下帘掩门进去。

吴府尹是仕路上人，便令人问是何处官府。不一时回报说："是荆州司户，姓贺讳章，今去上任。"吴府尹对夫人道："此人昔年至京应试，与我有交。向为钱塘县尉，不道也升迁了。既在此相遇，礼合拜访。"教从人取帖儿过去传报。从人又禀道："那船上说，贺爷进城拜客未回。"正说间，船头上又报道："贺爷已来了。"吴府尹教取公服穿

着，在舱中望去，贺司户坐着一乘四人轿，背后跟随许多人从。元来贺司户去拜三府，不想那三府数日前丁忧去了，所以来得甚快。抬到船边下轿，看见又有一只座船，心内也暗转："不知是何使客？"走入舱中，方待问手下人，吴府尹帖儿早已递进。贺司户看罢，即教相请。恰好舱门相对，走过来就是。见礼已毕，各叙间阔寒温。吃过两杯茶，吴府尹起身作别。

不一时，贺司户回拜。吴府尹款留小酌，唤出衙内相见，命坐于旁。贺司户因自己无子，观见吴彦仪表超群，气质温雅，先有四五分欢喜。及至问些古今书史，却又应答如流。贺司户愈加起敬，称赞不绝，暗道："此子人才学识，尽是可人。若得他为婿，与女儿恰好正是一对。但他居汴京，我住建康，两地相悬，往来遥远，难好成偶，深为可惜。"此乃贺司户心内之事，却是说不出的话。吴府尹问道："老先生有几位公子？"贺司户道："实不相瞒，止有小女一人，尚无子嗣。"吴衙内也暗想道："适来这美貌女子，必定是了，看来年纪与我相仿，若求得为妇，平生足矣。但他止有此女，料必不肯远嫁，说也徒然。”又想道：“莫说求他为妇，今要再见一面，也不能勾了。怎做恁般痴想。”吴府尹听得贺司户尚没有子，乃道：“元来老先生还无令郎，此亦不可少之事。须广置姬妾，以图生育便好。”贺司户道：“多承指教，学生将来亦有此意。”

彼此谈论，不觉更深方止。临别时，吴府尹道：“倘今晚风息，明晨即行，恐不及相辞了。”贺司户道：“相别已久，后会无期，还求再谈一日。”道罢，回到自己船中。夫人小姐都还未卧，秉烛以待。贺司户酒已半酣，向夫人说起吴府尹高情厚谊，又夸扬吴衙内青年美貌，学问广博，许多好处，将来必是个大器，明日要设席请他父子。因有女儿在旁，不好说出意欲要他为婿这一段情来。那晓得秀娥听了，便怀着爱慕之念。

至次日，风浪转觉狂大，江面上一望去，烟水迷蒙，浪头推起约有二三丈高，惟闻澎湃之声。往来要一只船儿做样，却也没有。吴府尹只得住下。贺司户清早就送请帖，邀他父子赴酌。那吴衙内记挂着贺小姐，一夜卧不安稳。早上贺司户相邀，正是挖耳当招⑦，巴不能到他船中，希图再得一觑。

⑦挖耳当招：指别人用手挖耳朵，却以为在招呼自己。形容心情迫切。

偏这吴府尹不会凑趣，道是父子不好齐扰贺司户。至午后独自过去，替儿子写帖辞谢。吴衙内难好说得，好不气恼。幸喜贺司户不听，再三差人相请。吴彦不敢自专，又请了父命，方才脱换服饰，过船相见，入坐饮酒。

早惊动后舱贺小姐，悄悄走至遮堂后，门缝中张望。那吴衙内妆束整齐，比平日愈加丰采飘逸。怎见得？也有诗为证：

何郎俊俏颜如粉⑧，荀令风流坐有香⑨。

若与潘生同过市，不知掷果向谁旁？

⑧何郎：指何宴（？—249年），三国时期魏国人。他容貌俊美，

面容细腻洁白，喜欢修饰打扮，人称“敷粉何郎”。

⑨荀令：荀彧（163—212年），字文若，东汉末年著名政治家、战略家。相传他的衣带有香气，所到之处香气经久不散，称为令君香。

贺小姐看见吴衙内这表人物，不觉动了私心，想道：“这衙内果然风流俊雅，我若嫁得这般个丈夫，便心满意足了。只是怎好在爹妈面前启齿？除非他家来相求才好。但我便在思想，吴衙内如何晓得？欲待约他面会，怎奈爹妈俱在一处，两边船上，耳目又广，没讨个空处。眼见得难就，只索罢休。”心内虽如此转念，那双眼却紧紧觑定吴衙内。大凡人起了爱念，总有十分丑处，俱认作美处。何况吴衙内本来风流，自然转盼生姿，愈觉可爱。又想道：“今番错过此人，后来总配个豪家宦室，恐未必有此才貌兼全。”左思右想，把肠子都想断了，也没个计策，与他相会。心下烦恼，倒走去坐下。席还未暖，恰像有人推起身的一般，两只脚又早到屏门后张望。看了一回，又转身去坐。不上吃一碗茶的工夫，却又走来观看，犹如走马灯一般，顷刻几个盘旋，恨不得三四步撵至吴衙内身边，把爱慕之情，一一细罄。

说话的，我且问你，在后舱中非止贺小姐一人，须有夫人丫鬟等辈，难道这般着迷光景，岂不要看出破绽？看官，有个缘故。只因夫人平素有件毛病，刚到午间，便要熟睡一觉，这时正在睡乡，不得工夫。那丫头们巴不得夫人小姐不来呼唤，背地自去打火作乐，谁个管这样闲帐？为此并无人知觉。少顷，夫人睡醒，秀娥只得耐住双脚，闷坐呆想。正是：

相思相见知何日？此时此际难为情。

且说吴衙内身虽坐于席间，心却挂在舱后，不住偷眼瞧看。见屏门紧闭，毫无影响，暗叹道：“贺小姐，我特为你而来，不能再见一面，何缘分浅薄如此。”怏怏不乐，连酒也懒得去饮。抵暮席散，归到自己船中，没情没绪，便向床上和衣而卧。这里司户送了吴府尹父子过船，请夫人女儿到中舱夜饭。秀娥一心忆着吴衙内，坐在旁边，不言不语，如醉如痴，酒也不沾一滴，箸也不动一动。夫人看了这个模样，忙问道："儿，为甚一毫东西不吃，只是呆坐？"连问几声，秀娥方答道："身子有些不好，吃不下。"司户道："既然不自在，先去睡罢。"夫人便起身，叫丫鬟掌灯，送他睡下，方才出去。停了一回，夫人又来看觑一番，催丫鬟吃了夜饭，进来打铺相伴。

秀娥睡在帐中，翻来覆去，那里睡得着？忽闻舱外有吟咏之声，侧耳听时，乃是吴衙内的声音。其诗云：

天涯犹有梦，对面岂无缘？

莫道欢娱暂，还期盟誓坚。

秀娥听罢，不胜欢喜道："我想了一日，无计见他一面。如今在外吟诗，岂非天付良缘。料此更深人静，无人知觉，正好与他相会。"又恐丫鬟们未睡，连呼数声，俱不答应，量已熟睡。即披衣起身，将残灯挑得亮亮的，轻轻把舱门推开。吴衙内恰如在门首守候的一般，门启处便钻入来，两手搂抱。秀娥又惊又喜。日间许多想念之情，也不暇诉说，连舱门也不曾闭上，相偎相抱，解衣就寝，成其云雨。

正在酣美深处，只见丫鬟起来解手，喊道："不好了，舱门已开，想必有贼。"惊动合船的人，都到舱门口观看。司户与夫人推门进来，教丫鬟点火寻觅。吴衙内慌做一堆，叫道："小姐，怎么处？"秀娥道："不要着忙，你只躲在床上，料然不寻到此。待我打发他们出去，送你过船。"刚抽身下床，不想丫鬟照见了吴衙内的鞋儿，乃道："贼的鞋也在此，想躲在床上。"司户夫妻便来搜看。秀娥推住，连叫没有。那里肯听，向床上搜出吴衙内。秀娥只叫得"苦也"。司户道："叵耐这厮，怎来点污我家？"夫人便说："吊起拷打。"司户道："也不要打，竟撇入江里去罢。"教两个水手，打头扛脚抬将出去。

吴衙内只叫饶命。秀娥扯住叫道："爹妈，都是孩儿之罪，不干他事。"司户也不答应，将秀娥推上一交，把吴衙内扑通撇在水里。秀娥此时也不顾羞耻，跌脚捶胸，哭道："吴衙内，是我害着你了。"又想道："他既因我而死，我又何颜独生？"遂抢出舱门，向着江心便跳。

可怜嫩玉娇香女，化作随波逐浪魂。

秀娥刚跳下水，猛然惊觉，却是梦魇，身子仍在床上。旁边丫鬟还在那里叫喊："小姐苏醒。"秀娥睁眼看时，天已明了，丫鬟俱已起身。外边风浪，依然狂大。丫鬟道："小姐梦见甚的？恁般啼哭，叫唤不醒。"秀娥把言语支吾过了，想道："莫不我与吴衙内没有姻缘之分，显这等凶恶梦兆？"又想道："若得真如梦里这回恩爱，就死亦所甘心。"此时又被梦中那段光景在腹内打搅，越发想得痴了，觉道睡来没些聊赖，推枕而起。丫鬟们都不在眼前，即将门掩上，看着舱门，说道："昨夜吴衙内明明从此进来，搂抱至床，不信到是做梦。"又想道："难道我梦中便这般侥幸，醒时

却真个无缘不成?”一头思想，一面随手将舱门推开，用目一觑。只见吴府尹船上舱门大开，吴衙内向着这边船上呆呆而坐。

元来二人卧处，都在后舱，恰好间壁，止隔得五六尺远。若去了两重窗槅，便是一家。那吴衙内也因夜来魂颠梦到，清早就起身，开着窗儿，观望贺司户船中。这也是癞虾蟆想天鹅肉吃的妄想。那知姻缘有分，数合当然。凑巧贺小姐开窗，两下正打个照面。四目相视，且惊且喜。恰如识熟过的，彼此微微而笑。秀娥欲待通句话儿，期他相会，又恐被人听见。遂取过一幅桃花笺纸，磨得墨浓，蘸得笔饱，题诗一首，折成方胜，袖中摸出一方绣帕包裹，卷做一团，掷过船去。吴衙内双手承受，深深唱个肥喏，秀娥还了个礼。然后解开看时，其诗云：

花笺裁锦字，绣帕裹柔肠。

不负襄王梦，行云在此方。

旁边又有一行小字道：“今晚妾当挑灯相候，以剪刀声响为号，幸勿爽约。”吴衙内看罢，喜出望外，暗道：“不道小姐又有如此秀美才华，真个世间少有。”一头赞羡，即忙取过一幅金笺，题诗一首，腰间解下一条锦带，也卷成一块，掷将过来。秀娥接得看时，这诗与梦中听见的一般，转觉骇然，暗道：“如何他才题的诗，昨夜梦中倒先见了?看起来我二人合该为配，故先做这般真梦。”诗后边也有一行小字道：“承芳卿雅爱，敢不如命。”看罢，纳诸袖中。正在迷恋之际，恰值丫鬟送面水叩门。秀娥轻轻带上槅子，开放丫鬟。随后夫人也来询视。见女儿已是起身，方放下这片愁心。

那日乃是吴府尹答席，午前贺司户就去赴宴。夫人也自昼寝。秀娥取出那首诗来，不时展玩，私心自喜，盼不到晚。有恁般怪事。每常时，霎霎眼便过了一日。偏生这日的日子，恰像有条绳子系住，再不能勾下去，心下好不焦躁。渐渐捱至黄昏，忽地想着这两个丫鬟碍眼，不当稳便，除非如此如此。到夜饭时，私自赏那帖身伏侍的丫鬟一大壶酒，两碗菜蔬。这两个丫头犹如渴龙见水，吃得一滴不留。少顷贺司户筵散回船，已是烂醉。秀娥恐怕吴衙内也吃醉了，不能赴约，反增忧虑。回到后舱，掩上门儿，教丫鬟将香儿熏好了衾枕，分付道："我还要做些针指，你们先睡则个。"那两个丫鬟正是酒涌上来，面红耳热，脚软头旋，也思量干这道儿，只是不好开口，得了此言，正中下怀，连忙收拾被窝去睡。头儿刚刚着枕，鼻孔中就扇风箱般打鼾了。

秀娥坐了更馀，仔细听那两船人声静悄，寂寂无闻，料得无事，遂把剪刀向桌儿上厮琅的一响。那边吴衙内早已会意。元来吴衙内记挂此事，在席上酒也不敢多饮。贺司户去后，回至舱中，侧耳专听。约莫坐了一个更次，不见些影响，心内正在疑惑，忽听得贺司户船中剪刀之声，喜不自胜，连忙起身，轻手轻脚，开了窗儿，跨将出去，依原推上，耸身跳过这边船来，向窗门上轻轻弹了三弹。秀娥便来开窗，吴衙内钻入舱中，秀娥原复带上。两下又见了个礼儿。吴衙内在灯下把贺小姐仔细一观，更觉千娇百媚。这时彼此情如火热，那有闲工夫说甚言语。吴衙内捧过贺小姐，松开钮扣，解卸衣裳，双双就枕，酥胸紧贴，玉体轻偎。这场云雨，十分美满。但见：

舱门轻叩小窗开，瞥见犹疑梦里来。

万种欢娱愁不足，梅香熟睡莫惊猜。

一回儿云收雨散，各道想慕之情。秀娥只将梦中听见诗句，却与所赠相同的话说出。吴衙内惊讶道："有恁般奇事。我昨夜所梦，与你分毫不差。因道是奇异，闷坐呆想。不道天使小姐也开窗观觑，遂成好事。看起来，多分是宿世姻缘，故令魂梦先通。明日即恳爹爹求亲，以图偕老百年。"秀娥道："此言正合我意。"二人说到情浓之际，阳台重赴，恩爱转笃，竟自一觉睡去。

不想那晚夜半，风浪平静，五鼓时分，各船尽皆开放。贺司户吴府尹两边船上，也各收拾篷樯，解缆开船。众水手齐声打号子起篷，早把吴衙内、贺小姐惊醒。又听得水手说道："这般好顺风，怕赶不到蕲州。"吓得吴衙内暗暗只管叫苦，说道："如今怎生是好？"贺小姐道：

“低声。傥被丫鬟听见，反是老大利害。事已如此，急也无用。你且安下，再作区处。”

吴衙内道：“莫要应了昨晚的梦便好。”这句话却点醒了贺小姐，想梦中被丫鬟看见鞋儿，以致事露，遂伸手摸起吴衙内那双丝鞋藏过。贺小姐踌躇了千百万遍，想出一个计来，乃道：“我有个法儿在此。”吴衙内道：“是甚法儿?”贺小姐道：“日里你便向床底下躲避，我也只推有病，不往外边陪母亲吃饭，竟讨进舱来。待到了荆州，多将些银两与你，趁起岸时人从纷纭，从闹中脱身，觅个便船回到扬州，然后写书来求亲。爹妈若是允了，不消说起；傥或不肯，只得以实告之。爹妈平日将我极是爱惜，到此地位，料也只得允从。那时可不依旧夫妻会合。”吴衙内道：“若得如此，可知好哩。”

到了天明，等丫鬟起身出舱去后，二人也就下床。吴衙内急忙钻入床底下，做一堆儿伏着。两旁俱有箱笼遮隐，床前自有帐幔低垂。贺小姐又紧紧坐在床边，寸步不离。盥漱过了，头也不梳，假意靠在桌上。夫人走入看见，便道：“阿呀，为何不梳头，却靠在此?”秀娥道：“身子觉道不快，怕得梳头。”夫人道：“想是起得早些，伤了风了，还不到床上去睡睡?”秀娥道：“因是睡不安稳，才坐在这里。”夫人道：“既然要坐，还该再添件衣服，休得冻了，越加不好。”教丫鬟寻过一领披风，与他穿起。又坐了一回，丫鬟请吃朝膳。夫人道：“儿，你身子不安，莫要吃饭，不如教丫鬟香香的煮些粥儿调养倒好。”秀娥道：“我心里不喜欢吃粥，还是饭好。只不耐烦走动，拿进来吃罢。”夫人道：“既恁般，我也在此陪你。”秀娥道：“这班丫头，背着你眼就要胡做了，母亲还到外边去吃。”夫人道：“也说得是。”遂转身出去，教丫鬟将饭送进摆在桌上。秀娥道：“你们自去，待我唤时方来。”打发丫鬟去后，把门顶上，向床底下招出吴衙内来吃饭。

那吴衙内爬起身，把腰伸了一伸，举目看桌上时，乃是两碗荤菜，一碗素菜，饭只有一吃一添。原来贺小姐平日饭量不济，额定两碗，故

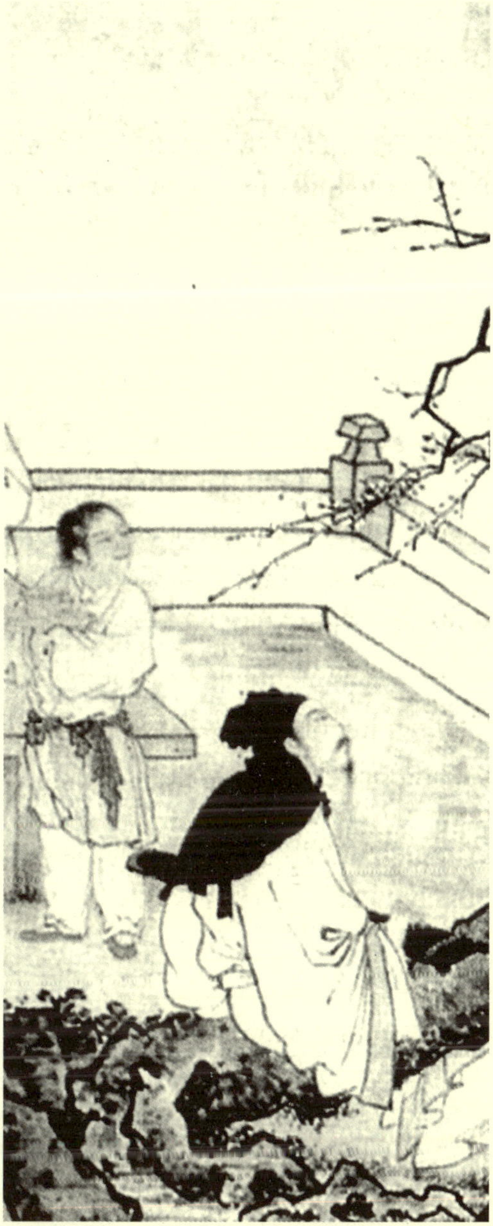

此只有这些。你想吴衙内食三升米的肠子，这两碗饭填在那处？微微笑了一笑，举起箸两三绰，就便了帐，却又不好说得，忍着饿原向床下躲过。秀娥开门，唤过丫鬟又教添两碗饭来吃了。那丫鬟互相私议道："小姐自来只用得两碗，今日说道有病，如何反多吃了一半，可不是怪事。"不想夫人听见，走来说道："儿，你身子不快，怎的反吃许多饭食？"秀娥道："不妨事，我还未饱哩。"这一日三餐俱是如此。司户夫妇只道女儿年纪长大，增了饭食，正不知舱中，另有个替吃饭的，还饿得有气无力哩。正是：

安排布地瞒天谎，成就偷香窃玉情。

当晚夜饭过了。贺小姐即教吴衙内先上床睡卧，自己随后解衣入寝。夫人又来看时，见女儿已睡，问了声自去，丫鬟也掩门歇息。吴衙内饥饿难熬，对贺小姐说道："事虽好了，只有一件苦处。"秀娥道："是那件？"吴衙内道："不瞒小姐说，我的食量颇宽。今日这三餐，还不勾我一顿。若这般忍饿过日，怎能捱到荆州?”秀娥道：“既恁地，何不早说?明日多讨些就是。”吴衙内道：“十分讨得多，又怕惹人疑惑。”秀娥道：“不打紧，自有道理，但不知要多少才勾?”吴衙内道：“那里像得我意。每顿十来碗也胡乱度得过了。”

到次早，吴衙内依旧躲过。贺小姐诈病在床，呻吟不绝。司户夫人担着愁心，要请医人调治，又在大江中，没处去请。秀娥却也不要，只叫肚里饿得慌。夫人流水催进饭来，又只嫌少，共争了十数多碗，倒把夫人吓了一跳，劝他少吃时，故意使起性儿，连叫：“快拿去。不要吃了，索性饿死罢。”夫人是个爱女，见他使性，反赔笑脸道：“儿，我是好话，如何便气你?若吃得，尽意吃罢了，只不要勉强。”亲自拿起碗箸，递到他手里。秀娥道：“母亲在此看着，我便吃不下去。须通出去了，等我慢慢的，或者吃不完也未可知。”夫人依他言语，教丫鬟一齐出外。秀娥披衣下床，将门掩上。吴衙内便钻出来，因是昨夜饿坏了，见着这饭，也不谦让，也不抬头，一连十数碗，吃个流星赶月。约莫存得碗馀，方才住手，把贺小姐到看呆了，低低问道：“可还少么?”吴衙内道：“将就些罢，再吃便没意思了。”泻杯茶漱漱口儿，向床下飕的又钻入去了。

贺小姐将馀下的饭吃罢，拽开门儿，原到床上睡卧。那丫鬟专等他开门，就奔进去。看见饭儿菜儿，都吃得精光，收着家伙，一路笑道：“元来小姐患的却是吃饭病。”报知夫人。夫人闻言，只把头摇，说道：“亏他怎地吃上这些。那病儿也患得蹊跷。”急请司户来说知，教他请医问卜。连司户也不肯信，分付午间莫要依他，恐食伤了五脏，便难医治。那知未到午时，秀娥便叫肚饥。夫人再三把好言语劝谕时，秀娥就啼哭起来。夫人没法，只得又依着他。晚间亦是如此。司户夫妻只道女儿得了怪病，十分慌张。

这晚已到蕲州停泊，分付水手明日不要开船。清早差人入城，访问名医；一面求神占卦。不一时，请下个太医来。那太医衣冠济楚，气宇轩昂。贺司户迎至舱中，叙礼看坐。那太医晓得是位官员，礼貌甚恭。献过两杯茶，问了些病缘，然后到后舱诊脉。诊过脉，复至中舱坐下。贺司户道："请问太医，小女还是何症？"太医先咳了一声嗽，方答道："令爱是疳瘆食积。"贺司户道："先生差矣。疳瘆食积乃婴儿之疾，小女今年十五岁了，如何还犯此症？"太医笑道："老先生但知其一，不知其二。令爱名虽十五岁，即今尚在春间，只有十四岁之实。倘在寒月所生，才十三岁有馀。老先生，你且想，十三岁的女子，难道不算婴孩？大抵此症，起于饮食失调，兼之水土不伏，食积于小腹之中，凝滞不消，遂至生热，升至胸中，便觉饥饿。及吃下饮食，反资其火，所以日盛一日。若再过月馀不医，就难治了。"贺司户见说得有些道理，问道："先生所见，极是有理了。但今如何治之？"太医道："如今学生先消其积滞，去其风热，住了热，饮食自然渐渐减少，平复如旧矣。"贺司户道："若得如此神效，自当重酬。"道罢，太医起身拜别。贺司户封了药资，差人取得药来，流水煎起，送与秀娥。

那秀娥一心只要早至荆州，那个要吃什么汤药？初时见父母请医，再三阻当不住，又难好道出真情，只得由他慌乱。晓得了医者这班言语，暗自好笑。将来的药，也打发丫鬟将去，竟泼入净桶。求神占卦，有的说是星辰不利，又触犯了鹤神，须请僧道禳解，自然无事；有的说在野旷处，遇了孤魂饿鬼，若设蘸追荐，便可痊愈。贺司户夫妻一一依从。见服了几剂药，没些效验，吃饭如旧。又请一个医者。那医者更是扩而充之，乘着轿子，三四个仆从跟随。相见之后，高谈阔论，也先探了病源，方才诊脉，问道："老先生可有那个看过么？"贺司户道："前日曾请一位看来。"医者道："他看的是何症？"贺司户道："说是疳瘆食积。"医者呵呵笑道："此乃痨瘵之症[10]，怎说是疳瘆食积？"贺司户道："小女年纪尚幼，如何有此症候？"医者道："令爱非七情六欲痨怯之比，他本秉气虚弱，所谓孩儿痨便是[11]。"贺司户道："饮食无度，这

是为何？”医者道：“寒热交攻，虚火上延，因此容易饥饿。”夫人在屏后打听，教人传说，小姐身子并不发热。医者道：“这乃内热外寒骨蒸之症，故不觉得。”又讨前日医者药剂看了，说道：“这般克罚药，削弱元气。再服几剂，便难救了。待学生先以煎剂治其虚热，调和脏腑，节其饮食。那时，方以滋阴降火养血补元的丸药，慢慢调理，自当痊可。”贺司户称谢道：“全仗神力。”遂辞别而去。

⑩痨瘵（zhài）：痨病，即今肺结核。

⑪孩儿痨：也称童子痨，这里指女儿痨，即处女所患痨病。

少顷，家人又请一个太医到来。那太医却是个老者，须鬓皓然，步履蹒跚，刚坐下，便夸张善识疑难怪异之病：“某官府亏老夫救的，某夫人又亏老夫用甚药奏效。”那门面话儿就说了一大派。

又细细问了病者起居饮食，才去诊脉。贺司户被他大话一哄，认做有意思的，暗道："常言老医少卜，或者这医人有些效验，也未可知。"医者诊过了脉，向贺司户道："还是老先生有缘，得遇老夫。令爱这个病症，非老夫不能识。"

贺司户道："请问果是何疾？"医者道："此乃有名色的，谓之膈病[12]。"贺司户道："吃不下饮食，方是膈病，目今比平常多食几倍，如何是这症候？"医者道："膈病原有几般。像令爱这膈病俗名唤做老鼠膈。背后尽多尽吃；及至见了人，一些也难下咽喉。后来食多发涨，便成蛊胀。二病相兼，便难医治。如今幸而初起，还不妨得，包在老夫身上，可以除根。"言罢，起身。贺司户送出船头方别。

⑫膈（gé）病：吃不下食物，胃里好像有什么东西堵住似的。

那时一家都认做老鼠膈，见神见鬼的，请医问卜。那晓得贺小姐把来的药都送在净桶肚里，背地冷笑。贺司户在蕲州停了几日，算来不是长法，与夫人商议，与医者求了个药方，多买些药材，一路吃去，且到荆州另请医人。那老儿因要他写方，着实诈了好些银两，可不是他的造化。有诗为证：

医人未必尽知医，却是将机便就机。

无病妄猜云有病，却教司户折便宜。

常言说得好："少女少郎，情色相当。"贺小姐初时，还是个处子，云雨之际，尚是逡巡畏缩。况兼吴衙内心慌胆怯，不敢恣肆，彼此未见十分美满。两三日后，渐入佳境，恣意取乐，忘其所以。一晚夜半，丫环睡醒，听得床上唧唧哝哝，床棱嘎嘎的响。隔了一回，又听得气喘吁吁，心中怪异，次早报与夫人。夫人也因见女儿面色红活，不像个病容，正有些疑惑，听了这话，合着他的意思。不去通知司户，竟走来观看，又没些破绽。及细看秀娥面貌，愈觉丰采倍常，却又不好开口问得，倒没了主意。坐了一回，原走出去。朝饭已后，终是放心不下，又进去探觑，把远话挑问。秀娥见夫人话儿问得蹊跷，便不答应。耳边忽闻得打齁之声。元来吴衙内夜间多做了些正经，不曾睡得，此时吃饱了饭，在床底下酣睡。秀娥一时遮掩不来，被夫人听见，将丫鬟使遣开去，把门顶上，向床下一望。只见靠壁一个拢头孩子，曲着身体，睡得好不自在。夫人暗暗叫苦不迭，对秀娥道：“你做下这等勾当，却诈推有病，吓得我夫妻心花儿急碎了。如今羞人答答，怎地做人。这天杀的，还是那里来的？”

秀娥羞得满面通红，说道：“是孩儿不是，一时做差事了。望母亲遮盖则个。这人不是别个，便是吴府尹的衙内。”夫人失惊道：“吴衙内与你从未见面，况那日你爹在他船上吃酒，还在席间陪侍，夜深方散，四鼓便开船了，如何得能到此？”秀娥从实将司户称赞留心，次日屏后张望，夜来做梦，早上开窗订约，并睡熟船开，前后事细细说了，又道：“不肖女一时情痴，丧名失节，玷辱父母，罪实难逭。但两地相隔数千里，一旦因阻风而会，此乃宿世姻缘，天遣成配，非由人力。儿与吴衙内誓同生死，各不更改。望母亲好言劝爹曲允，尚可挽回前失；倘爹有别念，儿即自尽，决不偷生苟活。今蒙耻禀知母亲，一任主张。”道罢，泪如雨下。

这里母子便说话，下边吴衙内打齁声越发雷一般响了。此时夫人又气又恼，欲待把他难为，一来娇养惯了，那里舍得；二来恐婢仆闻知，反做话靶，吞声忍气，拽开门走往外边去了。秀娥等母亲转身后，急下床顶上门儿，在床下叫醒吴衙内，埋怨道：“你打齁也该轻些儿，惊动母亲，事都泄漏了。”吴衙内听说事漏，吓得浑身冷汗直淋，上下牙齿，顷刻就趷蹬蹬的相打，半句话也挣不出。秀娥道：“莫要慌。适来与母亲如此如此说了。若爹爹依允，不必讲起；不肯时，拚得学梦中结局，决不教你独受其累。”说到此处，不觉泪珠乱滚。

且说夫人急请司户进来，屏退丫鬟，未曾开言，眼中早已簌簌泪下。司户还道愁女儿病体，反宽慰道：“那医者说，只在数日便可奏效，不消烦恼。”夫人道：“听那老光棍花嘴，什么老鼠膈。论起恁样太医，莫说数日内奏效，就一千日还看不出病体。”司户道：“你且说怎的?”夫人将前事细述。把司户气得个发昏章第十一[13]，连声道：“罢了，罢了。这等不肖之女，做恁般丑事，败坏门风，要他何用？趁今晚都结果了性命，也脱了这个丑名。”这两句话惊得夫人面如土色，劝道：“你我已在中年，止有这点骨血。一发断送，更有何人？论来吴衙内好人家子息，才貌兼全，招他为婿，原是门当户对。独怪他不来求亲，私下做这般勾当。事已如此，也说不得了。将错就错，悄地差人送他回去，写书与吴府尹，令人来下聘，然后成礼，两全其美。今若声张，反妆幌子。”司户沉吟半晌，无可奈何，只得依着夫人。出来问水手道：“这里是甚地方?”水手答道：“前边已是武昌府了。”司户分付就武昌暂停，要差人回去。一面修起书札，唤过一个心腹家人，分付停当。

⑬发昏章第十一：这里是游戏说法，模仿章句之学讲法，用来打诨，把“发昏”说成“发昏章第十一”，就是发昏的意思。

不一时到了武昌。那家人便上涯写下船只，旁在船边。贺司户与夫人同至后舱。秀娥见了父亲，自觉无颜，把被蒙在面上。司户也不与他说话，只道：“做得好事。”向床底下，呼唤吴衙内。那吴衙内看见了司户夫妇，不知是甚意儿，战兢兢爬出来，伏在地上，口称死罪。司户低责道：“我只道你少年博学，可以成器，不想如此无行，辱我家门。本该撇下江里，才消这点恶气。今姑看你父亲面皮，饶你性命，差人送归。若得成名，便把不肖女与你为妻；如没有这般志气，休得指望。”吴衙内连连叩头领命。司户原教他躲过，捱至夜深人静，悄地教家人引他过船，连丫鬟不容一个见面。彼时两下分别，都还道有甚歹念，十分凄惨，又不敢出声啼哭。秀娥又扯夫人到背后，说道：“此行不知爹爹有甚念头，须教家人回时，讨吴衙内书信覆我，方才放心。”夫人真个依着他，又叮嘱了家人。次日清早开船自去。贺司户船只也自望荆州进发。贺小姐诚恐吴衙内途中有变，心下忧虑。即时真个倒想出病来。正是：

乍别冷如冰，动念热如火。

三百六十病，唯有相思苦。

话分两头。且说吴府尹自那早离了江州，行了几十里路，已是朝膳时分，不见衙内起身。还道夜来中酒，看看至午，不见声息，以为奇怪。夫人自去叫唤，并不答应。那时着了忙。吴府尹教家人打开观看，只有一个空舱。吓得府尹夫妻魂魄飞散，呼天怆地的号哭，只是解说不出。合船的人，都道："这也作怪。总来只有只船，那里去了？除非落在水里。"吴府尹听了众人，遂泊住船，寻人打捞。自江州起至泊船之所，百里内外，把江也捞遍了，那里罗得尸首。一面招魂设祭，把夫人哭得死而复苏。吴府尹因没了儿子，连官也不要做了。手下人再三苦劝，方才前去上任。

不则一日，贺司户家人送吴衙内到来。父子一见，惊喜相半。看了书札，方知就里，将衙内责了一场，款留贺司户

家人，住了数日，准备聘礼，写起回书，差人同去求亲。吴衙内也写封私书寄与贺小姐。两下家人领着礼物，别了吴府尹，直至荆州，参见贺司户。收了聘礼。又做回书，打发吴府尹家人回去。那贺小姐正在病中，见了吴衙内书信，然后渐渐痊愈。那吴衙内在衙中，日夜攻书。候至开科，至京应试，一举成名，中了进士。凑巧除授荆州府湘潭县县尹。吴府尹见儿子成名，便告了致仕，同至荆州上任，择吉迎娶贺小姐过门成亲。同僚们前来称贺。

两个花烛下新人，锦衾内一双旧友。

秀娥过门之后，孝敬公姑，夫妻和顺，颇有贤名。后来贺司户因念着女儿，也入籍汴京，靠老终身。吴彦官至龙图阁学士，生得二子，亦登科甲。这回书唤做《吴衙内邻舟赴约》。诗云：

佳人才子貌相当，八句新诗暗自将。

百岁姻缘床下就，丽情千古播词场。

十二　郑节使立功神臂弓

【精要简介】

本篇讲述的是南宋人郑信与红、白蜘蛛怪结缘而获神臂弓，后带着神臂弓投军，立功发迹的故事。

【原文鉴赏】

颠狂弥勒到明州，布袋横拖拄杖头。

饶你化身千百亿，一身还有一身愁。

话说东京汴梁城开封府，有个万万贯的财主员外，姓张，排行第一，双名俊卿。这个员外，冬眠红锦帐，夏卧碧纱厨[1]，两行珠翠引，一对美人扶。家中有赤金白银、斑点玳瑁、鹘轮珍珠、犀牛头上角、大象口中牙[2]。门首一壁开个金银铺，一壁开所质库。他那爹爹大张员外，方死不多时，只有妈妈在堂。

①碧纱厨：夏天使用的帏帐一类的东西，以木为顶，四周立柱，顶及四周蒙上碧纱，可折叠。

②鹘轮：囫囵。浑然一体，完好无损。

张员外好善，人叫他做张佛子。忽一日在门首观看，见一个和尚，打扮非常。但见：

双眉垂雪，横眼碧波。衣披烈火七幅鲛绡，杖拄降魔九环锡杖。若非圆寂光中客[3]，定是楞严峰顶人[4]。

那和尚走至面前，道："员外拜揖。"员外还礼毕，只见和尚袖中取出个疏头来，上面写道："竹林寺特来抄化五百香罗木[5]。"员外口中不说，心下思量："我从小只见说竹林寺，那曾见有？况兼这香罗木，是我爹在日许下愿心，要往东峰岱岳盖嘉宁大殿，尚未答还。"员外便对和尚道："此是我先人在日许下愿心，不敢动着。若是吾师要别物，但请法旨。"和尚道："若员外不肯舍施，贫僧到晚自教人取。"说罢转身。员外道："这和尚莫是风。"

③圆寂光中客：指得道之人。

④楞严峰：佛顶。

⑤香罗木：即香楠木。

天色渐晚，员外吃了三五杯酒，却待去睡，只见当值的来报："员外祸事，家中后园火发。"吓杀员外，慌忙走来时，只见焰焰地烧着。去那火光之中，见那早来和尚，将着百十人，都长七八尺，不类人形，尽

数搬这香罗板去。员外赶上看时，火光顿息，和尚和众人都不见了；却再来园中一看，不见了那五百片香罗木，枯炭也没些个：“却是作怪。我爹爹许下愿心，却如何好。”一夜不眠。但见：

玉漏声残，金乌影吐。邻鸡三唱，唤佳人傅粉施珠；宝马频嘶，催行客争名夺利。几片晓霞飞海峤，一轮红日上扶桑。

员外起来洗漱罢，去家堂神道前烧了香，向堂前请见妈妈，把昨夜事说了一遍，道：“三月二十八日，却如何上得东峰岱岳，与爹爹答还心愿?”妈妈道：“我儿休烦恼，到这日却又理会。”员外见说，辞了妈妈，还去金银铺中坐地。却正是二月半天气。正是：

金勒马嘶芳草地，玉楼人醉杏花天。

只听得街上锣声响，一个小节级同个茶酒⑥，把着团书来请张员外团社⑦。原来大张员外在日，起这个社会，朋友十人，近来死了一两人，不成社会。如今这几位小员外，学前辈做作，约十个朋友起社。却是二月半，便来团社。员外道：“我去不得，要与爹爹还愿时，又不见了香罗木，如何去得?”那人道：“若少了员外一个，便拆散了社会⑧。”员外与决不下，去堂前请见妈妈，告知：“众员外请儿团社，缘没了香罗木与爹爹还愿，儿不敢去。”妈妈就手把着锦袋，说向儿子道：“我这一件宝物，是你爹爹泛海外得来的无价之宝，我儿将此物与爹爹还愿心。”员外接得，打开锦袋红纸包看时，却是一个玉结连绦环。员外谢了妈妈，留了请书，团了社，安排上庙。那九个员外，也准备行李，随行人从，不在话下。

⑥节级：唐代的小军吏名，后作为一般小军官和禁子头的称呼。

⑦团书：开会通知。团社：结社，聚会。

⑧社会：团体，社团。

却说张员外打扮得一似军官：裹四方大万字头巾，带一双扑兽匾金环，着西川锦纻丝袍，系一条乾红大匾绦，挥一把玉靶压衣刀，穿一双鞣靴。员外同几个社友，离了家中，迤逦前去。饥餐渴饮，夜住晓行。不则一日，到得东岳，就客店歇了。至日，十个员外都上庙来烧香，各自答还心愿。员外便把玉结连绦环，舍入炳灵公殿内。还愿都了，别无甚事，便在廊下看社火酌献。这几个都是后生家，乘兴去游山，员外在后，徐徐而行。但见：

山明水秀，风软云闲。一岩风景如屏，满目松筠似画。轻烟淡淡，数声啼鸟落花天；丽日融融，是处绿杨芳草地。

员外自觉脚力疲困，却教众员外先行，自己走到一个亭子上歇脚。只听得斧凿之声，看时，见一所作场，竹笆夹着。望那里面时，都是七八尺来长大汉做生活。忽地凿出一片木屑来。员外拾起看时，正是园中的香罗木，认得是爹爹花押。疑怪之间，只见一个行者开笆门，来面前相揖道："长老法旨，请员外略到山门献茶。"员外入那笆门中，一似身登月殿，步入蓬瀛。但见：

三门高耸，梵宇清幽。当门敕额字分明，两个金刚形勇猛。观音位接水陆台，宝盖相随鬼子母[9]。

⑨鬼子母：佛教神名。原为恶神，喜欢食人间小孩，经佛法教化后，成为专司护持儿童的护法神。

员外到得寺中，只见一个和尚出来相揖道："外日深荷了办缘事，今日幸得员外至此，请过方丈献茶。"员外远观不审，近睹分明，正是向日化香罗木的和尚，只得应道："日昨多感吾师过访，接待不及。"和尚同至方丈，叙礼分宾主坐定，点茶吃罢，不曾说得一句话。

只见黄巾力士走至面前，暴雷也似声个喏："告我师，炳灵公相见。"吓得员外神魂荡漾，口中不语，心下思量："炳灵公是东岳神道，如何来这里相见？"那和尚便请员外："风屏后少待，贫僧断了此事，却与员外少叙。"员外领法旨，潜身去屏风后立地看时，见十数个黄巾力士，随着一个神道入来，但见：

眉单眼细，貌美神清。身披红锦衮龙袍，腰系蓝田白玉带。裹簇金帽子，着侧面丝鞋。

员外仔细看时，与岳庙塑的一般。只见和尚下阶相揖，礼毕，便问："昨夜公事如何？"炳灵公道："此人直不肯认做诸侯，只要做三年天子。"和尚道："直恁难勘，教押过来。"只见几个力士，押着一大汉，约长八尺，露出满身花绣。至方丈，和尚便道："教你做诸侯，有何不可？却要图王争帝。好打！"道不了，黄巾力士扑翻长汉在地，打得几杖子。那汉叹一声道："休，休。不肯还我三年天子，胡乱认做诸侯罢。"黄巾力士即时把过文字，安在面前，教他押了花字，便放他去。炳灵公抬身道："甚劳吾师心力。"相辞别去。

和尚便请员外出来坐定。和尚道："山门无可见意，略备水酒三杯，少延清话。"员外道："深感吾师见爱。"道罢，酒至面前。吃了几杯，便教收过一壁。和尚道："员外可同往山后闲游。"员外道："谨领法旨。"二人同至山中闲走。但见：

奇峰耸翠，佳木交阴。千层怪石惹闲云，一道飞泉垂素练。万山横碧落，一柱入丹霄。

员外观看之间，喜不自胜，便问和尚："此处峭壁，直恁险峻。"和尚道："未为险峻，请员外看这路水。"员外低头看时，被和尚推下去。员外吃一惊，却在亭子上睡觉来，道："作怪。欲道是梦来，口中酒香；道不是梦来，却又不见踪迹。"正疑惑间，只见众员外走来道："员外，你却怎地不来？独自在这里打瞌睡。"张员外道："贱体有些不自在，有失陪步，得罪得罪。"也不说梦中之事。众员外游山都了，离不得买些人事，整理行装，厮赶归来。

单说张员外到家，亲邻都来远接，与员外洗拂。见了妈妈，欢喜不尽。只见：

四时光景急如梭，一岁光阴如撚指。

却早腊月初头，但见北风凛冽，瑞雪纷纷，有一只《鹧鸪天》词为证：

凛冽严凝雾气昏，空中瑞雪降纷纷。须臾四野难分别，顷刻山河不见痕。

银世界，玉乾坤，望中隐隐接昆仑。若还下到三更后，直要填平玉帝门。

员外看见雪却大，便教人开仓库散些钱米与穷汉。

且说一个人在客店中，被店小二埋怨道：“喏大个汉，没些运智⑩，这早晚兀自不起。今日又是两个月，不还房钱。哥哥你起休。”那人长叹一声：“苦，苦。小二哥莫怪，我也是没计奈何。”店小二道：“今日前巷张员外散贫，你可讨些汤洗了头脸，胡乱讨得些钱来，且做盘缠，我又不指望你的。”那人道：“罪过你。”便去带了那顶搭圾头巾⑪，身上披着破衣服，露着腿，赤着脚，离了客店，迎着风雪走到张员外宅前。事有斗巧，物有故然，却来得迟些，都散了。这个人走至宅前，见门公唱个喏：“闻知宅上散贫。”门公道：“却不早来，都散了。”那人听得，叫声“苦！”匹然倒地。

⑩运智：运气，智谋。

⑪搭圾头巾：破烂，脏旧头巾。

员外在窗中看见，即时教人扶起。顷刻之间，三魂再至，七魄重来。员外仔细看时吃一惊，这人正是亭子上梦中见的，却恁地模样。便问那汉："你是那里人？姓甚名谁？见在那里住？"那人叉着手，告员外："小人是郑州奉宁军大户财主人家孩儿，父母早丧，流落此间，见在宅后王婆店中安歇，姓郑名信。"员外即时讨几件旧衣服与他，讨些饭食请他吃罢，便道："你会甚手艺？"那人道："略会些书算。"员外见说，把些钱物与他，还了店中，便收留他。见他会书算，又似梦中见的一般，便教他在宅中做主管。那人却伶俐，在宅中小心向前。员外甚是敬重，便做心腹人。

又过几时，但见时光如箭，日月如梭，不觉又是二月半间。那众员外便商量来请张员外同去出郊，一则团社，二则赏春。那几个员外隔夜点了妓弟⑫，一家带着一个寻常间来往说得着行首⑬；知得张员外有孝，怕他不肯带妓女，先请他一个得意的表子在那里。张员外不知是计，走到花园中，见了几个行首厮叫了。只见众中走出一个行首来，他是两京诗酒客，烟花杖子头，唤做王倩，却是张员外说得着的顶老⑭。员外见了，却待要走，被王倩一把扯住道："员外，久别台颜，一向疏失。"员外道："深荷姐姐厚意，缘先父亡去，持服在身，恐外人见之，深为不孝。"便转身来辞众员外道："俊卿荷诸兄见爱，偶贱体不快，坐侍不及，先此告辞。"那众员外和王倩再三相留，员外不得已，只得就席，和王行首并坐。众员外身边一家一个妓弟，便教整顿酒来。

⑫妓弟：妓女。

⑬行首：即花魁，妓女的首领，上等妓女。

⑭顶老：相好妓女的诨名，也是对妓女的一种轻薄的称呼。

正吃得半酣，只见走一个人入来。如何打扮：

裹一顶蓝青头巾，戴一对扑匾金环，着两上领白绫子衫，腰系乾红绒线绦，下着多耳麻鞋，手中携着一个篮儿。

这人走至面前，放下篮儿，叉着手唱三个喏。众员外道："有何话说?”只见那汉就篮内取出砧刀，借个盘子，把块牛肉来切得几片，安在盘里，便来众员外面前道：“得知众员外在此吃酒，特来送一劝。”道罢，安在面前，唱个喏便去。张员外看了，暗暗叫苦道：“我被那厮诈害几遍了。”元来那厮是东京破落户，姓夏名德，有一个浑名，叫做“扯驴”。先年曾有个妹子，嫁在老张员外身边，为争口闲气，一条绳缢死了。夏德将此人命为由，屡次上门吓诈，在小张员外手里，也诈过了一二次。众员外道：“不须忧虑，他只是讨些赏赐，我们自吃酒。”道不了，那厮立在面前道：“今日夏德有采⑮，遭际这一会员外。”众人道：“各支二两银子与他。”讨至张员外面前，员外道：“依例支二两。”那厮看着张员外道：“员外依例不得。别的员外二两，你却要二百两。”张员外道：“我比别的加倍，也只四两，如何要二百两?”夏德道：“别的员外没甚事，你却有些瓜葛，莫待我说出来不好看。”张员外被他直诈到二十两，众员外道：“也好了。”那厮道：“看众员外面，也罢，只求便赐。”张员外道：“没在此间，把批子去我宅中质库内讨⑯。”

⑮有采：有彩头，好运气。

⑯批子：批条，即批写的支取银钱的条子。

夏扯驴得了批子，唱个喏，便出园门，一径来张员外质库里，揭起青布帘儿，走入去唱个喏。众人还了礼。未发迹的贵人问道⑰：“赎典，还是解钱?”夏扯驴道：“不赎不解，员外有批子在此，教支二十两银。”郑信便问：“员外买你什么?支许多银?”那厮道：“买我牛肉吃。”郑信道：“员外直吃得许多牛肉?”夏扯驴道：“主管莫问，只照批子付与我。”两个说来说去，一声高似一声。这郑信只是不肯付与他，将了二十两银子在手道：“夏扯驴。我说与你，银子已在此了，我同到花园中，去见员外，若是当面分付得有话，我便与你。”夏扯驴骂道：“打脊客作儿⑱。员外与我银子，干你甚事?却要你作难。便与你去见员外，这批子须不是假的。”

⑰未发迹的贵人：指郑信。

⑱打脊：打背，骂人该挨杖刑的意思。客作儿：雇工，打工的。

这郑信和夏扯驴一径到花园中，见众员外在亭子上吃酒，近前唱个喏。张员外见郑信来，便道："主管没甚事?"郑信道："覆使头[19]：蒙台批支二十两银，如今自把来取台旨。"张员外道："这厮是个破落户，把与他去罢。"夏扯驴就来郑信手中抢那银子。郑信那肯与他，便对夏扯驴道："银子在这里，员外教把与你，我却不肯。你倚着东京破落户，要平白地骗人钱财，别的怕你，我郑信不怕你。就众员外面前，与你比试。你打得我过，便把银子与你；打我不过，教你许多时声名，一旦都休。"夏扯驴听得说："我好没兴，吃这客作欺负。"郑信道："莫说你强我会。这里且是宽，和你赌个胜负。"郑信脱膊下来，众人看了喝采：

先自人才出众，那堪满体雕青[20]。左臂上三仙仗剑，右臂上五鬼擒龙。胸前一搭御屏风，脊背上巴山龙出水。

夏扯驴也脱膊下来，众人打一看时，那厮身上刺着的是木拐梯子，黄胖儿忍字[21]。

⑲使头：仆人对主人的称呼。

⑳那堪：何况，加上。雕青：文身刺绣。在人体上刺绣之后，用香墨涂上青色，墨色渗入皮肤呈现青色，永不脱落。

㉑黄胖儿：土偶，一种古代玩具。

当下两个在花园中厮打，赌个输赢。这郑信拳到手起，去太阳上打个正着。夏扯驴扑的倒地，登时身死，吓得众员外和妓弟都走了。即时便有做公的围住。郑信拍着手道："我是郑州奉宁军人，见今在张员外宅中做主管。夏扯驴来骗我主人，我拳手重，打杀了他，不干他人之事，便把条索子缚我去。"众人见说道："好汉子。与我东京除了一害，也不到得偿命。"离不得解到开封府，押下凶身对尸。这郑信一发都招认了，下狱定罪。张员外在府里使钱，教好看他，指望迁延，等天恩大赦，不在话下。

忽一日，开封府大尹出城谒庙，正行轿之间，只见路旁一口古井，黑气冲天而起。大尹便教住轿，看了道：“怪哉。”便去庙中烧了香。回到府，不入衙中，便教客将诸众官来。不多时，众官皆至，相见茶汤已毕。大尹便道：“今日出城谒庙，路旁见一口古井，其中黑气冲天，不知有何妖怪？”众官无人敢应，只有通判起身道：“据小官愚见，要知井中怪物，何不具奏朝廷，照会将见在牢中该死罪人，教他下井，去看验的实，必知休咎。”大尹依言，即具奏朝廷。便指挥狱中，拣选当死罪人下井，要看仔细。

大尹和众人到地头，押过罪人把篮盛了，用辘轳放将下去。只听铃响，上来看时，止有骨头。一个下去一个死，二人下去一双亡，似此坏了数十人。狱中受了张员外嘱托，也要藏留郑信。大尹台旨，教狱中但有罪人都要押来，却藏留郑信不得，只得押来。大尹教他下井去，郑信道：“下去不辞，愿乞五件物。”大尹问：“要甚五件？”郑信道：“要讨头盔衣甲和靴、剑一口、一斗酒、二斤肉、炊饼之类。”大尹即时教依他所要，一一将至面前。郑信唱了喏，把酒肉和炊饼吃了，披挂衣甲，仗了剑。众人喝声采。但见：

头盔似雪，衣甲如银。穿一辆抹绿皂靴，手仗七星宝剑。

郑信打扮了，坐在篮中，辘轳放将下去。铃响绞上来看时，不见了郑信，那井中黑气也便不起。大尹再教放下篮去取时，杳无踪迹，一似石沉大海，线断风筝。大尹和众官等候多时，且各自回衙去。

却说未发迹变泰国家节度使郑信到得井底[22]，便走出篮中，仗剑在手，去井中一壁立地。初下来时便黑，在下多时却明。郑信低头看时，见一壁厢一个水口，却好容得身，挨身入去。行不多几步，抬头看时，但见：

山岭相边，烟霞缭绕。芳草长茸茸嫩绿，岩花喷馥馥清香。苍崖郁郁长青松，曲涧涓涓流细水。

㉒变泰：交好运。

郑信正行之间，闷闷不已：知道此处是那里，又没人烟。日中前后，去松阴竹影稀处望时，只见飞檐碧瓦，栋宇轩窗，想有幽人居止。遂登危历险，寻径而往。只闻流水松声，步履之下，渐渐林麓两分，峦峰四合。但见：

溪深水曲，风静云闲。青松锁碧瓦朱甍，修竹映雕檐玉砌。楼台高耸，院宇深沉。若非王者之宫，必是神仙之府。

郑信见这一所宫殿，便去宫前立地多时，更无一人出入。抬头看时，只见门上一面朱红牌，金字写着“日霞之殿”。里面寂寥，杳无人迹。仗剑直入宫门，走到殿内，只见一个女子，枕着件物事，齁齁地裸体而卧。但见：

兰柔柳困，玉弱花羞。似杨妃出浴转香衾，如西子心疼攲玉枕。柳眉敛翠，桃脸凝红。却是西园芍药倚朱栏，南海观音初入定[23]。

㉓入定：佛家语，指静坐澄心，没有其他杂念，心神贯注于一处。

郑信见了女子，这却是此怪。便悄悄地把只手衬着那女子，拿了枕头的物事，又轻轻放下女子头，走出外面看时，却是个乾红色皮袋。郑信不解其故，把这件物事去花树下，将剑掘个坑埋了。又回身仗剑再入殿中，看着那女子，尽力一喝道："起。"只见那女子闪开那娇滴滴眼儿，慌忙把万种妖娆吓做一团，回头道："郑郎，你来也。妾守空房，等你多时。妾与你五百年前姻眷，今日得见你。"那女子初时待要变出本相，却被郑信偷了他的神通物事，只得将错就错。若是生得不好时，把来一剑杀了，却见他如花似玉，不觉心动，便问："女子孰氏？"女子道："丈夫，你可放下手中宝剑，脱了衣甲，妾和你少叙绸谬。"但见：

暮云笼帝榭，薄霭罩池塘。双双粉蝶宿芳丛，对对黄鹂栖翠柳。画梁悄悄，珠帘放下燕归来；小院沉沉，绣被薰香人欲睡。风定子规啼玉树，月移花影上纱窗。

女子便叫青衣，安排酒来。顷刻之间，酒至面前，百味珍馐俱备。饮至数杯，酒已半酣。女子道："今日天与之幸，得见丈夫，尽醉方休。"郑信推辞。女子道："妾与郑郎是五百年前姻眷，今日岂可推托。"又吃了多时，乃令青衣收过杯盘。两个同携素手，共入兰房。正是：

绣幌低垂，罗衾漫展。两情欢会，共诉海誓山盟；二意和谐，多少云情雨意。云淡淡天边鸾凤，水沉沉交颈鸳鸯。写成今世不休书，结下来生合欢带。

到得天明，女子起来道："丈夫，夜来深荷见怜。"郑信道："深感娘娘见爱，未知孰氏？恐另日相见，即当报答深恩。"女子道："妾乃日霞仙子，我与丈夫尽老百年，何有思归之意？"这两口儿，同行并坐，暮乐朝欢。

忽一日那女子对郑信道："丈夫，你耐静则个。我出去便归。"郑信道："到那里去？"女子道："我今日去赴上界蟠桃宴便归，留下青衣相伴。如要酒食，旋便指挥。有件事嘱付丈夫，切不可去后宫游戏。若还去时，利害非轻。”那女子分付了，暂别。两个青衣伏侍。郑信独自无聊，遂令安排几杯酒消遣，思量：“却似一场春梦，留落在此。适来我妻分付，莫去后宫，想必另有景致，不交我去。我再试探则个。”遂移步出门，迤逦奔后宫来。打一看，又是一个去处，一个宫门。到得里面，一个大殿，金书牌额“月华之殿”。正看之间，听得鞋履响，脚步鸣，语笑喧杂之声。只见一簇青衣拥着一个仙女出来，生得：

盈盈玉貌，楚楚梅妆。口点樱桃，眉舒柳叶。轻叠乌云之发，风消雪白之肌。不饶照水芙蓉，恐是凌波菡萏。一尘不染，百媚俱生。

郑信见了，喜不自胜。只见那女子便道：“好也。何处不寻，甚处不觅，元来我丈夫只在此间。”不问事由，便把郑信簇拥将去，叫道：“丈夫你来也。妾守空房，等你久矣。”郑信道：“娘娘错认了，我自有浑家在前殿。”那女子不由分说，簇拥到殿上，便教安排酒来。那女子和郑信饮了数杯，二人携手入房，向鸳帏之中，成夫妇之礼。顷刻间云收雨散，整衣而起。

只见青衣来报：“前殿日霞娘娘来见。”这女子慌忙藏郑信不及，日霞仙子走至面前道：“丈夫，你却走来这里则甚?”便拖住郑信臂膊，将归前殿。月华仙子见了，柳眉剔竖，星眼圆睁道：“你却将身嫁他，我却如何?”便带数十个青衣奔来，直至殿上道：“姐姐，我的丈夫，你却如何夺了?”日霞仙子道：“妹妹，是我丈夫，你却说什么话?”两个一声高似一声。这郑信被日霞仙子把来藏了，月华仙子无计奈何。两个打做一团，纽做一块。斗了多时，月华仙子觉道斗姐姐不下，喝声“起!”跳至虚空，变出本相。那日霞仙子，也待要变，元来被郑信埋了他的神通，便变不得，却输了，慌忙走来见郑信，两泪交流道：“丈夫，只因你不信我言，故有今日之苦。又被你埋了我的神通，我变不得。若要奈何得他，可把这件物事还我。”

郑信见他哀求不已，只得走来殿外花树下，掘出那件物事来。日霞仙子便再和月华仙子斗圣。日霞仙子又输了，走回来。郑信道：“我妻又怎的奈何他不下？”日霞仙子道：“为我身怀六甲，赢那贱人不得。我有件事告你。”郑信道：“我妻有话但说。”日霞仙子教青衣去取来。不多时，把一张弓，一只箭，道：“丈夫，此弓非人间所有之物，名为神臂弓，百发百中。我在空中变就神通，和那贱人斗法，你可在下看着白的，射一箭，助我一臂之力。”郑信道：“好，你但放心。”

说不了，月华仙子又来，两个上云中变出本相相斗。郑信在下看时，那里见两个如花似玉的仙子？只见一个白一个红，两个蜘蛛在空中相斗。郑信道：“原来如此。”只见红的输了便走，后面白的赶来，被郑信弯弓，觑得亲，一箭射去，喝声道：“着！”把白蜘蛛射了下来。月华仙子大痛无声，便骂：“郑信负心贼，暗算了我也！”自往后殿去，不题。这里日霞仙子收了本相，依先一个如花似玉佳人，看着郑信道：“丈夫，深荷厚恩，与妾解围，使妾得遂终身偕老之愿。”两个自此越说得着，行则并肩，坐则叠股，无片时相舍。正是：

春和淑丽，同携手于花前；夏气炎蒸，共纳凉于花下；秋光皎洁，银蟾与桂偶同圆；冬景严凝，玉体与香肩共暖。受物外无穷快乐，享人间不尽欢娱。

倏忽间过了三年，生下一男一女。郑信自思：“在此虽是朝欢暮乐，作何道理，发迹变泰？”遂告道：“感荷娘娘收留在此，一住三年，生男育女。若得前途发迹，报答我妻，是吾所愿。”日霞仙子见说，泪下如雨道：“丈夫你去，不争教我如何。两个孩儿却是怎地？”郑信道：“我若得一官半职，便来取你们。”仙子道：“丈夫你要何处去？”郑信道：“我往太原投军。”仙子见说，便道：“丈夫，与你一件物事，教你去投军，有分发迹。”便叫青衣取那张神臂克敌弓，便是今时踏凳弩，分付道：“你可带去军前立功，定然有五等诸侯之贵。这一男一女，与你扶养在此。直待一纪之后[24]，奴自遣人送还。”郑信道：“我此去若有发迹之日，早晚来迎你母子。”仙子道：“你我相遇，亦是夙缘。今三年限满，仙凡路隔，岂复有相见之期乎。”说罢，不觉潸然下泪。

㉔一纪：十二年为一纪。

郑信初时求去，听说相见无期，心中感伤，亦流泪不已，情愿再住几时。仙子道：“夫妻缘尽，自然分别。妾亦不敢留君，恐误君前程，必遭天谴。”即命青衣置酒饯别。饮至数杯，仙子道：“丈夫，你先前携来的剑，和那一副盔甲，权留在此。他日送儿女还你，那时好作信物。”郑信道：“但凭贤妻主意。”仙子又亲劝别酒三杯，取一大包金珠相赠，亲自送出宫门。约行数里之程，远远望见路口，仙子道：“丈夫，你从此出去，便是大路。前程万里，保重，保重。”郑信方欲眷恋，忽然就脚下起阵狂风，风定后已不见了仙子。但见：

青云藏宝殿，薄雾隐回廊。静听不闻消息之声，回视已失峰峦之势。日霞宫想归海上，神仙女料返蓬莱。多应看罢僧繇画[25]，卷起丹青一幅图。

㉕僧繇：张僧繇，南朝梁代画家，善画山水人物。

郑信抱了一张神臂弓，呆呆的立了半晌，没奈何，只得前行。到得路口看时，却是汾州大路，此路去河东太原府不远。那太原府主，却是种相公[26]，讳师道，见在出榜招军。郑信走到辕门投军，献上神臂弓。种相公大喜，分付工人如法制造数千张，遂补郑信为帐前管军指挥。后来收番累立战功；都亏那神臂弓之用。十馀年间，直做到两川节度使之职。思念日霞公主恩义，并不婚娶。

㉖种（chōng）相公：种师道，字叔彝，北宋末抗战名将。因曾任同知枢密使事（武丞相），故称相公。当时任京畿河北制置使。

话分两头，再说张俊卿员外，自从那年郑信下井之后，好生思念。每年逢了此日，就差主管备下三牲祭礼，亲到井边祭奠，也是不忘故旧之意。如此数年，未尝有缺。忽一日祭奠回来，觉得身子困倦，在厅屋中少憩片时，不觉睡去。梦见天上五色云霞，灿烂夺目，忽然现出一位红衣仙子，左手中抱着一男，右手中抱着一女，高叫："张俊卿，这一对男女，是郑信所生，今日交付与你，你可好生抚养。待郑信发迹之后，送至剑门，不可负吾之托。"说罢，将手中男女，从半空里撇下来。员外接受不迭，惊出一身冷汗，蓦然醒来，口称奇怪。尚未转动，只见门公报道："方才有个白须公公，领着一男一女，送与员外，说道：'员外在古井边，曾受他之托。'又有送这个包裹，这一口剑，说是两川节度使的信物在内，教员外亲手开看。男女不知好歹，特来报知。"

张员外听说，正符了梦中之言，打开包裹看时，却是一副盔甲在内，和这口剑。收起，亲走出门前看时，已不见了白须公公，但见如花似玉的一双男女，约莫有三四岁长成。问其来历，但云："娘是日霞公主，教我去跟寻郑家爹爹。"再叩其详，都不能言。张员外想道："郑

信已堕井中，几曾出来？那里又有儿女，莫非是同名同姓的?”又想起岳庙之梦，分明他有五等诸侯之贵，心中委决不下。且收留着这双男女，好生抚养，一面打探郑信消息。

光阴如箭，看看长大。张员外把作自已亲儿女看成，男取名郑武，女取名彩娘。张员外自有一子，年纪相仿，叫做张文。一文一武，如同胞兄弟，同在学堂攻书。彩娘自在闺房针指。又过了几年，并不知郑信下落。

忽一日，张员外走出厅来，忽见门公来报：“有两川节度使差来进表官员，写了员外姓名居址，问到这里，他要亲自求见。”员外心中疑虑，忙教请进。只见那差官：

头顶缠棕大帽，脚踏粉底乌靴。身穿蜀锦窄袖袄子，腰系间银纯铁挺带。行来魁岸之容，面带风尘之色。从者牵着一匹大马相随。

张员外降阶迎接，叙礼已毕。那差官取出一包礼物，并书信一封，说道：“节度使郑爷多多拜上。"张员外拆书看时，认得郑信笔迹，书上写道：

信向蒙恩人青目[27]，狱中又多得看觑，此乃莫大之恩也。前入古井，自分无幸，何期有日霞仙子之遇。伉俪三年，复赠资斧，送出汾州投军，累立战功。今叨节钺，在于蜀中。向无便风，有失奉候。今因进表之便，薄具黄金三十两，蜀锦十端，权表微忱。傥不畏蜀道之难，肯到敝治光顾，信之万幸。悬望悬望。

㉗青目：优待，另眼相看。

张员外看罢，举手加额道："郑家果然发迹变泰，又不忘故旧，远送礼物，真乃有德有行之人也。"遂将向来梦中之事，一一与差官说知。差官亦惊讶不已。是日设筵，款待差官。那差官虽然是有品级的武职，却受了节使分付言语来迎取张员外的，好生谦谨。张员外就留他在家中作寓，日日宴会。

闲话休叙。过了十来日，公事了毕，差官催促员外起身。张员外与院君商量，要带那男女送还郑节使。又想女儿不便同行，只得留在家中，单带那郑武上路。随身行李，童仆四人，和差官共是七个马，一同出了汴京，望剑门一路进发。不一日，到了节度使衙门。差官先入禀复，郑信忙教请进私衙，以家人之礼相见。员外率领郑武拜认父亲，叙及白须公公领来相托，献上盔甲、腰刀信物，并说及两翻奇梦。郑信念起日霞仙子情分，凄然伤感。屈指算之，恰好一十二年，男女皆一十二岁。仙子临行所言，分毫不爽。其时大排筵会，管待张员外，礼为上宾。就席间将女儿彩娘许配员外之子张文，亲家相称。此谓以德报德也。却说郑信思念日霞仙子不已，于锦江之傍，建造日霞行宫，极其壮丽。岁时亲往行香。

再说张员外住了三月有馀，思想家乡，郑信不敢强留，安排车马，送出十里长亭之外。赠遗之厚，自不必说，又将黄金百两，供员外施舍岳庙修造炳灵公大殿。后来因金兀术入寇，天子四下征兵，郑信带领儿子郑武勤王，累败金兵，到汴京复与张俊卿相会，方才认得女婿张文及女儿彩娘。郑信寿至五十馀，白日看见日霞仙子车驾来迎，无疾而逝。其子郑武以父荫累官至宣抚使。其后金兵入寇不已，各郡县俱仿神臂弓之制，多能杀贼。到徽、钦北狩[28]，康王渡江，为金兵所追，忽见空中有金甲神人，率领神兵，以神臂弓射贼，贼兵始退。康王见旗帜上有“郑”字，以问从驾之臣。有人奏言：“前两川节度使郑信，曾献克敌神臂弓，此必其神来护驾耳。”康王既即位，敕封明灵昭惠王，立庙于江上，至今古迹犹存。诗曰：

郑信当年未遇时，俊卿梦里已先知。

运来自有因缘到，到手休嫌早共迟。

㉘徽、钦北狩：这里是用春秋笔法，讳言二帝被俘北上，委婉说成巡狩。

十三　十五贯戏言成巧祸[1]

【精要简介】

本篇讲述了一个因“戏言成巧祸”的故事，全篇情节离奇，通过一对青年男女的无辜惨死，揭露了封建官吏的残暴昏庸。

【原文鉴赏】

①宋本作《错斩崔宁》。

聪明伶俐自天生，懵懂痴呆未必真。

嫉妒每因眉睫浅，戈矛时起笑谈深。

九曲黄河心较险，十重铁甲面堪憎。

时因酒色亡家国，几见诗书误好人。

这首诗，单表为人难处。只因世路窄狭，人心叵测，大道既远，人情万端。熙熙攘攘，都为利来；蚩蚩蠢蠢，皆纳祸去。持身保家，万千反覆。所以古人云：“颦有为颦，笑有为笑。颦笑之间，最宜谨慎。”这回书，单说一个官人，只因酒后一时戏笑之言，遂至杀身破家，陷了几条性命。且先引下一个故事来，权做个得胜头回。

却说故宋朝中，有一个少年举子，姓魏名鹏举，字冲霄，年方一十八岁。娶得一个如花似玉的浑家，未及一月，只因春榜动，选场开[2]，魏生别了妻子，收拾行囊，上京取应[3]。临别时，浑家分付丈夫：“得官不得官，早早回来，休抛闪了恩爱夫妻。”魏生答道：“功名二字，是俺本领前程，不索贤卿忧虑。”别后登程到京，果然一举成名，除授一甲第二名榜眼及第。在京甚是华艳动人。少不得修了一封家书，差人接取家眷入京。书上先叙了寒温及得官的事，后却写下一行，道是："我在京中早晚无人照管，已讨了一个小老婆，专候夫人到京，同享荣华。"家人收了书程④，一径到家，见了夫人，称说贺喜。因取家书呈上。夫人拆开看了，见是如此如此，这般这般，便对家人道："官人直恁负恩。甫能得官，便娶了二夫人。"家人便道："小人在京，并没见有此事。想是官人戏谑之言。夫人到京，便知端的，休得忧虑。"夫人道："恁地说，我也罢了。"却因人舟未便，一面收拾起身，一面寻觅便人，先寄封平安家书到京中去。那寄书人到了京中，寻问新科魏榜眼寓所，下了家书，管待酒饭自回，不题。

②选场：指会试。

③取应：举子赶考，应考。

④书程：指书信和旅行时所携带的卧具。

却说魏生接书拆开来看了，并无一句闲言闲语，只说道："你在京中娶了一个小老婆，我在家中也嫁了一个小老公，早晚同赴京师也。"魏生见了，也只道是夫人取笑的说话，全不在意，未及收好，外面报说有个同年相访。京邸寓中，不比在家宽转，那人又是相厚的同年，又晓得魏生并无家眷在内，直至里面坐下，叙了些寒温。魏生起身去解手，那同年偶翻桌上书帖，看见了这封家书，写得好笑，故意朗诵起来。魏生措手不及，通红了脸，说道："这是没理的话。因是小弟戏谑了他，他便取笑写来的。"那同年呵呵大笑道："这节事却是取笑不得的。"别了就去。那人也是一个少年，喜谈乐道，把这封家书一节，顷刻间遍传京邸。也有一班妒忌魏生少年登高科的，将这桩事只当做风闻言事的一个小小新闻⑤，奏上一本，说这魏生年少不检，不宜居清要之职，降处外任。魏生懊恨无及。后来毕竟做官蹭蹬不起⑥，把锦片也似一段美前程，等闲放过去了。

⑤风闻言事：把传闻的事向皇帝报告。

⑥蹭蹬：失势，不得意。

这便是一句戏言，撒漫了一个美官。今日再说一个官人，也只为酒后一时戏言，断送了堂堂六尺之躯，连累两三个人，枉屈害了性命。却是为着甚的？有诗为证。

世路崎岖实可哀，旁人笑口等闲开。

白云本是无心物，又被狂风引出来。

却说南宋时，建都临安，繁华富贵，不减那汴京故国。去那城中箭桥左侧，有个官人，姓刘名贵，字君荐，祖上原是有根基的人家，到得君荐手中，却是时乖运蹇。先前读书，后来看看不济，却去改业做生意。便是半路上出家的一般，买卖行中，一发不是本等伎俩，又把本钱消折去了。渐渐大房改换小房，赁得两三间房子，与同浑家王氏，年少齐眉。后因没有子嗣，娶下一个小娘子，姓陈，是陈卖糕

的女儿，家中都呼为二姐。这也是先前不十分穷薄的时，做下的勾当。至亲三口，并无闲杂人在家。那刘君荐，极是为人和气，乡里见爱，都称他刘官人：“你是一时运限不好，如此落莫，再过几时，定须有个亨通的日子。”说便是这般说，那得有些些好处？只是在家纳闷，无可奈何。

却说一日闲坐家中，只见丈人家里的老王，年近七旬，走来对刘官人说道：“家间老员外生日，特令老汉接取官人娘子，去走一遭。”刘官人便道：“便是我日逐愁闷过日子，连那泰山的寿诞也都忘了⑦。”便同浑家王氏，收拾随身衣服，打叠个包儿，交与老王背了，分付二姐：“看守家中，今日晚了，不能转回，明晚须索来家。”说了就去。离城二十馀里，到了丈人王员外家，叙了寒温。当日坐间客众，丈人女婿，不好十分叙述许多穷相。到得客散，留在客房里宿歇。

⑦泰山：指岳父。

直至天明，丈人却来与女婿攀话，说道：“姐夫，你须不是这般算计，坐吃山空，立吃地陷，咽喉深似海，日月快如梭。你须计较一个常便。我女儿嫁了你，一生也指望丰衣足食，不成只是这等就罢了。”刘官人叹了一口气道：“是。泰山在上，道不得个上山擒虎易，开口告人难。如今的时势，再有谁似泰山这般怜念我的？只索守困，若去求人，便是劳而无功。”丈人便道：“这也难怪你说。老汉却是看你们不过，今日赍助你些少本钱，胡乱去开个柴米店，撰得些利息来过日子，却不好么？”刘官人道：“感蒙泰山恩顾，可知是好。”

当下吃了午饭，丈人取出十五贯钱来，付与刘官人道：“姐夫，且将这些钱去，收拾起店面，开张有日，我便再应付你十贯。你妻子且留在此过几日，待有了开店日子，老汉亲送女儿到你家，就来与你作贺，意下如何？”

刘官人谢了又谢，驮了钱一径出门，到得城中，天色却早晚了，却撞着一个相识，顺路在他家门首经过。那人也要做经纪的人，就与他商量一会，可知是好。便去敲那人门时，里面有人应喏，出来相揖，便问："老兄下顾，有何见教？"刘官人一一说知就里。那人便道："小弟闲在家中，老兄用得着时，便来相帮。"刘官人道："如此甚好。"当下说了些生意的勾当。那人便留刘官人在家，现成杯盘，吃了三杯两盏。刘官人酒量不济，便觉有些朦胧起来，抽身作别，便道："今日相扰，明早就烦老兄过寒家，计议生理。"那人又送刘官人至路口，作别回家，不在话下。若是说话的，同年生，并肩长。拦腰抱住，把臂拖回，也不见得受这般灾悔。却教刘官人死得不如《五代史》李存孝⑧，《汉书》中彭越⑨。

⑧李存孝：五代时晋李克用的义子，屡立战功，后因谗害，被车裂而死。

⑨彭越：西汉开国功臣之一，封为梁王，后被告发谋反，诛三族。

却说刘官人驮了钱，一步一步捱到家中。敲门已是点灯时分，小娘子二姐独自在家，没一些事做，守得天黑，闭了门，在灯下打瞌睡。刘官人打门，他那里便听见。敲了半晌，方才知觉，答应一声来了，起身开了门。刘官人进去，到了房中，二姐替刘官人接了钱，放在卓上，便问："官人何处那移这项钱来，却是甚用？"那刘官人一来有了几分酒，二来怪他开得门迟了，且戏言吓他一吓，便道："说出来，又恐你见怪；不说时，又须通你得知。只是我一时无奈，没计可施，只得把你典与一个客人，又因舍不得你，只典得十五贯钱。若是我有些好处，加利赎你回来。若是照前这般不顺溜，只索罢了。"

那小娘子听了，欲待不信，又见十五贯钱堆在面前；欲待信来，他平白与我没半句言语，大娘子又过得好，怎么便下得这等狠心辣手？疑狐不决，只得再问道："虽然如此，也须通知我爹娘一声。"刘官人道："若是通知你爹娘，此事断然不成。你明日且到了人家，我慢慢央人与你爹娘说通，他也须怪我不得。"小娘子又问："官人今日在何处吃酒来？"刘官人道："便是把你典与人，写了文书，吃他的酒，才来的。"

小娘子又问："大姐姐如何不来？"刘官人道："他因不忍见你分离，待得你明日出了门才来，这也是我没计奈何，一言为定。"说罢，暗地忍不住笑，不脱衣裳，睡在床上，不觉睡去了。

那小娘子好生摆脱不下："不知他卖我与甚色样人家？我须先去爹娘家里说知。就是他明日有人来要我，寻到我家，也须有个下落。"沉吟了一会，却把这十五贯钱，一垛儿堆在刘官人脚后边，趁他酒醉，轻轻的收拾了随身衣服，款款的开了门出去，拽上了门。却去左边一个相熟的邻舍，叫做朱三老儿家里，与朱三妈宿了一夜，说道："丈夫今日无端卖我，我须先去与爹娘说知。烦你明日对他说一声，既有了主顾，可同我丈夫到爹娘家中来讨个分晓，也须有个下落。"那邻舍道："小娘子说得有理，你只顾自去，我便与刘官人说知就理。"过了一宵，小娘子作别去了不题。正是：

鳌鱼脱却金钩去，摆尾摇头再不回。

放下一头。却说这里刘官人一觉，直至三更方醒，见卓上灯犹未灭，小娘子不在身边。只道他还在厨下收拾家火，便唤二姐讨茶吃。叫了一回，没人答应，却待挣扎起来，酒尚未醒，不觉又睡了去。不想却有一个做不是的，日间赌输了钱，没处出豁，夜间出来掏摸些东西，却好到刘官人门首。因是小娘子出去了，门儿拽上不关。那贼略推一推，豁地开了，蹑手蹑脚，直到房中，并无一人知觉。

到得床前，灯火尚明。周围看时，并无一物可取。摸到床上，见一人朝着里床睡去，脚后却有一堆青钱，便去取了几贯。不想惊觉了刘官人，起来喝道："你须不近道理。我从丈人家借办得几贯钱来养身活命，不争你偷了我的去，却是怎的计结？"那人也不回话，照面一拳，刘官人侧身躲过，便起身与这人相持。那人见刘官人手脚活动，便拔步出房。刘官人不舍，抢出门来，一径赶到厨房里，恰待声张邻舍，起来捉贼。那人急了，正好没出豁，却见明晃晃一把劈柴斧头，正在手边：也是人极计生，被他绰起，一斧正中刘官人面门，扑地倒了，又复一斧，斫倒一边。眼见得刘官人不活了，呜呼哀哉，伏惟尚飨！那人便道："一不做，二不休，却是你来赶我，不是我来寻你。"索性翻身入房，取了十五贯钱。扯条单被，包裹得停当，拽扎得爽俐，出门，拽上了门就走，不题。

次早邻舍起来，见刘官人家门也不开，并无人声息，叫道："刘官人，失晓了[10]。"里面没人答应，捱将进去，只见门也不关。直到里面，见刘官人劈死在地："他家大娘子，两日家前已自往娘家去了，小娘子如何不见？"免不得声张起来。

⑩失晓了：天亮了。

却有昨夜小娘子借宿的邻家朱三老儿说道："小娘子昨夜黄昏时到

我家宿歇，说道：刘官人无端卖了他，他一径先到爹娘家里去了，教我对刘官人说，既有了主顾，可同到他爹娘家中，也讨得个分晓。今一面着人去追他转来，便有下落；一面着人去报他大娘子到来，再作区处。”众人都道：“说得是。”先着人去到王老员外家报了凶信。老员外与女儿大哭起来，对那人道：“昨日好端端出门，老汉赠他十五贯钱，教他将来作本，如何便恁的被人杀了？”

那去的人道：“好教老员外大娘子得知，昨日刘官人归时，已自昏黑，吃得半酣，我们都不晓得他有钱没钱，归迟归早。只是今早刘官人家门儿半开，众人推将进去，只见刘官人杀死在地，十五贯钱一文也不见，小娘子也不见踪迹。声张起来，却有左邻朱三老儿出来，说道他家小娘子昨夜黄昏时分借宿他家。小娘子说道刘官人无端把他典与人了，小娘子要对爹娘说一声，住了一宵，今早径自去了。如今众人计议，一面来报大娘子与老员外，一面着人去追小娘子。若是半路里追不着的时节，直到他爹娘家中，好歹追他转来，问个明白。老员外与大娘子，须索去走一遭，与刘官人执命[11]。”老员外与大娘子急急收拾起身，管待来人酒饭，三步做一步，赶入城中，不题。

⑪执命：偿命。

却说那小娘子清早出了邻舍人家，挨上路去，行不上一二里，早是脚疼走不动，坐在路旁。却见一个后生，头带万字头巾，身穿直缝宽衫，背上驮了一个搭膊，里面却是铜钱，脚下丝鞋净袜，一直走上前来。到了小娘子面前，看了一看，虽然没有十二分颜色，却也明眉皓齿，莲脸生春，秋波送媚，好生动人。正是：

野花偏艳目，村酒醉人多。

那后生放下搭膊，向前深深作揖：“小娘子独行无伴，却是往那里去的？”小娘子还了万福，道：“是奴家要往爹娘家去，因走不上，权歇在此。”因问：“哥哥是何处来？今要往何方去？”那后生叉手不离方寸：“小人是村里人，因往城中卖了丝帐，讨得些钱，要往褚家堂那边

去的。”小娘子道：“告哥哥则个，奴家爹娘也在褚家堂左侧，若得哥哥带挈奴家，同走一程，可知是好。”那后生道：“有何不可。既如此说，小人情愿伏侍小娘子前去。”

两个厮赶着，一路正行，行不到二三里田地，只见后面两个人脚不点地，赶上前来。赶得汗流气喘，衣襟敞开，连叫：“前面小娘慢走，我却有话说知。”小娘子与那后生看见赶得蹊跷，都立住了脚。后边两个赶到跟前，见了小娘子与那后生，不容分说，一家扯了一个，说道：“你们干得好事。却走往那里去？”小娘子吃了一惊，举眼看时，却是两家邻舍，一个就是小娘子昨夜借宿的主人。小娘子便道：“昨夜也须告过公公得知，丈夫无端卖我，我自去对爹娘说知；今日赶来，却有何说？”朱三老道：“我不管闲帐，只是你家里有杀人公事，你须回去对理。”小娘子道：“丈夫卖我，昨日钱已驮在家中，有甚杀人公事？我只是不去。”朱三老道：“好自在性儿。你若真个不去，叫起地方有杀人贼在此，烦为一捉，不然，须要连累我们。你这里地方也不得清净。”那个后生见不是话头，便对小娘子道：“既如此说，小娘子只索回去，小人自家去休。”那两个赶来的邻舍，齐叫起来说道：“若是没有你在此便罢，既然你与小娘子同行同止，你须也去不得。”那后生道：“却也作怪，我自半路遇见小娘子，偶然伴他行一程路儿，却有甚皂丝麻线[12]，要勒掯我回去？”朱三老道：“他家现有杀人公事，不争放你去了，却打没对头官司。”当下不容小娘子和那后生做主。看的人渐渐立满，都道：“后生你去不得。你日间不作亏心事，半夜敲门不吃惊，便去何妨。”那赶来的邻舍道：“你若不去，便是心虚，我们却和你罢休不得。”四个人只得厮挽着一路转来。

⑫皂丝麻线：比喻牵连、纠缠，不明不白。

到得刘官人门首，好一场热闹。小娘子入去看时，只见刘官人斧劈倒在地死了，床上十五贯钱分文也不见。开了口合不得，伸了舌缩不上去。那后生也慌了，便道：“我恁的晦气。没来由和那小娘子同走一程，却做了干连人。”众人都和哄着。正在那里分豁不开，只见王老员外和女儿一步一攧走回家来，见了女婿身尸，哭了一场，便对小娘子道：“你却如何杀了丈夫？劫了十五贯钱，逃走出去？今日天理昭然，有何理说。”小娘子道：“十五贯钱，委是有的。只是丈夫昨晚回来，说是无计奈何，将奴家典与他人，典得十五贯身价在此，说过今日便要奴家到他家去。奴家因不知他典与甚色样人家，先去与爹娘说知，故此趁他睡了，将这十五贯钱，一垛儿堆在他脚后边，拽上门，借朱三老家住了一宵，今早自去爹娘家里说知。临去之时，也曾央朱三老对我丈夫说，既然有了主顾，便同到我爹娘家里来交割，却不知因甚杀死在此？”那大娘子道：“可又来。我的父亲昨日明明把十五贯钱与他驮来作本，养赡妻小，他岂有哄你说是典来身价之理？这是你两日因独自在家，勾搭上了人，又见家中好生不济，无心守耐，又见了十五贯钱，一时见财起意，杀死丈夫，劫了钱，又使见识，往邻舍家借宿一夜，却与汉子通同计较，一处逃走。现今你跟着一个男子同走，却有何理说，抵赖得过？”

众人齐声道：“大娘子之言，甚是有理。”又对那后生道：“后生，你却如何与小娘子谋杀亲夫？却暗暗约定在僻静处等候，一同去，逃奔他方，却是如何计结。”那人道：“小人自姓崔名宁，与那个娘子无半面之识。小人昨晚入城，卖得几贯丝钱在这里，因路上遇见小娘子，小人偶然问起往那里去的，却独自一个行走。小娘子说起是与小人同路，以此作伴同行，却不知前后因依。”众人那里肯听他分说，搜索他搭膊中，恰好是十五贯钱，一文也不多，一文也不少。众人齐发起喊来道是："天网恢恢，疏而不漏。你却与小娘子杀了人，拐了钱财，盗了妇女，同往他乡，却连累我地方邻里打没头官司。"

当下大娘子结扭了小娘子，王老员外结扭了崔宁，四邻舍都是证见，一哄都入临安府中来。那府尹听得有杀人公事，即便升厅，便叫一干人犯，逐一从头说来。先是王老员外上去，告说："相公在上，小人是本府村庄人氏，年近六旬，只生一女。先年嫁与本府城中刘贵为妻，后因无子，取了陈氏为妾，呼为二姐。一向三口在家过活，并无片言。只因前日是老汉生日，差人接取女儿女婿到家，住了一夜。次日，因见女婿家中全无活计，养赡不起，把十五贯钱与女婿作本，开店养身。却有二姐在家看守。到得昨夜，女婿到家时分，不知因甚缘故，将女婿斧劈死了，二姐却与一个后生，名唤崔宁，一同逃走，被人追捉到来。望相公可怜见老汉的女婿身死不明。奸夫淫妇，赃证现在，伏乞相公明断。"

府尹听得如此如此，便叫陈氏上来："你却如何通同奸夫杀死了亲夫，劫了钱，与人一同逃走，是何理说？"二姐告道："小妇人嫁与刘贵，虽是做小老婆，却也得他看承得好，大娘子又贤慧，却如何肯起这片歹心？只是昨晚丈夫回来，吃得半酣，驮了十五贯钱进门。小妇人问他来历，丈夫说道，为因养赡不周，将小妇人典与他人，典得十五贯身价在此，又不通我爹娘得知，明日就要小妇人到他家去。小妇人慌了，连夜出门，走到邻舍家里，借宿一宵。今早一径先往爹娘家去，教他对丈夫说，既然卖我有了主顾，可到我爹娘家里来交割。才走得到半路，却见昨夜借宿的邻家赶来，捉住小妇人回来，却不知丈夫杀死的根由。"那府尹喝道："胡说。这十五贯钱，分明是他丈人与女婿的，你却说是典你的身价，眼见得没巴臂的说话了。况且妇人家，如何黑夜行走？定是脱身之计。这桩事须不是你一个妇人家做的，一定有奸夫帮你谋财害命，你却从实说来。"

那小娘子正待分说，只见几家邻舍一齐跪上去告道："相公的言语，委是青天。他家小娘子，昨夜果然借宿在左邻第二家的，今早他自去了。小的们见他丈夫杀死，一面着人去赶，赶到半路，却见小娘子和那一个后生同走，苦死不肯回来。小的们勉强捉他转来，却又一面着人去接他大娘子与他丈人，到时，说昨日有十五贯钱，付与女婿做生理的。今者女婿已死，这钱不知从何而去。再三问那个娘子时，说道："他出门时，将这钱一堆儿堆在床上。却去搜那后生身边，十五贯钱，分文不少。却不是小娘子与那后生通同作奸？赃证分明，却如何赖得过？"

府尹听他们言言有理，便唤那后生上来道："帝辇之下[13]，怎容你这等胡行？你却如何谋了他小老婆，劫了十五贯钱，杀死了亲夫，今日同往何处？从实招来。"那后生道："小人姓崔名宁，是乡村人氏。昨日往城中卖了丝，卖得这十五贯钱。今早偶然

路上撞着这小娘子，并不知他姓甚名谁，那里晓得他家杀人公事？”府尹大怒喝道：“胡说。世间不信有这等巧事。他家失去了十五贯钱，你却卖的丝恰好也是十五贯钱，这分明是支吾的说话了。况且他妻莫爱，他马莫骑，你既与那妇人没甚首尾，却如何与他同行共宿？你这等顽皮赖骨，不打如何肯招？”

⑬帝辇之下：天子脚下，指首都地方。

当下众人将那崔宁与小娘子，死去活来，拷打一顿。那边王老员外与女儿并一干邻右人等，口口声声咬他二人。府尹也巴不得了结这段公案。拷讯一回，可怜崔宁和小娘子，受刑不过，只得屈招了，说是一时见财起意，杀死亲夫，劫了十五贯钱，同奸夫逃走是实。左邻右舍都指画了“十”字，将两人大枷枷了，送入死囚牢里。将这十五贯钱，给还原主，也只好奉与衙门中人做使用，也还不勾哩。府尹叠成文案，奏过朝廷，部覆申详，倒下圣旨，说：“崔宁不合奸骗人妻，谋财害命，依律处斩。陈氏不合通同奸夫，杀死亲夫，大逆不道，凌迟示众。”当下读了招状，大牢内取出二人来，当厅判一个斩字，一个剐字，押赴市曹，行刑示众。两人浑身是口，也难分说。正是：

哑子谩尝黄蘖味[14]，难将苦口对人言。

⑭黄蘖（bò）：俗称黄柏，可入药，味苦。

看官听说：这段公事，果然是小娘子与那崔宁谋财害命的时节，他两人须连夜逃走他方，怎的又去邻舍人家借宿一宵？明早又走到爹娘家去，却被人捉住了？这段冤枉，仔细可以推详出来。谁想问官糊涂，只图了事，不想捶楚之下[15]，何求不得？冥冥之中，积了阴骘，远在儿孙近在身。他两个冤魂，也须放你不过。所以做官的切不可率意断狱，任情用刑，也要求个公平明允。道不得个死者不可复生，断者不可复续，可胜叹哉！

⑮捶楚：同“箠楚”，用竹杖或木杖打人。

闲话休题。却说那刘大娘子到得家中，设个灵位，守孝过日。父亲王老员外劝他转身[16]，大娘子说道："不要说起三年之久，也须到小祥之后[17]。"父亲应允自去。光阴迅速，大娘子在家，巴巴结结，将近一年。父亲见他守不过，便叫家里老王去接他来，说："叫大娘子收拾回家，与刘官人做了周年，转了身去罢。"大娘子没计奈何，细思父言亦是有理，收拾了包裹，与老王背了，与邻舍家作别，暂去再来。

⑯转身：改嫁。

⑰小祥：封建礼法，服丧一年称小祥。

一路出城，正值秋天，一阵乌风猛雨，只得落路，往一所林子去躲，不想走错了路。正是：

猪羊入屠宰之家，一脚脚来寻死路。

走入林子里来，只听他林子背后，大喝一声："我乃静山大王在此。行人住脚，须把买路钱与我。"大娘子和那老王吃那一惊不小，只见跳出一个人来：

头带乾红凹面巾，身穿一领旧战袍，腰间红绢搭膊裹肚，脚下蹬一双乌皮皂靴，手执一把朴刀。

舞刀前来。那老王该死，便道："你这剪径的毛团[18]。我须是认得你，做这老性命着，与你兑了罢。"一头撞去，被他闪过空。老人家用力猛了，扑地便倒。那人大怒道："这牛子好生无礼[19]。"连搠一两刀，血流在地，眼见得老王养不大了。

⑱剪径：拦路抢劫。

⑲牛子：骂人的话，骂人像牛一样蠢笨、拗执。

那刘大娘子见他凶猛，料道脱身不得，心生一计，叫做"脱空计"，拍手叫道："杀得好。"那人便住了手，睁圆怪眼，喝道："这是你什么人？"那大娘子虚心假气的答道："奴家不幸丧了丈夫，却被媒人哄诱，嫁了这个老儿，只会吃饭。今日却得大王杀了，也替奴家除了

一害。”那人见大娘子如此小心，又生得有几分颜色，便问道：“你肯跟我做个压寨夫人么?”大娘子寻思，无计可施，便道：“情愿伏侍大王。”那人回嗔作喜，收拾了刀杖，将老王尸首撺入涧中，领了刘大娘子到一所庄院前来，甚是委曲。只见大王向那地上拾些土块，抛向屋上去，里面便有人出来开门。到得草堂之上，分付杀羊备酒，与刘大娘子成亲。两口儿且是说得着。正是：

明知不是伴，事急且相随。

不想那大王自得了刘大娘子之后，不上半年，连起了几主大财，家间也丰富了。大娘子甚是有识见，早晚用好言语劝他：“自古道：‘瓦罐不离井上破，将军难免阵中亡[20]。’你我两人，下半世也勾吃用了，只管做这没天理的勾当，终须不是个好结果。却不道是梁园虽好，不是久恋之家，不若改行从善，做个小小经纪，也得过养身活命。”那大王早晚被他劝转，果然回心转意，把这门道路撇了，却去城市间赁下一处房屋，开了一个杂货店。遇闲暇的日子，也时常去寺院中，念佛持斋。

⑳瓦罐不离井上破，将军难免阵中亡：古典小说戏曲中常用的话，意思是常处在危险之中，最后不会有好结果。

忽一日在家闲坐，对那大娘子道：“我虽是个剪径的出身，却也晓得冤各有头，债各有主。每日间只是吓骗人东西，将来过日子，后来得有了你，一向买卖顺溜，今已改行从善。闲来追思既往，止曾枉杀了两个人，又冤陷了两个人，时常挂念。思欲做些功果，超度他们，一向未曾对你说知。”大娘子便道：“如何是枉杀了两个人？”那大王道：“一个是你的丈夫，前日在林子里的时节，他来撞我，我却杀了他。他须是个老人家，与我往日无仇，如今又谋了他老婆，他死也是不肯甘心的。”大娘子道：“不恁地时，我却那得与你厮守？这也是往事，休题了。”又问：“杀那一个，又是甚人？”

那大王道：“说起来这个人，一发天理上放不过去，且又带累了两个人无辜偿命。是一年前，也是赌输了，身边并无一文，夜间便去掏摸些东西。不想到一家门首，见他门也不闩。推进去时，里面并无一人。摸到门里，只见一人醉倒在床，脚后却有一堆铜钱，便去摸他几贯。正待要走，却惊醒了。那人起来说道：‘这是我丈人家与我做本钱的，不争你偷去了，一家人口都是饿死。’起身抢出房门。正待声张起来，是我一时见他不是话头，却好一把劈柴斧头在我脚边，这叫做人极计生，绰起斧来，喝一声道：‘不是我，便是你。’两斧劈倒。却去房中将十五贯钱，尽数取了。后来打听得他，却连累了他家小老婆，与那一个后生，唤做崔宁，说他两人谋财害命，双双受了国家刑法。我虽是做了一世强人，只有这两桩人命，是天理人心打不过去的。早晚还要超度他，也是该的。”

那大娘子听说，暗暗地叫苦：“原来我的丈夫也吃这厮杀了，又连累我家二姐与那个后生无辜被戮。思量起来，是我不合当初执证他两人偿命，料他两人阴司中，也须放我不过。”当下权且欢天喜地，并无他话。明日捉个空，便一径到临安府前，叫起屈来。

那时换了一个新任府尹，才得半月，正直升厅，左右捉将那叫屈的妇人进来。刘大娘子到于阶下，放声大哭，哭罢，将那大王前后所为：“怎的杀了我丈夫刘贵。问官不肯推详，含糊了事，却将二姐与那崔宁朦胧偿命。后来又怎的杀了老王，奸骗了奴家。今日天理昭然，一一是他亲口招承。伏乞相公高抬明镜，昭雪前冤。”说罢又哭。府尹见他情词可悯，即着人去捉那静山大王到来，用刑拷讯，与大娘子口词一些不差。即时问成死罪，奏过官里。待六十日限满，倒下圣旨来："勘得静山大王谋财害命，连累无辜，准律：杀一家非死罪三人者，斩加等，决不待时。原问官断狱失情，削职为民。崔宁与陈氏枉死可怜，有司访其家，谅行优恤。王氏既系强徒威逼成亲，又能伸雪夫冤，着将贼人家产，一半没入官，一半给与王氏养赡终身。"

刘大娘子当日往法场上，看决了静山大王，又取其头去祭献亡夫，并小娘子及崔宁，大哭一场。将这一半家私，舍入尼姑庵中，自己朝夕看经念佛，追荐亡魂，尽老百年而绝。有诗为证：

善恶无分总丧躯，只因戏语酿殃危。

劝君出话须诚实，口舌从来是祸基。

十四　徐老仆义愤成家

【精要简介】

本篇讲述的是明嘉靖年间，义仆阿寄辅助主人家经商致富、买田置地、捐纳监生的故事，表彰了阿寄的一心为主。

【原文鉴赏】

犬马犹然知恋主，况于列在生人。为奴一日主人身。情恩同父子，名分等君臣。

主若虐奴非正道，奴如欺主伤伦。能为义仆是良民。盛衰无改节，史册可传神。

说这唐玄宗时，有一官人姓萧名颖士[①]，字茂挺，兰陵人氏。自幼聪明好学，该博三教九流[②]，贯串诸子百家。上自天文，下至地理，无所不通，无有不晓。真个胸中书富五车，笔下句高千古。年方一十九岁，高掇巍科，名倾朝野，是一个广学的才子。家中有个仆人，名唤杜亮。那杜亮自萧颖士数龄时，就在书房中服事起来。若有驱使，奋勇直前，水火不避，身边并无半文私蓄。陪伴萧颖士读书时，不待分付，自去千方百计，预先寻觅下果品饮馔供奉。有时或烹瓯茶儿助他清思，或暖杯酒儿节他辛苦。整夜直服事到天明，从不曾打个瞌睡。如见萧颖士读到得意之处，他在旁也十分欢喜。

①姓萧名颖士：萧颖士（717—768年），字茂挺，唐代文学家，曾官秘书正字、扬州功曹参军，因不附李林甫，几次罢官。

②该博：渊博，学问很多的意思。

那萧颖士般般皆好，件件俱美，只有两桩儿毛病。你道是那两桩？第一件乃是恃才傲物，不把人看在眼内。才登仕籍，便去冲撞了当朝宰相。那宰相若是个有度量的，还恕得他过，又正冲撞了第一个忌才的李林甫[③]。那李林甫混名叫做李猫儿，平昔不知坏了多少大臣，乃是杀人不见血的刽子手。却去惹他，可肯轻轻放过？被他略施小计，险些连性命都送了。又亏着座主搭救[④]，止削了官职，坐在家里。

③李林甫：小字哥奴，唐朝宗室，玄宗时任宰相十九年，封晋国公，与宦官妃嫔勾结，排除异己，为人阴险，世称“口蜜腹剑”。

④座主：科举考试的主考官为新进士的座主，也称座师。

第二件是性子严急，却像一团烈火，片语不投，即暴躁如雷，两太阳火星直爆。奴仆稍有差误，便加捶挞。他的打法，又与别人不同。有甚不同？别人责治家奴，定然计其过犯大小，讨个板子，教人行杖，或打一十，或打二十，分个轻重。惟有萧颖士，不论事体大小，略触着他的性子，便连声喝骂，也不用什么板子，也不要人行杖，亲自跳起身来一把揪翻，随分掣着一件家火，没头没脑乱打。凭你什么人劝解，他也全不作准，直要打个气息；若不像意，还要咬上几口，方才罢手。因是恁般利害，奴仆们惧怕，都四散逃去，单单存得一个杜亮。论起萧颖士，止存得这个家人种儿，每事只该将就些才是。谁知他是天生的性儿，使惯的气儿，打溜的手儿，竟没丝毫更改，依然照旧施行。起先奴仆众多，还打了那个，空了这个，到得秃秃里独有杜亮时，反觉打得勤些。论起杜亮，遇着这般没理会的家主，也该学众人逃走去罢了，偏又寸步不离，甘心受他的责罚。常常打得皮开肉绽，头破血淋，也再无一点退悔之念，一句怨恨之言。打罢起来，整一整衣裳，忍着疼痛，依原在旁答应。

说话的，据你说，杜亮这等奴仆，莫说千中选一，就是走尽天下，也寻不出个对儿。这萧颖士又非黑漆皮灯，泥塞竹管，是那一窍不通的蠢物；他须是身登黄甲[5]，位列朝班，读破万卷，明理的才人，难道恁般不知好歹，一味蛮打，没一点仁慈改悔之念不成？看官有所不知，常言道得好：“江山易改，禀性难移。”那萧颖士平昔原爱杜亮小心驯谨，打过之后，深自懊悔道：“此奴随我多年，并无十分过失，如何只管将他这样毒打？今后断然不可！”到得性发之时，不觉拳脚又轻轻的生在他身上去了。这也不要单怪萧颖士性子急躁，谁教杜亮刚闻得叱喝一声，恰如小鬼见了钟馗一般，扑秃的两条腿就跪倒在地。萧颖士本来是个好打人的，见他做成这个要打局面，少不得奉承几下。

⑤黄甲：黄榜第一名。

杜亮有个远族兄弟杜明，就住在萧家左边，因见他常打得这个模样，心下到气不过，撺掇杜亮道：“凡做奴仆的，皆因家贫力薄，自难成立，故此投靠人家。一来贪图现成衣食，二来指望家主有个发迹之日，带挈风光，摸得些东西做个小小家业，快活下半世。像阿哥如今随了这措人[6]，早晚辛勤服侍，竭力尽心，并不见一些好处，只落得常受他凌辱痛楚。恁样不知好歹的人，跟他有何出息？他家许多人都存住不得，各自四散去了，你何不也别了他，另寻头路？有多少不如你的，投了大官府人家，吃好穿好，还要作成趁一贯两贯。走出衙门前，谁不奉承？那边才叫‘某大叔，有些小事相烦’。还未答应时，这边又叫‘某大叔，我也有件事儿劳动’。真个应接不暇，何等兴头。若是阿哥这样肚里又明白，笔下又来得，做人且又温存小心，走到势要人家，怕道不是重用？你那措大，虽然中个进士，发利市就与李丞相作对[7]，被他弄来坐在家中，料道也没个起官的日子，有何撇不下，定要与他缠帐？”

⑥措大：旧时对穷困读书人的轻蔑称呼。

⑦发利市：开始，打好第一炮。

杜亮道：“这些事，我岂不晓得？若有此念，早已去得多年了，何待吾弟今日劝谕。古语云：‘良臣择主而事，良禽择木而栖。’奴仆虽是下贱，也要择个好使头。像我主人，止是性子躁急，除此之外，只怕舍了他，没处再寻得第二个出来。”杜明道：“满天下无数官员，宰相、贵戚、豪家，岂有反不如你主人这个穷官？”杜亮道：“他们有的，不过是爵位金银二事。”杜明道：“只这两桩尽勾了，还要怎样？”杜亮道：“那爵位乃虚花之事，金银是臭污之物，有甚希罕？如何及得我主人这般高才绝学，拈起笔来，顷刻万言，不要打个稿儿。真个烟云缭绕，华彩缤纷。我所恋恋不舍者，单爱他这一件耳。”杜明听得说出爱他的才学，不觉呵呵大笑，道：“且问阿哥：你既爱他的才学，到饥时可将来当得饭吃，冷时可作得衣穿么？”

杜亮道："你又说笑话，才学在他腹中，如何济得我的饥寒？"杜明道："却元来又救不得你的饥，又遮不得你的寒，爱他何用？当今有爵位的，尚然只喜趋权附势，没一个肯怜才惜学。你我是个下人，但得饱食暖衣，寻觅些钱钞做家，乃是本等；却这般迂阔，爱什么才学，情愿受其打骂，可不是个呆子！"杜亮笑道："金银，我命里不曾带来，不做这个指望，还只是守旧。"杜明道："想是打得你不爽利，故此尚要捱他的棍棒。"杜亮道："多承贤弟好情，可怜我做兄的。但我主这般博奥才学，总然打死，也甘心服事他。"遂不听杜明之言，仍旧跟随萧颖士。

不想今日一顿拳头，明日一顿棒子，打不上几年，把杜亮打得渐渐遍身疼痛，口内吐血，成了个伤痨症候。初日还强勉趋承，次后打熬不过，半眠半起。又过几时，便久卧床席。那萧颖士见他呕血，情知是打上来的，心下十分懊悔，指望有好的日子。请医调治，亲自煎汤送药。捱了两月，呜呼哀哉！萧颖士想起他平日的好处，只管涕泣，备办衣棺埋葬。

萧颖士日常亏杜亮服事惯了，到得死后，十分不便，央人四处寻觅仆从，因他打人的名头出了，那个肯来跟随？就有个肯跟他的，也不中其意。有时读书到忘怀之处，还认做杜亮在傍，抬头不见，便掩卷而泣。后来萧颖士知得了杜亮当日不从杜明这班说话，不觉气咽胸中，泪如泉涌，大叫一声："杜亮！我读了一世的书，不曾遇着个怜才之人，终身沦落；谁想你到是我的知己，却又有眼无珠，枉送了你性命，我之罪也！"言还未毕，口中的鲜血，往外直喷，自此也成了个呕血之疾。将书籍尽皆焚化，口中不住的喊叫杜亮，病了数月，也归大梦[⑧]。遗命教迁杜亮与他同葬。有诗为证：

纳贿趋权步步先，高才曾见几人怜。

当路若能如杜亮，草莱安得有遗贤[⑨]？

⑧大梦：古人有“人生如大梦”的说法，这里指人死了。

⑨草莱：民间。

说话的，这杜亮爱才恋主，果是千古奇人。然看起来，毕竟还带些腐气，未为全美。若有别桩希奇故事，异样话文，再讲回出来。列位看官稳坐着，莫要性急，适来小子道这段小故事，原是入话⑩，还未曾说到正传。那正传却也是个仆人。他比杜亮更是不同，曾独力与孤孀主母，挣起个天大家事，替主母嫁三个女儿，与小主人娶两房娘子，到得死后，并无半文私蓄，至今名垂史册。待小子慢慢的道来，劝谕那世间为奴仆的，也学这般尽心尽力帮家做活，传个美名；莫学那样背恩反噬、尾大不掉的，被人唾骂。

⑩入话：宋元时代，说书的人在讲正故事之前的小段，作为引子，叫“入话”。

你道这段话文，出在那个朝代？什么地方？元来就在本朝嘉靖爷年间，浙江严州府淳安县，离城数里，有个乡村，名曰锦沙村。村上有一姓徐的庄家，恰是弟兄三人。大的名徐言，次的名徐召，各生得一子；第三个名徐哲，浑家颜氏，到生得二男三女。他弟兄三人，奉着父亲遗命，合锅儿吃饭，并力的耕田。挣下一头牛儿，一骑马儿。又有一个老仆，名叫阿寄，年已五十多岁，夫妻两口，也生下一个儿子，还只有十来岁。那阿寄也就是本村生长，当先因父母丧了，无力殡殓，故此卖身在徐家。为人忠谨小心，朝起晏眠，勤于种作。徐言的父亲大得其力，每事优待。

到得徐言辈掌家，见他年纪有了，便有些厌恶之意。那阿寄又不达时务，遇着徐言弟兄行事有不到处，便苦口规谏。徐哲尚肯服善，听他一两句，那徐言、徐召是个自作自用的性子，反怪他多嘴擦舌，高声叱喝，有时还要奉承几下消食拳头。阿寄的老婆劝道：“你一把年纪的人了，诸事只宜退缩算。他们是后生家世界，时时新，局局变，由他自去

主张罢了，何苦定要多口，常讨恁样凌辱!”阿寄道：“我受老主之恩，故此不得不说。”婆子道：“累说不听，这也怪不得你了!”自此阿寄听了老婆言语，缄口结舌，再不干预其事，也省了好些耻辱。正合着古人两句言语，道是：

闭口深藏舌，安身处处牢。

不则一日，徐哲忽地患了个伤寒症候，七日之间，即便了帐。那时就哭杀了颜氏母子，少不得衣棺盛殓，做些功果追荐。过了两月，徐言与徐召商议道：“我与你各只一子，三兄弟到有两男三女，一分就抵着我们两分。便是三兄弟在时，一般耕种，还算计不就，何况他已死了。我们日夜吃辛吃苦挣来，却养他一窝子吃死饭的。如今还是小事，到得长大起来，你我儿子婚配了，难道不与他婚男嫁女，岂不比你我反多去四分？意欲即今三股分开，撇脱了这条烂死蛇，由他们有得吃，没得吃，可不与你我没干涉了。只是当初老官儿遗嘱，教道莫要分开，今若违了他言语，被人谈论，却怎地处？”

那时徐召若是个有仁心的，便该劝徐言休了这念才是。谁知他的念头，一发起得久了，听见哥子说出这话，正合其意，乃答道：“老官儿虽有遗嘱，不过是死人说话了，须不是圣旨，违背不得的。况且我们的家事，那个外人敢来谈论！”徐言连称有理，即将田产家私，都暗地配搭停当，只拣不好的留与侄子。徐言又道：“这牛马却怎地分？”徐召沉吟半晌，乃道：“不难。那阿寄夫妻年纪已老，渐渐做不动了，活时到有三个吃死饭的，死了又要赔两口棺木，把他也当作一股，派与三房里，卸了这干系，可不是好！”

计议已定，到次日备些酒肴，请过几个亲邻坐下，又请出颜氏并两个侄儿。那两个孩子，大的才得七岁，唤做福儿，小的五岁，叫做寿儿，随着母亲，直到堂前，连颜氏也不知为甚缘故。只见徐言弟兄立起身来道：“列位高亲在上，有一言相告。昔年先父原没甚所遗，多亏我弟兄，挣得些小产业，只望弟兄相守到老，传至子侄这辈分析。不幸三舍弟近日有此大变，弟妇又是个女道家，不知产业多少。况且人家消长不一，到后边多挣得，分与舍侄便好；万一消乏了，那时只道我们有甚私弊，欺负孤儿寡妇，反伤骨肉情义了。故此我兄弟商量，不如趁此完美之时，分作三股，各自领去营运，省得后来争多竞少，特请列位高亲来作眼。”遂向袖中摸出三张分书来，说道：“总是一样配搭，至公无私，只劳列位着个花押。”

颜氏听说要分开自做人家，眼中扑簌簌珠泪交流，哭道：“二位伯伯，我是个孤孀妇人，儿女又小，就是没脚蟹一般，如何撑持的门户？昔日公公原分付莫要分开，还是二位伯伯总管在那里，扶持小儿女大了，但凭胡乱分些便罢，决不敢争多竞少。”徐召道：“三娘子，天下无有不散筵席，就合上一千年，少不得有个分开日子。公公乃过世的人了，他的说话，那里作得准。大伯昨日要把牛马分与你。我想侄儿又小，那个去看养，故分阿寄来帮扶。他年纪虽老，筋力还健，赛过一个后生家种作哩。那婆子绩麻纺线，也不是吃死饭的。这孩子再耐他两年，就可下得田了，你不消愁得。”颜氏见他弟兄如此，明知已是做就，料道拗他不过，一味啼哭。那些亲邻看了分书，虽晓得分得不公道，都要做好好先生，那个肯做闲冤家，出尖说话，一齐着了花押，劝慰颜氏收了进去，入席饮酒。有诗为证：

分书三纸语从容，人畜均分禀至公。

老仆不如牛马用，拥孤孀妇泣西风。

却说阿寄，那一早差他买东买西，请张请李，也不晓得又做甚事体。恰好在南村去请个亲戚，回来时里边事已停妥，刚至门口，正遇见老婆。那婆子恐他晓得了这事，又去多言多语，扯到半边，分付道："今日是大官人分拨家私，你休得又去闲管，讨他的怠慢!"阿寄闻言，吃了一惊，说道："当先老主人遗嘱，不要分开，如何见三官人死了，就撇开这孤儿寡妇，教他如何过活？我若不说，再有何人肯说?"转身就走。婆子又扯住道："清官也断不得家务事，适来许多亲邻都不开口，你是他手下人，又非甚么高年族长，怎好张主?"阿寄道："话虽有理，但他们分得公道，便不开口；若有些欺心，就死也说不得，也要讲个明白。"又问道："可晓得分我在那一房?"婆子道："这到不晓得。"

阿寄走到堂前，见众人吃酒，正在高兴，不好遽然问得，站在旁边。间壁一个邻家抬头看见，便道："徐老官，你如今分在三房里了。他是孤孀娘子，须是竭力帮助便好。"阿寄随口答道："我年纪已老，做不动了。"口中便说，心下暗转道："元来拨我在三房里，一定他们道我没用了，借手推出的意思。我偏要争口气，挣个事业起来，也不被人耻笑。"遂不问他们分析的事，一径转到颜氏房门口，听得在内啼哭。阿寄立住脚听时，颜氏哭道："天阿！只道与你一竹竿到底，白头相守，那里说起半路上就抛撇了，遗下许多儿女，无依无靠，还指望倚仗做伯伯的扶养长大，谁知你骨肉未寒，便分拨开来。如今教我没投没奔，怎生过日?"又哭道："就是分的田产，他们通是亮里，我是暗中，凭他们分派，那里知得好歹？只一件上，已是他们的肠子狠了。那牛儿可以耕种，马儿可雇倩与人⑪，只拣两件有利息的拿了去，却推两个老头儿与我，反要费我的衣食。"

⑪雇倩：出租。

那老儿听了这话，猛然揭起门帘叫道："三娘，你道老奴单费你的衣食，不及牛马的力么？"颜氏魆地里被他钻进来说这句话，到惊了一跳，收泪问道："你怎地说？"阿寄道："那牛马每年耕种雇倩，不过有得数两利息，还要赔个人去喂养跟随。若论老奴，年纪虽老，精力未衰，路还走得，苦也受得。那经商道业，虽不曾做，也都明白。三娘急急收拾些本钱，待老奴出去做些生意，一年几转，其利岂不胜似马牛数倍？就是我的婆子，平昔又勤于纺织，亦可少助薪水之费。那田产莫管好歹，把来放租与人，讨几担谷子，做了桩主，三娘同姐儿们，也做些活计，将就度日，不要动那赀本。营运数年，怕不挣起个事业？何消愁闷。"颜氏见他说得有些来历，乃道："若得你如此出力，可知好哩。但恐你有了年纪，受不得辛苦。"阿寄道："不瞒三娘说，老便老，健还好。眠得迟，起得早，只怕后生家还赶我不上哩！这到不消虑得。"颜氏道："你打帐做甚生意？"阿寄道："大凡经商，本钱多便大做，本钱少便小做。须到外边去看，临期着便，见景生情，只拣有利息的就做，不是在家论得定的。"颜氏道："说得有理，待我计较起来。"阿寄又讨出分书，将分下的家火，照单逐一点明，搬在一处，然后走至堂前答应。众亲邻直饮至晚方散。

次日，徐言即唤个匠人，把房子两下夹断，教颜氏另自开个门户出入。颜氏一面整顿家中事体，自不必说。一面将簪钗衣饰，悄悄教阿寄去变卖，共凑了十二两银子。颜氏把来交与阿寄道："这些少东西，乃我尽命之资，一家大小俱在此上。今日交付与你，大利息原不指望，但得细微之利也就勾了。临事务要斟酌，路途亦宜小心，切莫有始无终，反被大伯们耻笑。"口中便说，不觉泪随言下。阿寄道："但请放心，老奴自有见识在此，管情不负所托。"颜氏又问道："还是几时起身？"阿寄道："今本钱已有了，明早就行。"颜氏道："可要拣个好日？"阿寄道："我出去做生意，便是好日了，何必又拣？"即把银子藏在兜肚之中，走到自己房里，向婆子道："我明早要出门去做生意，可将旧衣旧裳，打叠在一处。"

元来阿寄止与主母计议，连老婆也不通他知道。这婆子见蓦地说出那句话，也觉骇然，问道："你往何处去？做甚生意？"阿寄方把前事说与。那婆子道："阿呀！这是那里说起！你虽然一把年纪，那生意行中从不曾着脚，却去弄虚头，说大话，兜揽这帐。孤孀娘子的银两是苦恼东西，莫要把去弄出个话靶，连累他没得过用，岂不终身抱怨？不如依着我，快快送还三娘，拼得早起晏眠，多吃些苦儿，照旧耕种帮扶，彼此到得安逸。"阿寄道："婆子家晓得什么，只管胡言乱语！那见得我不会做生意，弄坏了事？要你未风先雨。"遂不听老婆，自去收拾了衣服被窝。却没个被囊，只得打个包儿，又做起一个缠袋，准备些干粮。又到市上买了一顶雨伞，一双麻鞋，打点完备。次早先到徐言、徐召二家说道："老奴今日要往远处去做生意，家中无人照管，虽则各分门户，还要二位官人早晚看顾。"徐言二人听了，不觉暗笑，答道："这倒不消你叮嘱，只要赚了银子回来，送些人事与我们。"阿寄道："这个自然。"转到家中，吃了饭食，作别了主母，穿上麻鞋，背着包裹雨伞，又分付老婆，早晚须是小心。临出门，颜氏又再三叮咛，阿寄点头答应，大踏步去了。

且说徐言弟兄，等阿寄转身后，都笑道："可笑那三娘子好没见识，有银子做生意，却不与你我商量，倒听阿寄这老奴才的说话。我想他生长已来，何曾做惯生意？哄骗孤孀妇人的东西，自去快活。这本钱可不白白送落！"徐召道："便是当初合家时，却不把出来营运，如今才分得，即教阿寄做客经商。我想三娘子又没甚妆奁，这银两定然是老官儿存日，三兄弟克剥下的，今日方才出豁。总之，三娘子瞒着你我做事，若说他不该如此，反道我们妒忌了。且待阿寄折本回来，那时去笑他。"正是：

云端看厮杀，毕竟孰输赢？

路遥知马力，日久见人心。

再说阿寄离了家中，一路思想："做甚生理便好？"忽地转着道："闻得贩漆这项道路颇有利息，况又在近处，何不去试他一试？"定了主意，一径直至庆云山中。元来采漆之处，原有个牙行，阿寄就行家住下。那贩漆的客人却也甚多，都是挨次儿打发。阿寄想道："若慢慢的挨去，可不担搁了日子，又费去盘缠。"心生一计，捉个空，扯主人家到一村店中，买三杯请他，说道："我是个小贩子，本钱短少，守日子不起的，望主人家看乡里分上，怎地设法先打发我去。那一次来，大大再整个东道请你。"也是数合当然，那主人家却正撞着是个贪杯的，吃了他的软口汤，不好回得，一口应承。当晚就往各村户凑足其数，装裹停当，恐怕客人们知得嗔怪，到寄在邻家放下，次日起个五更，打发阿寄起身。

那阿寄发利市，就得了便宜，好不喜欢。教脚夫挑出新安江口，又想道："杭州离此不远，定卖不起价钱。"遂雇船直到苏州。正遇在缺漆之时，见他的货到，犹如宝贝一般，不勾三日，卖个干净。一色都是见银，并无一毫赊帐。除去盘缠使用，足足赚个对合有馀[12]，暗暗感谢天地，即忙收拾起身。

⑫对合：本利各一般，百分之百的利润。

又想道："我今空身回去，须是趁船，这银两在身边，反担干系。何不再贩些别样货去，多少寻些利息也好。"打听得枫桥籼米到得甚多，登时落了几分价钱，乃道："这贩米生意，量来必不吃亏。"籴了六十多担籼米，载到杭州出脱。那时乃七月中旬，杭州有一个月不下雨，稻苗都干坏了，米价腾涌。阿寄这载米，又值在巧里，每一挑长了二钱，又赚十多两银子。自言自语道："且喜做来生意，颇颇顺溜，想是我三娘福分到了。"却又想道："既在此间，怎不去问问漆价？若与苏州相去不远，也省好些盘缠。"细细访问时，比苏州反胜。你道为何？元来贩漆的，都道杭州路近价贱，俱往远处去了，杭州到时常短缺。常言道："货无大小，缺者便贵。"故此比别处反胜。

阿寄得了这个消息，喜之不胜，星夜赶到庆云山，已备下些小人事，送与主人家，依旧又买三杯相请。那主人家得了些小便宜，喜逐颜开，一如前番，悄悄先打发他转身。到杭州也不消三两日，就都卖完。计算本利，果然比起先这一帐又多几两，只是少了那回头货的利息。乃道："下次还到远处去。"与牙人算清了帐目，收拾起程，想道："出门好几时了，三娘必然挂念，且回去回覆一声，也教他放心。"又想道："总是收漆，要等候两日；何不先到山中，将银子教主人家一面先收，然后回家，岂不两便。"定了主意，到山中把银两付与牙人，自己赶回家去。正是：

先收漆货两番利，初出茅庐第一功。

且说颜氏自阿寄去后，朝夕悬挂，常恐他消折了这些本钱，怀着鬼胎。耳根边又听得徐言弟兄在背后撅颠唇簸嘴，愈加烦恼。一日正在房中闷坐，忽见两个儿子乱喊进来道："阿寄回家了。"颜氏闻言，急走出房，阿寄早已在面前。他的老婆也随在背后。阿寄上前，深深唱个大喏。颜氏见了他，反增着一个蹬心拳头[13]，胸前突突的乱跳，诚恐说出句扫兴话来，便问道："你做的是什么生意？可有些利钱？"那阿寄叉手不离方寸，不慌不忙的说道："一来感谢天地保佑，二来托赖三娘洪福，做的却是贩漆生意，赚得五六倍利息。如此如此，这般这般，恐怕三娘放心不下，特归来回覆一声。”颜氏听罢，喜从天降，问道：“如今银子在那里？”阿寄道：“已留与主人家收漆，不曾带回，我明早就要去的。”那时合家欢天喜地。阿寄住了一晚，次日清早起身，别了颜氏，又往庆云山去了。

⑬蹬心拳头：犹如当胸打了一拳。

且说徐言弟兄，那晚在邻家吃社酒醉倒，故此阿寄归家，全不晓得，到次日齐走过来，问道：“阿寄做生意归来，趁了多少银子？”颜氏道：“好教二位伯伯知得，他一向贩漆营生，倒觅得五六倍利息。”徐言道：“好造化！恁样赚钱时，不勾几年，便做财主哩。”颜氏道：“伯伯休要笑话，免得饥寒便勾了。”徐召道：“他如今在那里？出去了几多时？怎么也不来见我？这样没礼。”颜氏道：“今早原就去了。”徐召道：“如何去得恁般急速？”徐言又问道：“那银两你可曾见见数么？”颜氏道：“他说俱留在行家买货，没有带回。”徐言呵呵笑道：“我只道本利已到手了，原来还是空口说白话，眼饱肚中饥。耳边到说得热哄哄，还不知本在何处，利在那里，便信以为真。做经纪的人，左手不托右手，岂有自己回家，银子反留在外人？据我看起来，多分这本钱弄折了，把这鬼话哄你。”

徐召也道："三娘子，论起你家做事，不该我们多口。但你终是女眷家，不知外边世务。既有银两，也该与我二人商量，买几亩田地，还是长策。那阿寄晓得做甚生理？却瞒着我们，将银子与他出去瞎撞。我想那银两，不是你的妆奁，也是三兄弟的私蓄，须不是偷来的，怎看得恁般轻易！"二人一吹一唱，说得颜氏心中哑口无言，心下也生疑惑，委决不下，把一天欢喜，又变为万般愁闷。按下此处不题。

再说阿寄这老儿急急赶到庆云山中，那行家已与他收完，点明交付。阿寄此番不在苏杭发卖，径到兴化地方，利息比这两处又好。卖完了货，打听得那边米价一两三担，斗解又大，想起杭州见今荒歉，前次籴客贩的去，尚赚了钱，今在出处贩去，怕不有一两个对合？遂装上一大载米至杭州，准准籴了一两二钱一石，斗斛上多来，恰好顶着船钱使用。那时到山中收漆，便是大客人了，主人家好不奉承。一来是颜氏命中合该造化，二来也亏阿寄经营伶俐。凡贩的货物，定获厚利。一连做了几帐，长有二千馀金。看看捱着残年，算计道："我一个孤身老儿，带着许多财物，不是要处！倘有差跌，前功尽弃。况且年近岁逼，家中必然悬望，不如回去，商议置买些田产，做了根本，将馀下的再出来运弄。"

此时他出路行头，诸色尽备；把银两逐封紧紧包裹，藏在顺袋中。水路用舟，陆路雇马，晏行早歇，十分小心。非止一日，已到家中，把行李驮入。婆子见老公回了，便去报知颜氏。那颜氏一则以喜，一则以惧。所喜者，阿寄回来；所惧者，未知生意长短若何。因向日被徐言弟兄奚落了一场，这番心里比前更是着急。三步并作两步，奔至外厢，望见了这堆行李，料道不像个折本的，心上就安了一半。终是忍不住，便问道："这一向生意如何？银两可曾带回？"阿寄近前见了个礼道："三娘不要性急，待我慢慢的细说。"教老婆顶上中门，把行李尽搬至颜氏房中打开，将银子逐封交与颜氏。颜氏见着许多银两，喜出望外，连忙开箱启笼收藏。阿寄方把往来经营的事说出。颜氏因怕惹是非，徐言当日的话，一句也不说与他知道，但连称："都亏你老人家气力了，且去歇息则个。"又分付："倘大伯们来问起，不要与他讲真话。"阿寄道："老奴理会得。"

正话间，外面闹闹声叩门，原来却是徐言弟兄听见阿寄归了，特来打探消耗。阿寄上前作了两个揖。徐言道："前日闻得你生意十分旺相，今番又趁若干利息？"阿寄道："老奴托赖二位官人洪福，除了本钱盘费，干净趁得四五十两。"徐召道："阿呀！前次便说有五六倍利了，怎地又去了许多时，反少起来？"徐言道："且不要问他趁多趁少，只是银子今次可曾带回？"阿寄道："已交与三娘了。"二人便不言语，转身出去。

再说阿寄与颜氏商议，要置买田产，悄地央人寻觅。大抵出一个财主，生一个败子。那锦沙村有个晏大户，家私豪富，田产广多，单生一子名为世保，取世守其业的意思。谁知这晏世保专于嫖赌，把那老头儿活活气死。合村的人道他是个败子，将晏世保三字，顺口改为"献世保"。那献世保同着一班无藉，朝欢暮乐，弄完了家中财物，渐渐摇动产业。道是零星卖来不勾用，索性卖一千亩，讨价三千馀两，又要一注儿交银。那村中富者虽有，一时凑不起许多银子，无人上桩。延至岁底，献世保手中越觉干逼⑭，情愿连一所庄房，只要半价。阿寄偶然闻得这个消息，即寻中人去，讨个经帐⑮。恐怕有人先成了去，就约次日成交。献世保听得有了售主，好不欢喜。平日一刻也不着家的，偏这日足迹不敢出门，呆呆的等候中人同往。

⑭干逼：干瘪，指手头拮据。

⑮经帐：出卖田产时，载明田地房产界域、种类、价格的说明书。

且说阿寄料道献世保是爱吃东西的，清早便去买下佳肴美酝，唤个厨夫安排，又向颜氏道："今日这场交易，非同小可。三娘是个女眷家，两位小官人又幼，老奴又是下人，只好在旁说话，难好与他抗礼；须请间壁大官人弟兄来作眼，方是正理。"颜氏道："你就过去请一

声。”阿寄即到徐言门首，弟兄正在那里说话。阿寄道：“今日三娘买几亩田地，特请二位官人来张主。”二人口中虽然答应，心内又怪颜氏不托他寻觅，好生不乐。徐言说道：“既要买田，如何不托你我，又教阿寄张主。直至成交，方才来说？只是这村中，没有什么零星田卖。”徐召道：“不必猜疑，少顷便见着落了。”二人坐于门首，等至午前光景，只见献世保同着几个中人，两个小厮，拿着拜匣，一路拍手拍脚的笑来，望着间壁门内齐走进去。徐言弟兄看了，倒吃一吓，都道：“咦！好作怪！闻得献世保要卖一千亩田，实价三千馀两，不信他家有许多银子？难道献世保又零卖一二十亩？”疑惑不定，随后跟入。相见已罢，分宾而坐。

阿寄向前说道：“晏官人，田价昨日已是言定，一依分付，不敢断少。晏官人也莫要节外生枝，又更他说。”献世保乱嚷道：“大丈夫做事，一言已出，驷马难追，若又有他说，便不是人养的了。”阿寄道：“既如此，先立了文契，然后兑银。”

那纸墨笔砚，准备得停停当当，拿过来就是。献世保拈起笔，尽情写了一纸绝契，又道："省得你不放心，先画了花押，何如?"阿寄道："如此更好。"徐言兄弟看那契上，果是一千亩田，一所庄房，实价一千五百两。吓得二人面面相觑，伸出了舌头，半日也缩不上去。都暗想道："阿寄做生意总是趁钱，也趁不得这些！莫不做强盗打劫的，或是掘着了藏？好生难猜。"中人着完花押，阿寄收进去交与颜氏。他已先借下一副天秤法马，提来放在卓上，与颜氏取出银子来兑，一色都是粉瑰细丝。徐言、徐召眼内放出火来，喉间烟也直冒，恨不得推开众人，通抢回去。不一时兑完，摆出酒肴，饮至更深方散。

次日，阿寄又向颜氏道："那庄房甚是宽大，何不搬在那边居住？收下的稻子，也好照管。"颜氏晓得徐言弟兄妒忌，也巴不能远开一步，便依他说话，选了新正初六，迁入新房。阿寄又请个先生，教两位小官人读书。大的取名徐宽，次的名徐宏，家中收拾得十分次第。那些村中人见颜氏买了一千亩田，都传说掘了藏，银子不计其数，连坑厕说来都是银的，谁个不来趋奉。

再说阿寄将家中整顿停当，依旧又出去经营。这番不专于贩漆，但闻有利息的便做。家中收下米谷，又将来腾那⑯。十年之外，家私巨富。那献世保的田宅，尽归于徐氏。门庭热闹，牛马成群，婢仆雇工人等，也有整百，好不兴头！正是：

富贵本无根，尽从勤里得。

请观懒惰者，面带饥寒色。

⑯腾那：倒换，倒卖。

那时颜氏三个女儿，都嫁与一般富户。徐宽、徐宏也各婚配。一应婚嫁礼物，尽是阿寄支持，不费颜氏丝毫气力。他又见田产广多，差役烦重，与徐宽弟兄俱纳个监生，优免若干田役⑰。颜氏也与阿寄儿子完了姻事；又见那老儿年纪衰迈，留在家中照管，不肯放他出去，又派个马儿与他乘坐。那老儿自经营以来，从不曾私吃一些好饮食，也不曾私做一件好衣服，寸丝尺帛，必禀命颜氏，方才敢用。且又知礼数，不论族中老幼，见了必然站起。或乘马在途中遇着，便跳下来闪在路旁，让过去了，然后又行。因此远近亲邻，没一人不把他敬重。就是颜氏母子，也如尊长看承。那徐言、徐召虽也挣起些田产，比着颜氏，尚有天渊之隔，终日眼红颈赤。那老儿揣知二人意思，劝颜氏各助百金之物。又筑起一座新坟，连徐哲父母，一齐安葬。

⑰优免若干田役：明代规定，有了秀才和监生的资格，就可以享有免除某些差役的优待。

那老儿整整活到八十，患起病来，颜氏要请医人调治，那老儿道："人年八十，死乃分内之事，何必又费钱钞。"执意不肯服药。颜氏母子不住在床前看视，一面准备衣衾棺椁。病了数日，势渐危笃，乃请颜氏母子到房中坐下，说道："老奴牛马力已少尽，死亦无恨，只有一事越分张主，不要见怪！"

颜氏垂泪道："我母子全亏你气力，方有今日，有甚事体，一凭分付，决不违拗。"那老儿向枕边摸出两纸文书，递与颜氏道："两位小官人年纪已长，后日少不得要分析，倘那时嫌多道少，便伤了手足之情。故此老奴久已将一应田房财物等件均分停当，今日交付与二位小官人，各自去管业。"又叮嘱道："那奴仆中难得好人，诸事须要自已经心，切不可重托。"颜氏母子，含泪领命。他的老婆儿子，都在床前啼啼哭哭，也嘱付了几句，忽地又道："只有大官人二官人，不曾面别，终是欠事，可与我去请来。"颜氏即差个家人去请。徐言、徐召说道："好时不直得帮扶我们，临死却来思想，可不扯淡！不去不去！"那家人无法，只得转身。却着徐宏亲自奔来相请，二人灭不过侄儿面皮，勉强随来。那老儿已说话不出，把眼看了两看了，点点头儿，奄然而逝。他的老婆儿媳啼哭，自不必说。只这颜氏母子俱放声号恸，便是家中大小男女，念他平日做人好处，也无不下泪。惟有徐言、徐召反有喜色。可怜那老儿：

辛勤好似蚕成茧，茧老成丝蚕命休。

又似采花蜂酿蜜，甜头到底被人收。

颜氏母子哭了一回，出去支持殓殡之事。徐言、徐召看见棺木坚固，衣衾整齐，扯徐宽弟兄到一边，说道：“他是我家家人，将就些罢了！如何要这般好断送[18]？就是当初你家公公与你父亲，也没恁般齐整！”徐宽道：“我家全亏他挣起这些事业，若薄了他，肉心上也打不过去。”徐召笑道：“你老大的人，还是个呆子！这是你母子命中合该有此造化，岂真是他本事挣来的哩！还有一件，他做了许多年数，克剥的私房，必然也有好些，怕道没得结果，你却挖出肉里钱来，与他备后事？”徐宏道：“不要冤枉坏人！我看他平日，一厘一毫都清清白白交与母亲，并不见有什么私房。”徐召又道：“做的私房，藏在那里，难道把与你看不成？若不信时，如今将他房中一检，极少也有整千银子。”徐宽道：“总有也是他挣下的，好道拿他的不成？”徐言道：“虽不拿他的，见个明白也好。”

⑱断送：也称发送，指殡殓的衣衾棺椁等物。

徐宽弟兄被二人说得疑疑惑惑，遂听了他，也不通颜氏知道，一齐走至阿寄房中，把婆子们哄了出去，闭上房门，开箱倒笼，遍处一搜，只有几件旧衣旧裳，那有分文钱钞！徐召道：“一定藏在儿子房里，也去一检。”寻出一包银子，不上二两。包中有个帐儿，徐宽仔细看时，还是他儿子娶妻时，颜氏助他三两银子，用剩下的。徐宏道：“我说他没有什么私房，却定要来看！还不快收拾好了，倘被人撞见，反道我们器量小了。”徐言、徐召自觉乏趣，也不别颜氏，径自去了。

徐宽又把这事学向母亲，愈加伤感，令合家挂孝，开丧受吊，多修功果追荐。七终之后[19]，即安葬于新坟旁边。祭葬之礼，每事从厚。颜氏主张将家产分一股与他儿子，自去成家立业，奉养其母。又教儿子们以叔侄相称。此亦见颜氏不泯阿寄恩义的好处。那合村的人，将阿寄生平行谊具呈府县，要求旌奖，以劝后人，府县又查勘的实，申报上司，具疏奏闻。朝廷旌表其闾。至今徐氏子孙繁衍，富冠淳安。诗云：

年老筋衰逊马牛，千金致产出人头。

托孤寄命真无愧，羞杀苍头不义侯[20]。

⑲七：过去迷信的习俗：人死后七天为一“七”，共七个“七”，每七日做一次法事祭祀，四十九日断七，丧期结束。

⑳苍头不义侯：东汉初年，彭宠自立为王，他的苍头子密趁他睡着，将其杀死，携其人头投奔刘秀，刘秀封子密为不义侯。苍头，古代奴隶名。

参考文献

[1]（明）冯梦龙编著．张明高校注．三言·醒世恒言[M]．北京：中华书局，2014

[2]（明）冯梦龙编．顾学颉校注．醒世恒言[M]．北京：人民文学出版社，2015

[3]（明）冯梦龙著．醒世恒言（注释本）[M]．武汉：崇文书局，2015

[4]（明）冯梦龙著．古典文库：醒世恒言[M]．杭州：浙江古籍出版社，2015

[5]（明）冯梦龙著．重温经典三言二拍：醒世恒言[M]．北京：新世界出版社，2013

[6]（明）冯梦龙著．醒世恒言[M]．长沙：岳麓书社出版社，2013